啄木鳥·红色侦探系列

# 江南往事

东方明　魏迟婴　著

群众出版社
·北京·

# 目录

1949年7月初，停泊在黄浦江上的外籍货轮连续于夜间遭窃，作案者身手不凡，而且水性颇佳，泅渡至船下，顺缆索攀援而上，或放火、或拉响警报制造混乱，吸引船员的注意力，趁乱撬窃高级船员的舱房，然后从容逃离，消失在黄浦江中。坊间一时传言四起，称这个作案者为“水鬼大盗”。其时上海刚刚解放，治安形势严峻，为制止流言扩散，公安机关必须尽快侦破这起“水鬼大盗”疑案……

# 江南往事

## 一、接头失利

江南的深秋，下的是那种随风潜入夜、润物细无声式的密密麻麻的牛毛细雨。这种雨通常一下三四天，然后就是那种潮气很重的大雾，深吸一口沁人心脾——我们那里叫雾露。老人说“三朝雾露发西风”，那是很准的，连续三个早晨的雾露后，呼啸的西北风就像守信的君子那样，在第三天的黄昏准时而至。次日开门看外面，已是地面白硬，河沿结冰，真正意义上的冬天开始了。

我要说的那桩事儿，就发生在入冬前第一个下雨天的晚上。二十世纪三十年代，我爷爷经营着一家中药店铺，名唤“一源堂”，他同时也是今州城的中医外科、伤科名医。我们孙家的医术据说是祖传的，还有一段说法——

我的曾高祖父是南京人，长毛造反那会儿，他就是太平军的军医，至于是觉悟高自愿参军光荣入伍还是被长毛胁迫的，那就不清楚了。清军攻占南京，大开杀戒，曾高祖父化装出逃，以游方郎中的身份一路行医逃到了我们今州。料想他老人家途中肯定遇到过一些凶险，不过老人没留下资料，不提也罢。后来确实有南京来人为修家谱到过我家，最后一次是 1948 年，新中国成立后就没啥说法了。我父亲晚年想要寻根，托了江苏省的一位老友去公安厅找人打听，费了若干周折，还上过江苏卫视，遗憾的是，没有查到我们这一支。

说远了，扯回来。旧时规矩，中药店必须全年三百六十五天昼夜十二个时辰随时接待登门赎药的病家，所以，一源堂底楼的店堂里晚上是常年有人值夜的。那天晚上值夜的店员名叫刘九龄，是爷爷的大弟子，已经满师，相帮爷爷打理店务。后来知道，他和爷爷一样，也是地下党。那年我父亲十三岁，跟刘九龄是忘年交，只要两人都在家，我父亲总是跟屁虫似的跟着他。他晚上睡在店堂，父亲也睡店堂，两人一起打地铺。

那天半夜，父亲被一阵急促的敲门声惊醒。刘九龄敏捷地一跃而起，打开电灯披上衣服，几步来到门口，隔着排门板小声问：“啥人?”

“赎药的!”

刘九龄刚把门闩拿下，外面的人就推门而入，却不是赎药的主顾，而是一个三十来岁衣衫褴褛的乞丐。父亲印象最深的是他脚上的那双旧布鞋——原因后面会说到。乞丐身上已经被雨水湿透，布鞋当然也是如此，还沾着烂泥。乞丐进门后，反手把门关上，急促地说：“快！我要见你们老板！”

刘九龄问：“你哪里不舒服？”

这时，外面不远处传来了保安团士兵的砸门声、叫骂声。乞丐神情倏变，急煎煎又问：“你们老板在哪儿？”

爷爷已经从后楼的卧室下来了，别说外面有异样动静了，就是平时深更半夜有人上门赎药，他也是要出面接待的。于是，便从内堂出来，问乞丐有什么事。

乞丐说：“老板，我要讨一点儿五香。”

爷爷微微一笑：“谁家的狗倒霉，落到了叫花子手里，必死无疑啊！九龄，给他拿。”

乞丐闻言神色大变，一双眼睛直直地盯着爷爷，又扭头四下扫视：“贵号是一源堂吗？”

爷爷点头不语。

外面的砸门声、叫骂声已经响到我家对面的南货店了，乞丐又把那句讨五香的话说了一遍。爷爷对刘九龄说：“你还愣着干吗？给他拿五香，他们还等着烧狗肉啊！”

乞丐的神情越来越焦灼：“藕粉圆子烧猫肉，必须要放五香的！”

爷爷嘴唇动了动，还没来得及说什么，药店虚掩着的门已经被一枪托撞开了。几个团丁看见乞丐，个个面露喜色：“原来你小子躲到药店来啦！带走！老板也一起带走！”

爷爷看着这帮家伙，从容发问：“诸位老总，哪位负责？”

一个右腮有一道刀疤的团丁说：“老子负责！怎么？不能带你？”

保安团经常到附近学校操场上出操训练，因此爷爷对这人有点儿印象，知道他姓李，是个班长。爷爷说：“常言道，钢刀虽快，难斩无罪之人。这叫花子叩门而入，是问敝号求乞五香的，敝人开着药店，半夜三更但凡有人叩门赎药，必须开门接待——哪怕是叫花子，也要施舍些常用草药。这是祖师爷的规矩，开药店的必须遵循，不敢有一丝一毫走样。老总，您说呢？”

李班长沉吟着还没开口，乞丐冷不防突然发作了，冲站在跟前的那个大个子团丁一个黑虎掏心，将其击翻后正要夺门而出，却被另一个团丁伸手揪住了后衣领。狭小的过道里随即展开了一场打斗，刘九龄生怕城门失火殃及池鱼，一把将我父亲托上了柜台。父亲站在柜台上，看完了这场以一对五的不公平打斗。乞丐可能会点儿武术，不过团丁平时也是进行过擒拿格斗训练的，况且双方力量对比悬殊，不过片刻就被人家制伏，扣上了手铐。经此一番折腾，李班长意欲带走爷爷的话头也给忘记了，一干人闹哄哄押着乞丐出门而去。

这一番闹腾，一家老小包括店员、学徒全给惊动了，爷爷让他们都回去睡觉。等他们离开店堂，爷爷一把将我父亲抱下柜台，让他趴到地板上，把柜台下的东西拿出来。

柜台下是什么东西呢？一只鞋子——打斗时从乞丐脚上掉落下来的鞋子。爷爷还真不简单，一片混乱中，竟然看清乞丐故意把一只鞋子踢到了柜台下面。

爷爷拿着那只鞋子翻过来调过去查看时，外面又是一阵脚步声，店门给砸得“嘭嘭”响，团丁一迭声吼着“开门”。爷爷脸色一沉，急忙把鞋子往店堂的两个药甏之间一塞，朝刘九龄做个手势。后者会意，即刻到门前应答以拖延时间。爷爷则取过账台上的一杯冷茶，把茶水泼在地板上，又将杯子轻轻放下，用脚踩碎。

这时，刘九龄也把店门打开了。进来两个团丁，头里那团丁说一口客边话（旧时今州人把所有外地人称为“客边人”，他们说的话也就是客边话了），进门就把长枪对准了爷爷和刘九龄，喝令他们靠墙站着别动。后面那个团丁问话，主题是：叫花子的一只鞋子不见了，是不是落在你们店里了？

爷爷打了个哈欠，懒洋洋道："那你们找找看，有就拿去，敝号对一只破鞋没有兴趣。"

刘九龄接话："就是！又不是济公的宝屐。"

两个团丁在店堂里找了一番，茶几、椅子都挪开了，当然也没有放过柜台下，自是没有找到。后一个团丁是我们今州人，跟爷爷有些脸熟，查到这里，也就适可而止了。可那个客边人团丁却不同意："李班长说了，汤团总下过死命令，这个叫花子随身所有的东西哪怕是打狗棒都不能遗漏，少了一只鞋子怎么向上峰交代？必须查遍整个儿药店！"

可以想见爷爷当时的心情。后来父亲和我提起这段往事，说看到那二位把店堂内侧墙边那些药甏一个个挪开时，他估计爷爷肯定已经在打腹稿编说辞了。可是，两个团丁把药甏全都挪开了也没发现那只鞋子，还把店堂的地板踩得又湿又脏，先前乞丐那只湿漉漉的布鞋留下的痕迹反倒给混淆了（爷爷把茶水泼在地板上，也是这个目的）。

那只鞋到哪里去了呢？被我父亲偷偷拿到内宅去了。一源堂是江南一带常见的前店后宅格局，分前中后三进。前面是店堂；中间是炮制中药、加工成药的工场间，称为内堂；后面是家，称为内宅。那只鞋，被父亲拎到内宅，开了后门扔大盈河里去了。

两个团丁在过道里搜查的时候，父亲瞥见刘九龄朝他眨眼，就知道他的意思了。父亲个子偏小，店堂内光线又暗——今州城的电灯厂经常供电不足，半夜时分尤其如此，电灯有时跟鬼火有一比，再加上柜台的掩护，那两个团丁竟没发现。

搜查无果，两个团丁悻悻而去。爷爷问清鞋子的去向，才松了口气。然后就跟刘九龄低声嘀咕着什么，好像是在商量是否要把那鞋子捞起来。父亲少不更事，倦意袭来，也没兴趣凑那份热闹，上楼睡觉去了（店堂地板给踩脏了，不打扫没法儿打地铺）。

天亮后传来一个消息，昨晚那个乞丐已经被处决了，头颅挂在一源堂附近的北门城头。这天是星期天，不上学，父亲赶紧吃完早饭，正要出去叫上左邻右舍的那班小伙伴去看，店里的学徒小庆匆匆奔进来，向爷爷禀报，来了个警察，说警察局朱局长有请。

爷爷听着，脸上的筋肉稍微颤动了一下，点点头："你对来人说，一会儿就去拜访朱局长。"然后，叫住正要往外溜的父亲，"恩亭，你和我一起去。"

后来我父亲参加革命，成为爷爷直接领导的一名地下交通员后，方才明白当时爷爷面临的处境。他老人家是 1929 年革命处于低潮时参加中共地下党的。白色恐怖下，地下党采取的都是单线联系方式，爷爷的上级名叫曾贵臻，对外身份是牧师。组织上严格规定，爷爷只接受曾牧师的指令，其他任何人前来联系，哪怕确切知晓对方是党内同志，甚至是老曾的领导，也一律不予理睬。

那个人头已挂上北门城头的"乞丐"名叫吴明全，是地下党另一条线上的秘密交通员。这次，他奉组织指令前来今州，向一源堂送交一份紧急情报，按照原计划，爷爷将通过另一条渠道把这份情报转送中央苏区。没想到，原本安排得好好的事儿，却因为一个事先没预料到的小小失误出了岔子，导致人头落地、情报失效的严重后果！

严格地说，这个失误并不是哪个同志造成的，纯属偶然。吴明全跟爷爷素不相识，也从未建立过任何上下线关系，他奉命来今州传递情报，组织上事先应该把时间、接头暗语等情况通知爷爷。这一点，组织上当然是考虑了的，也确实指派了专人去通知爷爷的领导曾牧师。可曾牧师事先并不知道会有紧急任务下达，去县里的另一个教堂办事了。交通员没能找到曾牧师，又知道这是一份很重要的密函（具体内容自然不知道），组织上甚至交代了最晚送达曾牧师手里的时间，当下急得双脚跳。可着急也没用，只能在教堂附近的茶楼等候。曾牧师一夜未归，眼看过了最后时限，交通员无奈，只得按照纪律销毁密函原路返回。

另一交通员吴明全却不知道有此变故，严格按照组织的命令行事。要说他的运气也真不好，途中遭遇敌人临时设卡盘查，耽搁了不少时间，赶到今州时城门已关闭，他是从南门那边的水城门下潜游进城的。那时的夜生活极度贫乏，晚上九点钟后基本上已是万家灯熄，一个叫花子还在街上行走，难免引人怀疑，他就被保安团的暗哨盯上了。

吴明全发现被盯梢，自是要想方设法甩脱尾巴，不过这样一来，暗哨就愈加起疑，遂报告了上司。保安团长汤宗俊闻讯，决定全城追查。吴明全就是在保安团的重重追缉中，在一座陌生的城市里一边躲避敌人，一边寻找一源堂。不幸的是，当他找到一源堂时，敌人也发现了他。本来，以吴明全的机智，完全可以脱险，但使命紧急，于是他不顾危险，毅然叩响了一源堂的店门。

万万没料到，见到了一源堂的老板，他说出的暗语却并未得到对方的认可。老资格的交通员吴明全意识到出了问题，便趁乱把藏着情报的那只鞋子踢到柜台下面。讯问时，敌人发现他只穿着一只鞋，顿生疑窦，就派人到一源堂搜查。搜查无果，汤宗俊下了两道命令：一是监视一源堂；二是出动保安团士兵，在全城大街小巷寻找那只鞋子，找到者有赏，找不到也有犒劳——返回后每人一份肉丝炒年糕。据说那天晚上今州城曾经热闹过一阵，只不过我父亲睡得太熟，什么也没有听见。

那晚父亲上楼去睡觉后，刘九龄喝了几口烧酒，下到冰凉的大盈河里，把那只布鞋捞了起来，用剪刀拆开，在鞋底里找到了由三层鱼鳔、三层油纸紧紧包裹并上了蜡封的密信（由密写药水写就）。爷爷随即把密信重新密封，装进一个瓶子，灌满大米，封好瓶口，让刘九龄再次下水，用细麻绳牢牢地拴在后门外滩渡下面的木桩上。那只鞋子，则剪成碎片扔进大盈河。

爷爷也已经考虑到汤宗俊会对一源堂产生怀疑，跟刘九龄商量了一旦出现最坏结果的应对方案。但汤宗俊并未公然逮捕他，倒是警察局长朱维信出面邀他谈话。这就是说，汤宗俊把此案交给今州市警察局办理了。爷爷知道，这是必须去的，而且还不能拖延。可是，去了之后情况如何，一时无法预测。如果朱维信将其逮捕，最要紧的是必须在第一时间把这个消息报告组织。因此，爷爷就把我父亲带在身边以备不测。

警察局长朱维信的儿子朱耀先是我父亲的同学，父亲跟他关系还不错，经常一起玩耍，互相串到对方家里也是常事，有时玩得晚了，就留在对方家里吃饭。

前往警察局长官邸途中，爷爷给了我父亲五角钱，说如果朱局长留住他，一时回不去，就赶紧回家告诉奶奶和刘九龄，这是坐黄包车的钱。爷爷还叮嘱，不论朱局长或是其他什么人问到昨晚那个叫花子登门的情形，就一口咬定睡在楼上不知道，至于那只鞋子的话头，更是一个字也不能提。我父亲起初还不明白爷爷叫他一起去朱公馆是为什么，听爷爷这么一说，禁不住有些紧张。

## 二、087 交通站

昨晚吴明全在一源堂被捕后，团丁给保安团长汤宗俊报告了情况。保安团和警察局各有分工，保安团巡逻时抓到嫌犯无权直接处置，得交给警察局，于是汤团总就给朱维信打电话。朱维信是有点儿资历的，据说是“力行社”早期成员，也确实比较注重身体力行。这人喜欢出风头，有一次我父亲去找朱耀先玩，竟然看到他拿着一把大扫帚在自家公馆门口扫大街，弄得父亲一见朱耀先就问你老爸是不是犯了错误被撤职了。

移交吴明全的时候，汤团总建议派警员把一源堂彻彻底底搜查一遍，叫花子的那只鞋子，肯定还在一源堂。朱维信不置可否，先审吴明全。吴明全说，叫花子以天下为家，哪里有饭吃就到哪里。他断定自己从南门水城门潜游进城之举未被保安团发现，谎称已经来今州两天了，白天没吃饱，晚上饿得睡不着觉，只好在外面转悠。闻听保安团士兵吆喝让他站住，他以为是抓壮丁，所以一路躲避。到了北门那里看看像是逃不掉了，情急之下叩开了那家中药店（他没说一源堂）的门。北大街上沿街都是店铺，为什么偏偏要叩中药店的门呢？因为中药店有规矩，夜间店堂里必定有人值守，可以保证闻声便开。至于那只鞋子，吴明全说自己慌不择路，几时掉落的也不知道。

朱维信随即招呼抓捕吴明全的李班长等几个团丁来到北大街一源堂路段，让他们把当时追逃的情形现场演示一番。李班长几个肚里把朱维信的十八代祖宗骂了个遍，却不敢违拗，而且做得还很逼真——万一朱局长不满意，让他们重来一遍，这寒风瑟瑟的雨夜可不是玩儿的时候。团丁还原场景，朱维信就淋着雨站在大街上看着，还掏出金怀表掐时间。

汤团总没那份闲情逸致，坐在北城门的城楼上喝茶抽烟。一会儿，朱维信返回城楼，对汤团总说：“老兄，你多虑了，一源堂不可能藏起那只鞋子。”

朱维信得出的这个结论基于一个前提，他相信之前吴明全所说的已来今州两天之语。如果那只鞋子里藏着什么秘密，吴明全有足够的时间在白天交给一源堂，无须在这么一个寒冷的雨夜去叩中药店的门。另外，根据团丁的现场演示，从发现叫花子的身影到挨个儿敲响几家商户的门，最后追到一源堂，前后不超过三分钟，还要扣除叫花子走过这段距离以及一源堂里的人起身应门的时间，也就是说，叫花子刚进中药店，团丁就追到了。这么短的时间能做成什么事呢？总不见得进门就把一只脏兮兮的臭鞋脱下来交给人家吧？还不立马让人家打出去？

"依敝人之见，这个叫花子没有问题，警察局不能收押。"说罢，朱维信冲汤团总作了个揖，"告辞了！"

而汤团总对于朱维信给出的结论难以接受，坚持认为吴明全的那只鞋子里藏着秘密。当即下令保安团全体出动，于是就有了昨晚大街小巷间热闹的一幕。保安团折腾了半宿，没甚发现。汤团总恼羞成怒，遂下令把吴明全处决，割下脑袋挂在北门城头示众……

我爷爷到了朱维信府上，才发现是一场虚惊。朱局长把爷爷叫去，不是审问，而是请爷爷推拿。整个推拿过程中，朱局长对昨晚之事只字不提，倒是频频夸赞爷爷的推拿手法。也就个把小时，我爷爷收了诊金，告辞离去。

当天下午，教堂来了个差役，说雷登神父最近要回英国省亲，想带些滋补性的中药回去作为礼物赠送亲友，烦请孙老板拿些样品去让雷登神父挑选。这自然是曾牧师向雷登神父提的建议，显然，返回城里后，他已经知晓昨晚之事，通过这个方式紧急约见爷爷。这回爷爷没叫我父亲跟着，是一个人去教堂的。

从爷爷口中得知事件经过，曾牧师意识到情况紧急，破例用教堂的电话机向上级汇报，请示应该如何处置那份情报。上级指示，让我爷爷携带情报前往省城镇江，交给省委秘密机关。当天晚上，爷爷就坐上了前往省城的夜班火车，顺利完成了使命。

次日，今州迎来了入冬以来第一个滴水成冰的严寒日子。此后直到放寒假，爷爷和刘九龄的出差活动显著减少，后来我父亲才知道，这个阶段爷爷正受命组建一个地下党的秘密中心交通站。

吴明全烈士用生命保护下来的那份重要情报，尽管急如星火地送往江西苏区，可就是因为耽搁了一天多时间，失去了应有的效用。组织上对此事件进行了分析和反省，最后经中央批准，决定改变地下交通线的运行方式，在今州设立一个地下中心交通站——今州的地理位置与大上海相邻，位于苏浙沪的交界处，属江苏省管辖；且兼交通发达之便，既有公路、铁路，又有水路。

组织上把组建今州地下交通站的使命交由我爷爷孙景轩负责，曾牧师则奉调离开今州，前往镇江的教堂任职，次年遭叛徒出卖，被敌人杀害。

交通站建成后，根据组织上的指示，从此爷爷跟今州乃至江苏省的中共地下组织不再保持关系，他本人以及他担任站长的今州地下交通站，划归中央相关部门直接领导，代号087。

寒假的第二天，父亲一反常态早早就起来了，因为上一天爷爷答应带他去市商会。爷爷是今州市商会的理事，商会不定期举行理事会议，每次开会时桌上都会摆出糖花生、五香豆之类的零食，我们那里称为茶食。因此，父亲很希望爷爷把他带去，也好跟着解解馋。可是，这种机会很少——我父亲平时要上学，商会开会通常也不会安排在星期天；另外，爷爷也不大愿意父亲跟他去，他不想给别人留下贪小沾光的印象。不过，自交通站建立以后，逢到这种会议，爷爷倒是很乐意带他去，这可能是由于唐四海的原因。

唐四海是市商会会长，我家的紧邻。唐家是今州的名门望族，唐四海的父亲、祖父、曾祖父都当过清朝的官，而且最小的也是四品官——

相当于如今的副省级。到了唐四海父亲这一辈，可能文曲星不再关照唐家了，三个儿子参加过若干次科举考试，唐四海算是其中的佼佼者，也不过考中了一个举人。唐四海原本还要再接再厉拿下个进士，至少也是同进士，可不久清廷宣布废除科举考试，只好死了那份心。一年后，唐四海的老爸、清廷原宁（波）定（海）守备道台唐正相病殁，唐四海用分家所获的财产作为本钱经商，十几年间就赚了个盆满钵溢。

唐四海在今州拥有米厂、榨油厂、米行、典当行、茶食店各一家，在南门外的谭家庄、沈家湾有良田上百亩，是我们今州地面上实力最强的富豪。不用说，商会会长的位子非他莫属。不单是商会，其他重要机构也都聘请他挂虚衔，所以，唐四海还是市参议会的首席参议、市警察局的高级顾问、保安团的名誉团总、市教育局挂名的学政主任，等等。

唐四海的独子唐季昌高中毕业后东渡日本留学，一去八年，竟然杳无音讯。寄函过去，退回，盖了枚印章说是查无此人；托人去东京登门寻问，留学生会馆的人说他早已离开，不知去向；在日本几家大报纸上连日刊登寻人启事，都是石沉大海。于是，唐四海就认为他这个独子已经横遭不测了。唐四海这年五十挂零，中年失子，自是备感凄凉。

我父亲上小学一年级时，一次唐四海亲自送他最小的女儿上学，听见我父亲说话，竟和童年时的唐季昌惟妙惟肖，从此就对我父亲特别亲切。偶尔闲着无事，从宅子里溜达出来，顺便到一源堂小坐，跟爷爷聊天，得知我父亲的生日跟他是同一天。唐四海讲迷信，认为这是前世缘分，从此对我父亲关爱备至。后来，我父亲就成了唐府的女婿。

市商会在城隍庙旁边，爷爷带着我父亲过去时，唐四海的女儿唐季娴正坐在院子里看连环画。唐四海迎出来，说恩亭来了正好，你们两个一起玩吧。唐季娴和我父亲是同学，关系不错，就和我父亲一起玩起了“跳格子”，商会的工役还端出茶食，让两个孩子边吃边玩。唐四海则和爷爷进屋，商会里的一干人正在研究一桩事情：是否批准一个从上海来的名叫井少岳的商人在今州城内开一家饭馆的申请。

这里需要说一下，民国时是没有工商局的，相应职能分别由社会局、商会承担，社会局负责被列为特种行业的妓院、舞厅、印刷、刻章、锁匠等，其余就概由商会负责了。商会的职责一是审批开业执照；二是调控当地商品品种和价格——这都是跟商家老板协商着办的，没有强迫人家接受的权力。不过，商家老板一般都会接受商会的意见，因为这是江湖规矩，既然入了这一行，那就得遵守游戏规则；三是接受商家和消费者的投诉，对不公平交易行为（比如销售假货、哄抬价格等）进行调查处理，最严厉的处罚是吊销营业执照；四是维护商家的共同利益，调解商家之间的矛盾等。

上海人井少岳的申请是元旦后向商会提出的，唐四海受理后，先跟本城的饮食行业诸老板进行了沟通。当然，同业老板对于别人是否能在本市开饭馆是没有决定权的，你若让他们投票，肯定是投反对票，沟通不过是了解餐饮业当前的情况，便于商会开理事会时讨论定夺。现在，商会举行的就是决定是否允许井少岳在本市开饭馆的会议，十一位理事各自发表了意见，表示反对的多。

中间休息时，爷爷和唐四海出来抽烟，悄声讨论这件事究竟如何解决方为妥帖。爷爷的观点是，既然主张公平竞争，那就应该允许人家前来今州开店，倾向于赞同。唐四海的观点跟爷爷不谋而合。会议继续举行，爷爷就此发表了意见，又有唐四海的支持，最后投票的结果是六比五通过。

于是，井少岳获准可以在今州开饭馆。可是，井少岳的饭馆还没开张，爷爷就为此感到后悔了。

## 三、冤家对头

小年之后，中药店就忙起来了。这倒不是过年了人们会多生毛病，那么，中药店忙碌什么呢？忙着包五香。过年了，千家万户都要准备年饭，烹饪时的调料少不了五香。当时的五香只有中药店出售，因此，那些日子各家中药店都是老板、伙计齐上阵，连家属也要帮忙。

忙到除夕下午关门打烊，就吃年夜饭了。先是举行祭祖仪式，然后才开席。爷爷的酒量很好，可他吃年夜饭时却是滴酒不沾，总是以清茶一杯替代。吃过年夜饭守岁时他才喝酒，通常是独坐店堂，账台上置一盘子，里面装着几样卤菜，旁边的炭火炉上热着酒壶，内盛三斤绍兴花雕。爷爷一边喝酒一边看书，总要喝得一滴不剩，迎来年初一黎明的第一道曙光后方才上楼歇息。

可是，那年的除夕爷爷却过得跟往年不同，年夜饭时他喝酒了，饭后，他和刘九龄在店堂里围炉喝茶，低声嘀咕着什么。而刘九龄往年都是回宁波老家过年的，那年却是例外。

新中国成立后，我父亲担任今州市公安局侦讯科长，受命主持国民党今州市警察局长、汉奸、潜伏特务朱维信的案子，终于弄清了一些之前一直难能释疑的问题，其中包括那年除夕之夜爷爷和刘九龄反常的原因。

朱维信除了担任国民党今州市警察局长，还另有一个隐蔽身份——“军统”前身复兴社特务处今州站站长。当时，复兴社特务处刚从特务科升格，担任处长的戴笠心高气傲，一心要跟其浙江同乡徐恩曾执掌的“中统”（当时叫“国民党中央组织部党务调查科”）争个高下，决定在上海通往江浙和首都南京的必经之道今州市设立一个特工站。按照复兴社特务处的规矩，他们的所有机构都是不对外公开的，所以由朱维信负责的这个特工站只有一个名目，并无办公场所，该站的特务活动都是借用警察局的名义进行的。

春节前一周，戴笠向朱维信交代了一项使命：复兴社特务处获得一条情报，称共产党拟在今州建立一个秘密机关，要求今州站尽快查明情况，切勿打草惊蛇，更不能对嫌疑对象采取逮捕、暗杀等措施。

朱维信曾留学德国攻读警察专业，工作中时不时显露出德国人的那种严峻细致但又有些教条的作风，我爷爷因朱维信教科书式的现场复原被排除嫌疑就得益于此。而且干警察与干特务是两码事，朱局长接受命令后，一时感觉仿佛老虎吃天无从下口。于是，他就想到了市警察局的高级顾问唐四海，随即登门拜访。朱局长向唐四海请教，倒不是这位商会会长在特务方面有什么实践经验，唐四海对特务这一行一窍不通，跟徐恩曾、戴笠也素昧平生，可是，他有着丰富的阅历，对今州地面又十分熟悉，应该能说出个道道儿来。

朱维信没有透露他的特工身份，谎称警察局最近收集到这样一条情报，他想查一查，尽早掌握情况，免得日后出了乱子，对上峰不好交代。唐四海当着警察局的高级顾问，朱维信按月差人送来一笔顾问费，虽然他家大业大不稀罕这点儿钱，但于情于理，也还是得替朱局长分忧。不过，他对朱维信说需要花几天时间打听一下。

唐四海打算跟谁打听呢？首先是商会里的另外十名理事。这十位理事，都是所在行业里德高望重、人缘最佳的人物，信息自然也灵通。唐家跟我爷爷家挨着，唐四海第一个找的就是我爷爷。

可以想见，爷爷得知这个消息该是何等震惊和焦虑。送走唐四海，爷爷随即就写了一封密信，以“贺年信”的名义让我父亲去邮局投递，我父亲后来告诉我，信封上写着是寄往上海的。

接下来，爷爷就跟他的部下刘九龄密议如何开展建站工作。商量得如何不得而知，估计是颇费了一番脑筋，这就是除夕之夜爷爷略显反常的原因。

年初五接了财神，一源堂老板、伙计照例吃了一顿东伙酒席后，我们这家中药店的麻烦来了，制造麻烦的就是不久前获准在今州开饭馆的井少岳。

井少岳开的这家饭馆名唤“天益馆”，不幸位置恰恰选在北大街上，就在一源堂斜对面原“大祥糖坊”的店址。大祥糖坊的老板潘其祥三年前痨病去世，糖坊传到其子潘福和手里。潘福和在今州城十大鸦片鬼中名列第四，又称“潘老四”。继承遗产后，潘老四花钱没了老爸的约束，排名迅速飞升。如此，糖坊难以为继，只好关门，年前，糖坊的房子卖给了井少岳。

起初，爷爷得知和井少岳做了邻居还很高兴，说以后请客下饭馆方便了，听说井老板是从上海带来的厨师，烧的菜肯定胜过本地厨师。可是，天益馆的菜还没吃到，倒是尝到了井老板的蛮横。

年初七，井少岳请了一班匠人师傅对原糖坊进行改建，他从上海带来的那帮伙计则给匠人师傅打下手。爷爷打眼一看，就知道这帮伙计不简单，一个个身手敏捷，颇有几分膂力，像是习练过国术。那几个身手不凡的伙计与匠人师傅配合默契，工程进展颇快，还没到正月十五，已经弄得差不多了。砌炉灶时，有人发现他们在与一源堂正对面的“德兴南货店”之间不到一尺宽的夹道里开了一个墙洞，不知是派什么用场的。

后来才弄明白，这是天益馆用来排厨房油烟的出口，也是老板井少岳的一个小发明。那时还没有绿色环保之说，饭馆厨房间排油烟都是通过烟囱。这位井老板不知出于什么考虑，竟然在我们今州搞起了技术革新。他画了一份图纸，请木匠制作了一架手摇风车，安装在墙的内侧，使用时只要摇动手柄，就能把厨房的油烟排出去。

南货店的金老板自是恼火，寻思如此一来，自家的墙肯定要天天遭受烟熏火燎，用不了多久就会难看得不成样子。于是，就请爷爷出面跟井少岳打个招呼。爷爷向来热心，被北大街上众商号视为主心骨，自是当仁不让，遂以今州市商会理事的身份前往天益馆拜访井少岳。

井少岳对爷爷很客气，吩咐伙计上茶奉烟，茶是极品龙井，烟是罐装哈德门。爷爷掏出名片时，他也是站起来恭恭敬敬双手接下的。爷爷暗忖交涉烟道通风之事料无问题，就言归正传，说了说南货店金老板的意见，请井老板考虑。井少岳脸上笑容依旧，说话语气也同样客气，不过他的答复却是不同意，说他特地从上海请来风水先生看过，墙洞必须这样开，不但于天益馆，就是于孙先生的一源堂也是大有好处的，还说这是风水先生的原话。

这就没法儿谈下去了，不过爷爷涵养好，哈哈一笑就把话题转到其他方面去了。告辞时，井少岳礼节比较到位，挽着爷爷的手送出了大门。就是这一挽，让爷爷暗暗心惊。爷爷是今州有名的伤科郎中，常年练气功，手上的那份劲力，至少在一源堂里没有人比得过。不料，被井老板看似不经意地轻松一捏，顿时整条膀子都酸麻了。再联想到那几个身手不凡的伙计，爷爷不禁大惑不解，怎么这天益馆上上下下都是练家子？有如此功夫，还开哪门子饭馆，不如开武馆好了。

不久，天益馆正式开张，一源堂马上就尝到了井少岳搞的那个绿色环保小发明的苦头。烟道出口在饭馆和南货店之间不到一尺宽的夹道里，厨房里的油烟经井少岳发明的风车排出来，从理论上来说，油烟应该向上流动，升到夹道上方散开。可是，夹道实在太窄了，几乎相当于一个横置的烟囱，如此，油烟就冲向北大街，直扑一源堂。

不得已，爷爷二访天益馆，这回是以一源堂老板的身份前往的，跟井少岳交涉烟道出口问题。井少岳仍旧很是客气，极品龙井、罐装哈德门照奉，但对于烟道问题丝毫不松口。爷爷也算是常在江湖走动的，却从未见过如此难缠的主儿。

其实，天益馆此举得罪的不单单是南货店和一源堂，北大街那几家位于天益馆下风口的商号，诸如竹器店、理发店、成衣铺、笔墨店等，无不叫苦连天。和一源堂紧邻的唐四海家位于上风口，倒是没受多大影响，但风不可能永远朝着一个方向吹，殃及唐家是早晚的事。

众商号咽不下这口气，几次三番前来跟爷爷商讨解决此事的方案。爷爷遂跟唐四海沟通，请唐会长出面跟井少岳交涉。唐四海出马，问题得到了部分解决。为什么说是部分呢？因为井少岳坚持风水说，不肯挪动烟道出口位置，只同意加装一根两层楼高的白铁烟囱。从此，北大街上就多了一道异样的景观，那根高而细的白铁烟囱四周虽然设置了保险索，可在风大时还是难免晃晃悠悠，让路过的人心惊肉跳。我父亲晚年还经常梦见天益馆的烟囱倒了。

问题就这样解决了，不过，天益馆跟一源堂也结下了梁子。

## 四、全城搜捕

早春二月，北方的一位中共省委负责人化名沈关蓝，前来上海参加一个秘密会议。根据纪律要求，会议结束后与会人员应该立刻离开上海，各自按照组织上安排的路线返回。可是，那位沈关蓝出身东北农村，后来当了铁路工人，从未出过远门，好不容易来一趟大上海，不想放过这个开开眼界的机会，擅自在上海逗留了几天。要说随便逛逛也就罢了，他竟然逛到了四马路的妓院里，不巧遇到公共租界巡捕房的临检。沈关蓝是经不起检查的，被盘问了三两句就张口结舌，巡捕当即对他进行搜身，搜出了皮箱夹层内的会议文件。

当时中共和国民党在租界巡捕房都有内线，沈关蓝被捕，双方同时做出了反应。国民党方面立刻向公共租界当局提出引渡请求，一般来说，这种请求肯定会得到批准。中共方面则指示内线继续打听情况，如果沈关蓝经受住了刑讯，没有泄露组织机密，那就组织营救，反之，就要考虑锄奸了。同时，不管沈关蓝是否叛变，都务须在第一时间切断与其的所有联系。

中共方面立即开始行动。由于北方省委没有电台，上海这边的中共组织跟他们的联系主要通过地下交通站。事关重大，组织上决定指派两名交通员同时行动，一个从上海去杭州，再从杭州去北方；另一个从上海去南京，再从南京去北方。两位交通员接受了任务刚刚准备动身，巡捕房内线送来了第二份情报——

巡捕房对沈关蓝动用了电刑，沈招供了。不过，沈原本就患着严重的高血压症，受刑时血压飙升，等到他熬不过表示愿意招供的时候，脑子里的血管已经破裂了。他本人当然不知道，以为是电刑引起的反应。敌人呢，那就更不知道了。沈关蓝仅仅交代了自己在中共担任的职务，往下就语不连贯，吐字不清，断断续续说了几个人名地名，继而陷入昏迷。

巡捕房急把沈关蓝送往医院，沈生命垂危，神志一直没有恢复，当然也就说不了话。次日，公共租界当局批准了国民党方面的引渡申请，沈关蓝被转移到沪上最好的医院——法租界广慈医院，国民党方面重金聘请法国专家抢救，还出动了三十名便衣前往广慈医院提供保护。可是，沈关蓝大限已到，纵然华佗再世，也回天乏术，当天，他就死于广慈医院。

组织上立即指示二位即将上路的交通员暂缓动身，待了解到叛徒的供词内容后再作决定。内线设法搞到了沈关蓝的供词，是十几个人名和代号，还有一些路名街名。沈关蓝的直属上级是北方中心省委，上海这边的地下党并不知晓他供出的这些内容意味着什么，但有一点是肯定的，沈是省委的重要负责人，他供出的那些人都是在党内担任相当职务的同志。经过研究，组织上决定让交通员带上沈关蓝供词的抄件，仍分两路前往北方向中心省委报警。

很快，内线又送来了一份情报：公共租界巡捕房在向国民党方面引渡沈关蓝时，未把沈关蓝那段断断续续的供词交出，这倒不是想帮中共的忙，而是为了掩饰其刑讯逼供致使沈死亡的真相，免得回头沪上华界警方抓获租界通缉犯时，也照样来一下子。

这就为我方争取到了一些时间。国民党方面在巡捕房的内线想必也要设法弄到沈的供词，但能否成功，尚未可知。新中国成立后，我父亲讯问朱维信时得知，国民党方面尽管花了很多钱钞，甚至向承办该案的英国探长行贿，但他们的目的并未达到。根据公共租界工部局警务处的规定，引渡案件的卷宗一律送交工部局档案库封存，如需查阅，必须由所在部门的外籍督察长出面向警务处打报告，审查通过后方可。本来，敌人对此已经不抱希望了，谁知这时发生了意外。

这个意外，发生在上海开往松江的公交汽车上。前面说过，组织上指派了两名交通员分别途经杭州、南京前往北方。本来，是可以乘坐火车离开上海的，可是，敌人在上海北站设有由淞沪警备司令部、上海市公安局（1927 年 4 月至 1937 年 7 月，上海市的警察部门称“公安局”）、党调科（即“中统”前身）、复兴社特务处（即“军统”前身）以及铁路警察五个部门的成员组成的检查站，对旅客盘查得极为严密。组织上不敢让那两个交通员冒这份险，就让他们分别乘坐公交车和轮船先离开上海，抵达属于江苏省管辖的松江和青浦后再分赴杭州、南京，然后北上。

没想到，最近这段时间，敌人对于公路和水路的盘查也很紧，刚好让走杭州线的交通员老邓遇上了。汽车一开出上海市区，就被几个便衣特务拦下，二话不说命令包括司机在内的全车人统统下车，挨个儿搜身。老邓担心逃不过检查，把缝在衣服缝隙里的情报悄悄取出来塞进嘴里咀嚼，轮到检查他时，他还没来得及把情报咽进肚子。嘴里有东西，回答问话时难免异样，敌人也不笨，几个家伙一拥而上，掐脖子抠嘴巴，从老邓嘴里挖出了一团嚼烂了的纸团。

老邓是安徽和县人，早年来到上海，学会了开汽车，后来又和王亚樵的那帮斧头党混在一起，受那些亡命之徒的影响，他的性格中颇有些临危不惧、死路求生的因子。虽然没有应对这类危急局面的预案，可他的行动比有预案的还有效。眼看被敌人团团包围，立马就要扣上手铐，他喊出了一句话："我投降！车上还有重要东西，我交出来！"

敌人信以为真，两个特务持枪押着老邓上车去取。这时敌人也大意了，不是一前一后押着老邓，而是让他走在前面。首先上车的老邓突然转身，冲着身后紧跟着的第一个特务的面门就是一记重击，那主儿往后栽倒的时候，把身后的特务也一起撞翻了。敌人还没回过神来，老邓已经跃上驾驶座，司机下车时没拔出钥匙，当下老邓发动引擎，把车开了就走。这个过程，可以用说书先生"说时迟那时快"的套话来形容，等敌人醒悟过来，汽车已经窜到数十米开外，根本追不上了。

逃离险地后，老邓弃车步行返回上海市区。当晚，组织上获悉情况，意识到这个变化可能会影响到另一位经南京北上的交通员小陈。从时间上推算，小陈当天应该在今州过夜，遂决定发挥今州中心交通站的作用，连夜从邮局给087拍发了一份暗语写的明码电报。凌晨三点，邮局送报员把电报送到了一源堂。

我爷爷接受的任务是，天亮后密切注意今州城内敌人的动静，如果发现异样情况，就做好接应小陈的准备，双方接头时可启用907号暗语。小陈所携情报转移到087交通站后，组织上授权087可在“速转下家”与“立即销毁”这两种措施中视情选择。爷爷跟刘九龄商量的方案是：天亮后，由我奶奶出面，佯称我父亲生病不能上学，托唐季娴向老师请假，以此为由到唐家查看动静。通常来说，警察局如果遇上重要任务，朱维信肯定要跟他的高级顾问唐四海商量，说不定在唐家能看出点儿端倪。

可是，次日早上开门一看，我奶奶就不敢迈步出门了：北大街上警察、保安团团丁已经设起了岗哨，唐宅门口就有三个家伙待着，不时拦下路人盘查，连挎了个竹篮子进城出售小鱼小虾的网船婆（当时今州人对“渔家女”的称谓）也不放过。爷爷闻知，对刘九龄说如此情况已经清楚了，也没必要去唐家探风声了，赶紧启动紧急预案吧。

后来知道，敌人在公路上拦截老邓失利后，原本是不想向上峰报告的，可是这一彪人马是警察局、警备司令部侦缉大队、保安团、党调科、复兴社的大杂烩，人人各怀心思，想保密不太可能。那就只好寻找补救的法子，这个法子也被他们找到了，他们竟然在从老邓嘴里抠出来的那团烂纸上发现了若干不连贯的汉字，于是就作为战果呈报上去了。至于那个交通员，则称因拒捕已经击毙。

根据那几个汉字，敌方判断应该与沈关蓝在公共租界巡捕房的供词有关，遂将这个情况上报南京。南京方面指令，由复兴社特务处负责调查该案。

戴笠于当晚抵达上海时，统管苏浙沪三地的复兴社特务处上海区已经完成了对该案的初步分析和外围调查。应该说，他们的分析是比较到位的。按照中共情报机关的一贯做法，遇上这种紧要情况，会指派两名甚至更多的交通员传递情报。他们认定，在公路上拦截的那个交通员只是两个交通员中的一个，另一个显然也已经出发，正在北上的途中。

接着再分析路线。由于对铁路交通的严密监控，中共交通员只能走公路或水路，而这两条路线都绕不开今州。只要把今州这个咽喉要道牢牢卡住，宽进严出，就可以把另一个交通员死死困在今州。

为此，复兴社上海区立刻对位于曹家渡的内河航运码头连夜进行调查，把售票员从被窝里叫起来一问，得知曾有人购买过一张从上海到今州的联票。所谓联票，就是从上海乘坐轮船到北新泾，再从北新泾坐长途公交车直达今州。这种联票的优点是节省时间，可以保证在一天内抵达今州，不过少有旅客买这种联票——票价太贵，时间嘛，倒是耗得起的。售票员对于卖出一张联票的事记得很清楚，但具体到买票者的情况，他就说不上来了，因为码头的售票窗口很小，他看见的就是一张戴着大口罩的脸。

据此推断，共产党的交通员今晚应该在今州城里过夜。戴笠认同这种分析，复兴社特务处上海区主任何家谟随即向今州站站长朱维信下令，命其设法抓获那个不知姓名、相貌、体形、年龄、性别的共产党交通员。朱维信提出一个要求，请上峰跟江苏省警察厅、江苏省保安总队联系，让那两个部门连夜向今州市警察局、保安团下达命令，命令中要讲清楚，由朱维信担任这次行动的总指挥，今州的保安团自团总汤宗俊以下都须服从命令，违者查办。戴笠认为这个要求合理，点头同意。

一切都协调好，已是清晨四五点钟。警察局会同保安团联合行动，全城搜捕，就出现了我奶奶一大早开门时看见的那一幕。

## 五、险象环生

爷爷一看外面那阵势，意识到敌人这回是志在必得，不由得暗暗担忧。当时他自然不可能知道朱维信背后的总策划竟是戴笠，也不清楚自己此刻已经承担起保护党的北方中心省委的重任。看着门前荷枪实弹的警察和保安团丁，他考虑的是，这是单单针对北大街的呢，还是全城如此？

正想着的时候，唐四海从隔壁宅第里出来了，步子还是一如既往的从容不迫，甚至看都没看一眼站在自家门口的团丁。爷爷正要跟唐四海打招呼，却见一个团丁朝前几步，把手中的“汉阳造”一横，挡住了唐四海的去路。那个团丁是新来的，又是客边人，不知道唐四海是何许人物。这时，那个带队到中药店里抓捕吴明全的李班长不知从哪里冒了出来，对那个团丁一阵拳打脚踢：“有眼不识泰山，唐团总也是你拦的?”

唐四海涵养功夫很好，当即拦住李班长：“不知不怪，不要打了!”转头看见我爷爷，招呼一声“景轩”，就奔中药店过来了。爷爷要把唐四海往店堂里让，唐四海微微摆手，隔着柜台告诉爷爷，今天街上这一幕是什么来路，他并不知晓。按说他是市警察局的高级顾问、保安团的名誉团总，闹出这么大的动静，朱局长、汤团总总该知会一声。他现在就要去一趟警察局，问问到底是怎么回事。告辞前，他掏出一张名片，在背面写上“任何人不得留难持片人”，落款唐四海，他把名片交给爷爷，以防爷爷出门办事路上遭到阻拦刁难。

爷爷愈发忧心忡忡，那个交通员被困今州城，人地生疏，昨晚也许还能下榻于哪家旅馆、客栈，今天该怎么办呢？今州城说大不大，说小也不小，乃是江苏省的一个专区行署所在地（相当于如今的地级市），自己又该到哪里寻找这个交通员呢？

这天，受全城搜捕的影响，人们能不出门就不出门，一源堂的生意自然萧条。不仅仅是一源堂，全城的商铺也大抵如此。整个儿上午，爷爷一直坐在店堂过道的那副座头上，貌似悠闲地抽着水烟、喝着茶翻阅报纸，内心却是焦灼如焚。他之所以一直泡在店堂里，其实是在等唐四海从警察局回来。

唐四海这一去，整整三个钟头。去过警察局之后，他又去了他的几家工厂、商铺关照几句，回来时坐了他的私家黄包车，没进家门，先进了一源堂。爷爷赶紧把他请进店堂，沏茶奉烟。唐四海喝了几口茶，连连摇头："景轩啊，这种事情，今州可是第一次遇上！为了侦缉一个不过是道听途说的什么共产党交通员，竟然把全城搞得鸡犬不宁……"他把从朱维信那里听到的情况一五一十说了一遍，越说越气，"小时候听大人说，闹长毛那会儿，清廷追缉余党，我们今州城榜上有名，那可是奉皇上圣旨呀，也没有今天查得这么严。一个共产党交通员，就那么厉害？"

爷爷给唐四海的杯里添水，又叫过学徒小庆给老爷子捶背。小庆来一源堂前曾在剃头店做学徒，旧时规矩，学剃头先学敲背，所以，一源堂里人人都享受过小庆的敲背手艺。现在唐四海给小庆敲了一阵，气顺了，又告诉爷爷，听朱维信那意思，如果找不到共产党的交通员，警察局和保安团就不会收手。

中午，爷爷和刘九龄在内堂一边炮制中药，一边密议如何跟交通员接头。这时街上虽然仍旧处于半戒严状态，但爷爷或者刘九龄出去转悠应该是没有问题的，一是他们身边没有情报，二是有唐四海的那张名片，三是师徒两人都是郎中，以出诊为借口也算是名正言顺。不过他们担心，主动寻找若是无果，反倒会惹得敌人起疑。那么，那位交通员小陈的处境究竟如何呢？

复兴社特务处方面的判断是准确的。小陈确实买了联票，但买完没多会儿就后悔了。怎么呢？在曹家渡码头上轮船后，听检票员说他是唯一一位购买联票去今州的旅客，不禁一个激灵，一是担心到了北新泾汽车不开，为一个乘客跑一趟今州那不是赔本了吗？二是即便汽车开了，如果路上遇到敌人检查，就他一个乘客，那不是一点儿掩护都没有？幸好，到了北新泾上岸一看，去今州的汽车正常发车，而且是满座——还有其他几处码头以及当地直接买票去今州的。途中未曾遇到敌人检查，只是因加油耽搁了些时间，抵达今州已经天黑，汽车进城后城门就关了。

小陈是化装成和尚进行这趟特殊旅行的。之所以化装成和尚，是因为他确曾有过当和尚的经历。九岁时，小陈父母双亡，被亲戚送入家乡湖州的一所寺庙出家，正式接受剃度，法名大觉，头顶还烫了香疤，痛得他哇哇大哭。七年后，小陈离开寺院，成了一名游方僧人。从湖州到杭州，从杭州到南京，再从南京一路经镇江、常州、无锡、苏州，最后到了上海。他到上海时，正赶上中共领导的上海第三次工人武装起义。七年和尚当下来，他没修炼成什么，加之年轻好动，经不住几个青年工人的怂恿，参加了起义。起义中他不幸受伤，被送进医院，待到伤好出院那天，正赶上“四一二”。小陈看看情势不对，重新穿上僧衣，剃了光头，还原了僧人这份“主业”，在上海市区、浦东、郊区的那些寺庙挂单。

这年夏天，小陈在南汇一所寺庙里巧遇当初鼓动他参加武装起义的一个青年工人，此人姓钟，由于个头儿高大，故人都称他“大钟”。大钟是中共党员，“四一二”后是上了敌人黑名单的，他到南汇也是为躲避追捕。大钟以居士身份在寺院住了半个多月，给小陈灌输了一些革命道理，于是小陈就提出了参加组织的要求。大钟说他做不了主，但他可以向组织上转达小陈的意向。

大钟离开后，小陈就等消息。一直等到初冬，大钟才再次出现。这天，是1927年11月29日，小陈永远记得这个日子，大钟通知他，组织上已经批准了他的入党申请，从今天起，他就是一名光荣的共产党员了。据我爷爷说，这个入党情节真真切切，尤其是“四一二”后的那段非常时期，入党手续一律简化。

组织上量材录用，小陈既是和尚，四处云游是很方便的，就让他做了交通员。这次小陈接受使命后，知道身负重任，自是加倍小心翼翼。昨晚抵达今州后，小陈本已找了个角落换上便装（旅途中和尚打扮容易掩人耳目，但接头时穿着僧衣，那就惹人注目了），也许是久跑交通形成的直觉使然，他没来由地有点儿心惊肉跳，遂打消了下榻旅馆的念头，又把僧衣换上，敲开了城内大悲寺的门。游方和尚夜晚叩门挂单是常事，再者小陈以前云游时曾经来过大悲寺，跟全寺僧人都混了个脸熟，寺庙方面根本没有在意。

敌人今天凌晨进行的全城搜查，当然发现不了小陈的影踪。一夜好睡的小陈也不知道外面发生了什么，直到早晨寺院开门，方才发现不对头。早饭后，外出买菜的僧人带回了一个确凿的消息，警察局、保安团在全城搜查共产党，对出城者的盘查尤其严格，已有数十人被捕。小陈多年来执行过数以百计的交通使命，从来没出过岔子，用现在流行的说法，他应该是“金牌交通”。金牌之誉的获得，除了运气好之外，更多的是未雨绸缪的意识和果断的行事风格。这次他接受使命时，组织上给了他今州、南京两处交通站的联系暗语，嘱咐他一旦发生不测，可把情报转移给当地交通站。现在，小陈认为是需要启动应急预案的时候了，而且要快。机会只有一次，干地下交通这一行的没有“下不为例”之说。

大悲寺靠近西门，敌人在全城大街小巷巡逻搜查，直接前往北门一源堂中药店交接情报恐怕不现实。情报藏在脖子上挂着的那串佛珠之中，那颗佛珠是以蜜蜡制作的假货，粗看没问题，但经不起仔细检查。小陈正盘算着如何解决这个问题时，监院请他去帮忙。

江南惯例，每年阴历三月来临前，当地宗教界要联手举行一次慈善活动，请当地各科中医举行义诊，持义诊中医开出的药方前往指定的各中药店赎药均可免费，一应费用由发起者，也即寺庙、道观等均摊，不足部分由政府民政部门承担。今州宗教界于此事一向热心，今年轮到由大悲寺出面组织此项活动，监院请小陈相帮给各中药店、中医写请柬。

别看小陈没有上过一天学，但他在湖州寺庙出家的那七年中，跟的师父曾是清朝同进士出身，师父教他识字，他由此练出一手像样的书法。这也是小陈在各寺院挂单均受欢迎的原因，他在大悲寺早有书法方面的名气，昨晚到此，监院正好抓他个差。小陈听监院一说缘由，心中不由窃喜——可以借机向一源堂发出联络信号了。

于是，当天午后，我爷爷忽然收到了一封由大悲寺指派一个小沙弥送来的请柬。该函原是密封的，小沙弥在路上被警察、保安团拦下检查，就给敌人拆开了。小沙弥受命送的请柬有数十封，敌人尽管每封都拆开了，可是哪会认真检查，草草浏览而已。函件送到一源堂，是由学徒小瑞收下的，马上送到了爷爷手里。根据爷爷定下的规矩，凡是送到一源堂的信函、包裹，都须在第一时间呈报给他——这自然是出于地下工作的需要。

爷爷拆开这封函件，初看并无异样。再检查信封，印在信封左下的紫红色落款“大悲寺”三字与下面的“缄”字之间留出的空隙（用于填写发信人姓名）中写着三个小字“大悲寺”。这个小小的异常引起了爷爷的注意，思忖片刻，他就把我父亲唤去，做了一番交代。

那段时间，今州的小学每周三下午是放假的，不但学生开心，大多老师们也乐得轻松，不过，我父亲的班主任水老师例外。

水老师名叫水宽正，三十来岁，客边人，说一口北方话，不过他能听懂学生说的江南话。他喜欢运动，操场上的双杠、单杠、吊环什么的玩得比教体育的洪老师还好，可他教的却是地理课。不过，他的教法与众不同，并不拘泥于教学大纲规定的那些内容，时不时组织学生进行简单的测绘、画地图之类，这是需要到校外去的，有时还要出城，自然深受学生欢迎。小学的马校长是个比较开明的知识分子，很支持水老师搞教学改革，况且马校长的夫人宋老师是教算术的，明白水老师的课外教学对于提高学生的算术能力也有很大帮助。当然，水老师很注意跟其他老师的关系，组织活动尽量不占用其他老师的课时，需要出校门的活动，很多都安排在星期天。

本学期一开学，水老师宣布将组织考察本城的寺庙、道观和尼姑庵，自愿报名，男女生均可参加，时间定在每周三的下午。这种在城里进行的活动，并不是每个学生都喜欢的，不过我父亲还是报了名，唐季娴和朱耀先也报了名。开学以来，他们已经先后考察了城隍庙、关帝庙、三清观和碧莲庵，按计划，今天下午应该去大悲寺。

我爷爷对此当然是知道的，奶奶还曾跟他商量，外面这么乱，今天下午是不是就不要让孩子出去了。我父亲对此不以为然，因为同去的还有唐季娴和朱耀先，一个是警察局长的公子，一个是保安团名誉团总的千金，谁敢找他们的麻烦？爷爷当时未置可否。他不点头，我父亲自是不敢去，那顿午饭就吃得有些沉闷。接到大悲寺的请柬后，爷爷决定亲自去一趟。他把父亲叫去，说恩亭你可以参加水老师组织的活动，我也正好要去大悲寺跟海澄法师谈一下义诊事宜，不过，有一点你必须听爹爹的，你可能不能全程参加活动，我说离开你就得跟我走，有些事情我可能还需要你帮忙。父亲马上表示没问题，一定听话。

出门前，爷爷找出一顶几年前一源堂出资定制的帽檐上方印有“一源堂”字样的白色广告帽，那是专门发给乞丐的，可能也是今州商界独一无二的创意。原打算父子俩一起去大悲寺，还没出门，唐四海的包车车夫老郭来了，说奉老爷之命，把孙少爷和唐小姐一起拉到大悲寺去，免得路上遭到警察或者团丁的惊扰。爷爷就让我父亲上了黄包车，说他随后就来。

我父亲和唐季娴坐着黄包车到达大悲寺时，水老师和十来个同学已经到了。进去后，正听水老师讲解如何测绘大雄宝殿时，爷爷也到了。待水老师的讲解告一段落，他才跟水老师打招呼，两人互递名片。他告诉水老师，他是来大悲寺跟海澄法师谈义诊事宜的，边说边取出广告帽给我父亲戴上，关照我父亲说，一会儿还要去走亲戚，办完事会来叫你，如果你们的活动结束得早，可到后面的方丈僧房找我，也可在寺里转转，只是千万不要出去，今天外面太乱了。

爷爷刚刚给我父亲戴上广告帽，坐于大殿门内蒲团上佯装诵经的小陈就注意到他俩了。不久，爷爷从海澄法师的屋里出来，小陈借机跟他对上了暗语，那颗假佛珠里的情报也转移到了爷爷手里。

父亲他们这时已经完成了测绘，正在大殿前做游戏，水老师则在大殿里和僧人聊天。爷爷从父亲头上取下广告帽，用手帕给他擦去脸上的汗，又把帽子给他戴上，捏了捏他的耳朵。父亲于是明白，爷爷可能有东西藏在帽子里了。接着，父子俩跟水老师和同学们打了招呼告辞。

在门口叫了辆黄包车，父子俩打道回府，不料眼看就要来到一源堂门口了，却遭遇了拦截。拦截者是由一名警察、两个保安团丁组成的巡逻小组，喝令三轮车停下。我父亲寻思事儿来了，一颗心在胸腔里怦怦直跳。爷爷悄悄扯了他一下，暗示他镇定，然后从容不迫地对为首的警察说："三位老总这是……"

"奉命查缉共党分子！下车搜身！小孩儿也下来！"

爷爷怕耽误车夫的时间，付了钱让车夫离开。刚刚掏出钞票，却被警察一把抢过去，一张张查看过后方才给了车夫，却还不让车夫离开，待团丁检查过三轮车后才予放行。敌人检查得这么严，我父亲的心再次吊到嗓子眼儿。爷爷依旧笑容可掬，双手抱拳："这位老总这等敬业，不才佩服之至！"说着，递上一张名片。

这张名片，就是唐老板上午留给爷爷作为护身符的。不料，这个警察油盐不进，随手把名片扔到地上："唐先生系市警察局高级顾问、保安团名誉团总，这都是虚职，根据规定，非实职长官无权直接对具体执行者下达命令！请阁下配合检查！"

说罢一挥手，两个团丁上前，一左一右逼住爷爷，正待动手搜身，我父亲瞅个空子拔腿就奔。那警察伸手抓了一把，没抓住他，却抓走了他头上的帽子！此举就像踩了一脚刹车，一下子绊住了父亲的脚步。警察一手捏住帽子不放，另一手抓住我父亲的衣襟："好小子！胆子不小！"

正在这危急时刻，身后有人沉声喝道："住手！"

声音不大，声调也不高，却透着一份难以抗拒的威严。在今州，只有一个人有资格这样说话，那就是唐四海。警察和团丁闻声立即住手，冲着正从茶食店门口向这边走来的唐四海立正敬礼，口称"唐团总"。

唐四海走到那三位跟前，用手杖指点着面前的警察："你姓什么叫什么？"

"卑职姓丁名文恭，今州市警察局巡警大队巡官。"

唐四海点点头："保安团二位兄弟一旁站着，我知道朱局长跟汤团总有过约定，这次行动以警察局为主，你们保安团受警察局节制，所以眼下这事与你们无关。”继而，他转头看着丁文恭，面如寒霜，“丁巡官，你胆子不小……”

丁文恭赶紧从地上捡起名片，只是刚才那一阵混乱，名片上已经被踩出道道污渍，当下慌忙掏出手帕好一阵擦拭，双手奉还爷爷，爷爷却是不接。

“拿过来！”唐四海一声暴喝，接过名片看都不看，随手撕成碎片。“老朽在今州市警察局的高级顾问也好，今州地方保安团的名誉团总也好，确实是虚职。以党国的官制职衔论，我唐某什么也不是。不过，既然蒙朱局长和汤团总的抬爱叫我一声大哥，我就替我的兄弟管教管教你。保安团二位兄弟！”

“有！”

“下了这厮的枪，让他到茶食店门口面壁思过两小时。你们二位持枪看守，不到时间，不许他离开！”

“遵命！”

唐四海处置完毕，这才陪着爷爷，拉着我父亲的手，一路往一源堂的方向走。哪知刚走到茶食店门口，唐四海冷不防摘下了我父亲头上的广告帽。父亲吓得腿都软了，定睛看时，却见唐四海已走进店堂，把花生、麻饼、硬香糕、寸金糖等茶食装了一帽子，让父亲捧着回家。

当天的晚饭桌上，多了一道面拖白米虾，那是爷爷转走小陈那份重要情报时向属于087领导的一位秘密交通员购买的。那位交通员是个渔夫，撑着一条小船在大盈河上以捕鱼捉虾为生。发现我家厨房临河窗外挂出的暗号，他就把小舟停泊在对面。爷爷向他买白米虾时，悄悄传递了情报，还多给了一些钞票作为旅费，让他替小陈把情报送往南京。后来听说，由于水城门也被敌人封锁了，他是等到天黑后从南门泅水出城的。

## 六、栽赃陷害

爷爷刚把情报转移走，住在附近的同学杨晨曦来找我父亲玩，告诉他警察局在街上贴出了布告，让老百姓协助政府缉拿潜入今州的共党分子，提供消息的有重赏。两人刚出门，隔壁的唐季娴可能听见他们的声音了，从家里出来跟他们招呼，邀请他们去家里跟她一起玩其父托人刚从上海永安公司购买的一副金属积木。

唐家的占地面积要比我家大一倍多，房屋也多，还有一个小花园。不过，同学去她家玩，一般情况下是不进内宅的，比如今天，就在她家的墙门间玩。所谓墙门间，就是步入大门的第一间，也可以说就是一个过道，里面什么家具也没有，唐家的女佣搬出了一条长长的春凳和三个短凳，三人就兴致勃勃地照着图纸用积木搭房子。孩子凑在一起玩耍，自然又喊又叫的。正热闹间，对面德兴南货店的阿兰——她是我大孃孃（我父亲的姐姐）的同学——奔进来对我父亲说："恩亭你还在玩啊，警察到你们家去抓人啦！"

父亲倏地一惊，立马起身往外奔。刚出门，就看见几个警察、团丁从一源堂里出来，押着一个双手被铐在背后的男子。有个警察身子背对着大街正对爷爷说话："孙老板，这人我们带走了，是不是共党分子，自然一审就明。在未曾证实此人清白之前，你不能出门一步，否则，只好给你换个地方待着了。老牛，你在这里盯着，敢违抗命令，可以采取措施——包括开枪击毙！"说罢一摆手，"把人犯带走！"

待那警察转过身，父亲看清了，不就是先前被唐四海罚站的那个丁巡官吗！这真是"六月债，还得快"，唐老爷子对他的处罚刚刚结束，他就来一源堂抓人了！

爷爷无可奈何地摇了摇头，提高了声音说："洪坤兄弟，如果他们敢对你动手，要记住是谁打的你，回头我要一个个跟他们算账的！"

这个被捕的洪坤，家住今州北门外七里的龙须湾。那里是我们孙家在今州的第一个落脚地。当年长毛兵败，天京陷落，我的曾高祖父从南京一路逃来，在龙须湾替一个已经被今州城内所有郎中打了回票的张姓老财治内伤，一帖药吃下去就停止了吐血。张老财全家跪地挽留，曾高祖父就在老财家住了下来，一住三月，彻底治愈了张老财的内伤。张老财感恩图报，给曾高祖父盖了三间瓦房，还张罗着帮他成家立业，撮合了他和今州城西门外"仁慈堂"中药店秦老板女儿的婚事。如此，龙须湾就成了我们孙氏家族这一支的发祥地。

后来，我的曾祖父在今州城里购房开店，就把龙须湾已经不住人的老宅还给张老财的后人，张家人感念曾高祖父当年的回春之恩，坚决不肯收。最后，经过协商达成协议，张家收回老宅，把村外的另一块大约七分面积的好地送给曾祖父。这块地，就成了我们孙氏家族的墓地。

墓地是需要有人照看维护的，曾祖父在龙须湾雇请一户洪姓贫农承担此事。到洪坤，已是第三代守墓人。洪坤小爷爷几岁，他管爷爷叫"孙先生"，爷爷则唤他"洪坤兄弟"，父亲嬢嬢他们则叫他"洪坤阿叔"。守墓人会在墓地周边见缝插针种一些蔬菜，每到收成时节，洪家人都要挑选些整齐精致的，专程送到一源堂来让我们尝鲜，爷爷也总是要留饭，并让奶奶准备一些礼品回赠。

记得上月天益馆开张那天，洪坤来向爷爷报告今年修缮墓地的预算，顺便带来一些鲜嫩的菠菜。爷爷留他吃饭，特地开了一瓶好酒。不过，此时已过午餐时间，爷爷说不能用剩菜招待洪坤兄弟，就让小庆到新开张的天益馆炒两个菜来。天益馆开张时爷爷是送了贺礼的，但那天商会有事，爷爷让刘九龄代他前往祝贺，顺便说明情况，表示歉意。祝贺的时候没来，却又差人来叫菜，使天益馆老板井少岳感到不可思议。按照商界惯例，开张头天即去消费的行为视为捧场，井少岳为表谢意，同时也想看看孙老板葫芦里究竟卖的是啥药，就随送菜的伙计一起来了一源堂。两个老板见面后，自有一套真真假假的礼节。爷爷向井少岳介绍了洪坤，井少岳对洪坤说，兄弟你以后有新鲜蔬菜要卖的，直接送到天益馆来，我有多少收多少，绝不会亏待兄弟！

今天，洪坤是来向爷爷汇报修理墓围的材料费和工价的，照例拿了一些蔬菜，一部分送到了天益馆，井少岳没有食言，以超出市价的标准支付了菜钱。然后，洪坤就进了一源堂。这时爷爷刚处理好情报转移，还没来得及喘一口气，那个丁巡官就登门逮人来了。联系到警察把洪坤带走时对面天益馆的伙计那份得意的神情，他怀疑是天益馆向警察局告了密。

当然，对于爷爷来说，此刻最要紧的是赶紧把洪坤救出来。可是，他已被丁巡官派人看住，相当于就地圈禁了。没办法，还是要请唐会长出面。

我父亲拿着爷爷写就的纸条去了隔壁唐家。唐四海正和小舅子兼管家顾相准商谈账务上的事，看了爷爷的字条，不禁拍案大怒："真是岂有此理！这个朱维信，怎么连手下一个小巡官都管不住？"又对我父亲说，"恩亭，回去告诉你爹爹，叫他放心，我这就给朱局长打电话。"

父亲刚从唐家出来，就听得身后一声汽车喇叭响，回头一看，一辆黑色雪铁龙已经在唐家门前停下。我们今州全城人都知道，这是警察局朱局长的座车。父亲还纳闷儿，这朱局长怎么来得这么快呢？

果然，车门打开，朱维信下车了。另一侧车门也下来一个人，即是人称"苟麻子"的市警察局侦缉队长苟霄汉。苟霄汉新中国成立前夕给我方干掉了，父亲不知道他的来路，只听说是东北人氏，以前在军阀部队里当过工兵，至于怎么来的今州，那就不清楚了。承办朱维信的案子时，因其交代中涉及苟霄汉，我父亲也曾问过朱，朱答称他从苏州警察局副局长任上调来今州时，苟霄汉已经是侦缉队长了，据前任局长介绍，苟的业务能力还不错，对今州地面比较熟，再者也没有更合适的人选，就把苟霄汉留用了。

唐四海也有点儿吃惊，电话还没来得及打，朱局长怎么未卜先知？把二人迎进屋，这才知道，朱、苟二人登门是有要事相商。说正事之前，唐四海先把丁文恭抓走一源堂看坟人洪坤之事说了说。朱维信立刻意识到洪坤肯定是无辜的——他是刚刚从唐四海嘴里知道这事，如若洪坤真的是共党，哪怕是有些微的共党嫌疑，底下人还不早向他报告了？

他把目光转向苟霄汉："苟队长，这是怎么回事？"

苟霄汉解释，侦缉队接到天益馆方面的报告，说一源堂来了个形迹可疑的家伙，怀疑是官府正在追缉的共党嫌疑分子。对于侦缉队来说，有举报就要调查，他就下令去一源堂把那个嫌疑分子抓了。朱维信当下就让苟霄汉给局里打电话，速速放人，还特意交代，让丁文恭亲自把人送回一源堂。

经此一回，那丁文恭情商再低，也该猜测到爷爷跟唐四海甚至朱维信的关系了，知道眼前这个中药店老板是不能得罪的。他不但亲自把洪坤送回一源堂，一连声道歉赔不是，接着还安排属下把洪坤一路送回了龙须湾，以免洪坤出城的时候再遇到麻烦。

回过头来，朱维信带着苟霄汉到唐四海家商量什么呢？自然是为追缉共产党地下交通员之事。这一天里，上海区三次电话、两次加急电报，向朱维信催问进展。朱维信原准备次日上午开始挨家挨户搜查，不得已，只好提前到今晚。可是，他又担心豪绅、官眷之类的人家提出异议。今州像唐四海这样的豪绅颇有几个，都在市参议会有席位，有的还是当年同盟会成员，跟南京的政要都说得上话；另外，本城有几户官眷也是有点儿了得的，都有直系亲属在南京国民政府担任相当职务。上述这两类人如若对夤夜搜查不满，回头往南京发份电报，别说抓不到共党交通员了，就是抓到了，只怕也要反复向上峰解释哩。朱维信知道官场的规矩，反复需要向上级解释的下属，那就是“争议人物”，仕途根本别指望一帆风顺。因此，朱维信就想到了唐四海，他想跟老爷子商量，请他出面跟那几个有可能向南京写“人民来信”的刺儿头打个招呼，请他们理解朱局长的苦衷。

唐四海当然一口答应。不过，他是个心思比较缜密的人，从丁文恭对待自己名片的态度上，他已经看出了朱维信那些部属的心理，由此推测今晚全城夤夜搜查，情况可能会比较复杂。送走朱维信、苟霄汉后，他差唐季娴到一源堂请爷爷过去，理由是晚饭后闲着无事，想和爷爷下象棋。下棋期间，唐四海貌似闲聊似的提到，今晚警察局、保安团将挨家挨户搜查，要一源堂注意，把金银钱钞之类贵重物品安置好，以免凭空遭受损失。

幸亏唐四海的这个提醒，爷爷回来之后，立即把交通站的重要文件如暗语本、一些应急接头人的代号、地址，以及密写药水之类及时进行了处理。

当晚对一源堂的搜查，是张保长、王甲长和警察、团丁各一来执行的。张保长为人不错，跟爷爷也熟识，一干人敲门进来后，张保长先向爷爷表示歉意，然后让王甲长和警察、团丁入内查看，特地提醒说：“要找的是共党分子，并非搜查物品。”那三人由刘九龄引领着内堂内宅逐间看了看，自然没有生出什么意外来。

# 七、烈士遗孤

搜查行动失利，朱维信的情绪大概不太好。这是隔天我父亲通过局长公子朱耀先脑门上凭空多出来的一个青紫色的肉核桃得出的判断。

费了那么大的周折，动用了大量人力财力，结果竟然连共产党交通员的影子也没瞥见，江苏省警察厅方面自然会认为这个局长“办事不力”，复兴社特务处更是不客气，干脆把他召到上海当面责骂了一顿。

从上海回来之后，朱维信闭门不出两天，那辆黑色雪铁龙才重新出现在街头。那天我父亲放学回家，看见雪铁龙停在唐家门口，车里却只有司机，估计是来接唐四海去市警察局商量事情的。后来知道，朱维信这次去上海，除了汇报行动失利之外，还接受了另一项使命：调查中共在今州的地下交通机关。

关于朱维信的这个差使，前文已经有过交代。当时复兴社特务处掌握的情况有限，只知道中共决定在今州建立一个机关，具体属于哪个类型的机关不得而知。接受使命后，朱维信还找唐四海聊过，并责成侦缉队长苟霄汉着手调查。苟霄汉领着他手下那班人马折腾了一阵，什么也没摸着。紧接着，就来了另一项紧急差使——追缉地下交通员。这段时间，上海区那些特务并没有闲着，不知通过什么途径获知中共在今州建立的是一个地下中心交通站，该机关以其负责人的代号087命名。

这个情报随即得到验证：明明有证据表明共产党的地下交通员进了今州城，警察局、保安团全城戒严、挨门挨户搜查，种种手段都用到了，临末竟然连个交通员的影子也没见着。由此可以肯定，地下交通站是存在的，那个交通员只有获得交通站的帮助，才能顺利脱身。

朱维信派车把唐四海接往警察局，就是与其密议此事。之前，苟霄汉曾向朱维信提出，北大街上唐四海宅第对面的天益馆似乎可疑，理由有三：一是该饭馆筹建、开张的时间恰与上海区下达调查任务的时间相符。二是据侦缉队调查所获得的情况表明，天益馆从老板井少岳、账房宝锦国到厨师、伙计，每个人都是练家子，而且行踪诡秘，半夜里，饭馆后院时常传出奇怪的声响，有人说是饭馆东伙在练武，也有人说是在搞什么秘密活动；昨晚全城大搜查，查到天益馆时，井少岳故意拖延时间，以找不到钥匙为名企图阻止搜查人员进入后院，保安团丁砸开门锁强行入内搜查，却未发现异常情况，但由此产生一种联想，即天益馆把追捕对象藏于后院，警察、团丁登门搜捕时，故意拖延时间让其逃跑。三是井少岳明明知道一源堂中药店的看坟人洪坤是北门外龙须湾的佃户，当天他还向洪收购过蔬菜，却故意向侦缉队检举洪坤系共党分子，此举有转移警方侦查视线之嫌。

应该说，苟霄汉的分析还是站得住脚的。朱维信就想对天益馆进行秘密监视，而一源堂老板孙景轩则是这份差使的最佳人选。他把唐四海接去，就是为商量这事。唐四海一听，立刻摇头："我觉得此事不妥。"

唐四海的理由是，天益馆检举看坟人洪坤，已经得罪了一源堂，可人家孙老板很大度，人前人后从没说过井少岳一句坏话，这是君子之风！这样一个君子，让他干秘密监视的差使，他肯应允吗？如果他不应允，而您朱局长要监视天益馆的意图已经暴露出来了，对今后的调查不利。

这话也有理。不过，放弃监视肯定是不行的。唐四海就出了个主意，可以在唐宅与一源堂之间那个凹进去的位置设一个监视哨。唐四海所说的这个位置是有说法的。前清时唐公馆是做官人家，按照今州的规矩，门口应该树旗杆，旗杆高二丈六尺，下有白石基座，基座上还刻有文字，说明这家人如何了得。进入民国后，这一套不行了，唐家就连旗杆带基座都清理掉了，留下那块六尺见方的凹形空地。

次日，苟霄汉派了一个便衣化装成卖梨膏糖的，在那个位置摆了个小摊头。卖梨膏糖是要折腾点儿动静出来的，那个便衣不知从哪里弄来了一架破手风琴，时不时自拉自唱一番，还挺热闹。

唐四海当然不会把监视天益馆之事向爷爷透露，但爷爷还是看出了异常。有个人跟爷爷持同样观点，这个人就是天益馆的老板井少岳。井老板的脾气比较大，耐性有限，觉得那个卖梨膏糖的朋友不太正常后，随即采取行动，派两个伙计把那人赶走了。当时没有工商，也没有城管，有权力赶走设摊摊贩的无非两种人，一种是警察，只要摊贩占用的是公有土地，警察就可代表政府执法；还有一种情况，摆摊人占用了私有土地，那么该土地的主人也可以把人赶走。这两条标准，井少岳都轮不上，他凭啥把人家赶走呢？凭的是武力威胁，他那班伙计个个身手了得——其实，那个摆摊“小贩”据说手上也是有点儿功夫的，可是让天益馆的伙计拍了下肩膀，就乖乖起身收摊走人了。

井少岳是个狠客，他把“小贩”赶走后，在那个位置放了一套桌椅，正中撑起一把通常只有街头牙医才用的大阳伞，上书“专治跌打损伤”六个大字，有时是井少岳本人，有时则是那个看似痨病鬼实则功夫甚深的账房宝先生，在椅子上一坐，二郎腿晃悠着，手捧紫砂壶，示威似的扫视过往路人。那意思就是说，井少岳把这个位置占下来了，其他人别想在这里动脑筋。别说，还真有人请他们治伤。天益馆上上下下都是练家子，练家子大多有治疗跌打损伤的家传秘方，刘九龄曾观察过，私下认为如果那二位改开诊所，赚的钱可能比开饭馆要多。

井少岳如此作为，就是抢一源堂的生意了，这在旧时是犯了大忌。北大街上有其他老板看不下去，唐四海也来征求爷爷的意见，问是否需要他出面干涉——那块地皮是他家的，只要他一句话，井少岳就必须搬家。爷爷对唐四海表示谢意，说不必了，井先生既有这等本领，那就该当欢迎他为社会服务，也不至于影响一源堂的生意，因为井先生开出的药方，人家基本上都是就近在一源堂赎药，我卖出的药多了，利润自然也上来了。

那么，一源堂的生意真的没有受影响吗？说不受影响，那是不可能的。可是，爷爷为何又拒绝了唐四海的建议呢？后来，我父亲渐渐懂事了，爷爷曾跟他说起过原因：以唐四海的身份地位，在他家门口设摊，不经过他的认可，那是绝对不行的。而唐四海心里肯定是不愿意警察局把坐探设在他家门口的，既然井少岳取而代之，他干脆顺水推舟，跟监视天益馆之事脱了干系。

那么，警察局方面如何反应呢？据说侦缉队长苟霄汉曾挎着双枪来摊位前转悠过，坐在那里的账房宝锦国看都没看他一眼。苟霄汉呢，也没吭声。当然，不吭声不等于认栽。朱维信另外安排了一个坐探继续监视天益馆，待在哪里呢？一源堂对面的德兴南货店。

这当然需要得到南货店金老板的许可，朱维信和苟霄汉都不便出面跟金老板去说，还是求到了唐四海门上。唐四海呢，多一事不如少一事，就交给市商会分管南货、地货、干果、蔬果行业的理事、南门“东千地货批发行”老板郭东千去处理。

郭东千跟一源堂关系很好，爷爷曾经治愈了他儿子的病，每年年末他都要带着儿子来给爷爷拜年。这次去德兴南货店，自然顺道要看看爷爷，还让伙计挑来了一担礼物，都是他行里的货物，诸如笋干、菌菇、桂圆、蜜枣之类。

郭老板在一源堂进出，自然被坐在大阳伞下的井少岳瞟在眼里。过了两天，德兴南货店就新来了一个店员。井少岳没有说什么，但他却把非法占领的摊位往一源堂这边移了尺余距离。这，就是一种表态，而且是来者不善的表态!

新中国成立后，我父亲在侦办朱维信案件时得知，朱维信当时另外还对今州城里的三个对象产生了怀疑，指令苟霄汉的侦缉队进行监视。可是，一直到7月上旬放暑假的时候，连同天益馆在内的四处目标均无任何蛛丝马迹发现。

这段时间里，一源堂地下中心交通站平安地完成了数十次情报转送，其中多次就是在天益馆东伙和朱维信安插在德兴南货店的坐探范驼子的眼皮底下完成的，不过，他们看见的只是病家来一源堂看病赎药，压根儿想不到情报的交接就是通过这种方式进行的。暑假伊始，这种状况出现了变化。

暑假第一天，唐季娴到一源堂来和我父亲一起做功课。父亲正在给唐季娴讲一道应用题时，朱耀先突然登门。他听说一源堂对面的天益馆东伙个个是武术好手，很想拜师学艺，对其父一说，朱维信倒不反对，不过有个条件：一个人去学可能没有常性，最好是约几个同学一起去向井少岳拜师。此刻他来找父亲，就是来问他对此是否有兴趣。父亲一听就来了劲，连唐季娴也想和他们一起去学。朱耀先有点儿意外："女的行吗?"

唐季娴说："怎么不行，花木兰不是女的吗？还有杨门女将!"

父亲想到另一个问题："井老板肯收我们吗?"

朱耀先说他已经跟老爸说好，请苟队长出面，估计井老板会买面子。不过，父亲还有一层担心，那就是我爷爷会不会同意。

这天，爷爷去上海办事了，父亲一时按捺不住，就想先去和刘九龄说说。可是，代替爷爷主持店务的刘九龄正忙着在内堂指导小庆、小瑞制作防暑用的"藿香薄荷清正液"，父亲在旁边转了一会儿，见无插话机会，只得作罢。哪知，正是由于这个原因，竟然导致交通站陷入了危险境地!

爷爷这次去上海，名义上是为进货——甚至对刘九龄也是这样说的，其实，他是去执行一项重要使命。一位党的重要干部及其妻子双双被捕牺牲，遗下三个子女，敌人正在搜捕这三个孩子。组织上决定把这三个孩子转移到北方，交可靠关系寄养。由于敌人已经掌握了三个烈士遗孤的性别、年龄和容貌特征，所以必须把三个遗孤分三路送走，其中两个被安排走海路，分别搭乘英商怡和轮船公司的客轮去香港、搭乘苏联的一艘货轮去旅大，然后再妥送目的地；还有一个走陆路，从上海经今州到南京，再转赴北方。

走陆路的那个遗孤交由087交通站负责护送，爷爷这次前往上海就是去接这个孩子的。不过，既然名义上是进货，那就要做得像，爷爷真的去了位于法租界的中药批发行，进了一批货，委托行里托运到今州。次日，爷爷前往领导交代的接头地点接到孩子——一个女孩儿。出于谨慎，他没有直接坐长途车回今州，而是去了曹家渡轮船码头，分两次购买了两张到今州的船票。

纵观爷爷一生，其性格中有一部分可与狐狸有一比：多疑而谨慎。对于从事地下工作的人来说，这种性格是必须具备的，唯其如此，才能完成组织上下达的形形色色的使命。这次，爷爷更是不敢有丝毫疏忽。他虽然购买了从上海到今州的船票，却只乘到属于青浦县的白鹤江就上了岸，雇了一条小船，去了离白鹤江十二里地的重固镇，在镇口的一座道观里住了一宿，道观中那位年已七秩的全清道长是我爷爷的好友。

次日，爷爷携孩子离开重固，花了一些钱钞，搭乘一条国民党军队的机动运输船返回今州。如此周折，一老一小回到一源堂时，已是第三天傍晚了。这三天里，今州表面上风平浪静，内里却是暗流涌动。复兴社特务处上海区认为，共产党方面有安排目标经今州往外地转移的可能，遂命令今州站站长朱维信密切注意这方面的动向。

朱维信认为这回跟上次搜捕共产党交通员的情形不同，交通员的性别、年龄、身材、面貌特征等一概不知，要在今州城里寻找这样一个目标，无异于大海捞针；但这次的目标很明确，三个分别为八岁、十岁、十二岁的孩子，八岁、十岁的是男孩儿，十二岁的那个是女孩儿，况且，三个孩子都带着明显的外地人特征。朱维信和苟霄汉商量下来，也估计到共产党方面很有可能会把三个孩子分开转移。从上海去外地，无非是内河、陆上、海运三条通道，其中内河、陆上是必须经今州的。共产党在今州这边已经建立了秘密交通站，只要监控住交通站，就能发现孩子的下落。朱维信遂决定把该项使命跟之前接受的调查秘密交通站的任务结合起来操作。他嘱咐苟霄汉，侦缉队如果发现了目标，不要急着下手，让087继续活动下去，给共产党方面造成错觉，以为交通站还没有暴露，这叫放长线钓大鱼。

此刻他们依旧认为，最有可能是087者，非天益馆老板井少岳莫属。苟霄汉想出了一个法子——朱公子不是想向井少岳拜师习武吗？干脆答应他。这样他就可以进入天益馆后院查看情况，如果天益馆来了外地孩子，不管男孩儿女孩儿，自然也逃不过朱公子的眼睛。说了这个主意后，苟霄汉忽然有些后悔：这不是把局座家的宝贝疙瘩送进狼窝？我这不是找死吗？

朱维信倒并未有丝毫不爽，反而认为可以一试。两人顺着这个思路继续往下研究，就有了让朱耀先出面约我父亲和另外两个同学一起去拜师的主意。需要说明的是，当时的朱耀先就像我父亲一样，对于父辈的政治立场是没有什么概念的，其帮助老爸警察局长之举，就像我父亲帮助爷爷藏起吴明全的那只鞋子一样，纯粹是出于父子亲情使然。

不过，朱局长、苟队长的这个计划却没能继续下去——天益馆方面婉拒了苟霄汉的要求，不过门倒没有关死，只是说最近事情忙，过一阵再说。这是朱维信事先没有料到的，寻思莫非自己的计谋被井少岳识破了？

这天晚上七点多，朱维信还在为天益馆之事犯愁，苟霄汉忽然兴冲冲前来报告，目标出现了！

朱维信一跃而起："在哪里？"

"卑职手下的一位弟兄李二狗亲眼所见，一个十一二岁的女孩子，由孙景轩领着从天益馆出来，进了一源堂……那孩子的身高、脸形跟上海方面通知下来的一样。"

朱维信大惑不解："孙景轩带着女孩子从天益馆出来？这……没看错吧？"

"卑职不敢冒失，反复问了李二狗的，他说保证没看错人！"

"据我所知，孙景轩是有两个女儿的，李二狗看到的会不会是他女儿呢？"

苟霄汉说："孙景轩的两个女儿，一个十六岁，长得蛮高，另一个才八岁，还没上学。李二狗看到的那个女孩儿，绝对不会是孙景轩的女儿！"

## 八、危险逼近

前面说过，我父亲没把朱耀先约他去向井少岳拜师之事告诉刘九龄，刘九龄根本不知道竟然还有这么一桩理应引起警惕的事儿，也就无法通知爷爷注意防范。爷爷再狐疑，也不至于时时处处草木皆兵，这样，运输船在东门码头停靠后，他就带着化名"柳毅君"的小姑娘径返一源堂。

全家人刚吃过晚饭，两个孃孃正和奶奶一起收拾碗筷，我父亲则在旁边转悠，想见缝插针找一个说得上话的机会向奶奶要钱去看影戏（今州当时称电影为“影戏”）《火烧红莲寺》。就在这时，爷爷领着柳毅君进来了，遂把她介绍给全家。爷爷当然不会透露其真实身份，只说是“某某亲戚的女儿”，让大孃孃和我父亲称其妹妹，我那八岁的小孃孃则叫其姐姐。柳毅君于是姐姐哥哥妹妹的一一打了招呼。父亲回忆这一节时不无感叹，说人家毕竟是大上海来的，见过世面，虽然面对一屋子陌生人，却既不紧张，也不扭捏。我们三兄妹跟人家比，马上显出小地方人的小家子气。

奶奶不知道爷爷这时候回家，更没料到他还会带一个小客人来，晚饭并没有多准备，爷爷就带着柳毅君去对面的天益馆吃饭。敌人在对面德兴南货店安排的那个坐探范驼子，平时就像店员那样早八晚五准点上下班，按说是不会发现一源堂新来的小客人的。偏偏事有凑巧，苟霄汉手下的侦缉队员李二狗受命在全城溜达，留意外来少年，这当儿正好走在北大街上。爷爷哪知敌人还有这一招儿，让天益馆搞了两菜一汤，和柳毅君用过晚餐，离开饭馆返回一源堂。这一幕正好落在李二狗眼里。

得到报告，朱维信还是难以置信。要说这位朱局长并非草包，只是在德国留学受的影响太深，形成了一些习惯思维，又不太懂得变通。这种习惯思维放到一般的刑事案件上，多半没问题，但用来进行情报战线的斗争，那就有点儿小儿科了。根据留洋时洋教官的教导，任何案件的侦查都应以“证据为上”为原则，而李二狗所谓“亲眼目睹”的证据，毕竟带有很强的主观性，无法跟嫌疑人与共党分子接头时被当场发现这等“确凿”证据相提并论，用证据学上的术语来说，不过是“孤证”。既然是孤证，就必须与数种相关旁证结合起来形成证据链，方才有效。

再者，一源堂老板在朱维信眼中一直是个谦谦君子的形象，无论如何也难以和共党分子联系起来，再加上不久前天益馆对一源堂的诬告，使得朱局长有了先入之见。因此，他吩咐苟霄汉，第一，关于李二狗反映的情况，先严格保密，不要向任何人透露；第二，立刻安排人对一源堂、天益馆昼夜监视，但不能惊动他们；第三，朱维信要亲自去北大街实地调查。

这第三条让苟霄汉稍一愣怔，马上说："请让卑职跟随您前往提供保护，顺便也好学些本领。"

朱维信却不吃马屁："不必了！本局长自有安排。"

当下，朱维信坐上了那辆黑色雪铁龙，让司机开到北大街与码头街交叉口，下车步行，一路来到天益馆门前。自打从侦缉队的坐探手里抢占了唐四海家门口的那方宝地，支起了专治跌打损伤的摊头，饭馆的生意也跟着火爆起来了。朱局长过去时，已经过了晚上八点，店堂里竟然还有不少食客。朱维信是第一次登门，门口迎客的伙计不认识他，不过看他的气度，知道绝非寻常客人，自是热情招呼，将其安置在一副双人座头上。朱维信随便点了两个菜，要了一瓶啤酒，自斟自饮。

待到大多数客人吃喝完毕结账离开，朱维信朝一个正在收拾残席的学徒招手："跟你打听件事，今晚天刚黑的时候，是否有个大人领着个孩子来贵馆用餐？"

这学徒甚是老练，冲朱维信欠身致意："这位先生，刚才小的在后面厨房给大厨当下手，不知前面店堂的事。要不，我去叫我们老板来给您回话？"

朱维信点头，对方马上去后面请出了老板井少岳。朱维信递过名片，对方一看，抱拳拱手："原来是朱局长，贵人光临，小店蓬荜生辉！"随即吩咐炒菜添酒，他要陪朱局长喝两杯。

两人边喝边聊，朱维信随口打听井少岳在上海的时候做什么营生，井少岳的回答吓了他一跳。据井老板说，他不但是上海滩青帮的“悟”字辈，还是黄金荣的学生！这个有些吹牛嫌疑的说法让朱维信更加深了对井少岳的怀疑——共产党最擅长打这种牌了，扯虎皮做大旗，凭着三寸不烂之舌就能说动那些官家子富家女抛弃万贯家产，心甘情愿地跟着干那些掉脑袋的勾当。

两人海阔天空聊了一会儿，朱维信说到了主题：傍晚时孙景轩是否来过天益馆用餐，还带着个小女孩儿？

井少岳一怔：“这我可不清楚，吃过晚饭我在后院纳凉听苏州评弹呢。不过，这点儿事查清楚也不难。”遂招呼账房先生宝锦国过来，“宝先生，你是坐账台的，每一笔账都须经你之手，傍晚时对面一源堂孙老板来用过餐吗？”

宝锦国马上点头：“来过，点了两菜一汤，总共三角六分。”

朱维信问：“他是领着一个小女孩儿来的？”

“回朱局长话，这个老朽倒不曾留意，我可以肯定的是，在账台付钱的只有他一个人。”

井少岳又让宝先生把两个当班跑堂叫来问话，跑堂的说法不尽相同，一个说没有看见带孩子来用餐，另一个说是带孩子了，不过好像是个男孩儿。这样一来，反倒把朱维信搞糊涂了。

朱维信在天益馆“实地调查”的时候，一源堂老板、代号087的交通站站长、我的爷爷孙景轩突然产生了一种危险正在逼近的紧迫感！

独自站在内宅楼上临河的后阳台上，凭栏看着脚下静静而过的河水，耳听着远近大小船只“吱吱咯咯”的橹桨声，脑子里回忆着接受使命以来自己的一举一动，爷爷觉得似乎没有什么破绽，稍稍松了一口气。就在这时，他忽然听见不远处河上传来的舟船橹桨声似有异样。换在别人，肯定不会留心这种细微的差别，可是爷爷不然，他永远是心细如发，况且他自己也是摇船好手。我们今州每年端午节都要举行龙舟赛，当地人称为“摇快船”，爷爷年轻时曾当过多年快船手。对橹桨的熟悉，使他立即分辨出大盈河里正在行驶的几条船中，有一条小舟的木橹摇得有些反常，那个船夫的摇橹技术有点儿问题。

片刻，那条由不称职的船夫驾驭着的小船缓缓行至一源堂后面的河面上，在河对岸泊下。那是一条载重不过半吨的小渔船，除了船头船尾，就是中间一个舱，上面遮盖着圆弧形的涂拭着柏油的芦席篷。这种小渔船随处可以停泊，随时可以启航，停泊时并不使用锚，也不用绳子拴，在船头的舱板上有一个垂直洞孔，停泊时只需把竹篙对准洞孔扎下去，启航时，只需把竹篙拔起来。爷爷注意到，那个船夫停泊时使用竹篙的动作稍显生硬。

尽管这条船停泊时几无声响，还是惊动了同样停泊在对岸十几米开外的一条小渔船。那条船上的船夫本已睡下，被惊醒后从中间的芦席篷里钻出来，站在船尾对着河里撒了一泡尿，然后回到船舱里，稍停又去了船头，拿着一把破蒲扇坐在那里纳凉。片刻，船夫掏出火柴点烟，连划了三根火柴方才点燃，又拿着点燃的香烟画了一个圆圈。我爷爷于是明白，他的部下在向他报告：刚刚停泊的这条渔船可疑！

离开后阳台，爷爷蹑足悄行，摸黑来到店堂。这时，我父亲当然已经呼呼大睡了，刘九龄很警觉，爷爷刚从内堂走进店堂，他就醒了。爷爷在过道里隔着柜台用手中的蒲扇对着刘九龄那个方向扇了一下——这是他俩约定的暗号，不需要任何语言，刘九龄就明白了，爷爷这是让他查看一下外面是否有人监视。

一源堂从北大街到后面的大盈河，一共有三进，从临街算起第一进是店堂，店堂楼上是货栈，也就是仓库；第二进楼下是工场间，楼上除了爷爷的书房，还有两间是店员的寝室；第三进是内宅，楼下是厨房、客堂，楼上是店主人一家的寝室。刘九龄接受爷爷的指令后，轻巧得像只狸猫似的上了二楼货栈，也没开灯，从窗户里往外查看。借着昏黄的路灯光，他很快就发现了异常情况：对面德兴南货店和天益馆交界处的街沿上，躺着两个衣衫褴褛的叫花子！

之所以认为这是异常情况，是因为叫花子从来不躺在北大街我们一源堂这一段上，不管白天黑夜都是如此。这个规矩从清朝咸丰年间延续至今，今州乞丐尽人皆知。如果有外地新来的乞丐，马上会有人告知他们这个规矩。至于这个规矩的缘由，跟一源堂无关，我家没有那么大的势力。在今州能有如此势力的，自然是唐四海。唐家祖上当着清朝四品官，四品官的门前，岂是叫花子的歇息之地？如若被知府衙门巡逻的兵丁发现，立即打五十板子，枷号三天。到了民国，清朝那一套当然不行了，可警察局推出了另一种处罚措施，凡“当街躺卧，有伤风化，妨碍交通，传播疾病”的，初犯驱赶，次犯责打，屡犯拘拿。而眼下竟有两个叫花子公然躺在一源堂对面，跟后面河上的异常联系起来，其意已经不言而喻——敌人显然掌握了护送烈士遗孤的情报，已经把一源堂监视起来了！

## 九、绝境求生

民国时的商家店铺不像如今，门口都挂块牌子告知营业时间，那时的店铺每天几时开门几时打烊，是根据季节来安排的。夏天天亮得早、黑得晚，人们活动的时间长，所以营业时间也长些。夏至到白露这两个半月，是一源堂全年中营业时间最长的时段，从上午七点到下午六点。我父亲是和刘九龄睡在店堂里的，每天早晨最迟六点半就得起床，如果头天睡得太晚，早上被刘九龄叫醒后就会上楼去补一觉，反正放暑假不用上学。

不过这天例外，早上五点刚过，我父亲就被叫醒了。叫他的不是刘九龄，而是大孃孃孙翠婷。大孃孃对他说：“爹爹在书房等着，要跟我俩谈点儿事情。”

这次谈话，是我父亲走上革命道路的一次启蒙教育。当时时间紧迫，面临着的情势更是凶险，爷爷根本没有讲任何革命道理，甚至没有说到“革命”二字，只是告诉姐弟俩，柳毅君的父母是我家的亲戚，因为得罪了官府，已经被官府枪毙了；官府担心柳毅君长大后会报仇，要把她也捉去枪毙。亲戚之间，平时的互相走动，吃吃喝喝，那都是虚的，而在危急关头互相救援，那才是实的，冒着巨大的风险伸以援手的，那叫仗义。说到这里，爷爷问我父亲：“恩亭，你讲不讲义气？”

父亲当时正在读《水浒全传》，还天天要给唐季娴、朱耀先几个同学说一段，正盘算着要把宋江的绰号移植给自己，当下表态，说我最讲义气了，我要做及时雨。爷爷说眼下的官府，跟北宋时有一比，社会和民众正需要梁山好汉，你要做宋江，爸爸很支持，今天就有一个机会，要让你和翠亭联手救援柳毅君。你们把这件事做成了，柳毅君的性命就保住了；做不成，不但柳毅君要被官府捉去，爹爹也会让官府捉去枪毙！

父亲和大孃孃听着，都吓了一跳。爷爷说：“你们不要紧张，更不要害怕。刚才我说的官府是什么人呢？就是警察局、保安团那班人，他们昨晚已经在一源堂前后布置了坐探，只等柳毅君一出门就抓人——包括爹爹我！”

父亲自作聪明：“那如果叫柳毅君别出门呢？”

大孃孃比我父亲大两岁，更成熟一些：“不出门他们就会冲进来抓，爹爹，我们该怎么办？”

这天是父亲的十四岁生日，早在一个星期之前，爷爷就已经答应，到时候把同班的几个死党以及唐季娴请家里来吃生日面。爷爷的方案，就是借着我父亲的生日做文章——

首先，爷爷、奶奶找个理由，各自出门办事。大孃孃呢，在对面天益馆开门后就拿着钞票去预订一桌酒席（光要菜肴不要酒），要求中午十一时必须送到一源堂。父亲的任务是吃过早饭后立刻出门，去邀约几位同学来家里玩，待酒席送来后热情款待他们。爷爷要求，必须把朱耀先和唐季娴叫到，此外再叫上几个男女同学。为防父亲去叫朱耀先时正好遇见朱维信，引起警察局长的怀疑，爷爷让父亲请唐季娴出面去约朱公子。天益馆把酒席送来后，大孃孃出面主持，拿出爷爷自酿的百花露酒请大家喝。这时父亲就要殷勤劝酒，对唐季娴等女生更须特别热情，务必把她们一个个放倒。万一有人不肯喝酒，那就由大孃孃去厨房取来预先由刘九龄配制好的薄荷绿豆汤（里面掺入了迷药）代替。

几个女生醉倒后，刘九龄去后门招呼过往小舟，走水路把其中一个送北门外的陶尼姑那里去匐经，另外几位则由伙计背着，从前门出北大街，也是送往陶尼姑处。

匐经是旧时江南民间盛行的一种中医治病手法，这里的“匐”，大致指的是“按摩”；“经”，指的是人体经络。不过，这种疗病手法通常只是针对未成年人，我们今州那一带的人，可以说每一位小时候都接受过匐经治疗，而且对于匐经的记忆肯定是刻骨铭心。究其原因，一是施疗者所在的诊所里面有一股浓浓的烈酒和中药混在一起的气味，对于孩子来说，这味道绝对恐怖。二是匐经时针对的是人体经络穴位，有的穴位一碰就使人酸痛难熬，有的则让人神经质地发笑不止。通常，匐经的疗效很好，诸如感冒、腹泻、便秘、鼻血、食欲不振之类的常见病，基本上治疗一次即可。可惜的是，匐经在中医界几乎没有什么地位，很少有中医师以此为小孩儿治病，多是像北门外的陶尼姑那样的业余匐经师。而今，匐经已在今州绝迹，在全国，估计也属于凤毛麟角了吧。

接着说爷爷的方案。待最后一位醉酒女孩儿被送走，敌人安置在一源堂前后的水陆两路暗哨应该都已经跟踪上去了——他们一定以为被急煎煎送出门去的女孩儿是上司关照紧盯不放的目标。这时，刘九龄就安排柳毅君坐上中心交通站预先停泊在后门的某条渔船，迅速撤离今州。

父亲听了爷爷的方案，不禁热血沸腾，觉得自己真的要成路见不平的侠客了。大孃孃的心思更细一些，向爷爷提了一个问题，如果中间发生了意外，出了岔子，有什么人能从中助我们一臂之力吗？爷爷脸色凝重："没有人能帮我们，这是在敌人眼皮底下做手脚，一旦发生意外，那就只有拼命掩护柳毅君撤离。这是爹爹答应人家一定要做好的事，哪怕丢了性命，也在所不惜！"

大孃孃抚了抚胸口："爹爹，我明白了！你放心，我们会做好的！"

于是大家各自开始行动。

父亲首先去隔壁唐家。唐季娴正在客厅里和父母一起吃早饭，一听父亲说一起吃生日面的事，当下欢呼雀跃，饭也不吃了，离开饭桌跟父亲商量另约哪两位女生。父亲说这个由你决定，于我来说都无所谓。本来女生有你一个就蛮热闹了，是我大孃孃提出要多叫几个。唐季娴想了想，说了两个名字：华渊和袁天兰。

父亲故意一边说一边挪步把她往客厅外引，以便避开她的父母说下面的事儿：请她去跟朱耀先说一下，再请朱耀先把封炳麟一起叫过来。唐季娴说打个电话到他家去就行了嘛。父亲这才想起这两家都是有电话的，寻思打电话通知朱耀先可能不妥，因为十有八九是他老爸朱局长接听，唐季娴不知其中内情，对方一问，她肯定会如实道明，那样的话朱局长没准儿就会起疑。脑子一转，就对唐季娴说："还是我们俩一起去找朱耀先吧，顺便把另几位同学也叫上。”

那时候，没有电视电脑，连收音机都是奢侈品，暑假里孩子们的生活也不免有点儿贫乏，难得能热闹一下，父亲和唐季娴转了几条街，很容易地约上了四个小伙伴：朱耀先、华渊、袁天兰和封炳麟。

天益馆的酒席是大孃孃去订的，她也没进对面井少岳的馆子，出了一源堂，就直奔唐家门口被天益馆强占的摊位，跟出摊的饭馆账房宝先生说了说。宝先生说原来今天是一源堂公子的生日啊，那敝号得表示一下心意的，这样吧，价钱打八折，另外奉送天益馆自制的蜂蜜酒一瓶。

十一点差五分时，天益馆的两个伙计拎着提篮把菜送过来了。酒席摆在内宅，一源堂的伙计们则由刘九龄指挥着，照常外堂内堂忙碌，炮制药材，接方称药。尽管天益馆奉送了一瓶蜂蜜酒，刘九龄生怕那酒力道不足，还是去拿了一大瓶爷爷自酿的百花露酒，给每人倒了一杯：“今天是少爷生日，朱公子、唐小姐等各位同窗好友前来庆贺，一源堂向你们致谢！先生、师母都有事外出了，我代表他们、也代表众伙计感谢各位小友，恭祝少爷生日快乐！干杯！”说着一饮而尽，然后冲大家一拱手，“各位少爷、小姐，你们慢用，我不奉陪了。”又对大孃孃一点头，“大小姐，有啥事，到外堂喊我就是。”

大孃孃会意：“谢谢九龄哥哥！”

就在这时，前面店堂忽然传来一阵喧哗声！父亲清楚地瞥见刘九龄脸色一变，随即拔脚朝前面走去。父亲和大孃孃更是心惊肉跳，大孃孃端酒杯的手不由得颤抖了一下。父亲只有强装镇定，招呼大家吃菜。朱耀先、唐季娴一干人不知今天这一餐的奥秘，自是照常吃喝。父亲担着一份心，早已没了胃口，为了掩饰，就使劲儿给八岁的小孃孃夹菜。外面的喧哗声越来越响，大孃孃终于坐不住了，说了声“我去看看”，离席而去。

外面发生的一幕，对于一源堂，用现在流行的一句话来说，称为“摊上大事了”。要交代这件事，先要说说本文开头曾经提到，但已经好久没露面的熟人——保安团汤团总。

汤团总这个人看上去鲁莽，可是他把自己的底细包得很紧，据说他跟人喝酒时，越喝话越多，甚至可以把他的床事都公之于众，可就是从来不吐露自己是什么来路。我父亲直到新中国成立后成为今州市公安局侦讯科长时方才弄清楚，这人是今州下面的华兴县人氏，其母以在华兴县城站街（从事卖淫行业）为生，所以汤团总可能不知道自己的老爸是哪位。三岁的时候，其母病殁，他成了今州地区年龄最小的叫花子。没人知道他是怎么活下来的，反正到七岁时，他已经成了一帮少年乞丐的头儿。十六岁，他当了军阀部队的兵，在摆弄枪支方面似有天赋，很快就成了一个神枪手，而且可以双手开枪百发百中，被旅长点名进了卫队。又过了半年，他偷了旅长的数千大洋和三姨太，不辞而别。旅长气得差点儿吐血，下令追缉。他则逃进太湖当了湖匪，还有个匪号叫“双枪镇太湖”。二十世纪三十年代初期，他接受国民政府的招安，加入国民党部队当了一名营长。又过了两年，被江苏省保安总队任命为今州市保安团团长。他对“团长”这个头衔不大满意，就下令保安团上下一律称其为“团总”。

按说，抓捕烈士遗孤，是复兴社特务处交代给朱维信的任务，这位汤团总怎么掺和进来了呢？前面说过，发现我爷爷带着一个十二岁女孩儿这个情况的，是苟霄汉手下的侦缉队员李二狗。李二狗不过是侦缉队的一个小喽啰，发现情况报告上司后如何处置他是不清楚的。按照他的思维，这种处置应该只有一种方式：立刻出动人马奔一源堂逮人，把孙老板和那个小女孩儿一起拿下。往下，就该论功行赏了，头功自然是非他莫属。

可是，使李二狗意外的是，他这个小报告打上去，犹如石沉大海，一点儿响动也没有，心中不由愤愤。这当儿，他的结拜弟兄蓝壮壁来找他喝酒。蓝壮壁是苏州人，练过几年武术，估计水平有限，只能到处流窜街头卖卖膏药。几年前他来到今州，把膏药摊头摆到了一源堂门口。一源堂的店堂里是挂着市商会赠送的“今州伤科第一家”匾额的，蓝壮壁此举，显然是无视江湖规矩。那天，爷爷正好去无锡办事，店务由刘九龄执掌，本着多一事不如少一事的原则，刘九龄不想出头。可是，唐四海看不下去了。

不多久，一源堂门口就来了两条精壮汉子，那是今州“豪义国术馆”派来的两个教头，二话不说就掀了蓝壮壁的摊子，蓝哪里是这二位的对手，只能灰溜溜而去。这桩事情，爷爷当时并不知道，刘九龄也不明就里。蓝壮壁则认为是一源堂叫来的拳师，从此就记住了一源堂和爷爷。

蓝壮壁的场子被砸了，也不敢在今州卖膏药了，正要狼狈开溜，汤团总奉命组建保安团，在城隍庙前的广场上竖起了招兵旗。走投无路的蓝壮壁看到招兵布告，立刻前往报名。他那两下子对付武馆的拳师那是以卵击石，可是在一干保安团丁里，却是矬子里拔将军，在汤团总跟前练了两趟拳法，当场就被任命为新兵训练处国术教官。

蓝壮壁自此成了汤团总的亲信，混了一阵，他和汤团总几乎同时发现，他最拿手的其实不是国术，而是探查别人的隐私兼打小报告。汤团总干脆把他调到团部当参谋，专门负责收集情报。不久前，经汤团总四下活动，江苏省保安总队终于批准今州的保安团建制下增设一个便衣队，这便衣队的队长自然非蓝壮壁莫属。他上任后，随即开始物色便衣队人选，汤团总关照过，除了在保安团基层选拔，也可以在社会上招收。于是，蓝壮壁就想到了走江湖卖膏药时的结拜弟兄李二狗。

昨晚，蓝壮壁找李二狗喝酒。其实，他根本不知道警察局长朱维信奉命查缉中共烈士遗孤之事，这个任务其实也不是今州市警察局的活儿，而是复兴社特务处下达的，跟保安团没有关系。酒过三巡，蓝说了说保安团正在向社会招聘人才之事，问李二狗是否有兴趣跳槽。李二狗正因他的小报告未受重视生闷气呢，当下便把自己受命密查三个小共党之事和盘托出。蓝壮壁听着便来了劲儿，说老弟你这份情报就算送给保安团了吧，哥哥马上去报告汤团总，汤团总不像朱维信那样优柔寡断，肯定会即刻行动，到时候，哥哥给你请功，你就可以改换门庭投到汤团总门下，少不得弄个便衣队分队长做做。

如此，酒也不喝了，蓝壮壁直奔保安团部，可汤团总却不在。问了卫队长，答称不知道。蓝壮壁马上反应过来，估计汤团总是去相好家了。他胆子再大也不敢搅了汤团总的好事，只好在团部打开一张行军床躺下，一边打盹儿一边等待。

直到第二天日上三竿，汤团总方才出现。蓝壮壁把情况一五一十报告后，汤团总大恼，问蓝壮壁为什么不连夜报告。蓝壮壁只好说他找不到团总。汤团总瞪眼："怎么找不到？老子明明在后院团总值班室睡大觉！"

蓝壮壁自然不敢反驳，只有低头听训。汤团总训斥够了，提出一个问题："这么好的事儿，朱维信这家伙自己为啥不去做呢？"

这个问题蓝壮壁压根儿就没考虑过，当然回答不上来。汤团总倒是想到了答案："一定是朱维信动着放长线钓大鱼的脑筋，等到一源堂把那小共党送走，摸清共产党的路数后再收网。他妈的，他姓朱的想这样做，我姓汤的偏偏不让他这么做！你带上二十名弟兄去一源堂，把那个小共党和孙老板给老子逮来！还有，估计警察局肯定在一源堂附近放了暗哨，我们一动，朱维信立马会命令抢人。所以呢，我还会安排一连弟兄，子弹上膛，机关枪架上制高点，给你们撑腰。我在北门城楼坐镇，有什么事情你撑不了的，即刻报告，老子亲自料理!”

“遵命!”

蓝壮壁兴冲冲正要出门，又被汤团总叫住：“记住，逮人是逮人，但要讲究礼数。”

蓝壮壁被这话弄糊涂了，刚说机关枪都要架上了，怎么又讲起礼数来了？

汤团总说：“一源堂的隔壁住的是谁你想必知道，那是保安团的名誉团总唐先生，据说跟一源堂老板孙景轩关系很好。按说，保安团要捕拿孙景轩，我应该事先向唐团总通报一声的，可是我担心他出言阻拦，也就不过去了，待抓了人犯之后再去赔礼。江湖嘛，人情不到礼数要到。所以，你带人过去的时候，一是动静要小，二是要对孙老板客气点儿，不许铐不许绑，就说是我汤某有请。只有这样，才能不惊动唐团总，免得节外生枝。”

蓝壮壁随即带人直奔一源堂，这时我父亲他们几个正吃吃喝喝，全然不知危险正在逼近，刘九龄也没有料到会有这等变故。事后回想起来，如果不是天益馆的账房宝锦国、老板井少岳出来横插一杠子，一源堂怕是在劫难逃。

保安团一干人到了北大街，先把一源堂这边的路段两头一堵封住，这一招实际上是用来对付警察局坐探的。然后，蓝壮壁领着几个便衣来到一源堂门口，口口声声要孙老板出来说话。伙计告诉他孙老板不在，蓝壮壁自然不信。这时候，刘九龄出来了，他的回答跟伙计如出一辙。蓝壮壁见这样纠缠下去不是个法子，打算硬往里闯，天益馆账房先生宝锦国过来了。

保安团堵住了一源堂两头的道路，自然也把天益馆的生意堵住了。

井少岳自是恼火，对宝先生说，这帮保安团的真正是一帮拎不清的家伙，早上我明明看见孙老板和他太太一起出门的，人家伙计也说了，怎么就听不明白呢？宝锦国说东家不必烦恼，我看这些家伙只是叫得欢，办不成事，容老朽过去吓唬吓唬他们。

宝先生过来后，对蓝壮壁自我介绍："蓝队长，敝人贱姓宝，是对面天益馆的账房。本来，蓝队长领着弟兄们浩浩荡荡前来执行公务，老朽避之不及。可是，今天这事老朽还避不开……"

蓝壮壁不耐烦了："有话只管说，不要啰唆！"

"是这样，一源堂的少爷今天生日，办了一桌寿席，约了几个同窗好友一起吃喝聊天。其中，有市警察局朱局长家的公子，还有你们唐团总家的小姐……像蓝队长这样带着人直闯人家内宅，不知是否妥当？呵呵，就是这话。老朽告退！"

蓝壮壁顿时有点儿傻眼，冒犯警察局长的公子和唐老爷子的小姐，借给他一个胆子他也不敢，可汤团总那边怎么交代？他扭头问刘九龄："刚才那账房先生说的可是实情？"

刘九龄点头："朱公子和唐小姐确实在里面，他们是我家少爷的同班同学。"

正说到这里，巧事又出现了，父亲的班主任水老师从天益馆里出来了。水老师是单身，住在学校里，平时由学校伙房供应饭食，放暑假伙房停灶，他懒得自己开伙，每天就在外面解决吃饭问题。今天，他在天益馆吃过午饭，刚结了账，料想喝了点儿小酒，脸色微红地走出了饭馆。

刘九龄看见水老师，对蓝壮壁说："正好，那是我家少爷的级任老师，蓝队长你若不信，可以问他。"

水老师也已经看见了一源堂门前不寻常的情景，立刻大步穿过街面走过来。不想他这一出现，倒麻烦了。蓝壮壁这家伙反应挺快，竟然由水老师想到了一个解决难题的办法。他立刻迎上去向水老师致意，然后亮出派司，请水老师配合保安团执行公务，进入一源堂把朱、唐两位学生叫出来，暂时回避。

水老师肯不肯呢？他点了头。不过，他没有步入一源堂，而是伸手从后腰抽出一管紫色短笛，放到嘴边吹起了《小放牛》。这位水老师不仅课教得好，而且多才多艺，擅长多种中西乐器，于中西拳术也颇有些基础，常到武馆里跟武师切磋。他此刻吹的这曲《小放牛》，学生们耳熟能详。一众学生在内宅听见了，不由惊喜道："是水老师来了！"

说罢，唐季娴、华渊、袁天兰三人已经一跃而起，往外便奔；朱耀先和另一男生紧随其后，父亲稍一迟疑，也跟了出去。只有大嬢嬢没有出来。

到了外面，父亲一看那阵势，一颗心便在胸腔里狂跳起来，要不是喝了两杯百花露罩住了脸面，只怕立时就会露出破绽！唐季娴三个女生已经把水老师围在中间，告诉他今天是孙恩亭同学的生日。水老师立时把手伸向我父亲，像对大人那样跟他相握："孙恩亭同学，祝你生日快乐！"又随手摘下衣兜上佩着的钢笔，"没有准备礼物，这支笔权充贺礼。"

父亲不知道是不是该接受，正迟疑间，刘九龄开口了："少爷，快谢谢老师呀！请水老师赏光，入内吃碗生日面！"

就在这当口儿，一旁站着的蓝壮壁倏地拔枪，一摆手："弟兄们，进！"

几个便衣随即一拥而入！父亲顿时觉得头晕目眩，定定神正要追进去，被刘九龄一把扯住："少爷，你喝多了吧？"

唐季娴、朱耀先也被这一幕吓了一跳，不由面面相觑："这是怎么回事？"

# 十、化险为夷

蓝壮壁带人到一源堂搜查，搞出的动静不小，惊动了今州的两个大人物——唐四海和朱维信。

先露面的是唐四海。他在家里听见外面喧哗不止，还夹杂着小女儿的声音，就信步踱出宅子来看看是怎么回事。来到一源堂门前，他先招呼女儿一声，便向水老师作揖问候。两人还没搭上话，警察局长朱维信赶到了。后来我父亲听朱耀先说，他老爸这天原是准备去市政府开会的，所以穿着便服。朱局长的便服是一套白色亚麻西装，头戴一顶同样颜色的巴拿马草帽。他是胖子，这副装束要比穿警服显得有派头。

朱维信是坐他那辆雪铁龙过来的，可是开到前面街口就让保安团的岗哨拦下了，随行的苟霄汉掏出手枪也不管用，还是朱维信下了车，声色俱厉地呵斥，才得以步行进入。在今州地面上，朱局长哪里受过这等待遇，可以想见他有多么恼火。不过，这也使他意识到德兴南货店的范驼子差遣小学徒从后院翻墙急如星火赶过来报告的情况确实重要。当时朱局长还不知道，之前他让苟霄汉安排的专门监视一源堂的两个探子（就是昨夜刘九龄看到的那两个叫花子），因为强行闯关打算去警察局报告，已经被保安团控制；一源堂后面大盈河上伪装渔夫的那位呢，还不知道前面的变故，更不知道离他那条小船不过十几米的一户临河人家中，两个保安团的便衣正盯着他呢。

民国时的人们还保持着对师道尊严的那份敬畏，朱维信尽管已经怒不可遏，看见儿子的级任老师，也没忘了先打个招呼。水老师很识趣，知道自己显然不适宜待在现场了，就向朱维信、唐四海拱手道别——在保安团设的卡子前，他也给拦下了，无奈，就在路边的一个出租连环画的摊头前坐下，租了几本连环画打发时间。

这时，和朱维信同来的苟霄汉已经拔腿朝店堂里闯，却被几个保安团便衣挡住。朱维信正欲发作，被唐四海拦下。唐四海冲一个像是小头目的保安团便衣一招手，对方立刻上前，因穿着便衣不便敬礼，于是抱拳欠身："保安团便衣队二分队队长时捷听候唐团总吩咐！"

"这是怎么回事？"

"回唐团总话，便衣队奉汤团总之命前来一源堂缉拿共党分子以及窝藏犯孙景轩！"

"抓到了吗？"

"蓝队长正率几位弟兄在里面搜查，卑职奉命把守于此，禁止闲杂人等出入。"

说话间，蓝壮壁一行从里面出来了。我父亲当时的心情，用现在的话说，几乎就要崩溃了。可是看看身旁的刘九龄，却仍是一副波澜不惊的样子。目光再转向蓝壮壁几个人，竟然一个个垂头丧气，手枪也收起来了。

他们竟没搜到柳毅君?！父亲立时愣住了，这不是奇怪了吗？柳毅君自昨天傍晚来到家里，除了跟爷爷去对面的天益馆吃晚饭，根本没出过一源堂的门。早上她还和一家人一起吃早餐哩，生日筵席开始前，姐姐特地上楼向她交代，千万不要随便走动，怎么一转眼的工夫人就不见了？难道是从后面大盈河上逃了？后门那边不是也有侦缉队的探子盯着吗？

见到唐四海和朱维信，蓝壮壁大概也知道今天不太好收场了，赶紧抱拳施礼："唐团总，朱局长，卑职刚才执行公务，多有得罪。"

朱维信冷冷问："你们抓的人呢？"

"人……没在里面，估计孙景轩已经带着那个小共党逃了。"

朱维信眉头一皱，想起昨晚“实地调查”时天益馆的账房、伙计对此也不太敢肯定，暗忖难道情报有误，是李二狗看走眼了？如果真是这样，那自己对此事的谨慎处置还是对路的，否则现在下不来台的就不是保安团的蓝壮壁，而是自己这个警察局长了。当下，他以嘲讽的口吻对蓝壮壁说：“搜不到人，你们还在这儿干什么？回去给你们汤团总捎个话，让他以后不要听风就是雨。”

我父亲先前喝了几杯百花露酒，原本就有点儿晕晕乎乎的，再受这一番惊吓，虽然现在看来是有惊无险可以松口气了，可脑子依然迷糊，仿佛失去了思维能力。朱耀先过来拍拍他的肩膀：“还愣着干啥，我们进去继续吃！”

唐四海开口了：“里面那桌菜肯定已经让那班便衣乱翻东西时弄脏了，回头赏给叫花子吧。今天是恩亭的生日，我请你们几个在天益馆吃席。”

一帮孩子欢呼雀跃，只有我父亲例外，因为，他心里兜着那个疑团。

柳毅君到底哪里去了呢？不单是父亲，连大孃孃也说不清楚。一源堂门前的人散去后，刘九龄对正在里面收拾桌子的大孃孃说：“恩亭生日，你怎么可以不到场呢？快去天益馆，不过，就没有必要喝醉了。”

大孃孃就这样给打发过来了。等我们吃饱喝足返回一源堂，一切都已烟消云散。从此，父亲再也没见过柳毅君。

柳毅君凭空消失之谜，多年以后父亲才知道答案——

我们今州有一个习俗，要把先人的神主牌留在家里。留上几代祖宗呢？没有定规，但一般说来，在当地生活的年代久的，根基深的，那就留得多些。这些神主牌的材质、制作工艺视各家的经济实力和虔诚程度而定，比如唐家，据说神主牌是用上等玉石雕刻的。一般人家就用木头了，不过木头也有品级，爷爷家的神主牌是用缅甸红木制作的。

那么，神主牌保存于何处呢？今州的规矩是每家都制作一个柜子，称为“家堂”。家堂通常悬吊在内宅客堂的最高处，大小视各家的神主牌多寡而定，多用木头制作，前面的那块木板是活动的——以便家里有人死亡后可以将其神主牌添加进去。爷爷从事党的地下交通工作后，和学过木匠活儿的刘九龄商量，把家堂改建成一个应急时使用的隐蔽点。具体做法也简单，就是把家堂顶部的木板去掉，在二楼相应的位置开一个活动盖子与家堂相连，自然，家堂里原先摆放的神主牌就全部清理掉了。这样，一旦遇到紧急情况，只要上到二楼打开活动地板，就可藏物藏人。活动地板的上面，是一张随时可以移开的单人床，床下平时放一些旧书废纸什么的以遮人耳目。

敌人闯进一源堂，刘九龄立刻向伙计老柯发出暗号。老柯随即去了内宅，把柳毅君藏进家堂。蓝壮壁领着便衣队楼上楼下到处乱转，客堂里高悬着的沾了厚厚尘灰和油烟的家堂在本地实在是太常见了，不知多少次在他们的视线内滑过，却根本没引起他们的注意；至于楼上的单人床，他们自然是看过的，但床下就是一些旧书废纸，显然没法儿藏人。

蓝壮壁查缉失利，担心朱维信找他的茬子，忙不迭带着便衣队飞也似的逃回保安团团部。朱维信呢，也让苟霄汉把一源堂前后的监视哨全部撤掉，只留南货店的那个范驼子。柳毅君就是在敌人撤回的第一时间，由爷爷事先安排好的一条渔船接走了。

爷爷是当天傍晚回家的，奶奶去了亲戚家，两天后方才回来。我父亲和大孃孃争着把中午的经过向爷爷禀报，小孃孃也在旁边添油加酱。爷爷只是微笑着静静听着，后来父亲猜测，他一定已经知道一源堂发生的情况了，甚至怀疑他其实根本就未曾离开今州，而是在城里的某个地方悄悄待着，刘九龄则通过特殊渠道把消息传递给他。

小孃孃向爷爷提了一个问题："那个姐姐怎么不见了？"

爷爷说："幼亭你记住，从现在起，必须把那个姐姐忘掉，不管什么人问你，你都说家里从没来过这样一个姐姐，知道吗？"

小孃孃似懂非懂。这当然也是我父亲和大孃孃的疑问，不过，两人谁也没问，只是把这个问题兜在心里。当天晚上，小孃孃睡觉后，爷爷把我父亲和大孃孃唤到阳台上，还是没提柳毅君凭空消失的话头，不过，他表扬了父亲和大孃孃："这是一次考验，以后要相帮爹爹做一些类似的事情，就要有这种经历的铺垫。"

第二天，唐四海把爷爷请去，以市警察局高级顾问和保安团名誉团总的名义就搜查一源堂一事作出说明，其实，也就是把朱维信和汤宗俊对他的解释照搬给我爷爷。朱、汤当然不会向唐四海透露其中的内情，比如是奉复兴社特务处之命（这一点恐怕汤宗俊也不知道），比如所谓的"小共党"其实是被国民党杀害的中共地下工作者的遗孤，只说是手下人看走了眼，误以为共党要犯躲在一源堂里。本来这个情况应由警察局先调查清楚，不料侦缉队的李二狗擅自把这个消息透露给保安团，保安团不知就里，立即行动，导致了目前这个尴尬的局面。因此，唐四海代表警察局和保安团向我爷爷致歉。我爷爷则向唐四海表示谢意，说既然有嫌疑，查一下也好，至少还了一源堂一个清白。

朱维信把账算在李二狗头上，下令关李二狗十天禁闭，从侦缉队调到巡逻队，专门上夜班，并扣除当月薪饷。之所以这样处置，倒并非因为他的情报有误，而是他为了投靠保安团出卖绝密情报之举实在令人恼火。苟霄汉想为李二狗说情，朱维信眼睛一瞪："这已经算客气的了，问他个泄密罪逮捕法办，他也一点儿不冤！"

新中国成立后，朱维信成了人民政府的阶下囚，我父亲从其口中得知，抗战前他在复兴社特务处今州站站长任上的这段时间，并无任何建树，上峰下达的重要使命一桩也没有完成，气得戴笠后来干脆把今州站给撤销，朱维信与手下的苟霄汉等特工缩编为一个小组。

## 十一、沦陷之后

1937年，父亲十六岁，在今州市第一中学读初三，眼看就要中考，他的目标就是本校。一中是今州市唯一的直属江苏省管辖的完全中学，用现在的说法就是“省重点中学”。父亲小学时的级任老师水宽正，历年被市教育局评为“优等”，一中正好缺一位初中地理老师，唐四海以市教育局首席督学的名义举荐，将其调入一中，担任初三二班的班主任。

初三二班就是我父亲和唐季娴、朱耀先在读的班级，水老师来当班主任，大家都很开心。中考填志愿前，水老师逐个跟全班同学进行了谈话，分析各人的优势，替学生出主意。水老师主张我父亲报考苏州东吴大学附属的高中部，说蒋委员长的二公子蒋纬国也在该校读过书，以父亲的学习成绩，考上东吴大学是没有问题的。父亲回家跟爷爷奶奶一说，爷爷奶奶都脸有难色，爷爷说：“还是留在本地读书吧，爹爹姆妈就你一个儿子，不在身边我们不放心。”

其实这只是个借口。爷爷奶奶不赞成他去苏州读书，主要是担心供不起。按说一源堂的生意在今州的中药行业中算是不错的，爷爷还有行医的收入，况且这时我家的家庭开支按人头来说反而有所减少——大孃孃上初二那年，上海法租界广慈医院到今州来招收护士，大孃孃被选中，去上海学习了一年，就留在广慈医院工作，每月都有钱寄回家。尽管如此，爷爷还是手头拮据，因为他把大部分钱都用于地下工作中去了。

当时党的地下工作者执行任务时的开支，通常都是自己设法解决，只有遇上远远超出自己支付能力的情况，经组织批准，才能获得行动经费。爷爷自担任地下中心交通站站长后，不但所有出差费用概由自己支出，就是很多来往人员的食宿接待、打点关系的开销，以及对生活困难的同志的资助，也都是由一源堂承担。在这种情况下，爷爷只能让父亲放弃到苏州上学的打算。事实上，后来父亲以全市第三名的成绩考上今州第一中学高中部，没上满一个学期就辍学了，原因还是一个字——钱！

中考前，“卢沟桥事变”爆发。经历过上海“一·二八事变”的今州人，还以为这回也跟以前差不多，打一阵就要谈判的。应届考生还是按部就班，集中在学校复习，然后参加考试。可是，形势很快就急转直下，今州各界都举行示威游行，市商会也在唐四海的主持下召开理事会，动员所有商铺销毁日货。爷爷没有出席理事会，他以近日下乡出诊中暑身体不适为由，写了个请假条子派小孃孃送到唐家去了。其实，爷爷下乡是真，中暑是假。那为什么不去开会呢？因为他早就料到理事会上一定会提出销毁日货的动议，一源堂以及全市所有的中药店都是没有日货的，如果他去开会，话不好说，票也不好投，为避免遭那些被迫销毁日货的商户记恨，还是不去为好。

唐四海开的几家店铺中颇有些日货，唐老爷子带头交出，装了整整四卡车。唐季娴偷偷告诉我父亲，她母亲心疼得哭了三天。

我父亲他们这些刚考完试的初三学生也参加了全市大游行，不过，中途唐季娴扭伤了脚，我父亲和朱耀先一起把她扶出了队伍。他们站在街道边，目睹全市各界的游行队伍依次从面前走过。商会的队伍自然由唐四海带领。唐老爷子那天的装束显得不伦不类，穿着一身玄色印度绸衣衫，头上戴着一顶保安团士兵帽，脚上是一双警官皮鞋，腰里系着武装带，上面挂着一支左轮手枪，手里举着一面青天白日小旗，身后是本市各大商号的老板、伙计，众人高呼口号，慷慨激昂。我爷爷自然也在其中，但情绪没那么激动，反而有些凝重。也许，他已经预感到087交通站即将面临一场漫长而艰巨的考验。

在父亲他们这些学生娃娃眼里，游行队伍中最吸引人眼球的，当属今州两大武馆和应邀客串的天益馆那班人。他们清一色黑衣黑裤，只有天益馆的账房宝先生还是平时在店里的那身打扮，头上竟然还扣着顶瓜皮帽，也不知这大热天的他怎么就不淌一滴汗。这班人一路走一路表演，拳术、器械样样不少，刀枪剑戟都是沉甸甸的真家伙，可不是戏台上的铁皮片子。天益馆东伙的表演更胜武馆一筹，老板井少岳手里一把钢叉舞得虎虎生风，让人眼花缭乱；几个伙计的银枪刺喉、油锤击胸、钢筋缠身之类的硬气功，把我父亲这些中学生看得目瞪口呆；最惹眼的是账房先生宝锦国，他的旁边跟着一个伙计，用一根粗杠子挑着百来块砖头，不时递一块给宝先生，宝先生则掌砍拳砸，砖头都是一击而碎，看似轻松之极，犹如寻常人拗黄瓜。

穿黑色制服的警察当然也少不了，全是朱维信精挑细选的彪形大汉，全副武装，踢着正步，口呼口号，一路行进，获得了市民的热烈掌声。保安团也派出了仪仗队，其中竟然还有一套军乐班子，一路起劲儿地吹吹打打，挺像那么回事。大家都纳闷儿，汤团总这样的老粗，怎么会有如此的创意？后来才知道，这是汤团总从上海大世界请来的，临时穿上军装出场，完事给一笔钱开路。

这次游行的场面，永久地留在了我父亲的记忆里。未来的八年，今州城再也没有这么热闹过，而这支游行队伍中很多人的命运也将在未来的八年中发生巨大的变化。

全市大游行揭开了今州抗日救亡宣传活动的序幕。正值学校放暑假，中小学生以及从各大城市回家乡的大学生，纷纷自发组织起来走上街头，以文艺演出、演讲、募捐等方式为抗日救亡出力。我父亲和唐季娴、朱耀先等自也不甘落伍，样样活动都参加。水老师是单身汉，放假闲着也是闲着，天天和学生们凑在一起，学生演出节目，他给伴奏；搞捐款活动，他给记账；印传单，他给修改稿件、设计版面；还组织学生到今州下辖的县城去宣传抗日。

这样过了一个月左右，淞沪会战打响了。8 月 13 日是中考放榜日，我父亲和唐季娴、朱耀先等几个同学刚去学校看了榜，大家都考取了理想的学校，相约这几天一起聚餐、谢师、继续组织抗日救亡宣传活动。哪知当天傍晚，朱耀先骑着自行车来一源堂告诉我父亲，东洋人在上海开战了，据他老爸说形势不容乐观，要有个国军暂时失利的思想准备。他的意思是，稳妥起见，这两天的活动暂时取消，再说两周后就要开学了，还得做入学准备。总之，之前朱耀先的那股热情明显降温了。

父亲有点儿失望，朱耀先告辞后，他一个人躲在后楼临河的阳台上，默默地望着河水发呆。一会儿，爷爷来了，父亲把朱耀先的话转述了一遍。爷爷很感兴趣，问得非常仔细。后来父亲知道，爷爷当晚就把这些内容整理成一份情报送交组织了。这时，戴笠的复兴社特务处已经改组为“军统”，朱维信的“军统”特务身份，组织上已经掌握。时局如此紧张，朱维信作为国民党特务、地方警察系统的高官，其思想动态于党组织来说，是有参考价值的。

也是在这天晚上，爷爷第一次正式跟我父亲谈起了共产党，谈起了无产阶级革命，谈起了中国人民的解放事业。这就是说，组织上已经把我父亲这个十六岁的初中毕业生作为发展对象来加以引导、考察和培养了。那个年月，斗争环境险恶，对于发展对象的考察时间也很短，三个月后，父亲就入了党。不过，他的入党介绍人却不是我爷爷。通过考察后，组织上通知他去上海，接头人就是入党介绍人，那是一位三十来岁的大姐——他们再次见面是在二十年后，那时这位大姐已经成了“右派”分子。

开学后，今州一中不论初中部、高中部，不论新生还是即将毕业的学生，读书都不怎么用心，大家都关心着上海方面的战事。父亲很想听听水老师对战事的看法，可开学后就找不到他了，听说水老师去上海投奔国军，上前线打东洋鬼子了。

从上海传来的消息越来越悲观，交通几乎中断，爷爷有时去一趟上海，雇一条小船要走三四天，还经常遇到日本军机的扫射。地下交通站在这种情势下运作，不仅有巨大的风险，就是经济上的支出也比以往大幅增加。开学后不久，家里的伙食质量明显下降。战事逼近，人们只要不是患了急病新伤，能忍则忍，能拖则拖，无论中医西医都不大光顾了，一源堂的生意一落千丈。家里的经济状况捉襟见肘，爷爷无奈之下跟我父亲商量，别上学了，在一源堂学生意吧。父亲那时已经完全接受了革命理念，思想觉悟不是一般的高，当然没有二话。

上了两个多月的高中后，父亲退学了。唐季娴为之惋惜，把这事告诉了唐老爷子。唐四海特意来家里询问，被我爷爷敷衍过去了。退学后不久，爷爷让我父亲单独去上海送一份情报，父亲先是绕道松江，在黄浦江上游过了江，抵达奉贤县后再从浦东进入市区。就是这次，他在党旗下宣誓入党。

不久，上海沦陷。消息传到今州，全城一片沉寂。保安团当即关闭城门，与警察局联合发布戒严令。次日，全市商铺不约而同全都没有开张。那天晚上，天似乎黑得特别早，电灯厂供电明显不足，到下半夜，干脆没电了。天明后，唐四海让他家的女佣前来一源堂向爷爷报信，昨天半夜，东洋兵就占领了今州城，让爷爷暂时不要外出，静观事态发展。

早饭后不久，沉寂了两夜一天的北大街上终于有了动静，那是皮靴踩在石板街面上的声响，整齐划一。刘九龄一听便断定："鬼子来了！"

这时，一源堂的男丁都齐集在店堂里，爷爷冲大家摆摆手："留下九龄和我就可以了，其他人去内堂吧。"

一众人进去后，我父亲不放心，悄悄待在内堂门口，静听外面的动静。脚步声渐渐近了，父亲正跟刘九龄低声分析，说估计那是鬼子的巡逻队，脚步声在一源堂门口停下了，然后是一阵叽里咕噜的东洋话，店门随即被叩响。这里并没有说错，确实是叩门，而不是砸门。

刘九龄问："谁？"

"轩叔，是我——季昌。"

听到外面的人说的竟然是今州话，爷爷一时没反应过来："哪位？"

"唐季昌！"

爷爷尽管阅历丰富，可还是吃惊不小。稍停，他才打开店门，只见门口站着一个穿日军军服的年轻人，佩少尉军衔，正是唐四海的公子，那位去日本留学多年音信皆无，唐家人以为早已不在人世的唐季昌！

唐季昌向爷爷行了个军礼："轩叔，您好！"

爷爷缓缓点头，口中喃喃："真的是季昌啊，你离家多年，你爸爸可想死你了！没想到啊……"

"轩叔，我已加入日本国籍，日本名字叫矶谷季昌。"唐季昌边说边向店堂里张望，"恩亭在家吗？"

"在呢。"爷爷已经从最初的震惊中恢复过来，回身冲内堂招呼，"恩亭，出来。"

唐季昌离家时我父亲还小，多年不见，对他只是依稀有个印象。看着他那身日本军服，我父亲一时脑子转不过弯来，半晌才叫了一声"昌哥"。唐季昌上上下下打量我父亲："恩亭长这么高啦！我当初出洋留学时，你还没桌子高哩！”说着，一步跨进店门。

我父亲还没看清楚外面站了些什么人，一个熟悉的声音骤然响起：“孙恩亭同学，你好啊！”

水老师?！一瞬间，我父亲就像遭了雷劈一样，大脑一片空白。如果不是爷爷在身后轻轻推了他一下，他恐怕还以为这是在做梦。爷爷这一推，把我父亲推醒了，于是恭恭敬敬冲门外同样穿着日本军服刚从马上下来的水老师鞠了一躬：“水老师好！”

直起腰来，父亲看清了眼前的阵势：一源堂店门左右两侧，分别站着六名全副武装的鬼子宪兵，水老师和唐季昌是军官，都是骑着高头大马过来的。水老师穿的制服似乎比唐季昌的还要挺括，大概军衔比唐季昌高。水老师亲切地握住我父亲的手：“孙恩亭同学，来，握个手，我们毕竟做了那么多年的师生嘛。不过呢，今后就不要叫我水老师了，我的本名是水岛岗次郎。”

说罢，水岛岗次郎转向爷爷，咔的一个立正，忽然开口说起了日语。唐季昌在一旁翻译：“日本国华东派遣军今州市宪兵队司令长官、陆军中佐水岛岗次郎，正式拜访一源堂孙景轩先生！”

爷爷拱手还礼：“水岛先生，请——”

水岛岗次郎进门前，解下腰间的军刀，挂在门口一人高处的一枚小钉子上（那地方平时经常挂着介绍时令中药的小黑板），拂了拂军服，迈步入内。爷爷在内堂的客厅接待这两位敌人兼客人，让座奉茶。

“水岛先生，你的中国话说得这么好，我想，我们之间的谈话还是用中国话吧？想必水岛先生公务繁忙，这样可以节省点儿时间。”

水岛岗次郎哈哈一笑：“孙先生快人快语，那好，就依孙先生。”

爷爷指着我父亲说：“像犬子这样的年轻后生，那倒是可以学些日语的。跟水岛先生肯定是学不了了，有可能的话，请季昌点拨点拨。”

唐季昌说："这还不简单。我也想让我妹妹学日语呢，这丫头任性不肯学，正好让恩亭劝劝。"

"孙先生的这个想法甚好。根据大本营训令，开展日语教育乃是建设大东亚共荣圈的一个重要内容，不久今州全市，包括下辖七县的全部中小学，都必须开展日语教学。"水岛指了指放在一旁茶几上的香烟、清酒，"一些小礼物，本来是拿不出手的，但眼下是战争时期，还望孙先生不要见怪。"

爷爷赶紧起身："孙某何德何能，竟蒙水岛先生如此看重?"

唐季昌随即说到正题："轩叔，水岛司令官今天登门拜访，另有两桩事情想跟您商量。"

当时日军在今州的统治格局是这样的：城防部队负责城市警戒以及"清乡"、"剿匪"，不过问其他事务，城市管理的全部工作概由宪兵队承担，投降的汤团总率领的皇协军、朱维信投敌后执掌的伪警察局协助，另外，还有维持会（不久改组为伪政府，由日军派员担任顾问）。水岛在今州潜伏了八年多，他对今州的熟悉程度超过国民党政权的任何一个官员，因此，日军大本营任命水岛岗次郎为今州地区的最高长官。水岛此次登门，一是想请爷爷作为唐四海的副手，出任今州市维持会副会长兼市商会会长；二是聘请爷爷担任宪兵队的医疗顾问。

听罢水岛的来意，爷爷微笑着摇头："多谢水岛先生的盛情，只是孙某不才，不是当官的料，万望水岛先生见谅!"

"轩叔不必过谦。"唐季昌说，"您在今州德高望重……"

唐季昌还要继续劝说下去，被水岛用眼神制止。"我尊重孙先生的选择，维持会副会长你不做也可以，不过，市商会会长和医疗顾问，你可千万不要推辞。我在今州八年，多次亲眼见识过中医伤科的疗效，那是西医不能替代的。请放心，宪兵队会按月发津贴，不会亏待孙先生。"

“承蒙水岛先生厚爱，那我就恭敬不如从命了。”

水岛岗次郎起身告辞，爷爷把他们两人送到门口，水岛把军刀摘下挂回腰间。唐季昌随即掏出一张书本大小的硬纸卡片钉在那枚钉子下面，上面写着五个字：“太君挂刀处”。

爷爷不解：“季昌，这是干什么？”

“轩叔，这是宪兵队发给一源堂的护身符，以后就没人敢来一源堂撒野了。”

“这样不妥吧，万一有人故意跟一源堂过不去，把护身符给弄坏了，我可担不起这个罪名呀！”

水岛岗次郎大度地一摆手：“这是我的一份心意，心意到了，即使马上给人撕下来也无所谓，孙先生不必有顾虑。”

爷爷拱手道：“如此，就感谢水岛先生的美意了。”

水岛刚要上马，就听对面有人高呼“水先生”，话音未落，天益馆老板井少岳已来到跟前。唐季昌当年离家时天益馆那位置还是糖坊，自然不认识井老板，上前一步拦住他的去路，用日语喝问：“你是什么人？”

不料这个井少岳竟是懂日语的，当下就用日语回答：“我是水先生的朋友，以前水先生当老师时，经常光顾小店，不知如今是否还认我这个朋友？”

唐季昌还没回答，水岛岗次郎开口了：“井老板，还真有你的。皇军主张中日亲善，我当然认你这个朋友。”

井少岳涎着脸问：“那水先生是不是可以赏脸来小店坐坐，顺便把军刀摘下来在天益馆门前挂一挂，让小店也沾点儿福气？”

“我真羡慕你这种无拘无束自由自在的江湖气，可惜，我有职务在身，不能久留。”水岛掏出一张名片递给井少岳，“以后水先生这个称呼就不必了，这个给井老板，或许能有点儿用处。”

井少岳双手接过，恭恭敬敬看了一遍：“原来是水岛司令官，失敬失敬！今后如若有小店能出力的事情，司令官尽管吩咐，纵然刀山火海，赴汤蹈火，在所不辞！”

## 十二、血雨腥风

水岛岗次郎执掌今州的大权后，首先任命了一批伪职，唐四海当了维持会长，朱维信还是警察局长，原保安团汤团总做了皇协军司令官。由于爷爷坚辞，水岛就把维持会副会长的位置给了朱维信。朱、汤手下的侦缉队、便衣队都还保留着，仍分别由苟霄汉和蓝壮壁担任队长。

然后就是清理看守所和监狱，罪行较轻的犯人一律释放，罪行较重的干脆处决，为的是腾出监房，接下来，就该抓人了，水岛称其为“整肃治安”。一夜之间，水岛岗次郎在今州地区七县一市掀起了一场血腥风暴，抓捕行动中但凡有反抗、逃跑等所谓“不予配合”行为的，一律当场击毙，甚至因敲错门错杀了七八个并非在抓捕名单上的无辜者，其中一个据说还是朱维信的亲戚。

新中国成立后我父亲承办朱维信的案子时了解到，那次抓捕行动的名单是水岛亲自拟定的，其依据一部分来自原国民党警察局和保安团便衣队，一部分则是水岛潜伏期间收集的线索，被捕者中自然有很多冤枉的，但也有不少是中共地下党员或者地下党外围人员。

那段时间，水岛岗次郎就像上足了发条，没日没夜不知疲倦。我父亲经常在大街上看见他或骑马，或坐着一辆车前一侧插着太阳旗的轿车，在全副武装的日本宪兵的簇拥下到处巡视，好几次还看见他乘坐汽艇从一源堂后面的大盈河上驶过。这仅仅是公开场合，在秘密场合——

警察局刑讯室、皇协军司令部、宪兵队地牢里“工作”的时间那就更长了。

沦陷之后的那个冬天，今州地区真个是血雨腥风，水岛岗次郎以宪兵队司令官的名义天天签署处决人犯的布告。刑场就在北门外三里地的一片荒地上，名唤“三天门”，押解死囚的队伍每次都要从北大街上经过，起初一天一次，都是在上午，后来一天两次，下午也杀人。水岛岗次郎杀人也要玩花样，他管这叫“心理震慑”，哪怕只处决一个人犯（这种情况很少见），也要摆出一个很大的阵势：先是汤司令的皇协军、朱维信的伪警察清街，也就是临时戒严；然后是一支由十二名日军、伪军混搭而成的军乐队，一个个鼓足了腮帮子吹奏着怪腔怪调的东洋曲子；军乐队的后面是全副武装的日军士兵，由一个腰佩军刀的尉官率领；再往后才是死囚，概由从日军中挑选出来的彪形大汉监押，有的死囚受尽酷刑，不能行走，就由伪军用担架抬着；死囚后面跟着一队伪军；行刑队的最后是一班和尚、道士，那是水岛岗次郎招来让他们替死囚超度的。

水岛岗次郎的“整肃行动”针对的主要对象是中共地下党，到1938年春天，今州地区的中共地下党组织已经被水岛岗次郎“整肃”得彻底瘫痪。我父亲也不知道当时今州七县一市有多少地下党员，外围的进步群众更是无法统计，只记得那段时间爷爷经常在深夜领着刘九龄、老柯、小庆、小瑞，还有我父亲，在店堂里举行一个又一个简单的悼念仪式。有一天，一向坚强如铁的爷爷流下了眼泪，哽咽着说：“今州地区的地下党组织，如今只剩下我们这一支了！”

087领导的地下交通站之所以没有暴露，得归功于几年前组织上做出的那个重要决定。因“吴明全事件”的教训，组织上把一源堂改组为由党中央情报部门直接领导的中心交通站。中心交通站跟地方地下党没有组织关系，互不知道对方的情况，也不发生工作联系。今州地下党有自己的交通员，他们在获得情报后，必须按照指令送交他们的上级或者上级指定的地方，哪怕这份情报之后需要经087转手，也不能由今州的地下党直接交给087。这种安排在平时显得有些烦琐，甚至还可能延迟情报送达目的地的时间，但在目前这种情势下，其必要性就得到了充分体现。

不过这样一来，087交通站的工作量就增大了，今州的地下党组织已被摧毁，一源堂除了以往转送情报、人员和物资的常规任务，还要负责收集情报。一段时间后，今州的中共地下党组织得以重建，鉴于一源堂在危急时刻的出色表现，组织上要求087交通站利用社会关系和人脉优势，继续进行情报收集工作，与新建的当地地下党的关系仍和抗战前一样，互不知晓，也互不联系。

转眼一年过去，初冬的一天下午，父亲正和放学回家路过一源堂的唐季娴闲聊，我家的看坟人、龙须湾的洪坤突然来了。洪坤已被爷爷发展为087交通站的一名交通员，他这当儿过来，肯定是有事。这天下午，作为商会会长的爷爷去伪市政府开会，刘九龄和老柯也不在，父亲赶紧支走唐季娴，把洪坤迎进内堂。

洪坤交给我父亲一把白铜钥匙，说这是上级派人送来的，要求我爷爷即刻前往上海，务必在明天下午四点前赶到16号，凭这把钥匙接头。父亲收下钥匙，也收下了他作为幌子送来的一篮子蔬菜，回赠了一些云片糕之类的点心以掩人耳目。

所谓“16号”，是一个只有爷爷才知道的暗号，对于父亲来说没有意义。不过，“明天下午四点”那倒是有些紧要的。日军占领江南后，到处设卡子，交通受阻，从今州前往上海一路上要耽搁不少时间。爷爷应该尽快动身，可这时他还在伪市府开会，听说开完会后，于半年前改任今州市长的唐四海还要设宴招待与会者，为的是庆贺日本的一个什么节日，水岛岗次郎也要到场。水岛是眼下087最需要提防也最难提防的一只老狐狸，哪怕一丁点儿异样动静都可能被他视为疑点，父亲一时吃不准是该立刻通知爷爷呢，还是坐等爷爷回家。

迟疑不决的时候，刘九龄和老柯回来了。三人一商量，刘九龄出了个主意，不过，这需要唐季娴出面，让她给其父唐四海打电话，说腰扭伤了。唐四海接到电话肯定着急回去看女儿，可他是市长，还是会议主持，不能说走就走，水岛也不会放他走，但水岛一定会想办法变通一下以表示对唐市长的关心，何况唐季娴还曾经是他的学生。怎么变通呢？爷爷不是在场嘛，他可能会主动提出让爷爷回来给唐季娴治疗。爷爷回来后，就立马奔火车站，先离开今州再说。如果明天唐四海上门表示感谢，就说爷爷下乡出诊去了，应该能应付过去。至于水岛那边，更不会起疑心。

但是，怎么让唐季娴帮我父亲说谎呢？当然不能直说，还得找个借口。父亲当下就去隔壁拜访唐季娴，说爷爷最近不能喝酒，一喝酒皮肤就发痒，用西医的说法就是过敏，可今天晚上市府举行的宴会有水岛司令官出席，他必定要给爷爷敬酒，爷爷也就只好硬着头皮喝——而且不会是一杯两杯，喝过后还得回敬。不仅是水岛司令官，还有其他军方人员包括唐季娴的哥哥唐季昌，都要跟爷爷碰杯，那还不把爷爷折腾死？所以，只好请唐季娴帮忙，打个电话骗骗她老爸唐市长。

换了别人，唐季娴未必会帮忙打这个电话，但我父亲不是别人。其实众人都看得出来，唐家小姐对我父亲有那么个意思，我父亲也感觉到了，就是没人点破。刘九龄之所以出这么个主意，也是这个原因。

果然，唐季娴听我父亲这么一说，嘻嘻笑了，连说“有趣”，随即就给她老爸打了电话，嗲声嗲气装得还蛮像。没想到，唐四海说他马上回来，唐季娴的脸色顿时变了，一时不知该怎么应对，正犹豫着，那边电话已经挂断了。唐季娴望着我父亲一脸焦急地问："这怎么办？要不我再打电话过去，直接说要轩叔治疗？"

父亲还在寻思对策，唐四海又把电话打过来了。诚如他们之前的估料，唐四海向水岛岗次郎请假，水岛不同意，随即安排我爷爷回来给唐小姐治疗。爷爷坐着市长专车返回一源堂，他还以为唐季娴真的扭伤了，听说原委，直奔火车站，连夜赶往上海。

爷爷这次去上海，组织上交给他一项任务，这项任务由两部分组成：一是收集今州地区日伪驻军以及伪政权的军事、政治、经济等方面的情报；二是将收集的情报连同上海以及苏浙沪交界区域地下党情报人员转送来的情报一并送交092——新中国成立后父亲才知道，这是镇江市的另一个由中央直接领导的中心交通站站长的代号。

这项任务的背景非同小可，直接关系到抗战期间中共武装力量的战略布局。对中国抗战史稍稍了解一点儿的朋友想必都知道"江抗"、"东进"，"江抗"是江南抗日义勇军的简称，"东进"指的是活动于江苏北部地区的新四军向东进攻，从地理位置上来说，这个"东"，就是从南京到上海的整个儿苏南区域。当时延安正在考虑这一战略部署，急需苏南地区日伪方面的上述情报。

回到今州的当天晚上，爷爷把一源堂连同父亲在内的六名店员召拢起来开了个会，对如何完成这项任务做了研究和分工。爷爷利用伪商会会长和日军医疗顾问的便利条件，负责收集政治、经济情报和日军方面的军事情报；刘九龄负责收集伪军那一块的情报；父亲要做的工作是通过跟朱耀先、唐季娴的交往，收集伪警察局、伪军和伪市府的情报；老柯、老沈、小庆、小瑞留守一源堂，负责接收情报。爷爷规定，这些工作尽可能由各人自己做，不到万不得已，不能动用087交通站下属各交通组和交通员。

上述分工中，爷爷那一摊任务最重，也最具风险。尽管他持有水岛岗次郎亲自签署的特别通行证，不但全市各处通行无阻，就是日军的城防部队和宪兵队兵营也能出入，但是，爷爷不能随意利用这些便利条件。抗战前，他在今州就算是知名人物，如今被水岛岗次郎硬生生安排了两个伪职，连日伪军头目都时不时要注意他一下，他的行为是不能有任何出格迹象的。

父亲的风险倒没有爷爷那么大，可是比较费神。他和唐季娴的关系，属于心照不宣的那种，虽然从未点破，但两人心里都有数。对此，朱耀先却是木知木觉（今州方言，毫无察觉的意思），他一门心思追求唐季娴，唐季娴对他却是不冷不热。如此，他只好利用我父亲，要父亲出面约唐季娴出来活动，或者跟着父亲去唐家玩，有时，父亲还约上唐季娴去拜访朱耀先。经常出入于今州伪市长、副市长兼警察局长的公馆，父亲见缝插针收集到了一些重要情报，包括唐四海书房墙上挂着的今州全市伪军兵力、据点配置图。他没有照相机，也不可能站在地图前临摹，只能采取最原始的方式——靠脑子记，回家后再在现成的今州地图上用密写药水一处处标示出来。

今州地区的中小学已经把日语教学列入日常教学大纲，规定每星期要上六节日语课。日语老师全部由水岛岗次郎指派，清一色是日本人，一部分是日侨，还有一部分是现役军人——这些军人战前在日本国内就是老师。尽管父亲已经退学，但每周仍有几个时段和唐季娴一起学日语。水岛岗次郎以宪兵队司令官的身份拜访一源堂那天，我爷爷就跟他提过这事，水岛对此是很支持的，唐季昌更是热心。

爷爷主张父亲学日语的用意，就是为刺探日方情报。父亲特意买了一本《日汉对照词典》，除了和唐季娴一起学，每天晚上还坚持自学。

这种学习是有针对性的，特别注重政治、经济、军事方面的词汇。学了一段时间，父亲大致可以听懂大街上遇到的那些鬼子兵之间的对话。前不久，他们几个同学一起去宪兵队拜访当年的水老师、如今的司令官，父亲和唐季娴用日语跟水岛聊了片刻，大受水岛的赞赏。

靠着一年多的刻苦攻读，父亲终于完成了爷爷、也是他的上级087交下的任务。这时，上海和苏浙沪交界区域地下党收集的相关情报也辗转送到了087交通站。往下，只要把这两部分情报一起送往镇江，这个任务就完成了。

爷爷决定把这项重要使命交给我父亲。他和刘九龄、老柯商量下来，专门设计了一个方案：寒假马上就要到了，父亲约请唐季娴、朱耀先等五六个男女生去省城镇江旅游，趁机把情报送交092。当然，出门旅游的邀请不能提得太突然，得循序渐进，事先跟唐季娴等人吹吹风，这样看起来才自然。

哪知，父亲的吹风计划还没来得及实施，就被一桩意外事件打乱了。

## 十三、行刺事件

元旦晚上，唐四海应教堂之邀出席迎新晚会。晚会结束后，特地从上海赶来出席这次活动的江南教区副主教、英国人魏德沁，以及教堂主教、几位神职人员把唐市长送出教堂，就在司机拉开车门请唐四海登车时，“砰”的一声枪响，唐四海胸口中弹，应声倒地。

现场挤满了天主教信徒，枪声一响，顿时一片混乱。唐四海自上任以来，拒绝宪兵队、警察局和伪军为其配备警卫，认为“唐家世代为官，向为黎民百姓做事，民众就是我唐某最好的警卫”，无论白天黑夜，无论走到哪里，身边都只有他的私家车（黄包车）夫老郭。唐四海改乘轿车后，老郭用一个月的时间突击学会了开车，仍旧为其服务。此时突遭意外，老郭六神无主，还是教堂的男佣出来维持现场秩序。

警察赶到后，发现教堂外面的围墙上贴出了一纸手写的布告，声称这是一个名唤“铁血锄奸团”的抗日组织干的，这仅仅是个开始，以后还将有其他日酋、汉奸被消灭，云云。

唐四海被送入今州市最好的红十字会医院抢救。好在那颗子弹打偏了一点儿，没有命中心脏，唐老爷子受伤虽重，性命还是保住了。水岛岗次郎下令全城戒严，严缉凶手，限警察局三日破案，日军驻今州的守备部队、宪兵队可以为警察局提供一切帮助。朱维信不敢怠慢，连夜召集侦缉队长苟霄汉和警察局的日本顾问野山上尉研究案情。

野山上尉是个瘸子，那是1933年在察哈尔与中国抗日义勇军作战时人家给他留下的纪念。按照当时日本军队的规定，他受伤致残后是可以回国享受残废军人待遇的，用不着再当兵，可是这主儿满脑子军国主义思想，坚决要留在中国继续为“大东亚圣战”贡献“微薄余力”，于是被分派到今州市警察局当了顾问。野山不谙刑侦，他在警察局只是挂了个虚名，每天就是在办公室抽烟喝茶听收音机看报纸，朱维信找他商议案情，也是聊胜于无。

紧锣密鼓忙碌到清早，朱维信忽然驱车赶到宪兵队司令部。见了水岛岗次郎，二话不说先下跪。“报告司令官，卑职……请求您……”

话未说完，朱维信已是泣不成声。他没法儿不哭，因为他已经把案子破了，凶手也控制住了，不是别人，竟是他的儿子朱耀先！

水岛岗次郎仿佛并不感到意外，把朱维信搀扶起来，让他坐在沙发上，自己坐在朱维信对面，然后朝小林副官打了个手势。小林立即拿来一个牛皮纸档案袋放在茶几上。水岛岗次郎把档案袋推向朱维信：“朱局长你别着急，先把这里面的东西看一看。”



档案袋里装着从唐四海体内取出的那颗子弹的鉴定结论。宪兵队和驻军里都有精通枪械的技师，昨晚这颗子弹交给警察局之前，驻军守备队的枪械技师松本中尉就拍摄了照片，拿回营房进行研究，最终认定了射出这枚子弹的手枪型号——德国造鲁格 P08 军用手枪。

鲁格 P08 是世界名枪，但在中国并不常见。水岛岗次郎当即就联想到朱维信。早在水岛潜伏今州期间就已听说朱维信是留学德国学习警务的，今州全城也只有他一个人有跟德国相关的背景。在水岛岗次郎看来，朱维信谋刺唐四海的动机也说得过去，他是今州三个副市长中最强势的一个，而且握有实权，干掉唐四海，他就能接任市长了。不过，这还仅仅是怀疑，尽管水岛是今州地区的最高长官，但抓一个副市长还是需要些真凭实据。于是，他安排特高课长铃木三郎对朱维信进行秘密监视。

回过头来，再说朱维信。凌晨一点，朱维信召开会议分析案情。朱维信是留德刑侦专家，回国后无论在苏州市警察局副局长任上，还是来今州出任市警察局长，都没有遇上过这等大案，每每有“生不逢时，才高无用”之感叹。此刻面对着这个案件，不由得既忐忑，又兴奋。忐忑是因为这案子实在是太大了，万一处理不好，自己职位难保；兴奋则是他意识到自己的特长终于有了展示的平台，“英雄”有用武之地了。事后，特高课专门查阅了这次会议的记录，发现朱局长不愧是刑侦方面的专家级人物，他的分析非常到位——应当盯着行刺的手枪进行调查，通过那枚子弹追查枪支来源；此外，还应调查刺客那纸“铁血锄奸团”布告的字迹、使用的纸张和黏合剂等，以期发现线索。

侦缉队一干人忙活了半宿，把初步调查结果送到了朱维信的案头：子弹口径为 7.65 毫米，这是欧洲军工标准，因此，刺客使用的手枪产自欧洲，具体是什么型号，尚未查出眉目。那纸布告所用的纸系上等宣纸，字则是先以铅笔勾出轮廓，再用毛笔蘸墨汁填满，制作者应该有些美术功底；张贴布告使用的粘合剂，系出笼不超过一天的糯米糕或糯米团子。

朱维信看着这份鉴定结论，只觉得背脊上抽冷风，这几个特征，都和他家里的情况对得上号：他从德国留学回国时，曾带回一支德制P08鲁格手枪和五百发子弹，出任苏州市警察局副局长后，领到了一支勃朗宁手枪，那支P08就一直放在家中的书房里。朱耀先读初中时，他教儿子射击，用的就是这支P08；朱维信平日附庸风雅，喜欢捣鼓些书画之类，家里有不少上等宣纸。儿子学过写美术字，淞沪会战期间各界民众搞抗日宣传时，儿子就写过一些大字标语；再加上昨天下午，家里恰恰蒸过十几笼糯米团子……

朱维信当即驾车返回公馆，没惊动儿子，先去书房找那支P08。打开抽斗一看，枪套是空的！他眼前一黑，要不是顺手撑住了桌子，准保马失前蹄了。不过，他毕竟是老江湖，马上想清楚了目前面临的形势，也知道自己该怎么办了。外面已经戒严，儿子跑是跑不掉的，可为防万一，他还是给侦缉队长荀霄汉打了电话，命其立刻带人过来，悄然把公馆包围。然后，他就带着那个空枪套驱车前往宪兵队司令部。

此刻，朱维信看了宪兵队的枪弹鉴定结论，不由得冷汗直冒，暗暗庆幸自己的主动坦白之举。他当即拿出枪套放在茶几上："水岛司令官，我们父子的生死均在您的一念之间，听凭司令官阁下裁决！"

水岛岗次郎站起来，背着双手在沙发前踱步，好一阵才开腔："此事目前尚属怀疑，还有待进一步证实。昨晚我就说过，由你全权负责这个案件的调查，朱局长，你还是继续调查下去吧。"

"可是……"

“到目前为止，你还是今州市警察局长，有责任破获案件、抓捕案犯。朱局长，我信任你，你不需要回避。”

就这样，还躺在热被窝里睡觉的朱耀先被侦缉队员揪出来，五花大绑押解到警察局。尽管水岛说过不需要他回避，朱维信觉得还是谨慎一些好，请警察局的日本顾问野山上尉讯问案犯。野山肯定已经得到了这方面的消息，并不觉得吃惊，可是，他拒绝直接参与讯问，朱维信反复求告，他才答应旁听，由苟霄汉主审。

苟霄汉也被这个突如其来的情况搞得有些狼狈，但有一点他是清楚的，自己是朱维信的部属，尽可能要对朱耀先客气些。当然，有日本顾问在场，客气也是要有前提的，他一上来就跟朱耀先说清楚：“你只要如实供述，决不为难你。”

这当儿，朱耀先已经差不多魂不附体了，待他招认了谋刺唐四海的作案动机，在场众人都大吃一惊：所谓“铁血锄奸团”纯属子虚乌有，他谋刺唐四海的真实原因，无非是“冲冠一怒为红颜”。

这个“红颜”，就是唐季娴。

早在上初中的时候，朱耀先就对唐季娴展开了追求。这种情况，旧时并不算是什么出格之举。那年月，“娃娃亲”不足为奇，“指腹为婚”也算不上新闻，十三四岁结婚乃是寻常事儿。我父亲读初中时，班级里就出了两个新娘子，待到中考的时候，孩子都生下了。升学考试进场前，两个考生妈妈还抓紧时间给各自的婴儿喂了次奶。所以，朱耀先恋上唐季娴并不算越轨。问题是，他这是剃头担子一头热，他对唐季娴有情，唐季娴对他却无意。唐季娴有意的是孙恩亭同学。当然，唐小姐从来没有向任何人说起过，她对我父亲的那份亲热、关心很容易被青马竹马的友情所掩盖，至少朱耀先没看出来。他只道是自己火候不够，进入高中后，渐渐加大了追求力度。他给唐季娴写了许多情书，有的是他的原创，有的是借鉴，也有一部分是原封不动的抄袭。这些情书，都被唐季娴退回了。

朱耀先自然恼火，可他这火是没法儿发的，只得抱着“只要功夫深，铁杵磨成针”的信念继续追求，一封封情书犹如雪片般地飞向唐季娴。而唐季娴呢，以雪片还雪片，那些情书怎么来的还怎么回去。终于，朱公子失去了耐心。他对唐季娴拒绝自己的原因进行了分析，正是这个不靠谱的分析导致了他的悲剧。他认为唐季娴之所以拒绝他的追求，是因为其父其兄的地位，为了消除这个障碍，他决定以“抗日锄奸”为名暗杀唐四海、唐季昌父子。这两棵大树一倒，唐季娴这根小草就没了荫庇，唐家的势力也立时烟消云散，到那时，还怕唐季娴不接受他的追求？

这位朱公子还真是想到了就敢做，谋刺计划就这样实施了……后来朱维信看了儿子的口供，简直欲哭无泪。

刺客的口供有了，当然还要进行调查。唐季娴是首先需要调查的对象，然后是病榻上的唐四海，以及陪伴在侧的唐季昌。对后二位的调查其实不过是走过场，唐氏父子根本不知道朱公子追求唐季娴这档子事。

当天下午，朱耀先被移交给宪兵队特高课。水岛岗次郎宣布，警察局圆满完成使命，有功人员待结案后一并表彰。警察局的事儿完了，但对于特高课来说，调查才刚刚开始。朱耀先在行刺现场张贴了“铁血锄奸团”的布告，尽管他自己说这个组织纯粹是臆造的，可影响造出去了，现在今州人人都知道有这么个锄奸团，保不齐也会传到华东派遣军司令部那里去，一旦司令部追问下来，那就必须有个交代。怎么交代？办法只有一个——即便朱耀先所谓的锄奸团根本不存在，也要挖出个把抗日组织向上峰交差。

这样一来，朱耀先就吃足了苦头。特高课的刑讯室是著名的人间地狱，后来我父亲听唐季昌说，朱耀先实在挨不过酷刑，胡乱招供称今州真的有一个“铁血锄奸团”，该组织的成员包括孙恩亭、唐季娴、封炳麟、华渊、袁天兰等一些同学，还有他老爸的车夫，以及侦缉队长苟霄汉，甚至日军少尉矶谷季昌也是。特高课把名单送到水岛岗次郎那里，水岛笑了：“这些人一个也不是，否则我的命早就被他们锄掉了。”

朱耀先在特高课受刑，他老爸朱维信在外面全力营救。应该说，朱局长这当儿脑子还是非常清醒的。朱耀先谋刺的是唐四海，唐老爷子是苦主，应该首先取得苦主本人的谅解；唐老爷子同时又是日本华东派遣军任命的今州市市长，跟水岛岗次郎说得上话；另外，矶谷季昌是日本籍，且是日军军官，又是水岛岗次郎的心腹，他给水岛嘀咕几句，比谁说话都管用。于是，朱维信拉上朱耀先他妈丰秀娟直奔北大街。

找唐家？不！上我爷爷的一源堂来了。

要不说朱维信脑子清醒呢。他知道自己的名字这时还被特高课的人反复念叨着，水岛岗次郎很有可能把他视为这起谋刺案的幕后策划者，而朱维信本人是有“军统”背景的，抗战前朱维信频频以警察局的名义执行复兴社特务处（即“军统”前身）的秘密任务，水岛在今州潜伏了八年多，难道他对此一点儿怀疑都没有？这不太可能。如果有怀疑，此刻水岛正好可以利用这个案子进行追查。尽管朱维信完全可以直接去医院探望唐四海，或者干脆去宪兵队拜访苦主之子唐季昌，替朱耀先请罪，可是他做贼心虚，不敢把动静闹得太大。所以，他就想起了我爷爷，请我爷爷代表他和唐家沟通。

爷爷对此早有预见。上午唐季娴从医院回家取东西，顺便来一源堂告知爷爷，唐老爷子性命无虞，而凶手则是朱耀先。唐季娴走后，爷爷说最迟晚上，朱维信就会来一源堂了。父亲问为什么，爷爷笑而不语。

此刻，面对着哭丧着脸进了一源堂的警察局长夫妇，父亲对我爷爷的料事如神佩服得五体投地。爷爷自然要好言安慰他们一番，然后说："需要我做什么，请尽管吩咐，我一定尽力。"

朱维信要爷爷做的事情其实很简单，无非是跟唐家进行沟通，求得谅解，至于唐四海的损失，朱家愿意加倍补偿，哪怕砸锅卖铁，也要保住朱耀先的性命。爷爷爽快地答应了朱氏夫妇的请求，同时也婉拒了他们送来的礼物。他们前脚刚走，爷爷叫上我父亲："恩亭，跟我出去一趟。"

我父亲以为要去医院，可爷爷却带着他直奔宪兵队，求见水岛司令官。

爷爷是驻今州日军的医疗顾问，有一张由水岛岗次郎签发的特别通行证，可以出入日军兵营和宪兵队司令部。当然我父亲是没法儿进去的，爷爷让他就在外面等着。等候期间，一年来跟唐季昌学的日语口语发挥了作用，父亲和鬼子岗哨搭讪了几句，对方弄清楚他跟水岛司令官以及矶谷季昌的关系后，主动请他进岗亭对面的接待室坐着，还给倒了杯水。

一会儿，爷爷出来了，而且是坐着水岛岗次郎的汽车出来的。在门口载上父亲，由鬼子司机驾驶，载着父子俩去医院探望唐四海。

那么，爷爷跟水岛都说了些什么呢？爷爷告诉水岛，凭着自己和朱维信的关系，以及小辈儿之间（指我父亲和朱耀先）的同学关系，朱家出了这么大的事，确实是应该帮忙的——帮得了帮不了另说。但是，这个案子非同小可，应该在第一时间向水岛报告朱维信前往一源堂的情况，是否合适去看望唐市长，请水岛定夺。如果水岛同意他去探视，还请签发一纸手令，因为唐市长的病房不是谁想进就能进的。

水岛岗次郎问爷爷："以孙先生之见，认为是否合适呢？"

爷爷说："一源堂跟唐市长私谊深厚，按说我是应该去探望的，尤子恩亭更应该去病榻旁陪护。”

水岛很满意爷爷的做法，随即签了一纸手令，准许爷爷进入病房探视。

唐四海的伤情似乎还算稳定，神志也清醒，他已经知道凶手是朱耀先，对此自是大惑不解。有特高课的人在一旁监视，爷爷跟唐四海说的话，都是向水岛报告过的那些内容。他转达了朱维信夫妇的请求，唐四海表示可以既往不咎，不过，这件事影响甚大，最终还是要由水岛司令官定夺。

当天晚上，朱维信在天益馆设宴，邀请我父亲、唐季娴、封炳麟等七八个跟朱耀先关系处得比较好的同学赴宴，请他们以学生的名义拜见水岛岗次郎，向当年的水老师求情，留朱耀先一条性命。朱维信甚至许诺，只要他们肯去宪兵队，每人赠送黄金戒指一枚；朱耀先如若能活下来，他愿意给他们每人二两黄金。父亲跟爷爷一样，表示忙可以帮，但黄金就不必了。

次日，水岛岗次郎接待了我父亲等几个从前的学生，他显然知道大家因何登门，一上来就主动说到了朱耀先，对于这个从前的学生，他也感到非常痛心。接着话头一转，让大家不必在朱耀先的问题上发表什么意见，至于如何处置，今州这边没有最终决定权，此事已经上报华东派遣军司令部，水岛也在等候上级的指示。

离开宪兵队，一众学生都觉得朱耀先凶多吉少。不料几天后，朱耀先竟然被释放了。只不过，释放出来的朱耀先已经完全疯了……

## 十四、局长“归队”

年近六旬的唐四海的身体素质，用中医的话来说，属于“素体健”

一类，也就不过一周时间，医生就给他拆了线准其出院了。唐四海回家后，立刻写了一份“辞官折”，让儿子送到水岛岗次郎那里去，坚决要求辞去今州市长一职。水岛岗次郎当即前来唐宅，一是表示对唐四海的慰问，二是竭力挽留。可是，任凭水岛如何劝说，唐四海只是摇头。水岛无奈，只好让唐四海安心养伤，辞职的事“容再议”。后来又“再议”了几次，终究没能说服唐四海，市长他是死也不干了，只接受了“市府高级顾问”的虚衔。

行刺事件总算尘埃落定，日军对朱维信的处置倒不算很严重，撤去今州市副市长职务，但保留市警察局长一职。

那几天，087 交通站外表看似波澜不惊，照常给人看病、做生意，晚上却甚为紧张，每每要忙碌到半夜。忙些什么呢？一是把收集到的情报加以整理，用密写药水誊抄；二是由于唐四海的遇刺事件，导致去镇江旅游的计划泡汤，必须尽快制订一个新的传递情报的方案。情报很快就誊抄好了，可新方案还没能出笼。

唐四海出院那天下午，爷爷接到上级的紧急通知，据内线传来的消息，敌方已经知悉我方正在收集苏南和上海区域相关情报之举，望 087 注意安全。这无疑加大了传递情报的难度，爷爷跟刘九龄商量，不如先设法查摸一下敌方的情况再说。

一年前，水岛岗次郎指派两个日本军曹担任伪军的军事教官，一天到晚进行射击、投弹、拼刺刀、攀越障碍、擒拿格斗等训练，把那些伪军折腾得鬼哭狼嚎，还有不少人受伤。这种伤大部分是跌打损伤，军医治疗效果甚微，水岛岗次郎得知后，让汤宗俊向一源堂求助。汤宗俊跟一源堂的关系一向不咋样，以前他执掌的保安团动不动就找一源堂的茬儿，现在他抹不开脸皮找爷爷，还是请唐四海出面，爷爷才点头，派刘九龄担任伪军的医疗顾问。

刘九龄跟伪军部队上自汤宗俊下至大头兵都处得很好，和便衣队的人喝了顿酒，就印证了上级的消息。据称，便衣队已经接到宪兵队特高课的通知，要求加强防范。与此同时，爷爷也借出诊的机会留意外面的情况，发现敌人对进出城门的所有人都进行搜查，连孩子也不放过。

和刘九龄一碰情况，爷爷忧心忡忡，一夜无眠。次日上午开店门时，父亲注意到爷爷的眼睛里布满血丝，不由得暗暗替爷爷着急。刚把排门板一块块卸下来放好，从唐家出来的唐季昌来到店堂门口驻步："恩亭啊，轩叔今天有空吗？我爸爸请轩叔去我家一趟，有事商量。"

唐四海找我爷爷商量的事，为交通站向镇江的 092 传递情报提供了一个机会。

唐四海遇刺后，外地的一些朋友纷纷来电来函，甚至直接奔今州表示慰问。镇江的一位世交尚捷靖连续发来三封电报，请他前往镇江小住一段时间调养身心。这个邀请正合唐四海的心意。他出任伪市长原出无奈，正巧遇上朱耀先行刺，让他有了辞职的正当理由。水岛岗次郎虽然同意他辞职，但答应得很勉强，他担心水岛反悔，寻思着找个什么借口去外面躲一段时间，尚捷靖的电报来得正是时候。昨晚，唐氏父子商量下来，决定事不宜迟，这两天就动身。

随行人员的最佳人选当然是唐季昌，可唐季昌在宪兵队任职，不能去镇江陪老爸休养，就决定让唐季娴陪同。学校已经放了寒假，唐季娴有的是时间。不过，一个姑娘家显然难以应付路上的一应事务，唐老爷子就想到了隔壁一源堂的少爷——我父亲孙恩亭。跟我爷爷一说，我爷爷自然没意见。

如何把情报送到镇江的大难题总算解决了，接下来还有一个小麻烦，警察局在城门口设卡，对进出人员进行搜身，我父亲即便是跟随唐四海出城，免不了也要接受盘查。尽管有唐老爷子在场，这种盘查可能仅仅是走个过场，但不怕一万，就怕万一。怎么才能让我父亲把情报安全携带出城呢？爷爷让刘九龄去今州最大的百货商店“龙安公司”买了一个价格不菲的时尚坤包，由皮匠出身的老柯进行了改造，在其中设置一个暗袋，情报就藏在暗袋里。这个坤包，由父亲出面送给唐季娴，一路上就由唐季娴拿着，凭其父的名头和其兄日军少尉的威势，料想警察局也好、伪军也好，无人敢动搜查的脑筋。至于到了镇江如何取出来，那就是我父亲的事儿了。

当天晚饭后，唐季娴来到一源堂，前些天她向父亲借了几本小说，今天是来还书的。父亲把她请到二楼，沏了壶茶，让小嬢嬢拿了些炒瓜子上来招待她。唐季娴告诉父亲，她老爸准备后天动身，关照什么用品都不必带，到了镇江需要什么就买什么。父亲说那太破费了，自己还是要把日用品带上，没必要花那些冤枉钱。两人东聊西扯，就说到了朱耀先。

“这个朱耀先也真是的，要不是同学这么多年，我还真把他当神经病呢，竟然这样丧心病狂。这种人，如果谁嫁给他，恐怕以后也没有好日子过。”说着，唐季娴瞟了我父亲一眼。

这话醉翁之意不在酒，我父亲当然听出来了。趁这个机会，他赶紧表态：“过几天你就要过生日了，我为你准备了一样礼物。”

唐季娴大喜：“什么礼物？”

“现在保密。后天起程前，我再送给你。”

动身那天早晨，父亲把那个带着纸盒包装的浅蓝色鲨鱼皮坤包送给唐季娴，唐季娴喜出望外，先拿给她爸妈看，又拿给唐季昌看。唐季昌生性仔细，把包拿在手里，里里外外看了片刻才还回妹妹手中，目光在我父亲和唐季娴脸上反复扫视，坏笑着说：“恩亭是有心人，妹妹你可要珍惜啊！”

爷爷昨晚是当着父亲的面把情报放入暗袋的，唐季昌翻来覆去查看坤包的时候，我父亲的心一直悬着。如果唐季昌再不把包交回唐季娴手里，他只怕心脏就要停摆了。其实，他的担心完全是多余的。

新中国成立后，老柯当上了省工艺美术研究所的所长，他设计的不少作品都获了奖，并被国家定为赠送外宾的礼品。老柯不仅技艺精湛，而且独具创意。比如这个坤包，他把暗袋设置在坤包的底部，这个并不稀奇，稀奇的是，从暗袋里取东西的位置不在坤包里，而是在坤包外。在这里稍稍解释一下——他把坤包底部原来的缝合线割断，衬进去一块同样大小的皮革，与坤包的衬底缝合在一起；然后，在整个底部的四个边沿装上大头白铜铆钉，两个长边都是砸死了的，无法松动，两个短边的几枚铆钉却暗藏机关，只要把手伸进坤包底部，在铆钉的位置捻一下，包外底部短边一侧就打开了，可以取放东西，再把包内的铆钉反方向捻一下，就重新锁上了。

这个创意，跟寻常人的思维正相反。搜查者的注意力肯定都在坤包里面，而包内底部的衬里是跟加装进去的皮革缝合在一起的，有没有藏东西一摸便知。加装的皮革则与坤包底部原本的鲨鱼皮用铆钉钉死了，会被认为是一体的，除非把坤包大卸八块，否则发现不了里面的机关。

不过，智者千虑，必有一失。087 方面把各种因素都考虑到了，只是忘了一样，那就是警察局长朱维信其时的心态。

朱耀先是朱维信的独子，在朱家的金贵程度可想而知。由于行刺唐四海，朱耀先被宪兵队折磨得精神失常，这对于朱维信来说不啻是一个沉重打击。导致这样的结果，宪兵队手段残忍固然是重要原因，但也与朱维信平日对儿子的骄纵有关。可让人想不到的是，朱维信痛定思痛，竟然迁怒唐家。

朱耀先还没疯掉的时候，为了给自己的行刺之举找理由，谎称之前唐季娴曾三次接受了他的求爱，随即又反悔了。特高课想知道的是所谓“铁血锄奸团”到底是怎么回事，对朱的感情纠葛并无兴趣，也不管是真是假，都照录在口供上。结案后，水岛岗次郎约见朱维信，给他看了这份口供，朱维信遂认定朱耀先闯下大祸的原因是唐季娴“水性杨花，出尔反尔”。这是朱维信迁怒唐家的第一个原因。

第二，在朱维信看来，日军方面对唐四海的器重是显而易见的。之前国民政府治下，唐四海虽然挂着市商会会长、警察局高级顾问、保安团名誉团总、教育局首席督学等头衔，可那都是虚的，即使作为商会会长有点儿实权，那也是社会团体性质，上面还有社会局管着；若论行政级别，就是两个字——没有。日军占领今州后，唐四海的地位却猛地蹿到了朱维信上面，先是担任维持会长，接着又担任市长，这可是实职，还是朱维信的顶头上司，一直让朱维信心里不怎么舒坦。

第三，唐四海的儿子唐季昌如今是日本国籍，正宗的日军军官，还是水岛岗次郎的心腹。唐四海在水岛面前说话也有些分量，如果唐家父子肯出手相救，朱耀先无论如何不会是现在这个样子。

如此，朱维信内心深处就把唐四海、唐季昌父子定格在仇人位置上。

朱维信的厄运还没有结束。从特高课把儿子接出来的时候，朱耀先处于昏迷状态。尽管特高课的人告诉他，朱耀先已经疯了，但当时还看不出什么。原以为是受审期间受的刺激过重，在家休养一段就会恢复正常，至少是有所好转，没想到，回家后儿子醒了，表现出极度的狂躁，不是砸东西，就是伤人或自伤。朱维信只好违心地让侦缉队长苟霄汉拿来手铐脚镣，把朱耀先约束起来，为防他发狂时到处乱跑，还把脚镣拴在几十斤重的石锁上。朱耀先跑不了了，但嘴没有被封住，一天到晚狂呼抗日口号，扬言要“铁血锄奸”，被列入名单的第一位就是他昔日的水老师，第二个则是特高课长铃木三郎。

宪兵队方面显然对朱耀先的情况还关注着，不知从哪条渠道知晓了此事，当即派了两个特务前往警察局，给朱维信送来一份书面通知，要求当场答复。通知上声称，对朱耀先的处置有两种方案，一是由宪兵队重新收押，二是让朱维信自己解决——保证朱耀先从此不能说话。

捧着这纸一看便知是出自水岛的翻译官唐季昌之手的通知，朱维信知道已经没有退路，必须按照宪兵队的意思办。怎么办呢？把朱耀先交给宪兵队，结果不言而喻，如果不想让儿子死，那就只好把他弄成哑巴。得知朱维信的决定，两个日本特务当场拿出一包药粉："请朱局长把这包药给贵公子服下，问题就解决了。"

送走了日本特务，朱维信看着桌上的那包药，不由得痛哭失声。他终于意识到，朱耀先之所以变疯，肯定也跟类似的药物有关。

当天晚上，朱耀先就变成了哑巴。

恰恰就在这个时候，"军统"上海区的特务往警察局长家打来电话，用暗语要求见面详谈。倘在以往，朱维信肯定不敢答应，可此刻他已经被愤怒之火烧灼得几乎不顾一切了，立刻与对方接上了头。"军统"特务送来一封戴笠的密函，只有十六个字："迷途知返，既往不咎；盼汝归队，建功立业。"

朱维信当即表示愿意"归队"。这显然在"军统"的预料之中，特务随即传达了上峰的指令：取得日本军方的信任，长期潜伏，利用警察局长的身份收集情报，为"团体"效力。

问题是，以朱维信目前的处境，水岛岗次郎不收拾他就已经算客气的了，何谈信任？特务告知，中共地下党正在收集苏南地区日伪军的综合情报，"军统"高层分析，今州这边的中共地下交通站极有可能承担着情报转送的任务，可以据此开展工作，破获这个地下交通站，日本人肯定会对朱维信另眼相看。

朱维信把这个消息作为一份重要情报向水岛岗次郎报告，果然引起了水岛的重视。水岛认为，中共此举背后肯定隐藏着重大战略意图，遂向华东派遣军司令部做了汇报。同时，指定朱维信主持调查，还给他签发了一纸手令，授予朱维信很大的权力，甚至可以向日军曹长以下的军人直接下达指令。

水岛岗次郎和朱维信的保密工作做得不错，上述情况不但 087 交通站毫不知情，就连唐季昌也没听到一丝风声，否则，我父亲跟唐老爷子父女动身那天，他应该亲自送到火车站去的。如果那天唐季昌在场，估计就不会出现多年后我父亲一想起来依旧心惊肉跳的场面了。

## 十五、千钧一发

唐四海辞去伪市长后，立刻让老郭把那辆日军配给他的轿车退还了。老郭可谓能上能下，摇身一变又还原成黄包车夫。这天午后，他用黄包车拉着唐四海，我父亲和唐季娴一左一右随侍，一行人前往火车站。唐季昌本打算从皇协军的便衣队调两名队员作为保镖，护卫他们去镇江，唐老爷子坚决拒绝："我就不信，这世上还会有人冲我开第二枪！"

今州城东南西北四条大街，成十字交叉，各通向四个城门。西大街原是四条大街中最萧条的，民国七年今州通了火车，车站位于西门外两里地，西大街从此热闹起来，到抗战时，其繁华程度已经超越东大街、南大街，有赶上今州城的商业街北大街的趋势。

新中国成立后审理朱维信的案子时我父亲方才弄清楚，城西门的这出戏，朱维信脱不了干系。朱维信具有公开、秘密双重身份，既是日伪政权今州市的警察局长，又是“军统”潜伏特务。他重新投靠“军统”并非被迫，也非审时度势的结果（当时的形势对于日本来说，似乎还是“如日中天”），而是因为日本人把他的爱子折磨得人不人鬼不鬼，他对水岛岗次郎等人恨之入骨，想报仇又没这个能力，遂接受了“军统”发出的“归队”召唤。后来缴获的“军统”档案中显示，“军统”高层对于朱维信的“归队”寄予厚望。一般说来，这种怀着复仇目的“归队”的家伙，肯定会死心塌地为“团体”卖命。当然，朱维信要跟水岛岗次郎一决雌雄，还需要漫长的等待，不过，他对第二仇人唐四海一家的复仇行动，从现在就可以开始了。

朱维信拿到水岛岗次郎的尚方宝剑后，跟警察局的侦缉队长苟胥汉就此事进行了密议。苟胥汉是朱维信多年的亲信，朱耀先的案子败露后，他曾向朱维信进言把朱公子放跑，随便找个看不顺眼的侦缉队员当替罪羊。老奸巨猾的朱维信担心水岛岗次郎跟他玩“螳螂捕蝉，黄雀在后”的伎俩，没有采纳，但通过这件事，朱维信明显感觉到苟胥汉跟他是一条线上的人。尽管他对苟胥汉隐瞒了自己重新投靠“军统”的秘密，不过，他却把借机使唐家人丧失颜面的想法对苟胥汉和盘托出。苟胥汉心领神会，立马作了布置。探听到唐四海要去镇江休养的消息，他也没向朱维信禀报，擅自决定以“执行水岛司令官钧命”为由，让唐四海、唐季娴父女出出洋相，给主子出口气。

早在我父亲和唐家人一行从北大街家中出门前，苟胥汉就已经带着两个侦缉队员赶到西门城楼，用望远镜盯着西大街观察，就像猎人守候猎物。不久，父亲一行出现在望远镜的视野内，苟胥汉突然想起一件事，待会儿刁难唐家父女时，如若把守城门口的日本兵出面干涉，他该如何应对？他身上带着水岛岗次郎写给朱维信的手令，倒是可以对付一般的日本大头兵，可如果唐氏父女给唐季昌打电话求援呢？苟胥汉觉得心里没底，就给朱维信打了个电话。

朱维信这才知道原来还有这么一出戏，当下大为兴奋。他不愧为留过洋的刑侦专家，思维跟土包子苟霄汉不同，听说一源堂的孙少爷也出场了，马上想起抗战前那次搜捕共党头目子女失利事件，暗忖怎么这么巧，每逢摊上重要的事儿，都少不了一源堂掺和，难道一源堂跟唐家勾结起来，或者利用唐四海去镇江休养之便传递情报？

想到这里，朱维信向苟霄汉交代："根据水岛司令官的指令，我们对所有出城人员都有权予以检查，唐四海的随行人员中竟然有一源堂的孙少爷，那更要警惕。这个一源堂，几年前就上了我们的嫌疑名单，只不过没找到证据罢了。苟队长，今天你要严查，唐四海、唐小姐、孙少爷，挨个儿搜身，不要有顾虑，出了什么事，责任我来承担！"

苟霄汉有点儿为难："搜唐小姐不太合适吧？"

"我马上派两名女警过来！"

说话间，我父亲一行已经到城门口了。平时那里有两个伪军士兵、一个鬼子兵站岗，最近因为对每个出城者都要进行搜查，又增加了一个警察局侦缉队的便衣。正值午后，出城的人不算多，但也有十几个，正排着队挨个儿接受检查。由于大多是去乘火车的，都带着行李，所以搜查得有点儿慢。

老郭当然看到有人排队检查，但他根本没想到唐老爷子也需要接受检查，只管拉着黄包车往前走。伪军和侦缉队员当然是认识唐四海的，不但放行，还朝他们立正行礼。可是，那个鬼子兵却不认识唐四海，立刻做出反应，把步枪一横拦住去路，嘴里叽里咕噜说了一通，我父亲勉强能听懂，大意就是让唐老爷子下车接受检查。

唐四海没有下车，掏出特别通行证递给我父亲，我父亲拿给鬼子兵过目，并用日语向他介绍，这位是唐市长，他的儿子即是宪兵队少尉矶谷季昌。鬼子士兵不会关心汉奸伪职由谁担任，更不一定知道什么唐市长（何况现在已经不是市长了），但矶谷季昌这个名字驻今州日军上上下下都知道，因为这个人的身份比较奇特——本是中国人，却加入了日本国籍，还成为日军军官。鬼子兵听懂了我父亲的话，马上把步枪挂上肩，走到车前朝老爷子立正行礼，双手奉还特别通行证，做出放行的手势。

老郭正要开步，苟霄汉带着两个侦缉队员从城楼上下来了："等一下!"

我父亲注意到，唐老爷子脸上露出一丝诧异的表情，但稍纵即逝。这时，苟霄汉已经来到黄包车前，摘下礼帽，冲唐四海点头哈腰："唐市长，您好!"

唐四海淡淡地说："老朽已经辞职，市长这个称呼就不必了。不知苟队长有何指教?"

"不敢不敢。"苟霄汉语气依旧恭敬，"是这样的，侦缉队接到命令，对所有出城人员——不分男女老幼，不论何等身份，一一搜检，一视同仁。苟某端着这个饭碗，只好奉命行事，得罪之处，望您老包涵。"

唐四海还没说话，唐季娴在旁边不满地说："我们可是有特别通行证的!"

那个日本兵也不解地看着苟霄汉，叽里咕噜说了一阵，大意是唐市长有特别通行证，不需要检查。苟霄汉的日语不行，但还是猜到了对方的意思，立即出示水岛岗次郎的手令："我这是奉命行事……是水岛司令官的命令。"

鬼子兵看了手令，不再吭声，退回原处继续站他的岗。苟霄汉又把手令递给唐四海，唐四海摆摆手："不必！苟队长，你既然是奉命行事，老朽照办就是。你打算怎么个搜法儿?"

"回您老话，按照水岛司令官的钧命，所有出城人员都要搜身，随身物品也要彻底检查。卑职不敢耽搁您老的时间，箱子当场打开，人嘛，一般都是就地检查，您老如果认为不方便，也可以上城楼进行。"

"呵呵，唐某如今是草民一个，不敢搞特殊。"唐四海说着下了黄包车，吩咐老郭，"把箱子拿给他们。"转脸又看着苟霄汉，"苟队长，你可以搜了，看看老朽身上是否携有违禁品。"

苟霄汉朝一个侦缉队员丢个眼色，那家伙便上前搜身，一把摸到腰间硬物，不由得脱口而出："枪!"

唐四海掏出手枪："怎么？老朽不能有枪？这把枪还是水岛司令官赠送的，你们要缴了?"

苟霄汉讪笑："不敢不敢，您老随意。"

搜毕唐四海，又搜老郭和我父亲，接着是黄包车，都搜得很仔细，箱子也检查完了，自然什么也没搜到。

"苟队长的公事执行完毕，老朽不奉陪了!"唐四海招呼老郭，"走!"

苟霄汉抢上一步拦在黄包车前："且慢!"

唐四海沉下脸："苟队长还想搞什么名堂?"

"有一位还没搜——"苟霄汉指着站在一旁的唐季娴。

唐老爷子涵养再好，这会儿也有点儿压不住火了："老朽的家眷你也敢搜?!"

"卑职也是身不由己，否则，朱局长和水岛司令官的脾气您老也知道，怪罪下来，我怎么担待得起?"

正说到这里，一阵引擎声响，一辆三轮摩托车疾驰而至，驾车的是朱维信的司机，后座和车斗里载着两名女警。

今州以前是没有女警的，朱维信从苏州调来之后，说是借鉴外国经验，女警察肯定是需要的。向市府和省府打报告，二者都不感兴趣，直到 1936 年底才批准。次年招收了六名女警，送镇江江苏省警察训练所代培半年，返回今州时，抗战已经爆发。朱维信把她们打发去了看守所，不久日军占领今州，接收警察局的时候，把她们也接收下来了，依然在看守所当看守员。此次为了对唐季娴进行搜身，朱维信特地调来了两个。

女警一到，苟霄汉没了顾忌，对唐四海说："还请您老理解卑职的苦衷，得罪莫怪。"

其实刚才苟霄汉一露面，我父亲就意识到来者不善，而苟霄汉让女警对唐季娴搜身之举，更是让他的一颗心悬了起来。不过，唐季娴也不是好惹的："想搜我可以，先得让我哥同意。"

说罢，她直奔那个鬼子兵，说了几句日语，请他打电话找宪兵队司令部的矶谷少尉。鬼子兵知道了唐季娴的身份，很是恭敬，当下连说"哈依"，转身便去了岗亭，唐季娴随后跟进。

哪知，电话是打通了，可宪兵队的接线员说矶谷少尉正在参加水岛司令官主持的重要会议，暂时不能接听外来电话。这下，唐季娴没辙了，朝我父亲投以求援的目光。父亲朝苟霄汉打个手势，示意他到一旁说话。苟霄汉稍一迟疑，还是过来了。父亲没跟他啰唆，只问一句："苟队长，你如此作为，难道就不怕矶谷少尉回头找你算账？"

苟霄汉低声道："孙少爷，你不知道，这是局座的命令，我必须照办啊！还请唐小姐理解，回头我会登门向她哥哥道歉。"

父亲知道搜身已无法避免，只得冲唐季娴摇了摇头。一旁的唐四海气得直喘粗气，朝女儿一挥手："季娴，你跟她们上城楼去，看她们搜得出什么东西！"

唐季娴无奈，随两个女警上了城楼。在城楼上的情况，是唐季娴事后告诉我父亲的——

跟所有的古城楼一样，今州城楼的台阶也很陡，那两个女警都是本地人，自然知道名声显赫的唐家。唐季娴穿着高跟鞋，上台阶有点儿费劲，两个女警就一前一后扶着，嘴里反复说着“唐小姐小心”。来到城楼上，唐季娴刚刚站定，两人并排“咔”的一个立正，其中那个圆脸女警说：“警员施金萍、张育珍奉命搜检，多有得罪，望唐小姐见谅!”

唐季娴说：“执行公务，理所当然。只是小妹从小到大没被人搜过身，不知是怎么个程序?”

另一个瓜子脸女警张育珍笑道：“这种事情，还不就是走个过场。这样吧，请唐小姐把随身携带的东西掏出来给我们看一下，就完事了。”

施金萍也说：“就是，总之怎么省事就怎么来吧。”

“施姐姐、张姐姐都是明白人，妹妹先谢过了。”

于是，唐季娴就把随身的东西一样样拿出来放在桌上，那二位女警只是看着，动也没动。接着，她又把坤包拉链打开，正要把里面的东西往外拿，施金萍说：“行了，请唐小姐把东西放好。”

唐季娴在女警的扶持下下了城楼。施金萍向苟霄汉报告说没有发现任何违禁物品，苟霄汉眼中露出怀疑的神色：“你们这一上一下，一共才五分二十秒，这么短的时间，就连人带包都检查过啦?”

施金萍、张育珍并非侦缉队成员，苟霄汉领导不了她们，对苟霄汉根本不买账，当下施金萍冷笑：“原来苟队长是信不过我们两个，卡着表看时间呢！哼，早知道这样，那我们不如在城楼上喝杯茶再下来。”

苟霄汉的目光在两个女警和唐季娴脸上交替扫视：“那你们说说，她包里放着几样东西?”

施金萍马上顶了回去：“你没关照让我们填一份物品登记单子，没有统计。”

苟霄汉不再跟她们纠缠，扭头对唐季娴说："唐小姐，我还要检查一下你的包，不会耽搁太久。"

唐季娴脸色一沉，刚要发作，唐老爷子开腔了："季娴，他爱折腾就让他折腾吧，这笔账，回头一起算就是!"

苟霄汉招呼侦缉队员搬来张简易桌子，用抹布擦拭干净，说了声"得罪"，把包里的东西一样样拿出来，无非是化妆品、钱包、手绢、糖果、日记本、钢笔等零碎东西。苟霄汉把日记本拿在手里，问唐季娴："唐小姐，这个可以看一下吗?"

唐季娴哼了一声："苟队长脸皮厚实在想看，我也没办法。"

苟霄汉翻开日记本，却是空白的，没写过一个字。坤包里的东西都倒空了，苟霄汉把手伸进包里。最紧张的时刻到了！我父亲强迫自己镇定下来，只管跟唐季娴说闲话，眼角的余光瞄着苟霄汉的动作。苟霄汉这么些年的侦缉队长干下来，对于搜检这种活儿非常熟练，包里的内袋只是简单看看，他感兴趣的是皮革，从背带、拎襻开始，一寸寸地用手指捏，前后左右都捏过一遍，终于检查到底部了。

我父亲注意到，看到坤包底部的白铜铆钉时，苟霄汉的目光闪了一下，包底的铆钉数量之多，显然使他感到意外。他里里外外翻来覆去地查看着，这儿摸摸，那儿按按，每一下都像是按在我父亲的心脏上。父亲当时想，不单单是自己，哪怕是设计这个机关的老柯甚至是我爷爷在场亲眼看到这一幕，恐怕也会紧张得喘不过气来。

看得出，苟霄汉对这个坤包与众不同的底部产生了好奇，他接下来的动作，简直要让我父亲当场昏厥——两只手一里一外同时按压在坤包的底部，似乎是想测量底部的厚度。父亲不知道之前老柯和我爷爷是否进行过这种测试，但他的自信已经快被苟霄汉那份出奇的耐心和超常的细致摧毁了。

就在苟霄汉专心致志研究坤包底部的时候，忽然凭空响起一声大喝："好小子，总算找到你了！"

在场所有人都被这霹雳般的吆喝吓了一跳，父亲觉得这声音有点儿耳熟，转身一看，竟是天益馆的老板井少岳！

井少岳怎么跑到这儿来了呢？原来，他是带着一个伙计去西门外乡下收购活鸡活鸭的。天益馆供应的鸡鸭，都是井老板亲自到农户家挑选，收购的价格比全城任何一家饭馆都高，农民自然乐意卖给他；当然，天益馆菜肴的价格也要比其他饭店高。今天上午井少岳去西门外的张家庄收购了一批鸡鸭，由伙计挑着回城。来到城门口，正好看到苟霄汉带着几个便衣围着唐老爷子一行人，唐老爷子一副气咻咻的样子，好像是发生了什么不愉快。井少岳对伙计说你在这里等着，我过去问问是怎么回事，唐老爷子可是个善人，咱们在他家门口占了块地方摆摊卖药，人家一句都没抱怨过。听说不久前遭了黑枪，这才刚出医院没多久，别再被这帮便衣气坏了身体。正要迈步上前，忽然看见几名便衣中有一张熟悉的脸孔——关狗儿。

关狗儿是警察局侦缉队里的一名小喽啰，关外奉天人氏，跟苟霄汉不仅同乡，还是邻居。苟霄汉出来得早，在今州当上了警察局侦缉队长。这厮好张扬，回老家过年的时候自要向左邻右舍炫耀自己混得如何了得。关狗儿就缠着苟霄汉，要求来今州当警察。苟霄汉抹不开面子，探亲结束回今州，就把关狗儿带上了。民国时当警察也是要招考的，关狗儿到今州后，警察局尚无招警计划，苟霄汉就去向朱维信央求安排这位同乡。朱维信说没有编制，无法招收，否则财政上不好开支，他薪饷都领不到；要不，让他作为杂务工先跟你干着，等有了编制再说。如此，关二狗就成了临时工。好在他当过三年兵，也识得几个字，当警察局的临时工肯定是没问题的。那是抗战前一年的事儿，次年今州被日军占领，警察局向日军呈报警员名单时，苟霄汉将关狗儿作为正式警员列入，关狗儿就进了侦缉队。

在奉天时，关狗儿就是个二流子，到了今州恶性不改，当了侦缉队员，吃喝嫖赌就更方便了。他经常到天益馆吃饭，没钱就赊账，赊得多了不好意思，就拉井少岳玩牌，想用赢钱的方式抵账。关狗儿敢这样做的底气来自他的牌技加作弊手法，哪知井少岳当年混迹上海滩，赌钱出老千是拿手好戏，关狗儿跟他相比，根本不在一个档次上。几次牌打下来，关狗儿雪上加霜，债台高筑。他想抬出侦缉队的牌子公然赖账，可全今州都知道井少岳是水岛司令官的草根朋友，日军占领今州的次日，水岛就给了井老板一张名片——即使是苟霄汉，水岛也没给过名片。井少岳本是上海滩的帮会人士，极擅交际，一年多来，他凭着这张名片穿梭外交，别说警察局、皇协军了，就是日军城防部队和宪兵队特高课他都有朋友。关狗儿既拿不出钱还账，又不敢耍蛮赖账，无奈之下，只有一个字——躲！从此，他再不敢去北大街，如果有差使要去北大街办，他能推则推，推不了的，就私下跟别的弟兄调换。

今天，苟霄汉叫关狗儿跟他来西门，关狗儿答应得很爽快。哪知冤家路狭，正好遇上了井少岳。井少岳也顾不上管唐老爷子的闲事了，大吼一声，一个箭步直奔关狗儿。关狗儿一看势头不对，刚说了句“我在执行公务”，咽喉已被井少岳闪电似的出手锁住。另一个侦缉队员不知这是什么路数，但肯定是要帮关狗儿的，正在城门口与伪军士兵一起执行正常搜检任务的那个侦缉队员当然也要出手帮自家人，当下，三对一跟井少岳扭打成一团。

这一打，把苟霄汉吓了一跳，放下正在搜检的坤包，拔出手枪朝天鸣枪。枪声响过，打斗立止。不过，不是被枪声镇住的，众人也没看清井少岳使的什么手段，反正关狗儿三个都已经躺在地上只有哼哼的份儿了。苟霄汉和那个站岗的鬼子兵同时持枪逼向井少岳，这时苟霄汉才看清楚闹事者的面孔，不由得脱口而出："井老板！你这是搞的哪一出？"

井少岳一拱手："正好苟队长在此，那我请你评评理。常言道：欠债还钱，天经地义。可是你问问这关狗儿，他欠我多少钱了？还成天躲着我，是打算赖账怎么的？"

苟霄汉收起手枪："井老板，这事容稍后再说吧，现在正执行公务……"

旁边的鬼子兵不耐烦了，端着三八式，摆出突刺的架势，冲井少岳喝道："你的，跪下！"

井少岳朝鬼子兵摘帽致意，说了几句日语，手里像变戏法似的，凭空多出一张名片。鬼子兵接过看了看，马上把步枪背上，冲井少岳立正敬礼。井少岳指着关狗儿："太君，这人良心大大的坏，我要把他带走！"

此话一出，关狗儿脸色大变；苟霄汉明知这是井少岳故意刁难，却也担心鬼子兵点头，马上上前用生硬的日语跟鬼子兵解释，但他的日语不行，解释起来结结巴巴，格外费劲，鬼子兵听得一头雾水。

这当儿我父亲在干什么呢？他可没心思看热闹，趁乱拿起桌上的坤包，冲唐季娴使个眼色："行了，把东西收起来，我们走！"

父亲怕引起敌人的怀疑，动作不紧不慢，把坤包口张开着，让唐季娴一样样把东西放进去，全部装好后，还掏出手帕装模作样擦了擦上面的灰尘。待唐季娴把坤包挂上肘弯，父亲朝老郭打个手势，老郭拉起黄包车，一行人走向城门。

不料，苟霄汉这厮还惦记着这个坤包，见父亲他们要离开，马上大喊："喂！谁让你们走的？"苟霄汉一边喊着一边奔过来，拦住去路，"搜检还没结束，唐小姐，请把包给我！"

我父亲脑子里“嗡”的一下——这回完了！毕竟我父亲历练还不够，面对这种情况，不知该如何应对。

手足无措之时，一阵引擎声响，一辆军用轿车疾驰而至，在城门口戛然停住，车头旗杆上的那面小太阳旗不住摇晃。车门打开，下来一个身着军装的日军军官。不过，来人并非唐季昌，而是唐季昌的同僚、宪兵队的河上少尉。

这主儿来干什么呢？原来宪兵队的会议刚结束，唐季昌就从接线员那里得知，妹妹给他打过电话。看看时间，一行人应该到火车站了，他便把电话打到火车站，火车站的鬼子站长却告知其父一行还没到。唐季昌意识到一定是出了问题，立刻向水岛岗次郎请假，说要送老父去镇江休养。之前朱维信没向水岛报告过对一源堂的怀疑——他担心此事引出他效力“军统”的旧账，更不敢透露刁难唐四海父女的心思，水岛根本不知道其中还有这等关节，自然同意，还让唐季昌在镇江陪老爸待一两天，不必马上赶回来。因为事关家人，唐季昌觉得自己高调出场不太合适，就拜托宪兵队的好朋友河上少尉去现场处置。

唐季娴是认识河上少尉的，打过招呼，刚要陈述事情经过，被河上阻止。河上朝苟霄汉勾了下手指，示意他过来，侦缉队长刚走到跟前，便挨了左右开弓两个大耳光。打过之后，河上也懒得跟苟霄汉多说什么，径奔黄包车，冲唐四海行礼，接着伸手搀着唐四海下了黄包车，把他扶上了自己的轿车。站岗的鬼子兵早已从黄包车上取下皮箱，放到吉普车上，父亲和唐季娴也跟着上了车。

轿车开到火车站，也不检票，直接驶进站台，身穿便服的唐季昌已经由鬼子站长陪同着等候了。很快，火车就来了，唐季昌和他们一起上了火车，父亲听他说要护送唐四海去镇江，心里便是一松。

火车要在今州站加煤，停留的时间稍长。父亲见站台上有小贩卖串在竹签子上的生荸荠，便下去买了几串。和唐季娴一起坐在座位上吃着荸荠，回想起方才西门口的惊险一幕，我父亲有种绝境逢生的庆幸。如果不是井少岳横插一杠子争取到了五六分钟时间，即使河上少尉赶来也没用了——那会儿，苟霄汉只怕已经搜出了情报；如果不是唐季娴给唐季昌打了电话，河上少尉根本不会出现，那么井老板横插的那一杠子也不会起什么作用……总之这次化险为夷，几个偶然性缺一不可。这么想着，父亲的额头禁不住沁出细碎的汗珠。

这时，火车开了。父亲把手伸进衣袋取手帕擦汗，却触摸到一个纸团，不禁一怔，刚才兜里还没有的啊？于是就去车上的厕所查看。纸团展开，只见上面画着一个圆圈，圆圈内有两个感叹号，还有一道弧线从圈内划向圈外，末端有个箭头。

父亲倏然一惊，这是087交通站使用的暗号。父亲不知道这个纸团是谁、是什么时候放进他的衣袋的。井少岳缠住侦缉队那帮家伙时，他帮唐季娴收拾坤包里的东西，曾经掏出手帕擦拭过坤包，那时口袋里是没有纸团的。就在离开西门口到买荸荠的这段时间里，纸团神不知鬼不觉进了自己的口袋。暗号的意思很明白，让我父亲把情报从唐季娴的坤包里转移到其他的地方，而且要快——圆圈里的两个叹号，就表示“紧急”。

后来知道，当时的情况还真的不敢迟缓。苟霄汉挨了河上少尉两个耳光，眼睁睁看着唐老爷子一行绝尘而去。但他没有善罢甘休，驾摩托车直奔城内龙安公司——唐季娴背的这种高档坤包全市只有龙安才有出售。到那里一看，同样式样的坤包，底部并无那么多的铆钉，而且摸上去明显没有唐季娴的那个包厚，苟霄汉悔得肠子都青了，差点儿当场跺脚。

回警察局跟朱维信一说，朱维信也有一种想跳脚的冲动。两人紧急商议下来，决定立刻向伪江苏省警察厅求助，待列车抵达镇江后，在站台上拦截，搜查唐季娴的坤包；如果坤包里没有发现什么，干脆对唐四海父女和孙少爷一并搜身，同时彻底检查他们的行李。不过，他们还是没有向水岛岗次郎报告，因为此事比较复杂，查到情报的话，什么都好说；一旦落空，那就牵涉到河上少尉了，河上少尉和唐季昌一定会联手报复侦缉队，到时候朱维信恐怕罩不住苟霄汉。至于镇江方面搜检唐氏父女，那是没有什么顾虑的，唐家的势力还不至于渗透到镇江去。

我父亲自然不知道朱维信打的什么主意。接到指令后，他要做的事情就是立刻把情报转移，可坤包在唐季娴手里，以什么理由从坤包里拿东西呢？而且还要当着唐季娴以及她父兄的面；取出情报后，又该把情报转移到哪里去？反复考虑的结果，只有孤注一掷，跟唐季娴摊牌，当然，不能摊得太彻底，更不能把一源堂是地下党情报站的事告诉她。

唐四海正在闭目养神，唐季昌则在专心看报纸，父亲朝唐季娴使个眼色，两人来到车厢连接处。父亲也不作铺垫，直接告诉唐季娴，她的包里有一份重要东西，关系到很多人的身家性命。至于那东西为什么那么重要，暂时保密。唐季娴大吃一惊，说怪不得苟霄汉那家伙把我们盯得这么紧。不过，她并没有埋怨父亲，更没有胆怯："我早就知道你不是一般人，上次你让我假装扭了腰骗我爸爸，我就觉得其中有古怪，现在你终于肯跟我说实话啦。"

情势紧急，我父亲没工夫跟她闲扯："我想把那件东西转移到你爸爸的皮箱里，能办到吗？"

"没问题。"

唐季娴提着坤包去了厕所，按照父亲事先的指点，从坤包底部取出情报。回到车厢，唐季昌已经看完报纸，正靠在椅背上打盹儿，这就更好办了，唐季娴取过皮箱，轻松搞定。

车抵镇江，刚下火车，一行人就被伪江苏省警察厅的一群黑衣警察包围。只是朱维信没想到唐季昌会改变主意亲自护送唐四海去镇江，否则的话，父亲把情报转移到唐四海的皮箱里也没多大用处，对方在坤包里搜不到，还是要检查皮箱的。

眼下的情况，不用问唐季昌也明白了，显然是西门事件的延续，苟霄汉那厮依旧不肯罢休，居然指使镇江的警察继续纠缠。唐季昌大为恼火，指着那个领头的家伙用日语喝问："你们想干什么!"

对方大吃一惊，朱维信只告诉他们拦截唐氏父女和我父亲三个人，没想到还有说日本话的。正愣神间，三个日军士兵组成的巡逻小组路过此处，唐季昌用日语招呼他们过来，向他们出示证件。对方一看，立刻立正敬礼。唐季昌又说了几句日语，由于语速太快，父亲听得不大真切，大意是这群警察骚扰我的家眷之类。为首的日军军曹挥手示意那群警察让路，他们则一路护送唐老爷子四人出站。

抵达唐四海朋友的宅第后，唐季娴借着帮老爸收拾行李、整理卧室的机会，把情报从皮箱里偷偷取出交给我父亲。两人借口到外面转转，一起坐黄包车出了门。在大街上闲逛了一阵，父亲让唐季娴去一家咖啡馆等着，自己则前往附近的"重升酱园"，跟酱园老板（即092）交接了情报。

## 十六、南北统货行

镇江之行后，唐季娴成了我父亲的同志。其实，我爷爷早就有把唐季娴发展为同志的想法，只是觉得时机尚未成熟。这次情势所迫，居然一步到位。不过，唐季娴并不知道我父亲是中共地下党，父亲只是对她说自己是一个秘密抗日组织的成员。

鉴于唐季娴的情况有些特殊，爷爷决定，今后与唐季娴的联系，概由我父亲负责。这就是地下工作中所谓的“单线”，唐季娴的领导是我父亲，我父亲的领导是谁她并不知道，也不能打听，就像我父亲不能打听爷爷的领导是谁一样。至于087交通站，以及一源堂从老板到店员全部是中共地下党的秘密，唐季娴当然就更不清楚了——告诉她这些还为时尚早，如果她经受不住考验，一旦出了事，组织损失的也只是我父亲一个人，087交通站尚可保全。至于她能不能加入中共，暂时不必考虑，估计她自己也还没有这种愿望。

有得必有失，087交通站增加了唐季娴这样一个有着极有价值社会关系的同志，但从此也跟朱维信结下了梁子。在今州地面上，除经常跟一源堂作对的天益馆，087又多了一个强有力的对手——朱维信和他执掌的伪警察局。之后两年时间里，朱维信上蹿下跳，为“军统”效命不遗余力。

今州虽然不大，但地理位置比较重要，“军统”想要插一手，“中统”当然也没闲着。据说抗战前夕“中统”上海区就已经根据徐恩曾的指示制订了设立今州站的方案，只是由于抗战爆发被迫中止。不久，“中统”重新启动了这个计划，派了一个名叫仇鹤龄的老特务打前站，在今州开了家“源诚商行”。因为是战时，筹备工作困难重重，好不容易人员、器材、经费全部到位，刚要开展活动，却被朱维信发现了端倪，一夜之间给连锅端了。要说“中统”那几个特工个个都算条汉子，侦缉队八十号人全体出动，外围还有伪军的支援，可那几个特工拼死抵抗，愣是坚持了大半夜。最后，水岛岗次郎调集日军强攻，这才奏效。不过，日伪方面并未得到什么，几名特工一把火销毁了电台、密码、文件，然后饮弹自裁。

尽管如此，水岛岗次郎还是把朱维信好好表扬了一通，朱维信更是来劲儿，目光又瞄上了汤宗俊。汤宗俊的保安团里有个叫曾国书的连长，曾经在孙传芳的部队里当过兵，此人有些民族气节，日军占领今州，汤团总摇身一变成了皇协军司令，曾国书却不想跟着当汉奸，悄然联络了连队里一些有同样想法的官兵，打算集体携武器开小差，拉队伍跟日本人干。没想到保密出了问题，被苟霄汉的侦缉队获悉。朱维信争功心切，也不知会汤宗俊，跟警察局日本顾问野山密议后，由野山出面，假装“闲逛”经过皇协军司令部。汤司令自是大献殷勤，置酒款待。席间东拉西扯，野山提出请皇协军派一个连去警察局，相帮训练警察的军事技能，汤司令自无二话。隔日，朱维信就给汤宗俊打电话说及此事，点名要曾跟着孙大帅打过仗的那个曾连长，说此人军事技术不错，也有实战经验，野山非常看好。汤宗俊事先已经答应野山，当即通知曾连长带队前往警察局报到。据说，曾连长还动着训练结束那天发起行动，把警察局的枪支弹药一股脑也劫走的脑筋，结果可想而知，去警察局的当天晚上，他这一个连就全部被缴了械。

这两桩案子的成功破获，让水岛岗次郎对朱维信刮目相看。朱维信再接再厉，又端掉了一个号称“今州铁血锄奸第二团”的暗杀组织。“铁血锄奸团”不是朱耀先胡编出来的吗？这个凭空冒出来的“第二团”又是怎么回事呢？

两年前的朱耀先行刺唐四海事件，给今州地区的几个热血青年提供了一个样本，他们对警察局的说法表示怀疑，认为暗杀唐四海确系“铁血锄奸团”所为，私下密议，决定仿效，组建了“今州铁血锄奸第二团”。他们要暗杀的头号目标是水岛岗次郎，不过，行刺水岛是一桩非常犯难的事。水岛虽然是今州日军军官中公开露面（包括上街闲逛）最为频繁的一个，可他身边总有宪兵保护；再者，他本人就是高级特工，对于暗杀和如何防范暗杀那一套十分熟悉，何况他至今已在今州待了十余个年头了，全城的情况他都了如指掌，何处需要防范，哪里要加小心，无不一清二楚。无奈，初出茅庐的“今州铁血锄奸第二团”只好退而求其次，化装进入伪市府，一斧子劈死了市府的日本顾问山本。水岛岗次郎大为恼火，限朱维信七天破案。朱维信作为刑侦专家还是有两下子的，也就不过三四天时间，“今州铁血锄奸第二团”的七名成员全部被捕，拉到北门城楼给砍了头。

如此，这位因儿子的行刺事件差点儿受到牵连、一度被水岛岗次郎踢到一边备受冷落的警察局长咸鱼翻身，取代了唐四海和汤宗俊，成了水岛面前的红人，曾经被撸掉的副市长官帽，水岛也给他恢复了，还赏了他一个皇协军少将的虚衔。水岛岗次郎当然想不到，他给朱维信加官进爵的同时，“军统”那边的功劳簿上，也一次次记下了化名“何子正”的潜伏特工取得的战绩。

有了这样的资本，朱维信又开始盘算着为儿子复仇了。不过，他的目标不是水岛岗次郎，而是唐四海！经过精心策划，他把对唐家出手的时间定在 4 月 29 日。

那天是日本的“天长节”。天长节起源于中国，唐朝年间，唐玄宗李隆基把自己的生日八月初五定为全国的节日，最初称“千秋节”，天宝七年（748 年）改为天长节。日本奈良时代的光仁天皇学中国唐朝的样，下令把天皇的生日定为天长节，延续至今。抗战时期日本在位天皇的生日是 4 月 29 日，每年的这一天就成为日本的天长节。

天长节那天，水岛岗次郎要在市府举行庆祝会。准备工作半个月前就开始了，水岛对此很是重视，不但亲自过问各种细节，还指定聚餐会上的两道冷菜五香熏鱼和芝麻排骨须向唐四海开的“唐鼎盛茶食店”定制，他说“唐鼎盛”的这两个冷菜不但是全今州最好的，恐怕在整个江南地区也算得上首屈一指。

朱维信的心思就动在这上面——届时在“唐鼎盛”的这两个冷菜上动动手脚，让唐四海人头落地！他把这件事交给侦缉队长苟霄汉，苟霄汉这些年跟着朱维信干下来，于阴谋诡计颇有心得，经过一番布置，终于把手脚做成了——在这两道冷菜里下了毒。

天长节那天上午，这两道冷菜从“唐鼎盛”送到了伪市府。侦缉队长在庆祝仪式开始前向朱局长紧急报告，说侦缉队刚刚获得消息，“唐鼎盛”提供的冷菜可能有问题。朱维信立刻会同特高课对这两道冷菜进行检查，让人去外面引来几条流浪狗，拿几块熏鱼、排骨喂了，片刻，流浪狗就倒地抽搐而死。

水岛岗次郎闻讯，下令取消聚餐会，查封“唐鼎盛”。唐季昌找到水岛意欲申辩，水岛说矶谷少尉不必着急，我已命特高课去调查了，相信真的假不了，假的也真不了。水岛岗次郎在中国多年，熟知中国人窝里斗的习性，这唐四海无缘无故的，为什么要下毒？他怀疑其中另有原因，所以直接动用特高课调查此事，却把朱维信的警察局撇在一边。

特高课的调查结论是，两道冷菜里的有毒物质跟“唐鼎盛”没有关系。

唐四海之所以能够化险为夷，与我爷爷的提醒是分不开的。“唐鼎盛”的卤菜，所需香料一向由一源堂提供。这次，唐四海生怕烹制的冷菜不合水岛岗次郎的意，留着茶食店里的香料存货不用，专门来一源堂买新的。爷爷得知这些卤菜是为庆祝天长节定制的，提醒唐四海要多加小心，这种情形下最容易被人诬陷，而且事后有口难辩。那么，应该怎么加小心呢？爷爷给他出主意，让他必须留出冷菜的样品备份，封存后请提货人签字。

天长节这天前往“唐鼎盛”提货的是伪市府行政科副科长周建筠，他也是出于小心，特地叫了伪市府警卫队日军、伪军士兵各一人押运。

唐四海亲自到场，把周建筠三人领到盛放熏鱼、排骨的钢精大盆前，请他们自取品尝，然后随意挑拣，装进金属饭盒，写下取货过程，密封后每人都签名按了指印。

面对特高课的调查，唐四海把上述情况陈述一遍，又把密封的样品拿出来，说我现在就和你们一起去见水岛司令官，这份证据必须当面呈递。水岛岗次郎一看到唐四海送来的样品，马上断定此案与“唐鼎盛”无关。

再往下查，忽然传来消息，市府伙房的杂役许瘸子溺亡于后院的水井！特高课检查了死者的遗物，发现了其投毒的证据。至于他是受人指使还是个人行为，其死因究竟是自杀还是他杀，查来查去一直没有线索，最后干脆不了了之。

可是，对于唐家来说，却遭受了一个巨大损失，唐四海的夫人突然去世了。应该说，唐季娴的母亲是间接死于朱维信之手。她原就有严重的高血压，平时服药不断，闻知“唐鼎盛”受投毒事件的牵连被特高课查封，受了惊吓，急症发作而殁。

办毕丧事不久，唐老爷子特地来到一源堂跟爷爷商量一件重要的事情。此前，我父亲已经跟唐季娴举行过订婚仪式，是老爷子的准女婿，老爷子每次来一源堂，父亲必定会随侍在侧，这次谈话，他也在场。

唐四海的情绪很低落，说自己辞去市长职务两年多了，虽然还有一个“市府高级顾问”的虚衔，可那是水岛岗次郎强加给他的，辞职后，他从来没参加过市府的任何会议，不但是官场，民间活动也很少露面，甚至同行之间有纠纷请他出面调解，他也告罪婉拒了。原想求个太平，哪知祸从天降……说到这里他长叹一声：“景轩啊，如果不是事先有你的指点，这次我赔上老命不说，只怕连季昌、季娴也会受连累啊!”

爷爷和父亲自是好言安慰。唐四海长吁短叹一阵，终于说到了正题。投毒事件发生后，他和儿子唐季昌的看法差不多，认为陷害他们的对手十分强大，不但敢对今州城名列第一的豪门大户下手，而且连日军的矶谷少尉也不放在眼里。这样的对手，他们唐家眼下已经惹不起了。不过，惹不起，躲得起。父子俩商量下来，今后不论是日军还是市府，宴会、聚餐之类的活动那是少不了的，而水岛司令官对“唐鼎盛”的茶食印象深刻，人家上门来买，总不成不卖给人家。为防对手再次利用类似的机会设局构陷，不如把“唐鼎盛”关掉算了。

爷爷乍听之下，不禁一个愣怔。“唐鼎盛”乃是今州名店，茶食第一，连苏州、上海的同行都认可，唐家靠着三代人的努力才打造出这样一个品牌，何等不易，岂能说关就关了？刚想劝阻，唐四海却说：“我意已决，景轩不必多言。这次登门，是想跟你说说下一步的打算，听听你的意见。”

把茶食店关闭后，唐四海打算另开一家店铺。开什么店呢？棺材店。照眼下的形势来看，战乱一时半会儿停止不了。打仗就要死人，有死人就需要棺材，棺材店的生意应该不错。另外，还附设经营石灰——收殓尸首时，每口棺材里都要放置石灰；况且死人多了，为了消毒，也需要大量石灰，所以，石灰生意也应该有赚头。

爷爷听着，脑子里冒出一个念头，这个念头跟半个月前组织上向087交通站下达的一道命令有关。

由于日伪及国民党的封锁，中共各大根据地物资严重匮乏。党中央在延安发起“生产自救运动”，一些有条件的根据地也采取类似的做法。生产自救可以解决吃饭穿衣问题，但武器弹药、药品和医疗器械、电台、各种机械部件等紧缺物资，还是必须从敌占区采购，然后设法突破敌人的严密封锁运送到根据地。

按照地下工作的分工，交通站最初的定义应该是转送情报、人员、物资，并不包括在敌占区采购物资，负责采购物资的是地下兵站，属于军队系统，与地方上的地下党机关及交通站各自独立。当然也有合作，那就必须在上级的协调下进行了。不过，战争年代，形势瞬息万变，谁也料不准，正所谓计划赶不上变化。唐四海拜访爷爷的时候就是这种情况：根据地需要战略物资，可军队系统没有条件在敌占区建立临时兵站，那就只好通过其他途径完成采购任务。半月之前，爷爷接受的就是这样一个命令。

这种采购所费钱钞甚巨，即使把整个儿一源堂卖掉，可能也凑不足一个零头。因此，上级下达命令的两天后，指派外线（指非 087 交通站）交通员送来了采购和运输需要的经费。可是，爷爷却没法儿行动。组织上开列的物资清单包括无缝钢管、电线、电池、棉布、染料、西药、医疗器械、煤油、机油，等等，这类物资在战争中消耗巨大，在敌占区也是受到严格控制的，即使通过关系找到采购的门路，以中药店的名义也根本无法采购。敢试着动一动？朱维信、苟霄汉“建功立业”的机会就到了。

不想，这件让爷爷犯愁的事，有了一个得以解决的好机会。于是，爷爷向唐四海建议，开棺材店、石灰行固然可行，不过，经营范畴还是太窄了，不如开一家杂七杂八什么东西赚钱就做什么生意的商行，一源堂也可以入股，以唐四海父子的人脉、势力，还不是财源滚滚？

唐四海深以为然，和爷爷一直聊到打烊时分，基本达成了意向：开一家经营南北土特产的贸易商行，唐四海占三分之二的股份，一源堂占三分之一；商行由刘九龄出面主持，爷爷出谋划策，唐四海负责交际，高考落第赋闲在家的唐季娴担任账房先生——这是今州第一位也是唯一的一位女账房先生，商行开张后，人们对她的称呼总是感到有些别扭，到底是叫“先生”呢，还是“小姐”？这个问题，直到抗战胜利商行关闭也没解决。

事不宜迟，也就不过半个多月时间，一家名唤“南北统货行”的商行开张了。“南北行”的店址就在一源堂左侧，那里原是米行，爷爷出于开展秘密工作的便利考虑，说服唐四海以原“唐鼎盛”的房子和米行交换。米行的面积比“唐鼎盛”大，唐四海补贴给米行庄老板二十两黄金。

对于唐四海和我爷爷联手开商行，水岛岗次郎是很支持的。纵然水岛老奸巨猾，也没有把南北统货行跟中共的地下组织联系起来。商行的招牌是由水岛题写的，这个中国通曾经刻苦练习过中华书法，店招悬挂出来像模像样，不知情的还以为出自名家之手。

南北统货行于端午节开张，水岛亲自到场祝贺，再加上唐四海和我爷爷的人脉，可以说是宾客云集。水岛给“南北行”备了一份厚礼——一个硕大无朋的瓷花瓶，不仅如此，他还解下军刀挂在门框的一枚钩子上。这个动作，在日军刚占领今州时水岛曾经有过，全城只有十户“特别良民”得到了这种待遇，一源堂是其中的一户，之后，水岛再也没在哪家门前挂过军刀。现在水岛此举，等于是在给南北统货行做背书：这家商行是受本司令官保护的。

对此，朱维信是怎么看的呢？新中国成立后我父亲承办朱维信的案子时从其口中得知，起初他对于唐、孙联手开商行之举不以为然，还把“唐鼎盛”的关门看作是自己的一个小小的胜利，要知道，在今州城，唐家自唐四海往上三代，还从来没有人挑战过他们的权威。可回过头来想想，又觉得这件事似乎有问题，会不会是孙景轩利用开商行搞什么名堂？

以朱维信的性格，既然有了怀疑，那就要想办法抓住唐四海和一源堂的把柄，让他们再不能轻易翻身。他也确实打算安排苟霄汉着手调查，不料就在这个当口儿，今州又出了一桩大事：伪警察局正副局长双双遇刺！

## 十七、特种物资

行刺警察局正副局长的，正是朱维信的老对头“中统”的特工。前面说过，朱维信把“中统”在今州设立的情报站一举摧毁，九名“中统”特工悉数殉职。消息传到重庆，徐恩曾震怒，随即下达了干掉朱维信的命令。这个情况很快被汪伪“七十六号”特工总部侦知，上海日军遂通知了今州日军宪兵队。水岛提醒朱维信加强防范，并跟驻今州日军城防司令官兵部孝三郎商量，调派了一个班的日军对市警察局和朱公馆加强警卫。

过了一段时间没什么动静，朱维信也好，水岛也好，都认为“中统”方面已经把这件事置之脑后了。可是，“中统”没有半途而废的习惯，只要徐恩曾没有收回成命，受命行刺的特务要么完成使命，要么自己殒命，反正必须有个结果。南北统货行开张不到半个月，朱维信和警察局日本顾问野山、汉奸副局长巫庆三去下面的郊县视察，车队在离今州城三里地的接官亭遭到伏击，连同警卫、司机在内的十多人中，只有四人幸存，朱维信是其中之一，但也已是身负重伤，生命垂危。

朱维信被急送上海治疗，总算保住了一条命。在上海住了三个多星期医院，又在今州日军医院住了一个多月，这才拄着拐杖回到警察局。这段时间，由爷爷在幕后策划、刘九龄台前指挥的南北统货行已经做成了多笔生意，为根据地输送了不少物资。但是，乌云也渐渐在南北统货行上空积聚。

朱维信是水岛岗次郎跟前的第一红人，住院期间前往探视的人络绎不绝，连一向对警察局长看不入眼的汤宗俊也不得不放下架子亲往上海探视，朱维信回今州后，他更是隔三岔五前去问候。朱维信身负“军统”使命，认为汤宗俊乃是一个搞地下工作时用得着的对象，早就想跟汤宗俊改善关系。汤宗俊主动登门修好，他自是求之不得，两人几番聊下来，竟是相见恨晚，就差拜把子了。

尽管伤势不轻，但朱维信的脑子没毛病，对于南北统货行，他一直心存疑虑。可是，这事不能跟水岛岗次郎报告，只有怀疑是说服不了水岛的，自己又不好明目张胆调查——水岛可是在南北统货行门口挂了军刀的。那怎么找证据呢？只好利用一下汤司令这个二愣子了。

朱维信向汤宗俊透风，说水岛司令官最近对皇协军的便衣队不甚满意——便衣队一直没有什么像样的成绩，对于这次行刺案件，事先也未查摸到一丁点儿线索。朱维信还暗示，以水岛司令官的性格，他既然这样说了，就有可能会动一动便衣队，要么解散，要么划出去。汤宗俊一听就急眼了，便衣队是他那支部队的骨干，更是他的亲信，一旦划出去，他岂不成了孤家寡人？于是，汤宗俊就向朱维信求教：“那该咋办才好?”

“你只有干出点儿名堂来，他才会改变想法。”

汤宗俊愁眉苦脸：“我的便衣队跟你的侦缉队不在一个档次上，要说立功，那还得请兄台点拨一二。”

“我手头倒是真有条线索。”接着，朱维信就说了他对南北统货行的怀疑，“此事水岛司令官还不知情，我本想让侦缉队秘密调查的，既然你老兄急需，我就把这条线索让给你。”

就在朱维信怂恿汤宗俊调查南北统货行的时候，087 接到上级指令，新四军根据地急需西药、医疗器械以及医务人员，这些药械、人员已由上海地下兵站解决，可是他们面临着运输问题，组织上要求 087 交通站设法协助新四军上海兵站把这些物资、人员运送到苏北根据地。

上海是根据地在敌占区采购战略物资的最重要的一个来源地，因此，日伪把上海的水陆通道控制得极严。日军对于从上海外运的物资开列了一系列禁运清单，称为“特种物资”。凡属特种物资，别说运输出去了，哪怕就是超量购买，都会被汪伪“七十六号”特工总部或者宪兵队特高课盯上。可是，既然组织上已经下达指令，爷爷就必须无条件完成这个任务。

这几年来，由于地下工作的需要，087 交通站的规模有了不小的扩展，除了一源堂中药店的总站，下面还另设了三个分站。分站设在哪里？只有爷爷知道。新中国成立后我父亲方才得知，两个在城外，一个在城内。城内的那个属于备用站，平时不开展交通工作。交通站扩展后，人员增加了，唐季娴也入了党，不过跟爷爷是两条线上的。关于这一点，只是父亲的猜测——087 为完成上述任务召开“特总”扩大会议时，她没有在场。

所谓“特总”，就是 087 交通站特别总支，爷爷是总支书记，刘九龄是副书记，老柯、老沈是委员。我父亲和小瑞、小庆几个是一般党员，平时爷爷和刘九龄他们商量核心机密时，是沾不上边的，这次是扩大会议，所以也坐了个位置。可是，这个扩大会议并没有商量出什么结果，他们面临的这个难题实在太棘手了。最后，父亲听刘九龄说了一句：“看来，这事还得跟唐老爷子商量一下，请唐季昌帮个忙。”

在日军禁运的特种物资中，西药和医疗器械是最难运送的。其他物资，哪怕是收发报机什么的，都可以拆散了混装在其他货物里，但药品不行，尤其是西药的药片和药水，一旦拆了包装，就无法保存了；医疗器械也不能拆——根据地缺乏此类技术人才，要是把 X 光机拆了，运到根据地也无法复原。没办法，这类物资只能在包装上做文章，可伪装得再好，也不敢保证能通过日伪关卡的严密检查。而这种运输通常只有一次机会，成就成，不成则不但会损失掉这些好不容易才搞到的重要物资，往往还要把运输者（不一定是交通员，还有不少专业运输户）的性命搭上，失败一次，下次就没人敢帮你运了。因此，087 执行此项任务，必须万无一失。于是，爷爷就想到了唐四海父子，想通过唐季昌弄一纸特种物资准运证。

唐季昌在宪兵队干的其实是文职工作，他给水岛岗次郎当翻译官属于兼职，其专职是宪兵队普通档案的管理。根据日军的规定，机密档案都由相应的军官各自保管，比如军事情报由情报科长保管，特工方面的材料则由特高课长铃木三郎保管。唐季昌尽管是日本国籍，但机密档案他是接触不到的。另外他还有个差事，即水岛岗次郎的副官，这个职务听起来煞有介事，其实不过是在水岛岗次郎跟中国人打交道时待在旁边摆摆样子而已。总之，日本人极其精明，不可能让矶谷季昌这样一个角色占据有实权的职位。

那么，即使爷爷说通了唐四海，唐老爷子也说通了儿子，这个矶谷少尉又有什么本领帮助他们搞一纸特种物资准运证呢？这就要说到前面那位在西门事件中打了苟霄汉两个耳光的日军少尉河上清本了。

早在十多年前唐季昌到日本留学时，就已经与河上结识，而且相处得一直不错，后来又一起进入陆军部队。不过，和唐季昌一样，河上清本并未真正上过战场，水岛岗次郎显然知道这一点，所以，没有把他安排在需要动刀动枪的岗位上，而是让他负责管理战略物资的审查。现在，爷爷就把主意打在这层关系上面。

爷爷跟唐四海商量，苏北泰州那里有商人愿出高价收购药械，想通过南北统货行进一些货，如果成交的话，可以大赚一笔。唐四海当然知道泰州乃是日伪军和新四军的拉锯地区，就问对方是不是“老四”（当时民间对新四军的称谓）。爷爷说不是“老四”，是泰州一带赫赫有名的“大三福行”。

唐四海依旧担心：“药械是禁运物资，如果大三福行把这批货转卖给‘老四’怎么办？”

爷爷让他放宽心：“最近因为战事导致的交通问题、物资禁运问题，在苏北地区普遍存在。西药、医疗器械这类物资，‘老四’固然奇缺，民间也好不到哪里去。因此，大三福行没必要跟‘老四’做这种买卖，光是卖给当地的西药商、医院，就有丰厚的利润。再者，泰州属于皇军和‘老四’对峙的前沿阵地，那边的皇军对于战略物资的控制理应比今州更严。大三福行是泰州有名的商行，家大业大，他们敢冒着一旦败露就会人头落地的风险跟‘老四’做这种买卖吗？”

在经商方面，唐四海肯定比我爷爷能干；可说到政治敏感，他给087当学徒都不够格。当下，唐四海听爷爷如此这般一分析，觉得似有道理，就有兴趣往下进一步探讨了。他问爷爷：“做这笔生意，南北统货行会不会有什么风险？”

爷爷就继续给他分析：“天下哪有没风险的买卖？生意人图的就是一个‘利’字，我们所要考虑的，无非是所获的‘利’，与我们承担的风险是不是成比例。如果风险过高，那就不值得，否则获利再多，到头来也是给皇军没收，还得搭上身家性命，犯不着。那么，怎么降低风险呢？就眼前这桩买卖来说，我觉得可以请大三福行设法搞到一纸泰州皇军司令部的准运证明。当然，根据皇军的规定，苏北地区和苏南地区的准运证明不能混用，只有大三福行的准运证明还不够，我们还需要弄一纸苏南地区的准运证明。苏南这边的情况要比苏北复杂些，根据皇军最新出台的规定，从上海运出来的离埠准运证是由上海方面的皇军出具的，有效范围到我们今州为止；到了今州再往南京方向运，那就得向今州的宪兵队申领了。上海方面的准运证，只要找到肯供货的对象，按规矩对方是应该提供的。我们今州这边的，那就需要您老出马了。只要您老解决了今州这边的准运证明，这笔买卖肯定能够做成。”

事情就这样说定了。如此，087 交通站完成组织上下达的这项特别使命应该没有问题了吧？当时交通站的同志都是这样想的，可是，正所谓天有不测风云，变故马上就来了……

## 十八、突击结婚

汤宗俊受朱维信怂恿，决定秘密调查南北统货行，随即跟伪军便衣队长蓝壮壁密商应该如何实施。蓝壮壁说司令您放心，这事儿就交给卑职了。

蓝壮壁之所以敢说这话，是因为他自认为有百分之百的把握刺探到南北统货行的情况。这份底气从何而来？前文曾经交代过，汤宗俊的皇协军聘请刘九龄担任医疗顾问。蓝壮壁的便衣队闲着没事就习练擒拿格斗，完全按照实战标准，汤宗俊自己也来得几下拳脚，常常亲自到场观摩，每次来都在场子旁边置张桌子，或是放上数枚银元，或是放上几瓶老酒，作为奖品。便衣队自是个个踊跃，把训练搞得仿若生死之搏。如此较量，负伤率自然猛增，这就需要刘九龄为他们治疗了。时间稍长，那些伪军特别是便衣队的特务跟刘九龄都混熟了。

读者也许还记得警察局的侦缉队有个队员叫李二狗，抗战前，就是这个李二狗给蓝壮壁通风报信，导致 087 遭遇险情。不久，这厮终于从侦缉队跳槽去了保安团便衣队，因为跟蓝壮壁关系不错，虽然没什么本事，还是混了个分队长的职务。今州沦陷，保安团投降日寇摇身一变成了皇协军，日本顾问要求加强体能和战术技能训练，汤宗俊也非常重视，李二狗这方面却是弱项，不久就让日本顾问撤了职，仍在便衣队当一名普通队员。蓝壮壁受命调查南北统货行，遂以李二狗在训练中受伤，不适宜留在便衣队为由将其开革，然后找到刘九龄，请他给李二狗在行里安排一份差使。

刘九龄和我爷爷当然知道蓝壮壁揣的是什么心思，那么，该如何应对呢？爷爷说了四个字——先收后辞。如果当场回绝，那就得找个不收的理由，回头蓝壮壁据此再另派一个人过来，这人没有李二狗的那种不适宜在南北统货行打工的理由，你收还是不收？不收，那就更加深了蓝壮壁的怀疑。而先收后辞，只要做得巧妙，就可以一次性堵住蓝壮壁的嘴。

于是，李二狗欢天喜地进了南北统货行，刘九龄也像真的一样给他安排了一个岗位。哪知好景不长，也就不过三五天，平日难得露面的南北统货行大股东唐四海忽然来行里坐坐，刘九龄让李二狗给老爷子奉茶。唐四海看李二狗眼生，刘九龄介绍说是新来的伙计，皇协军的蓝队长荐来的。唐四海一听就火了，把茶杯掷于地上摔得粉碎，质问刘九龄："这商行老板是哪个？行里进人，你连招呼都不跟我打一个？你胆子也太大啦……"

唐四海把刘九龄骂了个狗血喷头，直到隔壁一源堂的爷爷听见动静过来劝解，方才让唐四海息怒。

这样，李二狗就只好走人了。诚如爷爷所估料的，如此一来，蓝壮壁不好再开口往南北统货行安插特务了。他自然不会轻易善罢甘休，随即物色了一个不知从哪里来的客边人，在南北统货行对面摆了个大饼摊头，白天卖大饼，天黑后，竟然就用一块破油布搭个小窝棚栖身。光是前面监视还不够，蓝壮壁还学着以前警察局侦缉队长苟霄汉的招数，在南北统货行后面的大盈河上安排了一条渔船，从水陆两个方向对南北统货行进行监视。

巧的是，蓝壮壁在大盈河上安排水上监视哨的前一天，087 已经把新四军上海兵站采购的那些西药、医疗器械运到南北统货行里了。为防万一，爷爷把这些货物通过暗道运至一墙之隔的一源堂。所以，便衣队并未察觉到任何动静。

准备去根据地的那几位西医也已经抵达今州，爷爷没有安排他们进城，而是去了北门外我家祖坟所在地龙须湾，看坟人洪坤此时已是中共党员，087 交通站第一分站的负责人。那几位医生在龙须湾住了一晚上，次日就由洪坤派人把他们护送去了南京，从南京过长江，再转赴根据地。那时候，送人比运货便当得多。

货物运抵南北统货行当晚，唐季昌约请河上少尉去家里喝酒。之前，唐季昌已经跟河上少尉打过招呼，河上行事爽快，也不“一番手脚两番做”了，干脆带来了一纸空白准运证和几张盖了章的空白表格，让把货物名称、数量填上去就是。

以爷爷的想法，最好是准运证一到手，立马就把货运走。可是，晚上所有城门都是关闭的，由汤宗俊的伪军和日军城防部队严密把守，没有水岛岗次郎的命令，谁也不能进出。爷爷只好打消这个念头，静候天明。

谁也没有想到，当晚河上少尉竟然出事了——他是驾着宪兵队的军用摩托车到唐公馆喝酒的，那时候没有“酒驾”之说，喝了老酒只要觉得自己还行，那就可以开；同样，也没有驾驶摩托必须戴头盔的规定。日军当然有钢盔，但那是为了打仗，而非交通安全。因此，以上两点河上都不在意，驾着摩托车返回宪兵队。喝了酒开车，感觉肯定很爽，爽了就会加速，河上把摩托开得风驰电掣，抵达宪兵队门口时，大概还有点儿犯迷糊，刹车不及，径直撞到岗亭上。河上被甩出去，脑袋撞到墙上，当场毙命。

水岛岗次郎是住在宪兵队司令部的，听到消息，当即下令特高课对此进行调查。那晚唐季昌陪河上喝了不少老酒，特高课的电话打过来时，他还以为是在梦里，待到听说河上出车祸当场死亡，顿时被吓醒了，立刻赶回宪兵队。

河上酒后驾车发生意外之事很快就查清楚了，确系其自己的责任。不过，事情并未到此结束，特高课出于职业习惯，又马不停蹄地查了河上少尉生前主管的特种物资准运证发放情况。这一查，河上平时大大咧咧的作风就亮底了，这家伙经手的活儿要么记录不全，要么就完全是一笔糊涂账。

唐季昌半夜接到电话前往宪兵队，唐四海自然是知道的，马上想到了准运证之事，想跟我爷爷商量应急方案，因为外面街头有蓝壮壁安排的那个卖大饼的家伙，不得不通过装修南北统货行时修建的暗道潜入一源堂。听唐四海一说情况，爷爷马上意识到次日不能起运这批货了，为防万一，一源堂的几位店员连夜行动，经由暗道把货物转移到唐公馆。

天明后唐季昌回家，把特高课发现河上少尉留下一笔糊涂账的情况说了说。唐四海松了口气，寻思既然是糊涂账，那就没法儿查清河上签发的每一张准运证的下落。待一源堂开门后，唐老爷子过去把这个情况跟我爷爷一说，爷爷倒抽一口冷气，说这件事大意不得！为什么呢？结合之前蓝壮壁想把特务安插进南北统货行之事，可能已经有人在动着跟我们过不去的脑筋了，绝对不能掉以轻心！

唐老爷子举人出身，做了一辈子君子，不善应付这类事情，就全权托付我爷爷料理。爷爷这时反倒泰然了，南北统货行也好，一源堂也好，目前即使搜个底朝天，也查不出违禁品来——那纸准运证在唐四海那里藏得好好的，敌人还不至于对唐公馆进行搜查。眼下需要操心的问题是怎样把货运出去。要把货运出去，先得把便衣队的两处暗哨调开。怎么调？爷爷采用的是“故布疑阵”之计。一周内，刘九龄连续三四次带着几个伙计在后门往船上装货，故意弄出一副鬼鬼祟祟的样子，蓝壮壁设在大盈河上的暗哨当然每次都要报告，汤宗俊则立刻向水城门的伪军岗哨下令，搜查南北统货行出城的货船，自然是一无所获。接连几次下来，汤宗俊自已都觉得无趣了，还得担心唐大少爷是否会找他兴师问罪。没办法，他只好愁眉苦脸地去找朱维信问计。

朱维信说：“其实兄台根本不必费劲儿设什么暗哨，只要去找一个人，他如果肯助你一臂之力，南北统货行的一举一动都逃不过你的视线。”

朱维信让汤宗俊去找的那位，就是天益馆的老板井少岳。今州全城都知道，井少岳是一源堂老板孙景轩的冤家对头，天益馆还没开张时，两家就已经结下了梁子，这一晃已经近十个年头儿了。

汤宗俊还有些迟疑：“井少岳敢得罪唐家？”

朱维信嘿嘿一笑：“井少岳这个人，青帮出身，胆大包天，别说得罪唐四海了，就是你汤司令，他想得罪也就得罪了，而且你只好白白给他得罪。否则，他一状告到水岛太君那里去，我估计吃亏的肯定是你。记住，井少岳是水岛太君的草根朋友，太君是很看重这层关系的。”

汤宗俊听从了朱维信的建议，先把南北统货行前后的暗哨撤了，然后携了礼物前往天益馆拜访井少岳。一说来意，井少岳一点儿不客气：“朝廷不差饿兵，帮忙可以，报酬多少？汤司令你别笑，井某是商人，商人言利，无利不起早嘛！”

汤宗俊算是领教了这个帮会出身的饭馆老板的厉害，只得当场支付了银元。这井少岳还真不含糊，两天后的上午，就向汤宗俊提供了一条情报：昨天半夜，南北统货行经理刘九龄坐着一辆黄包车不知从哪里回来，把一个大号板条箱搬进了统货行。那个板条箱用绳子捆得很结实，上面还贴着洋文说明——乃是一部医用 X 光机。这是“老四”最短缺的医疗设备。

汤宗俊下令立刻行动，蓝壮壁随即作了布置，先征用了两条民船，把南北统货行后面的码头封住，防止货物从水路转移，他则率领二十名便衣队员强行闯入统货行进行搜查。很快，就发现了那个贴着洋文说明的板条箱，外面捆绑的绳子还没有解开。蓝壮壁如获至宝：“刘经理，这是啥货啊？包得还挺严实。”

刘九龄微微一笑：“来人，给蓝队长把这箱子打开！”

箱子打开了，蓝壮壁顿时傻眼。里面装着什么东西呢？一箱子笋干！

蓝壮壁灰溜溜回到皇协军司令部向汤宗俊报告，那边唐四海的告状电话已经打到宪兵队了。水岛岗次郎大怒，随即派了一辆汽车前往皇协军司令部把汤宗俊、蓝壮壁请过去。汤宗俊知道事情做拙了，正想解释两句，水岛却不给他机会，不问别的，单问便衣队在南北统货行搜到什么了。蓝壮壁战战兢兢说什么也没搜到。水岛点点头，朝一旁的两个宪兵打个手势，那二位一左一右把蓝壮壁给架走了，很快，外面操场上就传来了杀猪似的惨叫。

汤宗俊顿时吓得浑身筛糠。水岛岗次郎说：“汤司令，你目无皇军，擅自行动，按说我可以直接枪毙你。不过，看在你并非故意给皇军找麻烦，只是一时失察的份儿上，枪毙就免了，但也得帮你长长记性——你去外面操场上站两个小时吧，站到时辰，自己回去。”

这事很快就让朱维信知道了。当时蓝壮壁挨了一顿恶揍，还在宪兵队里关着，朱维信立刻前往求见水岛岗次郎，原原本本把自己对南北统货行的怀疑和盘托出，请水岛手下留情，饶蓝壮壁一命。水岛叹了口气："看来我们之间还是缺乏沟通啊，现在事情到这一步了，那就必须沟通了。"

早在全面抗战爆发之前，水岛以老师的身份为掩护潜伏今州从事情报工作时，就已对一源堂产生了怀疑。因吴明全事件和护送烈士遗孤事件，一源堂两次被警察局和保安团盯上，水岛作为一个资深情报人员，自然不会认为这仅仅是巧合。不过，他当时的主要任务并非对付共产党，也就只好把他的怀疑放在一旁了。日军占领今州，他被任命为今州宪兵队司令官，按说不会容忍一个有共党嫌疑的人在他眼皮底下活动。如果换了别人，恐怕就要对一源堂动手了，但水岛有更深一层的考虑——

首先是没抓到证据，贸然动手，出师无名。其次，即便有证据，充其量也就是打掉共党的一个交通站，对共党方面来说，算不上伤筋动骨；不如欲擒故纵，让一源堂放松警惕，放长线钓大鱼。所以，水岛不但没动一源堂，还让我爷爷出任伪职，当了日军的医疗顾问。第三，就不得不佩服水岛的老谋深算了。打掉一源堂这样一个交通站，在水岛看来，并不是最紧迫的事。今州地理位置重要，早在战前，这里就是各方特工活动非常密集的区域，明争暗斗、刀光剑影，几乎天天都在上演。孙景轩主持的交通站能在如此险恶的环境下存在这么久，必有其过人之处。水岛的打算是，摸清孙景轩的底细，想办法笼络他，让他为己所用；如果孙景轩拒绝合作，水岛甚至愿意退让一步，允许他同时为第二方甚至第三方效力。水岛是科班出身的老牌特工，深知双面间谍甚至多面间谍乃是情报界的普遍现象，不值得大惊小怪。

这些年来，水岛岗次郎一直没有中断对一源堂的秘密监视和调查。让他没料到的是，一源堂竟然滴水不漏，他没有抓到我爷爷的任何把柄。正因如此，水岛愈加相信自己的判断——我爷爷不但是一名秘密情报人员，而且是一个可以跟他水岛岗次郎媲美的高级特工，从而，他也就愈加想把我爷爷拉拢过来。

听说一源堂要跟唐四海合作开设南北统货行，水岛马上意识到我爷爷想干什么——为中共在北方的根据地运输战略物资。水岛认为这是一个促使孙景轩暴露的缺口，他决定给我爷爷创造条件。于是，就有了南北统货行开张时水岛到场祝贺、悬挂军刀的一幕。河上少尉出车祸横死，起初水岛岗次郎怀疑这是我爷爷策划的谋杀，可特高课连夜调查的结果表明，这的确是一起交通事故。水岛决定按兵不动，继续对南北统货行和一源堂进行秘密监视。

但水岛毕竟不是神仙，他再能干，也不可能对南北统货行的一举一动都了如指掌；同样，他也不清楚警察局长朱维信故意找唐、孙两家茬子的念头，更不曾料到朱维信会让汤宗俊出面对南北统货行进行如此露骨的监视。汤宗俊所为，无异于打草惊蛇。

听水岛如此这般一说，朱维信不由得颇为后悔——早该把自己对南北统货行的怀疑告诉水岛才对。那么，如今有什么补救措施吗？水岛思忖片刻，让朱维信做好两件事——

第一，让汤宗俊派人去把天益馆砸了，目的是让一源堂方面知道这是他们的老冤家井少岳在跟他们过不去——孙景轩不一定会相信，但作为汤宗俊方面来说，这是必须要做出的反应。当然，井少岳肯定不服，估计会向警察局或者宪兵队告状，不管告到哪里，朱维信都要好好安抚，让汤宗俊悄然做出赔偿。

第二，估计经此一来，南北统货行最近阶段不敢再购入特种物资，而且，由于已经打草惊蛇了，孙景轩会设法把已经购置的特种物资迅速运出今州城——他手里有河上少尉出具的准运证，河上少尉虽然死了，但准运证依然有效。朱维信的任务是把南北统货行盯紧了，但务必吸取汤宗俊的教训，不见兔子不撒鹰。

朱维信立刻着手布置。当天晚上，受汤宗俊指派的一伙伪军荷枪实弹闯入天益馆，把桌子凳子锅碗瓢盆一顿乱砸后扬长而去。井少岳果然到警察局报案，朱维信于次日约见井少岳和汤宗俊的副官张茂生，说此事惊动了水岛司令官，指令警察局出面协调。张副官早有汤宗俊的授意，立即向井少岳道歉，表示愿意赔偿。纠纷处理完毕，朱维信暗示井少岳，汤宗俊此举，是受了与天益馆有矛盾的某方的挑唆。井少岳恨得咬牙切齿："朱局长，我知道是怎么回事了，回头一定要他好看！"

尽管我爷爷并不知道水岛的计划，但由于河上少尉意外身亡，他签发的准运证肯定不能在本地使用了。如何把这批货物偷运出城，对于087来说依然是个难题。这乃是一桩绝密大事，爷爷口风甚严，就连刘九龄都不知道我爷爷到底是怎么考虑的。

便衣队搜查南北统货行后的第三天中午，爷爷跟我父亲正式谈了一次话，谈话的内容让我父亲大吃一惊——他说已经跟唐四海商量过了，近日为我父亲和唐季娴举行婚礼。

那年我父亲二十三岁，唐季娴和他同岁。在当时，男女双方这个岁数，都属于大龄晚婚了。其实，之前我父亲和唐季娴讨论过他们的终身大事，两人的一致意见是，要等到打跑日本鬼子再成家。现在爷爷突然提出要给他们操办婚事，我父亲对此没有心理准备，但他知道这绝对不是爷爷心血来潮想抱孙子了，爷爷找他谈这事，也不是征求他的意见，他必须服从爷爷——服从组织的安排。

一切都是紧锣密鼓进行的。次日，唐公馆和一源堂就向亲朋好友发出请柬，七天后在"集贤楼"举行孙恩亭、唐季娴的结婚典礼。水岛岗次郎自然是受邀人士中第一个收到请柬的，后来朱维信交代，水岛岗次郎收到请柬后立刻提醒他注意，南北统货行要转移特种物资了，你必须盯紧了，做到万无一失。

朱维信对于水岛这个指示的理解是，南北统货行转移货物的手法肯定绝对狡猾，连水岛岗次郎也没有头绪，而水岛又是个很注重面子的人，不可能让宪兵队去侦办这种没有把握的案子，否则，如果也像汤宗俊、蓝壮壁那样空手而归，那不是给人看笑话？所以，水岛就决定把该案交给警察局侦办。可问题是，连宪兵队都没把握，警察局难道就能摸着边？当然，这只是朱维信心里的不满，绝对不能说出来，水岛的指示不但要照办，还必须“万无一失”。

怎么才能万无一失呢？无非就是在对方转移物资时，出其不意一举拿获。想要做到这一点，有个先决条件——准确的情报。侦缉队长苟霄汉出主意说：“在南北统货行前后布置暗哨的做法不能再用了，这个招数用的次数太多，人家有防范了，不如还是请天益馆的井老板帮忙吧？”

朱维信点点头：“我也正有此意。你先代表我去跟井老板商量商量，听听他开什么价码。”

苟霄汉去得快回得也快，他让井少岳打了回票——井少岳说：“上次那事是皇协军汤司令亲自出面找我，我才答应下来的；你一个小小侦缉队长，就跟我井某谈斤论两了？”

朱维信闻言大笑：“这个井老板架子真不小，看来还得我亲自出马。”

果然，朱维信把井少岳请到警察局，井少岳答应得很爽快。当然，银元肯定是少不了的。收了钱，井少岳办起事来绝不含糊，很快就报来一个消息：唐四海明天要把女儿的嫁妆送往西门外玄妙庵，存放三天后，于唐季娴出嫁前一日再运到一源堂男方家里去。

苟霄汉乍听之下一头雾水：“这是什么意思？”

朱维信的脑子转得快：“还能有什么意思？你就准备行动吧，那批货肯定混在嫁妆里，在玄妙庵存放期间伺机转移。”

真让朱维信猜着了，087 转移货物的主意确实是打在这上面。其实，这个主意还是唐老爷子想出来的，赶紧把货物转移出去，他比 087 还着急。因为货就放在他家里，一旦发生类似蓝壮壁突袭南北统货行那样的意外，那批货是藏不住的。唐四海对水岛岗次郎根本不抱什么从宽发落的幻想，水岛对朱维信之子朱耀先的处置就是一个最能说明问题的例子。

所谓婚事，不过是一个幌子，重点在玄妙庵。玄妙庵建于清朝光绪年间，其建造资金主要靠民间募捐，据说其时如日中天的唐家一次性捐了白银一万两。可以想见，玄妙庵与唐家的关系非常密切。直到抗战胜利前，唐四海每年还要向玄妙庵捐赠不菲的香火钱。唐季娴出生时，其母难产，据说是唐四海跑到玄妙庵许愿，才保得母女平安。这样，唐季娴就有了一位菩萨寄娘（今州人对“干娘”的称谓）。此后每年母难日，唐季娴都要去玄妙庵给菩萨寄娘烧香磕头，如果生日逢五（岁）逢十（岁），还要在玄妙庵住上一宿。我父亲晚年时回忆，小时候有一天他正在家门前玩耍，遇到唐季娴去玄妙庵烧香，唐季娴邀他同去，他竟然就真的跟去了。到了庵里，唐季娴给菩萨娘娘磕头，父亲少不更事，也跟着跪下磕头，惹得众人大笑，说按规矩这个小少爷就该是唐四海未来的女婿了。没想到，这话还真应验了。

按照今州的风俗，出嫁的新娘凡是母亲已经去世的，她拜认的菩萨寄娘所在的观庵就算是她的娘家，所以要有一个表示——事先把嫁妆运至观庵，停放三日后再运送到男方家里。唐四海的主意就是把那批货物混在嫁妆里运至玄妙庵，晚上借着月黑风高的掩护，从玄妙庵后面的河上悄然转移。

玄妙庵位于西门外三里地的莫家湾，嫁妆要从水路运过去。唐家是今州首富，嫁妆自然丰厚，特地准备了两条木船，唐四海从亲朋好友里挑选了十来个身强力壮的青年相帮运送。运送嫁妆是女方家的事情，按规矩男方是不能参与的，我父亲事后方才知道途中发生的惊险一幕——

两条运送嫁妆的木船在爆竹声中离开唐公馆后门的石驳岸，沿着大盈河行驶，在前面的三江口拐弯折向西门。就在这时，只听一阵唢呐声响，从三江口另一侧拐出一条木船来。这条船的大小和式样跟唐家的两条船差不多，不过除此之外，都截然相反：唐家船上搭着的芦席棚子罩着一色的大红绸缎，那条木船的芦席棚子上蒙着的是黑布；唐家船的船头船尾悬挂着斗大的红绸花，那条船的船头船尾挂着黑绸花；唐家船上的人穿着清一色的红马褂，那条船上的人穿着清一色的白布袍子；唐家船上载运的是用红绸带扎着的形形色色的嫁妆，那条船上载运的是一口阴森森的黑漆棺材；唐家船上的吹鼓手吹着喜庆调子，那条船上吹的则是《大出丧》……

今州地面上的规矩，不管水路陆路，倘若婚丧队伍途中相遇，丧事队伍必须停止奏乐，陆路上往路边靠让，水路则往岸边靠让，待喜事队伍行进一箭之地后方可移动，两箭之地后方可奏乐。唐家船队遇到的这条丧船却不管不顾，不但不靠边，船上的那班吹鼓手反而更起劲了。如此，唐家船队这边自是要发话了，负责主持的唐四海的内弟贾玉祥高声喝问："这是谁家办丧事？"

话音方落，对面船上那口棺材旁边站起一个一身重孝的干瘪老者，阴沉着脸道："是老朽！"

贾玉祥是应唐四海之邀特地从上海赶到今州参加婚礼的，对今州地面并不熟悉，当下就要发作，旁边有人附耳悄言，介绍了老者的身份。他不禁倒抽了一口冷气——这老者正是天益馆的账房先生宝锦国，也是今州公认的第一国术高手！贾玉祥知道碰上硬茬子了，遂小心翼翼问道："宝先生这是……"

丧船上有人代为回答："宝先生今日为夫人落葬。"

宝锦国的夫人是去年去世的，大殓后将棺木停于天益馆后院专门搭建的一个草亭内，听说要停三年方可移送湖州老家。当下，贾玉祥听旁人一说就觉得今日这事有些蹊跷，对方怎么提前移送棺木了？而且恰恰赶在唐家运送嫁妆的当口儿，像是事先等候在三江口的样子，这不是存心跟唐家过不去吗？

贾玉祥虽然不是今州人，可是从唐家人嘴里多次听说过天益馆跟一源堂结怨之事，知道对方的厉害，再者今天这种日子，也不好公开翻脸，那就只有忍了，于是下令停船，让宝先生他们先走。不料，唐家的船停了，对方也停。那么，让唐家的船先走吧？可唐家的船队一动，他们的《大出丧》便响了起来，又紧紧尾随在后。唐家船上的人包括贾玉祥在内，自然不知道对方的真实目的——他们是奉井少岳之命故意找茬儿生事，为的就是制造纠纷，以便让侦缉队有理由搜查嫁妆。如此走走停停几次三番，船队行至水城门前，贾玉祥终于忍无可忍。

要说唐季娴的这个舅舅，在上海滩也不是个善茬儿。他以前是法租界的巡捕，上海被日军占领后，跳槽去了汪伪"七十六号"特工总部。这次到今州来，他是带着手枪和"七十六号"的派司的。平时他在上海横惯了，哪受过这般窝囊气？贾玉祥当即亮出手枪，吩咐船上的几个小伙子："过去几个人，把他们的丝竹家伙卸了！"所谓"丝竹"，指的是丧船上那班吹鼓手的乐器。

这样，双方就发生了冲突。贾玉祥倒是没有开枪，宝锦国坐在棺材旁边，也是一副气定神闲的样子。双方下人互殴，各有负伤，还有掉河里的。正酣斗间，侦缉队的汽艇疾驰而至。苟霄汉站在汽艇船头朝天鸣枪，喝令众人住手。

贾玉祥见侦缉队来了，觉得属于"自己人"，刚要上前盘盘道，哪知人家二话不说下了他的枪，还给他铐上手铐。贾玉祥大怒："老子是'七十六号'的，你们吃了豹子胆了？"

苟霄汉冷冷道："到了今州，你就是一百五十二号也没用。"

侦缉队让双方所有人上岸排队站好，互相指认都有谁参与了斗殴——当然没几个人是没动过手的。苟霄汉宣布，包括贾玉祥在内，凡是动过手的全部暂扣。

唐四海获知消息，急得像热锅上的蚂蚁，三步并作两步赶到一源堂来找我爷爷。我爷爷安慰他说："亲家不要紧张，即使有事，人家也该是先找刘九龄的，他是货行经理嘛。我已经跟九龄关照过了，他会把这件事承担下来的，你我是投资方，不管经营上的事务，责任可有可无，再说季昌也会周旋打点的。事到如今，我们急也没用，还是静观事态发展吧。"

事态往下的发展却颇有些奇怪，警察局也好，宪兵队也好，哪家也没找上门来。然后，贾玉祥就骂骂咧咧地领着船队回来了。不但唐四海给弄得一头雾水，我父亲也是很久以后才明白其中的缘故。

究竟是怎么回事？这里我先卖个关子，按下不表，稍后自有交代。

## 十九、祖传绝技

水岛岗次郎接到华东派遣军司令部的命令：晋升陆军大佐，以今州日军宪兵队司令官的名义兼任城防部队司令官。

别人升官欢喜都来不及，水岛却高兴不起来，因为他知道，日本要投降了。日本天皇发布投降诏书那天，他连夜将特高课长铃木三郎、城防部队副司令官川崎中佐和已晋升中尉的矶谷季昌召至跟前，宣布自己决定"玉碎"，留下遗书一封，拜托铃木、川崎二君日后转交其家人；

至于遗产，公物交由宪兵队收存，私产有字画三幅，分赠铃木、川崎、矶谷，还有一些积余的钱钞，统统赠予他以前潜伏时曾执教过的今州一小和今州第一中学。

交代完毕，水岛岗次郎取出一瓶葡萄酒，请在场三人举杯同饮。喝过诀别酒，水岛岗次郎从墙上摘下军刀，递给唐季昌："矶谷中尉，我指定你担任我'玉碎'的介错人（日本武士道传统，武士切腹使用肋差即短刀，切腹者不会当即死亡，所以一般要指定介错即助手，负责砍下切腹者的头颅，以减轻其痛苦），给你添麻烦了！"

水岛岗次郎还请铃木三郎拍摄了现场照片。这些照片后来落到了警察局长朱维信手里，新中国成立后又被我公安人员查获，我父亲也见过，确实是他的大舅子唐季昌砍下了水岛岗次郎的头颅。

水岛岗次郎一死，皇协军司令汤宗俊和便衣队长蓝壮壁随即失踪——脚底下抹油远走高飞了。朱维信接管了皇协军，维持政权交接空白期间的治安。不久，国民党接收今州，朱维信这个人皆言可杀的汉奸不但什么事没有，继续当他的警察局长，而且公开了"军统"潜伏特工的身份，《今州日报》还专门做了一整版的人物专访，对其极尽吹捧。

然后，就开始惩办汉奸了。第一个被捕的是我父亲的岳丈唐四海，他担任过一年多维持会长和伪市长，这在老冤家朱维信脑子里是牢牢记着的。抓捕名单上的第二位，就是一源堂老板、我爷爷孙景轩，他担任了八年伪商会会长和日军医疗顾问，这是今州尽人皆知的。他们两人一被捕，我父亲和唐季娴立刻感觉天塌了。

刘九龄马上去上海找组织汇报这一情况，从上海回来的时候，他同时也带回了组织上拨给的一笔营救经费和两个关系——新任国民党今州市长和市党部主任，这二位是如假包换的国民党官员，不过，他们同时也是我党的社会关系。通过那二位的帮忙，又花费了一大笔钱钞（除了组织上给的那笔经费，奶奶拿出了我家的全部积蓄，变卖了一源堂的贵重中药），才算把爷爷营救出来。



爷爷出狱后第一件事，就是营救亲家唐四海。唐四海名下的工厂、商店以及乡下的田产，都作为敌产给没收了，好在唐季娴名下还有一家店铺，由我爷爷相帮盘了出去，打点了方方面面的关系，甚至还求到了天益馆老板井少岳那里（新任保安团总冯老七，是井少岳的青帮师弟），唐四海终于获释。那年唐四海已经六十七岁，入狱后又受了些精神和肉体上的折磨，身体极其虚弱，是我父亲和刘九龄几个从看守所将其抬回家的。

爷爷随即给唐四海治病调理。可是，正所谓在劫难逃，唐四海上了朱维信的死亡名单，不把老爷子送进阎王殿，他是不会善罢甘休的。他之所以肯把唐四海放回家，是因为他手里还有一张牌——唐季昌。

今州日军投降后，全部被集中在原日军兵营就地圈禁。唐季昌是正式军官，又是日本国籍，自然也在其中。唐四海获释后，想见儿子一面，向当局提出申请，被朱维信从中作梗弄黄了。唐季昌得知父亲获释，也向管理日俘的保安团长官提出申请，获准，批给他半天假，让他自己去自己回。唐季昌回家看过老爹，却没能回到兵营。去哪里了呢？回兵营的半道儿上被抓进了警察局。日军虽然已经投降，但原先的建制还在，最高长官川崎中佐便出面跟当局交涉，要求放人。朱维信的回答是——派警察到兵营抓走了九名日军军官，说连同矶谷季昌在内总共十人，是今州民众控告最甚的战争罪犯，将押解上海交军事法庭审判。

朱维信这一手对于唐四海的打击比将其本人关起来还要厉害得多，老爷子原本已经可以在北大街拄着手杖漫步了，这下又卧床不起。只有救出唐季昌，才能保住唐四海的命。于是，我爷爷登门求见警察局长。

朱维信的条件就一个——钱。唐家偌大一份产业，如今只剩一座空宅子，而朱维信看中的就是这座宅子。爷爷把朱维信的意思告诉了唐老爷子，唐四海长叹一声："罢了，都给他吧！"

办理了交割手续，朱维信用其原先居住的朱公馆跟"敌产管理处"交换了唐家宅子，和一源堂做了邻居。唐四海无处可去，爷爷就把他接到家里，内堂二楼的那间书房成了老爷子的卧室。

不久，日俘遣返。又是朱维信暗中使坏，原本可以恢复中国国籍留在今州的唐季昌硬是被遣返日本了。唐四海的大限就在遣返这天，老爷子断气之时，正是载运日俘的列车汽笛长鸣离开今州火车站的那一刻。当时是我父亲陪同老爷子去火车站为唐季昌送行的，岳丈就死在我父亲的怀里。唐季娴本已怀孕，受此刺激，回家就流产了。

接二连三的折腾，一源堂的经济状况一落千丈，老冤家天益馆还落井下石，公然挂出招牌，上书："井氏伤科，手到病除，沪上一绝，驰名江南"。饭馆后院特辟一间诊室，井少岳和宝锦国轮流坐堂，凡是入内诊疗的病家，可免费吃一碗肉丝汤面。还有更狠的，以往天益馆也跟一源堂作对，但他们开了药方，病家依然到一源堂赎药；现在，药方上注明去北大街上的另一家中药店"五珍堂"赎药，药费由天益馆连同诊疗费一起收取，月底双方再结账。

给天益馆这么一逼，一源堂几乎维持不下去了。无奈，爷爷只好施出了我家祖传的独门绝技——金针刺疯，据说是我父亲的高祖从一位游方僧人那里学得的。不过，这手绝技操作时颇有些恐怖，患者脱去上衣后捆绑于柱子上，以特制的药酒擦拭心脏位置，然后以一枚五寸金针刺入心脏，一针见效。

金针刺疯作为孙氏伤科的独门秘技代代相传，传到爷爷手里，他也实践过，可后来却不用此术给人治病了。为什么呢？因为爷爷接触了一些现代医学知识，发现老祖宗传下来的秘技对于不同类型疯病的治疗效果似有差别，这可能涉及疯病类型、疯病成因等方面的专业知识，而我爷爷并不具备这种知识。本着对患者负责的想法，这门秘技就停用了。反正那时爷爷光靠中医伤科、外科就已经名满今州，不在乎金针刺疯这点儿诊疗费。

如今的情况不同了，一源堂已经被天益馆挤兑到即将关门歇业的程度了，再不设法重振雄风，不但我们家的生活成问题，地下交通站也没法儿维持下去。不得已，爷爷在《今州日报》上做了一个广告，介绍金针刺疯独门绝技，包治包好，诊金也的确不便宜——黄金一两！不过爷爷有言在先，只治十人，所以挣的也有限——原本就是为了救急嘛。

当天，就有一个抗战胜利后从上海迁回今州家乡养老的陈姓资本家来一源堂探问情况，说他有个儿子，十七岁上因失恋成了疯子，现在已经三十岁了，发病时力大无穷，三个汉子也控制不了他，问是否可以治。爷爷说你把病人带来，先容我搭搭脉再说。陈老板就派人去上海把疯儿子接来，爷爷上门诊脉，说可以治疗，让陈老板明天上午带病人来一源堂。

次日，陈老板一家带着儿子来到一源堂时，闻讯来看热闹的人已经把一源堂门前的那段路堵死了。

那疯子是被麻绳绑在椅子上抬过来的，我父亲和刘九龄作为助手，给病人脱去上衣。刘九龄用浸湿的毛巾擦拭患者胸膛，父亲则将药液涂在擦拭过的位置。爷爷从一个鹿皮袋里取出一枚半尺长的金针，陈老板看着脸色就变了："这么长一根针要扎进心脏？会不会把人扎死？"

"一源堂又不是三天门（今州北门外的刑场），不是要人性命的地方！"嘴里说着，爷爷手中已有动作，金针闪电般刺入患者心脏位置，稍稍搅动，迅即拔出。"松绑！"

爷爷话音未落，刘九龄一刀砍断绳子——这个动作有讲究，意即毛病已治好，不必再用这根绳子了。再看那患者，跟先前挣扎拒绑时判若两人，呆呆地靠柱而立，一动不动，不声不响。店堂内外一时鸦雀无声。陈老板愣怔片刻，赶紧上前拉住儿子的手，一迭声地呼唤儿子的乳名。患者恍若梦醒，盯着陈老板一脸疑惑地问道："阿爸，我这是在哪里啊?"

围观众人顿时一片叫好，掌声、喝彩声不绝于耳。陈老板夫妇一把抱住儿子，又哭又笑，然后拉着儿子给我爷爷磕头。陈老板掏出一根五两"小黄鱼"双手奉上："孙老板，这是诊金，略表谢意；大恩大德，没齿难忘!"

爷爷微微一笑："一源堂的广告上说得明明白白，包治包好，诊金一两。陈老板付得多了，孙某不敢破例领受。"

消息传出，远近患者家属纷纷来一源堂联系治疗事宜，爷爷却只肯收治十人，都是一针见效。十人看毕，爷爷再次在《今州日报》刊登广告，宣布诊疗业已结束，恕不再接收患者。广告刊出的第二天，一个不速之客登门，请爷爷破例再施展一次金针绝技，而爷爷呢，不得不违心地点了头。

这个不速之客，就是一源堂的新邻居、老对头——今州市警察局长朱维信。

朱维信的儿子朱耀先因行刺唐四海被捕，让特高课折腾成了疯子，释放后圈禁在家，又因其胡言乱语，蒙特高课特别关照，变成了哑巴。失语之后，朱耀先倒是消停了些，也就不必关小屋子戴手铐脚镣了。不过，朱维信接受了以前的教训，即使成了水岛岗次郎跟前的第一红人，也坚决不让朱耀先出门，唯恐他再被日本人盯上。

直到抗战胜利，朱耀先才被解除圈禁，允许上街。这时，他已经恢复了部分说话功能（由此看来，宪兵队给的那种致哑药物，也是有时效的），但脑子依旧不清楚。我父亲曾数次在大街上见过他，可能是长期服用激素类药物的缘故，也可能是遗传，这家伙像他爸爸一样肥头大耳。突然间没了约束，不过两三个礼拜，朱耀先的武疯子做派又回来了。那些日子，今州城里频发“调戏妇女、抢夺食物、拳打交警、阻碍交通、追殴孩童”之类扰乱公共秩序的事儿，不用说，肇事者多半都是我父亲那位老同学。面对民众舆论，朱维信只好重新把儿子锁在家里。

爷爷施展了一手金针刺疯绝技后，朱维信不禁心动，就备了一份厚礼前来一源堂拜访爷爷。爷爷听朱维信说明来意，为难地说：“朱局长，按说您有啥吩咐，只要差人送一纸条子就行了，不过，贵公子这个毛病，当初起得蹊跷，孙某医术肤浅，不明病根，不敢伸手啊！”

“犬子这毛病是给东洋人害的，上次我去省里开会，上峰说起这事，认为犬子是抗日英雄——孙先生，其实这事也涉及你的已故亲家，不过人都不在了，也就到此为止吧。”这话里威胁的意思已经很明显了，但朱维信点到即止，话锋一转，“今天拜访孙先生，恳请先生万勿推辞，救犬子一把！我知道先生的意思，是怕万一失手不好交代。我想以先生的医术，应该不会发生这种情况，如果万一出现这种不幸，也是犬子命中注定，跟先生没有任何关系——这话，朱某愿刊登于报端，让今州全城民众作证！至于诊金，一定从优！”

话说到这份儿上，爷爷只好点头。这时惩办汉奸的风声还没过去，今州警察局的大牢里还押着一些汉奸未决犯，惹恼了朱维信，他只消一个电话就可以把爷爷以汉奸罪重新收监。

隔日，爷爷给朱耀先进行治疗。这次治疗的效果跟前面那十名患者相比，明显不在一个档次上，不过，朱公馆上上下下都已经感到喜出望外了，至少朱耀先不再发狂，并且恢复了大部分记忆。不久，朱维信替儿子物色了一个媳妇。结婚那天，爷爷和我父亲被请去吃了喜酒，爷爷还坐了首席。

世界是舞台，人，就是演员。这是当年被很多学生爱戴的水老师、后来又被今州人民切齿痛恨的水岛司令官在组织学生排练话剧时说过的话（很久后我父亲才知道，其实这话最早的出处是莎士比亚），我父亲觉得这话太有哲理了，包括水老师抑或水岛司令官在内所有他熟悉的这些人——当然也包括他自己，都在这个大舞台上跑龙套。

## 二十、拜师学艺

龙套跑到1948年，我父亲和朱耀先极为巧合地在同一天做了父亲。我母亲唐季娴生的是女儿，就是我的大姐。爷爷有重男轻女思想，再说我母亲自家中遭遇巨变，健康状况一直不佳，大姐出生时只有四斤零半两，先天不足，一直生病不休，所以爷爷主张多生几个孙辈。如此，母亲在之后的二十年间，又陆续生了五个子女，我是最晚出生的一个，今州人称为“奶末头”。

朱耀先的老婆陆巧玲是比我父亲小几届的校友，从小就是个胖妞，成人后人称“柏油桶”，朱耀先也是胖子，两个胖子生出来的儿子一称分量，十斤整。朱维信做了爷爷，朱门香火得以延续，自是十分激动。那天他登门拜访，跟我爷爷商量，说是两家近邻同一天添丁，属于异数，理当珍惜，不如合办满月酒。这个提议爷爷没有理由回绝。后来知道，这只是朱维信针对一源堂一系列行动的第一步。

其时“军统”早已改组为“国防部保密局”，朱维信依旧是“保密局”今州站站长，不过，由于其在抗战期间的“贡献”，他的军衔已经是陆军少将了。具备警察局长兼“保密局”高级特工的双重身份，朱维信可以获得许多信息。但有时信息太多也未必是好事，他在抗战胜利后的两年多里对087交通站的误判，就是因为这些信息。具体来说，他获得的信息是——抗战胜利后，由于形势的变化，中共地下党的组织人事发生了很大变动，这些变动导致不少情报员、交通员和组织脱离了联系，有的甚至自动脱党。

早在全面抗战爆发前，朱维信就盯上了一源堂和我爷爷，全面抗战期间更是变本加厉。可即便是在朱维信力量最强大的抗战后期（有水岛岗次郎的支持），他也未能抓到087交通站的把柄。抗战胜利后，朱维信以汉奸罪逮捕我爷爷，主要目的固然是报复孙、唐两家，但也有深层次的因素，那就是想通过逮捕我爷爷，暗查他背后的共产党地下组织。好在，得到我爷爷真传的刘九龄在解救我爷爷的过程中表现得十分老到，前往上海向组织求助时，并未让朱维信派出的密探嗅到任何气息。一源堂确实给朱维信折腾得伤筋动骨，可是，朱维信还是没能发现孙景轩"背后的秘密"，再结合前面所说的那条信息，朱维信就得出了一个结论——即使孙景轩从事过中共的秘密工作，目前也由于某种原因脱离共党了。这种情况，在当时不算罕见。这样，朱维信就决定暂时把一源堂放到一边，毕竟死盯着一源堂并非他的专职，他还有其他更要紧的活儿要干。

可是，就在半个月前，朱维信接到上峰密令：据最新情报表明，上海共产党地下组织最近频繁活动，时有重要情报传送北方，其中除了使用电台，还大量沿用抗战期间甚至抗战前就已经建立起来的秘密交通线；"保密局"的特工专家对此进行了分析，列出了几处很有可能被中共地下组织作为情报中转站的地方，排在第一的就是今州。因此，上峰指令朱维信对此进行调查。

朱维信寻思，这还有啥可调查的，如果今州果真存在上峰所说的共党地下交通站，那肯定就是一源堂了。由此，朱维信决定重新开展对一源堂的调查。这回，他不启用侦缉队长苟霄汉了，他觉得目前阶段的调查只能算是捕风捉影，把握不大，没必要弄出那么大的动静来，这方面，以前的保安团也好，后来的皇协军也好，都是有教训的。那就先来小的吧。不过，小的也需要人来干呀，朱维信准备请哪位出马呢？这个，他已经考虑好了，就是他的宝贝儿子朱耀先。

朱耀先让我爷爷扎了一针后，被特高课折腾出的疯病基本痊愈。这两年，他的小日子过得很滋润，和其妻陆巧玲两人都用不着工作，就是整天吃喝玩乐，反正朱维信通过巧取豪夺敛财无数，坊间传言说朱家是继唐家后今州的第一富豪。有时候，他也会来一源堂坐坐，跟我父母聊天叙旧。不知是由于生病的原因已经忘记了呢，还是刻意掩饰，反正他从未提及以前曾追求过我母亲的事。

朱、孙两家联合给第三代办满月酒的那天，一共摆了八十桌，一源堂方面的宾客只占了十分之一，其余的都是朱家的亲朋好友、各路官员，今州的头面人物包括市长、市党部的头头儿都到场了。朱维信事先吩咐，收取的礼金礼品一律打统账，回头朱、孙两家均分，所以，那天我父母算是发了点儿财。

次日，朱维信把我爷爷请到朱公馆去结账。借这个机会，朱维信向我爷爷提出，是否可以恢复原南北统货行，由朱、孙两家合股经营，经理仍由刘九龄担任，朱耀先可以充当刘九龄的助手。爷爷听后，摇头不语。朱维信以为爷爷是虑及资金，又提出了另一方案：可以像当初跟唐四海合伙一样，一源堂占三分之一股份，资金嘛，象征性出一点儿就可以，其余概由朱维信负责，用今后的盈利抵消，不必支付利息。可是，爷爷面对如此优厚的条件，还是摇头。

这下，朱维信弄不懂了："孙老板，你是否对朱某抱有成见？"

爷爷说："成见没有，主要是孙某已经对经商心灰意冷。你看我的金针刺疯何等挣钱，一针就是一两黄金。当初上海滩有人得知此事，曾专程来找我，邀请我每周一次前往诊疗，由他们派汽车接送，一针二两黄金。即便是这样，我都没答应他们。朱局长，我老啦，不想再折腾什么了。"

合伙做生意的事，就这样没了下文。不过，朱维信那边可没打算消停。过了两天，朱维信来一源堂拜访爷爷，又提出一个建议，他这个主意真可以用"异想天开"来形容——

朱维信说，之前提出的跟爷爷合伙经营南北统货行的用意，是想给朱耀先物色一条人生之路。以朱耀先目前的状态，长期不务正业，早晚会毁了他，所以，应当让他学一门本领。原准备合伙开商行，让朱耀先跟着爷爷、刘九龄学一些经商本领，也算是掌握了一门生存技能。可既然爷爷无心经商，那也不好强求。这两天，朱氏父子很认真地谈了谈，朱耀先难得地表示愿意听老爸的话学一门技能，不过他有条件：具体学什么，要由他自己选择。

那么，朱耀先打算学什么呢？他想跟隔壁一源堂孙恩亭的爹爹孙老板学医，专攻金针刺疯这门绝技！

我父亲在旁边听着这话，立马有一股想打人的冲动。且不说金针刺疯乃孙氏祖传秘技，传子不传女，就说我父亲吧，跟着爷爷学医这么些年，爷爷也从未提过要把这门绝技传授给他的话头。想不到朱耀先竟然有这等野心，而朱维信呢，还真厚着脸皮敢开这个口！

爷爷听着却是一脸的平静，临末还笑呵呵地说："朱局长啊，既然贵公子有这等宏图大志，这个弟子我可以收下。不瞒您说，这门技艺我还没传给恩亭，正好，就让他们一起学吧。他们原本就是同窗，现在再做一次同门，也是缘分。不过，孙某有话在先，别说学这门绝技了，就是寻常的伤科推拿之术，也得看天分，还得打基础，不是一天两天就能学会的。朱少爷来一源堂，也得按老规矩从寻常学徒做起，一步一步来。”

朱维信听着连连点头，双方议定择日行拜师礼，让朱耀先入一源堂正式学艺。

朱维信一走，我父亲就急煎煎问爷爷，怎么能答应朱维信的这种要求？爷爷微微一笑：“恩亭啊，你没察觉吗？敌我之间的又一轮斗争已经揭开帷幕了——你看这个朱维信，又是两家合办满月酒，又是提议重开南北统货行，还荐子拜师学医，这些，全是表面上的幌子。他的真正目的，无非是要在我身边安插一个人，好日夜监视一源堂究竟在搞些什么名堂。”

父亲听得冷汗涔涔，有一种大难临头的感觉。爷爷却是一脸轻松，说他之所以爽快地收下朱耀先，是因为朱维信派来卧底的这块料实在太差，他相信完全能够对付得了。

对于来一源堂当学徒，朱耀先觉得很新鲜，也很兴奋，不过，这跟让他当卧底没有关系。后来我父亲承办朱维信的案子时了解到，其实朱维信并未跟儿子提起过卧底的话头。他很清楚，朱耀先此时的智力，还没有恢复到能够当眼线的程度。之所以这样做，是为了有一个借口，可以随时以找儿子为名来一源堂查看动静，又不必担心打草惊蛇。当然，朱维信也不能总是亲自出马干这种事——儿媳在家闲着也是闲着，可以一日数次前往一源堂去看丈夫，反正就在隔壁，方便得很。朱耀先脑子有毛病，不适宜从事眼线工作，儿媳陆巧玲可没毛病，甚至还机灵得很，他完全可以关照儿媳应该怎么怎么留意。

朱耀先来一源堂后，名义上是今州名医孙景轩的弟子，可爷爷并不教他任何内容，而是把他交给刘九龄管教。这叫“代师授徒”，是江湖上流行的做法。刘九龄对我父亲这位老同学很负责，要求甚严，一天到晚从头管到脚。朱耀先这样的大少爷当然不习惯，几次想打退堂鼓，都被他老爸揪着耳朵送回来，这倒使得陆巧玲有借口经常来一源堂陪伴丈夫，借机监视一源堂东伙在做些什么。

这正中爷爷下怀。一源堂其时所做的地下工作全是转送情报之类，通过下面的几个分站派交通员以赎药或者沿街沿河叫卖的方式进行情报交接，这是今州家家户户每天都在进行的日常生活内容，别说陆巧玲了，就是朱维信这个刑侦专家亲自盯着，恐怕也发现不了什么端倪。

随着战争形势的发展，087 交通站的情报转送工作越来越繁忙。为防敌人突然对一源堂进行搜查，爷爷用中药药名、中医古方、中医病历中常用的一些文字编制了一套简单的密码。当时已临近解放，大部分情报都与军事相关，无非是地名、武器、人员、日期、时间，尽管这套密码算不上完备，但也可以将就着用。

以往转送情报，都要把纸张折叠得小而又小，以便交通员藏在身上或者随身携带的物品中。这自然是出于安全的考虑，不过，一旦被敌人发现，交通员的身份也就暴露了。而采用爷爷编制的这套密码书写的情报，表面上看就是一纸药方，上面无非是患者姓名、症状、需要使用的中药名称、用量以及熬制方法和忌口，交通员可以直接放在口袋里，以赎药为名来取情报的，干脆就按中药店的规矩，把“药方”和包装好的中药用纸绳扎在一起，遇到敌人搜查，就大大方方让他们搜。

每份情报都用这套密码转译，087 交通站的工作量无疑是大大增加了，情报转送特别频繁的时候，整个儿一源堂从爷爷到资历最浅的学徒朱耀先，甚至我母亲唐季娴，都得相帮用毛笔“抄方”。陆巧玲有时来看丈夫，也被我父母唤住，让她帮忙誊抄一纸“药方”什么的——本来是负责监视一源堂的儿子儿媳竟然以这种方式为中共地下党的情报工作做出了贡献，怕是朱维信做梦也想不到的。

1949年早春，解放军已经饮马长江准备渡江战役了。一天深夜，今州发生了一起大案，保安团总冯老七在其住所被人打了黑枪，当场一命呜呼。新中国成立后我父亲才知道，这是中共今州地下党干的（087交通站属中央情报部门直管，与地方地下党组织不发生任何关系）。他们奉命策反这位团总，已经做了三四个月的工作，组织上甚至应其要求为其撤离家属支付了一笔数额不菲的费用。冯老七答应届时率部起义，并逮捕包括朱维信在内的今州敌方党政军警特的头头脑脑。哪知，这家伙竟然出尔反尔突然变卦，跟江苏省保安总团通了长途电话，约定次日前往省城镇江报告重要机密。今州地下党在邮电局总机的内线窃听到了这个电话，及时报告组织。组织上果断行动，连夜将冯老七干掉了。

这个案子惊动了南京，“保密局”局长毛人凤指派特派员郭秋风前往今州调查，郭还获得授权，在今州期间暂时代理保安团团总之职。这家伙是本着“怀疑所有人”的思路进行调查的，结果竟连朱维信也受到了怀疑。

“城门失火，殃及池鱼”，一源堂有朱公子这位高徒，自然也被郭特派员盯上了。爷爷是按照正常逻辑思维来分析这个案子的，认为该案可能出于以下几方面的原因：第一是地下党锄奸，第二是江湖仇杀（冯老七是青帮成员），第三，则是由死者的私事引发。不管是何种原因，都牵扯不到一源堂，即使栽赃也很难栽到他们这边来。不像抗战期间有唐四海父子那样的关系提供便利，如今，087对于今州敌人内部情况的了解渠道非常贫乏，爷爷根本不可能估计到南京来的特派员居然对警察局长朱维信也产生了怀疑，更来不及采取什么防范措施。

来不及采取防范措施的另一个原因，是郭秋风的动作实在太快。据说他是后半夜抵达今州的，上午听取警察局、保安团方面的案情汇报，那最快也得下午开始行动吧？这厮却是一散会就召集人马，亲自带队直奔北大街，第一个搜查的就是一源堂！

新中国成立后，郭秋风在南京被捕，我父亲奉命前往外调其与朱维信的关系时，曾问过他怎么会想到搜查一源堂。郭交代，关于一源堂有可能涉嫌通共的材料，早在抗战前就已经出现在复兴社特务处（即“军统”前身）的情报档案里了，他曾看到过；抗战期间，他在“军统”情报处参与整理各地汇总到重庆的情报材料，其中也有关于今州一源堂的内容。由此，他就产生了这样一个印象：一源堂很可能是中共的一个情报点。

郭秋风一行是坐夜班火车从南京赴今州的，途中，他跟同车的今州旅客聊了点儿今州民间的八卦，无意间得知朱公子的疯病被一源堂孙老板治愈，现在已经在孙老板门下学医了。这时的形势于国民党极为不利，时不时传来某地国民党军政官员投诚起义的消息，“保密局”掌握的关于这方面真真假假的线索更是多如牛毛，郭秋风受此影响，神经高度紧张，风声鹤唳草木皆兵。他之前并不认识朱维信，想当然地认为朱维信跟中共方面有所勾结，把儿子送一源堂学医之举，是为使中共放心而采取的措施，相当于让儿子当了人质。所以，郭秋风决定以突然袭击的方式搜查一源堂，指望发现蛛丝马迹，把朱维信一起扯出来。

搜查进行了三个小时，尽管有两样可以证实郭秋风怀疑的证据一直在他眼皮底下晃悠，这个老牌特工却没有留意到——

一是正在处理的至少二十份情报，其中有的只誊抄了一半，还在桌上摊着，有的和赎药的方子夹在一起，有的作为一笔生意的账目记载在账册里。郭秋风都一一查看过，却没跟情报联系起来；至于爷爷亲手编制的那套简易密码，一源堂根本没留下底稿——全在087的脑子里装着。二是内宅客厅里紧挨天花板悬挂着的家堂（抗战前曾藏过烈士遗孤柳毅君），这时里面还存放着准备寄发给今州地区敌方党政军警特的警告信。

搜查一无所获，那郭秋风倒也愿意尊重事实，对爷爷拱手道："孙老板，奉命行事，多有得罪。"遂带着保安团士兵扬长而去。

一源堂不涉案，朱维信自然也就没事了。郭秋风随即就把朱维信引为同盟，这才得知一源堂其实是被长期监视着的。既然在朱局长的监视下都没发现什么异常，那应该跟冯老七被杀无关了。

冯老七命案最终未能侦破，郭秋风却向毛人凤谎称破案了，案犯是两个江洋大盗，多年前曾跟冯团总结下私怨。二犯落网后，又被今州警察局查出另有多起命案，应地方民众强烈要求，已经处决。处决倒是真的，不过被市警察局枪毙的那两个大盗，跟冯老七命案无关。郭秋风怎么这么大胆子，敢谎报军情呢？因为此时毛人凤已经逃往广州，哪里还顾得上这起案子？无论郭秋风报告什么，他都没有意见。

## 二十一、机关算尽

南京解放后，还占据着上海的敌人在进行垂死挣扎。党组织根据形势，决定在087交通站设置一部电台，以便可以迅速把上海传送出来的情报通过无线电波及时报告中央。

这时的今州，正处于黎明前最黑暗的时段。朱维信的警察局长职务是省政府任命的，可镇江已经解放，省政府有没有还不知道，当然就顾不上管他了。幸亏朱维信长期以来脚踏两只船，另一只踩在"保密局"船上的脚还有人管，"保密局"通知朱维信：做好动身准备，只要共军打到苏州，就以"赴沪开会"为名撤往上海；在撤离前，须把今州共党分子、异党帮伙（指民主党派和无党派进步人士）、党国叛徒等解决掉。

朱维信明白大势已去，遂着手做逃亡准备。到这当口儿，朱耀先就没必要再留在一源堂了，朱维信打算安排妻子、儿子、儿媳、孙子先行赴沪。出于保密和安定人心的需要，他想把这件事做得从容些，不料这一从容，差点儿导致朱耀先又变回疯子。之所以说“差点儿”，那是因为我爷爷手下留情——

一周前，组织上派来的地下报务员小莫携电台来到今州，住在一源堂内宅二楼以前两个嬷嬷所住的卧室，电台则密藏于家堂内。小莫白天休息，晚上工作，我父母给他打下手。午夜过后，他们就把电台从家堂里取出，在临河的阳台上架起天线，小莫发报，我父母望风放哨。一般都是在拂晓前结束工作，他们再把天线收起、电台藏好，然后休息。父亲最多只能睡到七点就必须起来去前面店堂准备营业，不是人手不够，而是生怕引起朱耀先的怀疑。

那天，朱维信来一源堂对爷爷说，他在上海的一个长辈亲戚病危，朱耀先是过继给对方做义子的，要去尽一份孝心，为老人送终，办理继承遗产的手续，所以要请一段时间的假。爷爷自然看穿了朱维信的意图，知道他打算脚底抹油了。

次日中午，爷爷让刘九龄从天益馆订了一桌酒席为朱耀先饯行。事后回想起来，朱耀先那段时间的精神似乎有些异常，可能跟暮春季节精神病人容易情绪亢奋有关。朱耀先嗜酒，学徒期间他在一源堂吃午饭，是没有酒喝的。今天情况特殊，爷爷允许他喝一点儿，他就更兴奋了，絮絮叨叨不算，还不着边际，令人摸不着头脑。席间，陆巧玲不住地跟我母亲抱怨，说朱耀先如何如何精力过剩，经常半夜突然起来，打开留声机，拉着她一起跳舞，把一家人闹得不得安生。

酒席结束，朱耀先喝得有些过量，已经歪在椅子上睡着了。陆巧玲想把朱耀先弄醒，却是徒劳。我父亲说，那就让他在这儿睡会儿吧。我母亲随即取来一条毛毯给朱耀先盖上。陆巧玲惦着家里的儿子，就先回去了。

如果不是这时正好有一份紧急情报送来，我父母是不会离开客厅让朱耀先一个人待着的。这是一份手绘的上海浦东高桥一带国民党部队防御阵地的草图，爷爷先用他那套简易密码进行了转译，再让我父母把他转译出来的文字译成电码。根据情报工作的保密规定，报务员不能知晓他所收发的电报内容，他经手的不过是一组组阿拉伯数字而已，所以，尽管时间紧迫，小莫这会儿在楼上的小屋里闲得没事干，看《三国演义》打发时间，也不能劳驾他动手相帮。

我父母和爷爷正在内堂楼上书房里紧张工作的时候，忽然一阵脚步声，奶奶急促地叩门："不好了，耀先跟小莫打起来了！"

用"石破天惊"来形容他们三人当时的震撼毫不为过：一源堂的地下电台是绝密，别说电台和报务员小莫了，就是天线也不能让外界察觉到一丝一毫。一源堂的员工中，除了朱耀先都是清一色的地下党，即便如此，也只有刘九龄和我父母知晓这个机密。朱耀先刚才明明睡在客堂里，怎么跟小莫撞上了？

小莫是侦察兵出身，已经把朱耀先制服了。爷爷看看现场，还真有点儿惊心动魄，朱耀先竟然已经掀开了与家堂连通的那两块地板，正要把收发报机从里面拎出来，让闻声出来查看的小莫逮个正着。

爷爷看着灰头土脸的朱耀先，吩咐我母亲打盆水上来让他擦拭干净，然后让众人回避，他单独跟朱耀先聊了一会儿，总算弄清楚，朱耀先此举并非受其老爸指使，而是纯属偶然——

刚才大家在后面忙活的时候，朱耀先睡醒了，却不想起来，躺在藤椅上仰脸望着天花板，看到了外表脏兮兮的家堂。精神病人的想法谁也猜不透，天知道他怎么突然对家堂产生了兴趣，随即搬了张凳子过去，站上去还够不着，又把吃饭的八仙桌搬过去。这回他看清了，家堂的顶部竟是紧贴着天花板（即二楼地板）的。完全是出于好奇，他跑到楼上的相应位置，想看看究竟是怎么回事。挪开小床后，竟然发现了多年前蓝壮壁那帮特务都没发现的机关。

朱耀先是否知道他看见的东西是电台呢？知道。因为朱维信是“保密局”高级特工，家里就有一部这样的电台，朱耀先平时经常看老爸摆弄。这样，087 交通站的重大机密就因一个疯子的误打误撞暴露了。现在该怎么办呢？爷爷当即下令，让刘九龄护送小莫，带着电台立刻转移至郊区备用点。

转移了小莫和电台，接下来就是处置朱耀先了。按照地下工作的规矩，遇到这种情形，朱耀先只有死路一条——不能说他一定会出卖一源堂，但同样也无法保证他能对其老爸、老婆守口如瓶。可是，如果朱耀先在这个世界上凭空消失，朱维信那一关怎么过？因此，爷爷要想出一个办法，既保住朱耀先的性命，又不让他泄露机密。

这个办法很快就出台了：爷爷当初是用一根金针把朱耀先从疯子变成正常人的，现在，还是用一根金针把他打发回疯子时代。不过，爷爷手下留情，他这一针起作用的时间不长，大约三至六个月，朱耀先就可以自行康复。

朱耀先挨了一针，立刻睡觉，还是躺在客堂里的那张藤椅上。一小时后，陆巧玲来了，他还没醒。我父母都心情紧张地盯着他，只有爷爷心里有数，一脸淡定地去店堂忙生意去了。

陆巧玲把朱耀先摇醒，朱耀先茫然地看着她：“你是谁？”

陆巧玲还以为丈夫在开玩笑，正要说话，猛不丁儿就挨了一记耳光！朱耀先从藤椅上站起来，推开陆巧玲，在客堂里东奔西突，见什么砸什么，被我父亲抱住。他已经不认识老同学兼师兄了，而且突然间变得力大无穷，小庆、小瑞加上我父亲三人合力，才勉强将其控制住。

陆巧玲立刻回家给朱维信打电话，朱局长带着两个警察赶到一源堂时，朱耀先正开始第二轮发作，不得已，朱维信让那两个警察给他铐上了手铐。朱维信向爷爷请教应该怎么办，是不是需要再往他心脏扎一针。爷爷说没必要，他这发作跟季节有关，过一段时间会好的。随即给开了点儿有安神镇静作用的中药。

爷爷开的药朱耀先有没有服用、效果如何，我父亲不清楚。当天深夜，朱维信就按照原计划把他老婆、儿子、儿媳和孙子送到上海去了。几天后，苏州解放，朱耀先一行从上海乘坐“国泰号”军舰去了台北。临离开上海前，朱维信给老婆打了个长途电话，说你们先去吧，在台北等着我，我很快就过去。可是，朱维信的这个承诺未能兑现。

改革开放后，跟我父亲一样已是耄耋之年的朱耀先从美国回今州探亲。几个还活着的老同学相聚，聊起往事，朱耀先说，他去台北三个月后就恢复了正常，只是记不起那段时间发生了什么事情，更不知道是怎样从今州来到台北的。

朱维信把家眷打发走后，遂着手执行上峰的命令，一天之内，他下令杀害了三十一名被捕的中共党员、民主进步人士、有投诚意向的国民党官员。接下来，就轮到一源堂了。

此时的形势已经不容朱维信乐观，保安团官兵开小差者过半，剩下的正在打点行装准备逃跑；警察局也不断传来警官不辞而别的消息，甚至还有人自杀。到最后，他身边只有侦缉队长苟霄汉等七八个亲信了。朱维信最好的选择是赶紧逃跑——对于一源堂，他本可以网开一面，因为并无证据表明一源堂是中共交通站，他也不会因此承担任何责任。但朱局长惦记着一源堂，他必须把心上挂着的这笔账了结掉。朱维信跟苟霄汉商量下来，决定以“告别”为名在天益馆设宴，把一源堂东伙、家眷请去，席间一并解决，一个不留！

于是，朱维信驱车北大街，向爷爷发出邀请，爷爷连个隔顿都没打就答应了。我父母等人都认为朱维信可能要图谋不轨，爷爷却微笑道：“解放军的炮声已经听得这么清楚了，他朱维信还敢怎样？我还要劝他投降哩！不必担心，我们都去赴宴！”

朱维信离开一源堂，直奔天益馆，让井少岳安排一桌丰盛的酒席。井少岳还是那张见钱眼开的商人脸孔：“朱局长啊，听说共军就要打过来了，炮声都听得见了，这当口儿饭馆进货难啊，那价钱……”

“啥都别说了，这是饭钱！”朱维信掏出一根沉甸甸的“小黄鱼”塞到井少岳手里，井少岳立刻眉开眼笑，连连表示没有问题。可是，朱维信往下的话却把井少岳吓了个激灵，“这是一桌断魂酒，我要借贵处杀几个人，回头你们把尸首拖到后院挖个坑埋了。”

井少岳有些为难：“朱局长啊，您当着警察局长，干的就是杀人的活儿，可是，不是有规定杀人是在城外三天门吗，怎么杀到天益馆来了？此事一旦传出去，谁还敢来敝号吃饭？还有啊，也不知您杀的是什么人，回头人家江湖上的朋友找上门来，这个……”

“这是上峰的命令，我必须照办，否则就是抗命。说实话，以我跟他们的交情，还真不忍下手，可我还能怎么办呢？不瞒你说，我的家眷都已经送到上海去当人质了，我不干他们就没命了。没办法，只好自掏腰包置办一桌上等酒席为他们送行。至于你担心是否有人找天益馆寻衅，这个我已经考虑过了。”朱维信掏出一纸布告递给井少岳，“回头你派个伙计贴到城门口去就是了。”

井少岳展开布告一看，上面写的是：“查一源堂中药店自老板孙景轩、孙恩亭父子以下各犯刘九龄、唐季娴、柯根发（老柯）、沈龙发

(老沈)、欧小庆、顾小瑞系共匪，长期以来屡屡从事危害党国、祸乱民众之活动，今奉江苏省政府令，即予处决!”布告上每个人名都用朱笔打了勾，落款是今州市警察局，还盖着大印。

井少岳喜出望外：“朱局长啊，您这可是替井某人出了一大口恶气啊！一源堂这伙人早该解决了。行了，就照您吩咐的办，不过，我想请朱局长在布告下面签上您的大名，免得回头您手下的弟兄把孙老板他们干掉后，一时手痒，把我井某也捎带了。”

朱维信嘿嘿一笑：“井老板，还真有你的。我这是执行上峰命令，何须灭口？好吧，权当让你放心办事，拿笔来，我签。”

井少岳随即把朱维信签了名的布告交给账房先生宝锦国，吩咐说：“马上派个伙计送到可靠地方去，万一朱局长手下的弟兄真的冲我们下手，这份布告也可为我等作个证。”

朱维信哭笑不得：“井老板，你可真是名不虚传的老江湖！行了，赶紧准备吧，客人马上就到了。”

待天色尽黑，我父亲几个随同爷爷走进天益馆。这等形势下，商店都已早早关门，谁还出来下馆子？饭馆里只有他们这一桌人，安排在雅间里，朱维信叫了苟霄汉陪同，还有七个特务藏在外面，苟霄汉一旦发出信号，他们就会冲进来动手。

正应了《红楼梦》里那句“机关算尽太聪明，反误了卿卿性命”，他们还没来得及发信号，剧情突然反转，井少岳、宝锦国闪电般出手将两人控制住，外面埋伏的特务也被天益馆的伙计拿下。爷爷和井少岳四手相握，互称“同志”。这一声“同志”，已在爷爷和井少岳心底深埋了整整十四个年头儿。

说到这儿，读者应该知道井少岳和宝锦国的真实身份了吧？

1935 年，组织决定在今州设立 087 地下中心交通站，考虑到白色恐怖下从事秘密工作的艰难程度，另设一个专门保护 087 交通站并协助交通站开展工作的小组，这就是以井少岳为组长的“032 小组”——天益馆。井少岳、宝锦国都是参加过上海第三次工人武装起义的老党员，具有丰富的从事秘密工作的经验，同时又是帮会人士，对江湖上那一套了如指掌。他们针对今州地区复杂的斗争环境研究了一套工作策略：处处跟一源堂作对，使外界形成一个认识，即天益馆跟一源堂是一对冤家，以便可以在暗中更好地保护 087。032 小组的秘密，一源堂方面只有爷爷一个人知道。

这些年来，天益馆默默地做了大量工作，及时把收集到的敌方动态提供给 087，在一源堂面临危机的时候，一次次巧妙地、不动声色地出手相助：为了安全转移烈士遗孤柳毅君，向朱维信提供错误信息，以误导他的判断；在“西门事件”中故意搅局，使我父亲得以顺利把情报送出今州；协助一源堂为新四军运送特种物资（我父母“突击结婚”往玄妙庵运嫁妆那次，实际是明修栈道暗度陈仓，以宝先生为首的天益馆那伙人是敌人请来故意跟一源堂过不去的，敌人只想到搜查婚船上的嫁妆，根本没想到特种物资就藏在宝先生的那条丧船上）……

这次，032 又及时出手，挫败了朱维信把一源堂赶尽杀绝的计划。这本来是一次非常完美的行动，哪知在最后的节骨眼儿上发生了意外。苟霄汉表面上服服帖帖，实际上一直动着反抗的脑筋。刚才控制住朱维信和苟霄汉时，两人的手枪已经给缴了。没想到，苟霄汉身上还藏着一把袖珍勃朗宁手枪，趁众人不备，他突然拔枪。宝先生离苟霄汉最近，见苟霄汉把枪口对准爷爷，飞身上去夺枪。苟霄汉是玩枪高手，瞬间调转枪口冲宝先生连开三枪。宝先生在胸部中弹的情况下，还是冲到苟霄汉跟前，伸手捏断了对方的喉管。

今州第一国术高手宝先生倒在黎明前的黑暗中……

## 二十二、越狱潜逃

随着今州的解放，087 交通站的使命也宣告完成，机构撤销，其成员的组织关系转到地方上，由中共今州市委分派新的工作。我爷爷孙景轩被市军管会任命为今州市工商联主席；我父亲孙恩亭接到命令，让他去市公安局报到；我母亲唐季娴被分派到市财政局；刘九龄的愿望是去部队，但这个愿望未能实现，组织上指派他担任一源堂所在的北区副区长。

当时尚未成立工商局，工商联行使着部分工商局的职能，但毕竟是社会团体，因此，我爷爷还是经营着一源堂中药店，照常行医。一源堂的四位店员老柯、老沈、小庆、小瑞，组织上对他们也有安排，但他们跟我爷爷感情深厚，不愿离开，仍旧留在一源堂。

032 小组也已经完成了使命，天益馆关门了。这个小组的成员当时全部是从上海抽调来的，按照规定应该返回上海安排工作。但今州这边也非常需要人手，最后协商的结果是，井少岳留下担任今州市公安局局长，其余几位返回上海。听说组织上最初是要安排井少岳担任市军管会副主任、市委副书记兼主管政法的副市长的，但因为宝锦国的牺牲，他一怒之下把朱维信和荀霄汉埋伏的那七个特务都干掉了，要不是我爷爷及时制止，朱维信的狗命怕是也保不住。这种行为是违反政策的，上纲上线的话，还属于严重错误，所以只好让他这个 1926 年入党的老革命屈尊一下了。

井少岳的办公室就是原警察局长朱维信的那间，不过，朱局长的那些豪华家具都被搬走了，井少岳只保留了一件——那口德国制造的保险箱。军管会的通知上只写着让我父亲去公安局报到，没说具体干什么。

报到那天，井局长告诉他，让他担任侦讯科长。我父亲十分意外：“井局长，我从来没接触过这种活儿，恐怕干不好。”

井少岳当了局长，还是以前那副江湖腔调：“谁敢说你干不好老子抽他！凡是在白色恐怖环境中从事过党的秘密工作的同志，都能胜任公安局的任何一个岗位。好了，闲话不说，言归正传。你上任后的第一项工作，就是审查朱维信。”

今州解放前夜，朱维信在天益馆被擒，次日解放军就进城了，爷爷把他交给了接收警察局的军管组，强调这人是今州地区最大的反革命分子、特务、汉奸，必须严管。因此，朱维信被关进了看守所里的单人牢房。

井少岳出任公安局局长后，曾去看守所看过朱维信，两个老熟人聊了两个多小时。本来，朱维信已经上了军管会首批处决的罪大恶极敌对分子的名单，可是这次谈话延长了他的生命行程。井少岳跟他聊下来，认为此人值得深挖一番，把他的历史和现行罪行都查一查，对今州的反特工作肯定有利。

主持对朱维信的调查，对我父亲来说是一个挑战。他的工作有几个线头要抓：一是争分夺秒见缝插针地学习如何做好侦讯工作，除了阅读大量专业书籍、敌伪留下的技术培训资料、敌伪档案中的案例，更多的是向留用旧警察讨教；二是要安排侦讯科的日常工作；三是跟朱维信直接接触，通过讯问向其了解情况。这几个线头同时抓，我父亲每天忙得脚不沾地，吃住都在公安局，有时去看守所跟朱维信聊得晚了，干脆找间空监房凑合一宿。

后来父亲对我说，他之所以能够迅速上手侦讯科长的工作，最好的老师不是别人，正是朱维信。朱维信是留学德国的刑侦专家，又是经年特工，可以想见他在侦查和讯问方面的功底。当然，如今他们的身份各异，朱维信是未决犯，又是父亲的主要工作对象，父亲不会主动向他请教，朱维信更不会主动指点我父亲。我父亲从朱维信那里学到的东西，都是在讯问时同这个家伙的较量中获得的。

朱维信显然没把我父亲这个初出茅庐的小辈儿放在眼里。面对讯问，他要么抵赖狡辩，要么就把责任都推给死人。比如，在日军占领今州期间，他多次破坏中共地下组织，疯狂屠杀共产党员、民主人士和抗日志士，这是今州百姓人所共知的事实，对于这类情况，朱维信无法抵赖，就推说是水岛岗次郎逼着他干的，反正死无对证。

但是，随着父亲大量查阅敌伪档案以及对其他人犯的讯问、对留用警察的调查，掌握了更多的情况后，朱维信的谎言被一个个戳穿。这种讯问从 1949 年 6 月上旬持续到 10 月下旬，折腾了四个多月，朱维信的精神防线终于瓦解。

一个星期天，父亲得知朱维信发高烧，立刻赶到看守所，把朱维信从监房里开出来，急赴医院治疗。在医院输过液，高烧暂时退下去了。回看守所的路上，吉普车经过原朱公馆（霸占唐公馆之前的朱宅）附近的“良肴馆”，那是今州城一家比较有名的苏锡帮菜馆，朱维信以前经常光顾。正好前方有马车堵路，吉普停下，朱维信大概是触景生情，呆呆地望着外面，眼眶湿润了。于是，父亲决定私人掏钱请朱维信吃顿饭。

这件事惹得全局议论纷纷，有人还给市军管会打了小报告。军管会主任苏大任让井少岳了解一下是怎么回事，是否妥当。井少岳当场回答：“妥当不妥当我最知道了，如果不妥当，我早就抽孙恩亭了！我正盘算着找个由头把他请客的费用报销呢。”

井少岳力挺我父亲，是因为次日朱维信就请看守所长何明晖给父亲捎话，要求提审。父亲知道，这块顽石终于低头了。这次见面，朱维信没管我父亲叫“孙科长”，用的是曾经叫了二十年的“恩亭”：“恩亭啊，我知道我这回是必死无疑了，不过，我还是愿意把你要知道的情况都说出来，也算是对你善待我的一个回报吧。”

井少岳听了我父亲的汇报，大喜：“你去对老朱说，只要他彻底交代，我自带食材去看守所给他做两个菜，好好犒劳他一下。”

朱维信用十七天时间写了一份自传式的交代材料，父亲根据朱维信交代的情况，频频外调，上海、南京、苏州、镇江是跑得最多的地方，对交代内容反复进行核实，基本无误。井少岳没有食言，还真自掏腰包买了猪肉、黄鱼，去看守所亲自掌勺，给朱维信烧了他开天益馆时的两道拿手佳肴葱烤大排和糖醋黄鱼，还掏钱让看守员去买了一瓶酒。本来井局长准备叫上我爷爷，三个老熟人一起喝一杯，因为军管会临时有急事找他，就让朱维信独自享用了。饶是如此，后来搞运动时，此事也成了老井的一个大污点。

井局长还有一个把柄被人捏着，时不时要拿出来敲打一番——朱维信写了自传式的交代后，井少岳说老朱认罪态度不错，根据党的政策可以给予优待，把他的镣铐去了吧。本来，这根本算不上是一桩什么事，那时的看守所对于如何使用械具并无规定。可让人没想到的是，朱维信卸掉镣铐后，竟然成功越狱了。

朱维信越狱的日子很好记，那是 1950 年 2 月 16 日，庚寅年的除夕之夜。之前十来天，井少岳给我父亲下达了另一项使命：调查今州的第二号反革命分子、原今州保安团团总、伪军司令汤宗俊及其心腹、便衣队长蓝壮壁的下落。

汤宗俊、蓝壮壁是抗战胜利的消息传到今州的那天晚上双双失踪的，国民党接收今州后，曾调查过这二人的下落，还将汤宗俊列入“华东地区必须严惩的汉奸”名单，国民党江苏省政府特地派员前来督办，但最后还是不了了之。现在，人民政府要为吴明全等革命烈士报仇，要为今州地区的人民群众出气，决定调查汤宗俊的下落。军管会还专门提出了要求：如果二犯还在大陆，哪怕躲藏在天涯海角也要把他们缉拿归案，如果已经死亡或者逃离大陆，也要求拿出确凿证据，而不能是什么“据说”、“好像”之类含糊其词的说法。

我父亲被任命为调查汤宗俊、蓝壮壁二犯下落的专案组长。领受任务后，我父亲首先提审了朱维信，抗战胜利后今州地区追缉汉奸的活儿就是由朱维信主持的。

据朱维信说，当时江苏省政府和“军统”都下令要求追查汤、蓝二犯的下落，他就指派苟霄汉负责此项调查。苟霄汉领着几个特务东奔西跑折腾了一段时间，经费花了不少，却没什么实质性进展。警察局财务科长苗辛鑫几次三番跑到朱维信跟前嘀咕，说这等开支有贪污、挪用之嫌。大约在1946年深秋，苟霄汉曾向朱维信报告，有线索表明汤宗俊、蓝壮壁在上海董家渡一带做生意。朱维信给苟霄汉增派了人员，可是，二十来人在上海查找了半个多月，还是一无所获。朱维信意识到，这案子是个无底洞，不能再纠缠下去了。再说那时候社会上惩办汉奸的呼声也不如抗战刚刚胜利那会儿强烈了，他决定把这个案子挂起来，偃旗息鼓。

如果苟霄汉还活着，也许能够提供一些比较详细的材料。可惜，苟霄汉在今州解放前夜被结果了，那些曾参与追缉汤宗俊、蓝壮壁的特务也是死的死、逃的逃，一个也找不到了。父亲只好另外寻找调查途径，查摸了几天，从一个留用警察那里得知，蓝壮壁在南京夫子庙有一个同胞姐姐，就带了助手小纪奔南京调查。

他们在南京待了数日，没有找到蓝壮壁的姐姐，但据夫子庙派出所的同志说，辖区里的确曾经有过这么一个妇人，后来不知搬到哪里去了。那时候没有电脑，南京这么大一个城市，要想从浩如烟海的户籍档案中查找一个人，难度之大可想而知。2 月 16 日下午，我父亲打电话向井局长汇报情况，井局长说先回来过年吧，年后再作计议。

两人抵达今州时，已是大年初一上午八点多了。按照出差纪律，他们要先去市公安局报到。还没进大门，就觉得似乎气氛不对，门卫室的警卫从平时的一个增加到了三个，进进出出的各科室的同志，个个表情严肃，不论穿军服（当时还没有警服）还是便衣，腰里都鼓鼓囊囊的，一看就知道揣着家伙，一副如临大敌的样子。父亲跟小纪悄声嘀咕："是不是出什么事了？"

的确出事了，而且是大事——朱维信越狱逃跑了！

两天前，看守所对春节期间的值班做了安排，决定除夕到年初三这四天的值班排班按照平时星期天的方式来执行，即两班制，日班警员从上午八点到晚上八点，晚上接班的警员则要值到次日上午八点才能下班。值班人数跟平时一样，每班四名警员，其中两人在监房区域中间的岗亭里值守，另外两人则在监区外面的工作区域值守，分别称为"外班"、"里班"。至于看守所的警戒，则由公安部队（相当于现在的武警）负责，不过，未经看守所允许，岗哨是不能进入监区的。

这天晚上值班的四个警员中，三个是留用警员，一个是新中国成立后在社会上招收的。新招收的那位，可能大家还记得，他是我父亲的小学、初中同学，名叫封炳麟——抗战前 087 交通站为转移烈士遗孤柳毅君策划的那场生日宴的受邀者之一。封炳麟的老爸是开豆腐店的，利润微薄，故其家境属于中等偏下，能供他读到初中实在不易。可惜，封炳麟初中毕业后未能考取高中，先是在家帮着老爸磨豆腐，后来当了一名代课老师。

封炳麟曾为 087 交通站送过几次情报，但他本人并不知情。当时，他在东门外六里地的小升庄小学做代课老师，小升庄有个谭木匠，是受爷爷领导的地下交通员，经常利用走乡串村干木工活儿的机会传递情报。宪兵队对城门控制得甚紧，时不时地，水岛岗次郎还会突然出现在某个城门口，亲自指挥对进出人员进行搜查。为防万一，爷爷就让我父亲出面，以给谭木匠带东西为名，让封炳麟把情报送出去。东门的伪军班长系封炳麟的表兄，一般不搜查他，如果有特高课的人盯着，也只是象征性搜一下。偶尔遇到水岛岗次郎，封还会主动上前给水老师行礼，水岛岗次郎从没对他起过疑心，跟他闲聊几句后就挥手放行，有时还会送他一盒日本烟什么的。

为此，父亲对封炳麟总是有一种内疚感——万一出点儿什么意外，封炳麟就会稀里糊涂地跟着 087 一起掉脑袋。

新中国成立后，学校编制压缩，封炳麟的代课生涯结束，重新回家做豆腐。正好军管会招收警员，父亲就跑了趟封家，鼓动老同学去报名，并竭力向经办同志推荐。经办人把封炳麟的名字报上去了，政审却没通过，有人说他老爸是豆腐店老板，出身不够条件。父亲只好去找井局长。井局长马上拍了板："豆腐店、烟纸店都是小本经营，劳动人民啊，这个人我要了！"

封炳麟总算进了公安局。以他初中毕业的水平，在当时应该算是一块材料了，可还是给打发去看守所当了一名看守员。不过，他的工作表现不错，何所长两个月后就任命他担任组长，那天值班的另外三个留用警员都是他的部属。

这三个留用警员，年岁最轻的老容也已经四十四岁了，封炳麟就把老容和他自己安排在监区内的值班室，让另外二位在外面的工作区域值守。

今州市公安局看守所的监区是个四四方方的大院子，靠近工作区域那面墙的正中装着一道坚固的铁门，这是监区和工作区域之间的唯一通道。铁门两侧以及院子的另外三面都是监房。监区值班室位于院子的正中，这是一幢炮楼式样的两层建筑物，底层是值班室，四周都有窗子，二楼是休息室，但值班时通常是不能休息的，所以基本不用。二楼的楼顶是一个平台，四周砌着一米多高带有枪眼的围墙，人犯放风时，看守员就在这里监督。

晚上八点钟，封炳麟、老容进入监区值班，两人先在监房走廊里巡视一圈，检查了每个监房的门锁、栅栏以及人犯，对关押朱维信的那个位于角落里的小监房查看得特别仔细，并未发现异样。两人就放心了，回到值班室作了首次巡视监房的情况记录，然后就是喝茶抽烟、看报纸聊天。

按照规定，他们应该每隔半小时出来巡查一次。起初，他俩也是这么做的，但在巡查过晚上十点半那次后，两人不知不觉都睡着了。这一睡，直到下半夜三点多钟方才醒来。一看墙上的挂钟，两人都不敢相信自己的眼睛。封炳麟没有表，马上让老容掏出怀表核对，确实无误，三点半！像是要印证这个时间似的，远处传来了鸡鸣。封炳麟叫声“不好”，拔腿出了值班室，直接就往朱维信的监房奔。可是，已经晚了——监房的后墙被掏了一个大洞，朱维信没影了！

要犯越狱，堪比天塌。看守所以及公安部队营房都乱成一锅粥，公安部队随即全体出动，会同公安局全城搜索，折腾到天明也没发现逃犯的踪迹——打自今州解放的第一天，城门就日夜开启不再关闭了，朱维信显然已经远走高飞。

刑警对监房进行了勘查，断定朱维信是挖开监房后墙后，游过外面的小河脱逃的。监房的墙壁是砖砌的，砖与砖之间则用混合着糯米浆的黄泥作为黏合剂，没有合适的工具根本别想挖出一个大洞来。从现场情况判断，朱维信做这件事时应该比较从容：他把挖出的砖头一块块铺垫于其睡觉的那个位置，连同衣服枕头脸盆等摆成人形，盖上被子，用以误导半夜巡查的看守员；挖墙洞的工具没有留在现场，无从判断那是什么东西。

监房后墙外有一座二层楼高的岗亭，井少岳查问了看守员打盹儿期间站岗的三个公安部队战士，竟然谁也没有听见动静。分析下来，其原因一是朱维信的动作很稳，没发出过大的声响；其二呢，当晚是大年夜，就算有点儿响动，也被不时爆响的烟花爆竹声给掩盖了。封炳麟和老容随即被限制行动，接受审查，公安部队的那三个战士也进了禁闭室。

往下，就是追捕逃犯了，这是我父亲负责的侦讯科的活儿。可是，当我父亲出现在井少岳面前时，他却不提追逃之事，让我父亲还是继续调查汤宗俊的下落。

后来知道，越狱事件发生之后，军管会苏主任立即来到公安局询问情况。他第一个见到的不是局长井少岳，而是另外两个头头儿——副局长老秦和政委老程。那二位是山东老区来的干部，老区干部一般都比较牛，对井少岳被任命为市公安局局长颇有意见，早就憋着一股劲儿想把井少岳撵走了，这回朱维信脱逃，正好是个机会。可能平时他们就已经在收集材料了，这会儿立即呈给苏主任：昨晚看守所四个值班员中的组长封炳麟，出身资本家（其实豆腐店老板应该算是小业主），由也是资本家出身的侦讯科长孙恩亭反复说情方才得以进入公安局工作。有同志反映，孙恩亭和其父孙景轩解放前跟朱维信走得很近，朱的儿子是孙恩亭的同学，曾拜孙景轩为师学医。而井局长不顾局党委多数成员的反对，力主让孙恩亭负责朱维信专案。在此期间，孙恩亭曾把朱维信带到外面去喝酒吃饭，井少岳还授意看守所卸去了朱维信的镣铐……

苏主任听了这番反映，立刻找井少岳谈话，井少岳只好打消了让我父亲领衔追逃的主意。朱维信脱逃后，今州市公安局、苏南行署公安处、华东公安部都采取了追逃措施，还对看守所内部进行了调查，封炳麟和老容被关押了半年才释放，但朱维信依旧不知所踪。

由于朱维信的脱逃，对汤宗俊、蓝壮壁下落的追查也没有结果，井少岳的压力很大，被今州市委苏书记（即军管会苏主任）、苏南行署公安处黄赤波处长数次当众点名批评。井局长自然恼火，但恼火也没用，这两个案子就悬在那儿了。直到1950年11月，朱维信和汤、蓝两个专案组已经解散，侦讯科突然接到上级转来的一份材料，两个案子才露出冰山一角。

## 二十三、“启明星计划”

这是一份我方截获的由台湾“保密局”总部发给代号为3011的潜伏特务的密电，内容是：务须在11月底前执行“启明星计划”中的“今州方案”。

市委社会处、市公安局领导当即举行联席会议，我父亲作为侦讯科长列席。会议决定，立刻组建专案组侦查该案，井少岳任组长，孙恩亭任副组长；由于敌人将在11月底前执行“今州方案”，要求专案组必须在十天内破案。

这是今州市公安局成立以来阵容空前的一个专案组，光侦查员就集中了三十名，全局仅有的两辆小汽车全部归专案组使用，十辆摩托车分了四辆过来，还有若干辆自行车，经费无须审批，需要其他单位协助，只要给市委社会处打个电话就行了。

要在十天之内破获这样一起大案，难度不是一般的大，可是全组人员信心都很足。命运之神也很眷顾他们，专案组成立当天，井少岳正准备召集侦查员开会分析案情的时候，忽然接到一个电话，接听后，立刻把我父亲叫过来："恩亭，你赶紧带个同志开车去一趟上海。"

去上海干什么呢？昨天，上海方面破获了一起大案，敌特分子准备在永安公司顶楼的七重天露天花园制造爆炸。被捕的特务供称，这起未遂案件系"保密局"局长毛人凤批准的"京沪杭地区系列行动"（这里的"京"，指的是南京）即"启明星计划"中的第一个行动，上海方面随即向苏南行署公安处、浙江省公安厅通报情况，提醒注意防范。苏南行署公安处接到通报，马上联想到了"今州方案"。

赶到上海后，父亲和助手小纪提审了昨天落网的几个特务，为首的行动组长交代，他从台湾潜入大陆前，"保密局"为其饯行，酒席上，一位据称代表局长毛人凤的倪姓特派员曾对他说："不必担心安全问题，这个系列行动由一位少将级特工专家策划，这位专家早年曾留学德国，专攻刑事侦查专业，在反侦查方面具备丰富的实践经验，你尽可放心前往执行使命。"

我父亲寻思，这个什么专家别是朱维信吧？回到今州，他连夜向井少岳汇报。井少岳听着也很兴奋："既然是朱维信在幕后策划，看来他跟今州这边还是有联系的，我们可以循着这条线索往下查……"说着说着，井局长突然停住话头，狐疑地上下打量我父亲，"恩亭，你是不是已经有主意了？"

父亲一脸无辜："我哪有什么主意？"

"呵呵，恩亭啊，我认识你那年，你还在读小学三四年级吧？一源堂、天益馆，咫尺之距，可以说我是看着你小子一天天长大的，你肚子里的蛔虫只怕也认识我老井哩！有什么主意就赶紧说出来，十天期限，我们得分秒必争啊！"

父亲叹了口气："井局长，其实这也不是什么主意，只能算是我的一个思路吧。不是我不想说，我是怕说了反而引火烧身啊！"

井少岳的脸色郑重起来："此话怎讲？"

"朱维信越狱脱逃，那天当班的封炳麟给关了半年，放出来后打发到食堂去帮厨，到现在也没个说法。把我的这位老同学弄得灰头土脸不说，连辞职离开公安局另找出路的自由也给剥夺了。"

井少岳点点头："这个情况我知道，我已经在最近的局务会议上说过了，要重新安排小封同志的工作，如果认为他不适合在看守所，也可以让他去派出所嘛。"

"井局长，你难道真的认为朱维信的脱逃是封炳麟的责任？"

"当晚值班的四个人，我都一一问过。小封、老容打盹儿和朱维信脱逃之间确有直接关系，这一点，小封、老容自己也承认。"

"那么，朱维信用来挖墙洞的工具是怎么获得的？难道也是小封、老容提供的？"

"这也是当时调查组的重点调查内容，把小封、老容关押起来，就是为了查清这个情况，不仅是他俩，对看守所包括所长在内的其他人也进行了审查，但是没有找到任何线索……"说到这里，井少岳不禁摇头，"唉，在这个案子上，我们其实是打了个败仗啊！"

父亲说："这个案子，我是另有想法的，本来不想说，一是有点儿拿不准，第二嘛，原因你也知道，这本不是我管的案子，怕有些人说三道四，可能还会连累你井局长。这次去了上海之后，基本认定'启明星计划'是朱维信在幕后操纵，我的这个想法就越来越强烈了……"

接下来，父亲就谈了自己的看法——

最初听说越狱事件后，我父亲的第一个反应就是封炳麟不可能在值班期间睡觉。封炳麟的性格我父亲很了解，为此，我父母之间还交换了意见——封炳麟也是我母亲的同学。他们两口子的看法差不多，认为封炳麟不是那种粗枝大叶、不负责任的人。况且，他对这份来之不易的工作非常珍惜，他很清楚自己的名额是我父亲费了好大力气帮他争来的，不能弄出什么事故让我父亲难堪。我父亲越想越觉得此事蹊跷，以他的性格，是应该马上提出异议的，可之前的临阵换将（指不让我父亲参与此案的调查）已经引起了他的警惕，加之封炳麟和老容也承认值班时睡觉了，还有关系好的同事悄悄向我父亲透露，调查组的领导曾经提到，“孙恩亭跟封炳麟的关系也要细细查一查”。这么一来，我父亲就不便再说什么了。

对封炳麟的审查结束后，我父亲曾把他请到家里，置酒为他压惊。席间，自然要聊到那桩事儿，他说那天是除夕，他在家里吃年夜饭时喝了半斤黄酒。他的酒量不行，上班后担心打盹儿，而且确实有些口渴，就喝了好几杯茶，可还是没管用，不知不觉就睡着了。我父亲当时就有些怀疑，封的酒量虽然不咋样，可半斤黄酒应该是放不倒的。

过了两天，我父亲听说同样是刚刚审查完恢复自由的另一看守员老容突发阑尾炎开刀住院，就前往探望。聊起越狱事件，问他那天怎么睡着了，是不是年夜饭喝酒了，老容说他酒精过敏，从来不喝酒，只是嗜烟嗜茶。那天上班后，茶喝了不少，他还记得那天小封也喝了好几杯，一小时里，两人把一热水瓶开水都喝光了。他给外面值班的老丁打电话，让送一瓶开水进来。按规定，在外值班的人员夜间是不能进监区的，他就去监区铁门那里去取。等他拎着一瓶开水回到值班室，小封已经睡着了，睡得很沉，还打起了呼噜。不久，老容也觉得倦意频袭，很快就睡着了。

听到这里，井少岳不由得皱起眉头：“你说的这些情况，调查组的材料中都有啊。”

"有是有，但没人认真考虑过这个问题。小封、老容以前值夜班从来不打瞌睡，那天为什么都打瞌睡了？如果说小封是因为喝了半斤黄酒，那老容的瞌睡又怎么解释？他没喝酒啊。不但没喝酒，因为晚上要值班，当天下午他还特地睡了三个小时。这种情况下，接班仅仅两个小时，他怎么就睡着了？而且一睡就是几个小时。这难道不值得我们怀疑吗?"

"你是说，这是人为制造的?"井少岳一巴掌拍在桌子上，"行了，立即重启调查!"

已经封存了的越狱案材料被连夜调出来，由刚刚成立的专案组侦查员加班阅读。但我父亲申请回避了，因为这些材料里有关于他与封炳麟关系的调查笔录。他刚从上海赶回来，正好可以睡一觉。

一觉醒来，天色已明。下楼来到院子里，井少岳正在练八卦掌。一趟八卦掌打完，他朝我父亲招招手，递过一个信封："恩亭，你去执行。"

信封没有封口，里面是一张由井少岳签发的逮捕证，逮捕对象的姓名是"陶喜仁"。父亲一怔："井局长，这个任务我不便执行吧……"

陶喜仁是今州本地人，跟父亲已故的岳母（即我的外婆）沾着点儿亲戚关系，管我外婆叫表姨。以前在保安团管理伙食，后来跟便衣队长蓝壮壁闹得不开心，跳槽去了伪警察局，因为会拨拉算盘，就当了会计。新中国成立后，国民党警察局被接管，他虽然符合"没有血债，没有民愤"等旧警察留用条件，但肯定是不能留在财务科了。让他当普通警察吧，他尽管穿了十来年的黑制服，却没接受过一天相关的训练，连枪也没摸过。眼看饭碗要丢了，他急得犹如热锅上的蚂蚁，到处求人。不知怎么想到了我爷爷，他跑到一源堂来苦苦哀求，盯着我爷爷一迭声乱叫"姨夫"（这个称谓是他硬栽到爷爷头上的，他以前管唐四海叫姨夫，寻思爷爷跟唐四海是亲家，也就继续叫姨夫了）。爷爷看他可怜，去跟井少岳说了说，他就被破例留用了。留下来干什么呢？井少岳说去看守所吧，他会财务活儿，就顺带着管管看守所的账目，反正看守所是不设专业会计的。

一次父亲去看守所提审案犯，正巧遇到了陶喜仁。陶这才知道原来我父亲也在公安局工作，还是侦讯科长。此后，他就时不时来一源堂套近乎，不过父亲工作忙，陶登门时基本上是见不着我父亲的。前几天，陶喜仁还来过一源堂，正好父亲在家，他便期期艾艾地提出了一个要求，说他神经衰弱，在看守所上班是三班倒，日夜都睡不好，长此以往会扛不住的，想请我父亲帮忙给他调个部门，还拿出了医生出具的证明。父亲问他想去哪里，他说想去治安科，他打听过了，治安科基本上日班，大约十天轮一个夜班，比看守所好多了。父亲本来不想管这事，可碍着母亲的面子（他管我外婆叫表姨，我母亲算是他远房表妹），只好答应试试。

其实，他属于我外婆上三代的亲戚，也就是“三表”，按照“一表三千里”的民间说法，他跟我母亲的亲戚关系应该超过一万里了。可不管怎么说，也是沾亲带故，公事不可儿戏，该顶真的就要顶真——你不顶真，到时候人家跟你顶真，没准儿就要步封炳麟的后尘了。这时候父亲还不知道逮捕陶喜仁的原因，只是猜测跟昨晚专案组加班查材料有关。所以，父亲向井局长提出了回避申请，顺便说了说陶喜仁想调到治安科的事。

井少岳一听这话，神情顿时严峻：“还有这事？那倒是该仔细考虑考虑了。”

那么，究竟为什么要逮捕陶喜仁呢？昨晚，专案组循着我父亲之前向井局长汇报的那个思路（即封炳麟和老容打盹儿前都喝了大量茶水，符合被人投放安眠药的特征），分头查阅朱维信脱逃事件的调查材料，又派车把两个当事人接来当面询问，终于发现了问题——

看守所不为值班警员提供茶叶，他们的茶叶是各自从家里带去的，小封喝绿茶，老容喝红茶；泡茶的开水是接班时上一班留下的，满满一瓶，温度接近沸点，明显是特意为他们打好的。这种情形以往是否有过呢？封、容两人都说从未有过，一般接班时热水瓶都是空的，或者是剩下的小半瓶。

这样，专案组就有理由怀疑是上一班看守员投放了安眠药。一查值班表，上一班是看守组长小康和陶喜仁。小康是河南商丘人，三野某部的班长，为充实地方公安队伍留在今州，到看守所当了组长。专案组认为小康不会涉案，随即去公安局宿舍把小伙子接来问了问，得知值班室的开水一直是陶喜仁打的，至于出事那天晚上交班前陶有没有特地去打过一瓶开水，他就记不起来了。

井少岳认为这个陶喜仁有问题，遂签发了逮捕令。我父亲也有同感，认为陶喜仁可疑，既然是他投放的安眠药，向朱维信提供挖掘工具的多半也是这厮了。本来抓他也没什么，可敌特的“启明星计划”暴露出来之后，陶喜仁的问题就变得复杂了。这时候动他，会不会打草惊蛇呢？

父亲把这个想法一说，井少岳认为有理，遂决定不公开抓捕陶喜仁，而是将其秘密传唤到专案组进行讯问。父亲的回避申请被井少岳驳回，而且被指定担任井少岳的助手，两人一同对陶喜仁进行突审。

陶喜仁被押进讯问室，见是井局长主审，当即被吓破了胆，涕泪交加跪地求饶。井少岳说：“陶喜仁啊，以我对你的了解，杀人放火的事你肯定是沾不到边的，大不了是给在押人犯捎件东西而已。你只要老实交代，我可以担保留你一命，说话算数！”

陶喜仁点头如捣蒜，连说“我交代”。他这一开口，我父亲和井少岳皆暗吃一惊！怎么呢？这案子竟然还牵涉到汤宗俊和蓝壮壁！

去年冬至那天，陶喜仁带着全家老少前往西门外五里地的陶家泾老家祭祖。他们是雇了一条乌篷船去的，待到拜祭结束家人一个个上船后，陶喜仁也准备登船，忽然从旁边的树林子里闪出一条彪形大汉，唤声“老陶”，挡住了他的去路。陶喜仁并不认识对方，正要开口询问，对方一把搭在他的肩膀上，他顿觉半身酸麻，反抗不得，被对方连推带扯地进了树林。树林深处，一座倒塌的石兽前站着一个当地农民打扮的男子，头戴一顶罗宋帽，胡子拉碴，满脸麻子。待那麻子一开口，陶喜仁大吃一惊——竟是原保安团便衣队长蓝壮壁！

蓝壮壁吩咐把他挟持来的那个汉子：“你去跟陶先生的家眷说一声，陶先生在这边跟老朋友说几句话，请他们稍等片刻。这一带有点儿荒僻，为了陶先生家眷的安全，你就待在那里保护他们。”

这话的意思再明白不过，陶喜仁全家都被蓝壮壁扣下了。

蓝壮壁找陶喜仁，为的是营救朱维信，还说这是汤司令的命令。陶喜仁吓得差点儿尿了裤子：“蓝队长你是知道我的，手无缚鸡之力，在看守所当一个小小的狱卒，哪里有本事救得了朱局长啊！”

“怎样营救，汤司令自有办法，你只要听吩咐就是。放心，到时候照我们说的办，绝对不会连累你。”说着，蓝壮壁掏出一根“小黄鱼”塞到陶喜仁手里，“这是汤司令让我捎给你的，回头救出了朱局长，还有重赏。”

陶喜仁倒也并非贪图钱财，但他知道汤宗俊、蓝壮壁的手段，如若他不答应，全家做鬼可是眨眼间的事，只得点头。这番遭遇，前后不到六七分钟，陶喜仁回到船上，也没跟家人解释什么，更不敢露出心事重重的样子。

之后的日子，陶喜仁白日提心晨昏吊胆，简直是度日如年。一个月过去了，蓝壮壁并未来找他，陶喜仁就起了侥幸之心，祈望汤宗俊已经被人民政府拿下，或者迫于形势放弃了营救朱维信的计划。

回过头来，有必要交代一下汤宗俊、蓝壮壁的情况。1945 年 8 月中旬，日本投降的消息刚刚传到今州，这两个家伙料想国民党接收今州后不会放过他们，于是连夜结伴潜逃。汤宗俊在上海有一个早年结拜的弟兄杜琨，是太湖湖匪出身，曾经跟汤宗俊一起干过杀人越货的勾当，后来金盆洗手去上海做起了生意，成为法租界小有名气的五金商人。汤宗俊便带着蓝壮壁去投奔这位盟弟，受到了杜琨的热情接待。杜琨建议他们也做五金生意，这行当杜琨比较熟悉，可以帮他们一把。汤、蓝两人就用逃跑时带出来的钱钞开了一家五金商店，汤宗俊是老板，蓝壮壁当账房先生，两人改名换姓，通过杜琨的关系在国民党警察局申报了户口，摇身一变成为上海滩的合法市民。

抗战胜利后的两年间，国民党今州警察局一直在追缉汤、蓝二人。有一次打听到两人在沪经商，苟霄汉还带人跑到上海调查了一番。但这二位已经改名换姓，汤宗俊故意猛吃猛喝，变成了一个大胖子，蓝壮壁则干脆炒了些黄豆为自己制作了一张大麻脸，苟霄汉在上海调查多时，没能发现他们的踪迹。

1948 年初夏，汤宗俊、蓝壮壁双双娶了老婆，置了房产。他们的五金生意做得还不错，尽管国民党方面的形势日益恶化，但他们商量下来，认为即使共产党得了天下，也是允许老百姓经商的，他们应该可以继续混下去。意想不到的是，1948 年 12 月，早已对惩办汉奸不感兴趣的“国防部保密局”不知怎么盯上了他俩，在一个月黑风高之夜，忽然把这二位一并拿下，他们合伙经营的五金店也被查抄。

两人被押到南京，扔进大牢不理不顾。三个月后，已经迁往广州的

“保密局”总部忽然派了个姓马的少将来南京找汤宗俊谈话。马少将说：“以你的汉奸罪行，枪毙几个来回都够了。即便我们把你放出去，共产党也容不得你，这些年你杀了多少共产党？有几颗脑袋也得给砍下来。想活命，那就只有跟我们合作。如今形势于党国大为不利，不过这只是暂时的，最迟一年，我们就会卷土重来，这一点毋庸置疑。而你汤司令呢，可以作为保密局的地下人员潜伏下来，立功赎罪。待光复之后，不但汉奸罪行一笔勾销，你汤司令还是有功之士，党国不会亏待你的。”

此时汤宗俊别无选择，只有点头的份儿。他又去跟蓝壮壁谈了谈，蓝自然也无异议。当天两人就获得了自由，查抄的五金店发还。“保密局”任命汤宗俊为“保密局京沪杭地区特种行动总队上校总队长”，蓝壮壁则是他手下的少校大队长，随即配发了电台、报务员、武器以及特工器材。为了让汤、蓝应付新中国成立后共产党方面可能进行的核查，“保密局”还修改了他们的户籍档案和工商登记材料，把五金店开张的时间提前到抗战前。

上海解放后，汤宗俊、蓝壮壁潜伏下来继续经商。1949 年 9 月底，汤宗俊接到了来自台湾“保密局”总部的第一个命令：发展成员。两人一番商议后，把之前已经有联系的七八个原太湖湖匪和今州保安团的喽啰发展为潜伏特务。1949 年 11 月中旬，台北来了第二道命令：设法营救朱维信。

汤、蓝首先指派两个特务前往今州刺探情况，得知朱维信被囚于今州市公安局看守所，还弄到了看守所留用旧警察的名单。蓝壮壁一看名单中有陶喜仁的名字，立刻说有办法了，这个姓陶的胆子特别小，当年就是因为我跟他有点儿小矛盾，对他狠了一回，他就吓得跑去警察局干财务了。我们只要对这个人施加点儿压力，他准保乖乖听话。于是，汤、蓝就制订了计划：收买陶喜仁给朱维信捎去挖墙洞的工具，再设法用安眠药迷倒值班看守员，待朱维信越狱后，及时接应。

这样，就有了冬至那天蓝壮壁的今州之行，一番威胁利诱，陶喜仁果然就范。原准备在1950年元旦那天行动，可市面上购买的普通安眠药效果很差，需要在饮水中投放多粒，开水的口感会受到影响，容易暴露。汤宗俊就向台北总部发报求助，台北总部随即设法给他们从海外寄来了特工专用的强效安眠药。挖掘工具倒是好办，五金店里就有。汤宗俊、蓝壮壁决定于除夕晚上行动，因为那天人们都放烟花爆竹，能够掩盖朱维信越狱时发出的声响。

春节前夕，蓝壮壁二赴今州，约见陶喜仁。得知朱维信并未戴镣铐，心里一喜，寻思那就更容易了。于是就向陶喜仁作了如何行动的交代，让陶利用值班之便把挖墙洞的工具给朱维信送去。除夕当晚，陶喜仁在交班前重新打了一瓶开水，在其中投放了强效安眠药。午夜，朱维信成功越狱，蓝壮壁带着两名特务在看守所外面接应，连夜逃离今州，藏匿于上海浦东。

"保密局"对汤宗俊大加赞赏，指令汤宗俊负责朱维信的安全和日常生活，同时命朱维信从反侦查的角度对"保密局"制订的"启明星计划"予以审查、修正，承诺完成使命后派员接应他撤往台湾。朱维信遂躲藏在浦东的密点里，以刑侦专家的视角对一系列破坏计划进行修改和完善。

尽管永安公司爆炸未遂案被上海市公安局破获，但台湾"保密局"经过审查，认为与朱维信对其进行的修正无关，完全是行动特工的责任，所以，其他计划还要照旧实施。计划中的下一步就是在今州制造爆炸，"保密局"总部要求要有声势，还要有实效——必须冲今州的中共党政军首脑下手，那就只有在今州举行重大活动或者会议时方可实施。

汤宗俊再次想到了陶喜仁。共产党搞重大活动也好、会议也好，事先肯定要通知公安局做好安保工作。陶喜仁是警察，具备获得此类消息的条件，不过，在看守所里消息比较闭塞，如果能调到治安科之类的部门就更好了。陶喜仁已经上了贼船，想下也下不来了，只好按照汤宗俊的指令行事，如此，就有了他到一源堂向我父亲提出调往治安科的一幕。

之前汤宗俊与陶喜仁约定，调动部门成功后，找个借口去趟上海，下榻金陵路上的“静仁旅馆”，到时自会有人跟他联系，向他下达新的指令。陶喜仁落网后，表示愿意立功赎罪。井局长随即制订行动方案，于当天傍晚将其释放，次日宣布把他调往治安科。为防止敌特起疑心，同时对五十八名警员的岗位进行了调动。

陶喜仁如约前往上海，今州警方一路秘密跟踪，很快就查摸到了有效线索。次日中午，蓝壮壁前往旅馆与陶喜仁接头时，被侦查员擒获。蓝壮壁被捕后，供出了朱维信、汤宗俊的藏身地，这二人也随即落网。

今州最危险的一伙潜伏敌特被一网打尽，一源堂的故事讲到这里也可以暂时告一段落了。读者也许想象得到，如我爷爷和井局长那样的经历（都是长期潜伏的地下工作者，而他们的公开身份，一个是资本家，一个是帮会人士），以及和他们有着密切关系的我父亲，在今后的岁月里必将遇到无数的挑战、考验和磨难，不过，那就是另一个故事了。

# “血手二毛”绑架案

## 一、绑架父女

1949年3月15日下午三点多，两个青年男子慌慌张张奔进长春市公安局第二分局东二条派出所，一边急促喘息一边你一言他一语地报警：刚刚发生了一起绑架案，两名受害人是一对父女……

长春市头道沟区东二条街上有一处沿街宅院，白石条门框包着的紫色大门上有一块长方形白铜牌子，上书“边氏马医”四字。这里，便是闻名遐迩的专治内外马疾的“边氏马医”的家宅兼工作场所。长春第二次解放时，“边氏马医”这个宅院里一共居住着五人：老主人“边氏马医”第四代传人边仁泰，主持日常业务的第五代传人边心慈，边心慈的两个弟子薛小成、王振纲，还有一个雇佣来操持日常家务的老妈子金婶。

根据旧时传授技艺的规矩，类似边家祖上这样的专治内外马疾的绝活儿属于传子不传女。边家祖上对此贯彻得特别彻底，足尺加三，传子只传长子。到了边仁泰这一代，老爷子的长子边心坚是个颇有思想的人，他对继承祖技没有兴趣，在学校读书期间，接受了革命思想，关心的是“打倒列强，解放劳苦大众”，遂秘密参加了中共地下党，后来暴露身份，投奔抗联，在一次对日寇的作战中牺牲。因此，边仁泰执行祖训时不得已打了折扣，把一手治马疾的技艺传给了次子边心慈。

边心慈比其兄小一岁，是一个很有事业心的人。当初其兄尚未暴露身份时，他以为待其读完中学肯定会随父学马医，心里憋着一股劲要跟老大一比高下，于是在初中毕业后去日本留学，专攻兽医。没想到几年后回到长春，其兄已经牺牲，老爸将祖传技艺都传授给了他。这样，他就成为东北地区唯一的中西结合的兽医。他的医技水平如何？只需亮出一点就足以说明问题了——日前，中国人民解放军东北军区后勤部马政科送来一纸聘书，聘其为顾问。

边老爷子现年七十四岁，看上去身体尚健，精神也称得上矍铄，只是年轻时辛劳过度，到了晚年脑子有些毛病，一是严重健忘，做事丢三落四，说话前言不搭后语，二是喜怒无常，情绪起伏极大。当地管这种情状叫“老糊涂”（学名阿尔兹海默症，也即老年痴呆）。早在两年之前，一应马医业务就已由边心慈执掌。

边心慈这年三十五岁，九年前娶长春“大益堂”中药铺老板之女顾氏为妻，婚后生育子女各一。顾氏贤惠，一边带孩子，一边支撑起

"边氏马医"的一应内务，尽管家境不错，有能力雇佣帮衬，但她却不允，全凭一己之力维持，把全家上下服侍得妥妥帖帖，博得邻里一致好评。可惜，顾氏不太注意自我保养，积劳成疾，半年前突发心脏病，抢救不及，撒手西归。

儿媳妇的猝死对于老爷子是一个重大打击。顾氏生前对公公极为孝顺，把老人家照料得非常到位，老人早已习惯了以往的生活方式。尽管儿子强忍悲痛，在姐姐边心淑的协助下立刻对家政做了安排——把六岁、八岁的子女送往"大益堂"请亡妻父母代为抚养，又雇请了女佣金婶顶替顾氏照应老爷子、料理家务，但老爷子一时很难适应这种改变，痴呆症状迅速加重。无奈，边心淑只好尽量抽出时间到娘家来专门照料老爸。

一个多月下来，情况终于有了些好转，老爷子的意识、情绪都有很大改观，不但饮食起居等可以基本自理，还能跟以往一样每天早晚两次出门溜达，阅读报纸，有时边心慈遇到拿捏不准的马疾来向他请教，他也能说出一些道道儿来。另外，老爷子还新增了一样兴趣爱好，让儿子给购置了一套木匠工具，无师自通自个儿在家做起了木工活儿，借以打发时间。

昨天上午，边心慈突然接到东北军区后勤部的一份加急电报，要求他以军区马政科顾问的身份前往沈阳，参加中央军委炮兵马政局举行的一个业务会议，听取苏联专家介绍苏联马政业务管理的经验。这是边心慈受聘东北军区后勤部马政科顾问后第一次参加正式活动，自是非常重视。由于时间很紧，边心慈来不及去姐姐那里打招呼，当下写了一纸便条，指派徒弟小薛去把边心淑接来主持家政，自己立刻奔火车站。稍后，边心淑回到娘家，告诉老爷子说弟弟有事外出了，由她来陪伴老爷子几天。老爷子情绪很稳定，让女儿去忙其他活儿，他则摆弄着那些锯子刨子之类的木工工具，一个人玩得蛮开心。

当晚无事。次日，即3月15日上午，边仁泰吃过早餐后，由女儿陪着说了一会儿闲话。九时许，说要出去转转，顺便请杨先生瞧瞧病。杨先生早年系东北军的军医，后来离开军队自己开了家西医诊所，边仁泰患病后中西医双疗，西医就是杨先生。当下，穿上大衣，戴上帽子，拿着手杖，独自出门而去。这是老爷子最近一段时间的常规行为，边心淑自不作他想，叮咛老爸小心就是。

可是，老爷子这一去，直到中午时分还没回来。眼见十一点多了，边心淑觉得不对劲儿，打发边心慈的弟子王振纲去外面转一圈，把老爷子带回来。小王去得快回来也快，也就不过十来分钟，大步流星一路跑进院子，还没见到边心淑的面就连声嚷嚷“不好”。边心淑闻声从屋里冲出来，惊问发生了什么事儿。小王说他先去了老爷子平时经常去的附近那家“玉泉春茶楼”，时值正午，那里已经没什么客人，他向正在收拾的跑堂打听，人家说老爷子今儿个来过，没待多久就离开了。又去“玉泉春”斜对面那条巷子，那里有个霍姓老者，是边老爷子的棋友，平时经常过去串门下几盘，在霍家待上两三个小时不算稀奇。可是，老爷子也不在霍家，老霍说边老爷子已经三天没去过了，正念叨他呢。

小王寻思，那就只有去土地庙了。土地庙距边宅三四百米，老爷子平时常去，那里也有一家小茶坊，门外经常聚集着一些老人晒太阳下棋喝茶聊八卦。边老爷子干的这一行，多跟达官贵人江湖人物打交道，如果他愿意聊，张口就是一段传奇，所以一旦坐下，不是马上就能离开得了的。想着，小王出了小巷，正要往土地庙那边去，背后有人把他唤住了。

那是小巷对面开杂货小铺的郭叔，他见小王慌慌张张走进窜出，便知必是寻找边老爷子的，当下告知，边老爷子来过这里，不过没进巷子。他在巷口驻步，到郭叔的铺子里买了一包纸烟，说要去找霍老爷子杀几盘。买了烟穿过马路，正要进巷子，从后面来了一辆车厢蒙着土黄色厚毡篷的马车，在巷口停下，挡住了老爷子的去路。赶车的汉子跳下车，对老爷子点头哈腰，状极恭敬，接着，篷厢里下来另一个男子，和车夫一起把老爷子搀扶上车，马车随即离开。

小王拜师已经三年，与边氏父子朝夕相处，对“边氏马医”的内外交往情况可以说是了如指掌，对老爷子的行事风格也揣摩得八九不离十。当下听郭叔这么一说，颇觉意外：这算哪门子呢？若说是亲朋好友来请老爷子做客，那事先必定会知会一声，郑重些的还会事先上门递送请柬；若说是客户请老爷子出诊，按规矩也要先登门，绝没有当街拦截之说。再说，自从老爷子脑子不大好使以来，“边氏马医”的一应业务都是其子边心慈主持的，老爷子已不再直接参与诊治，更别说出诊了。王振纲这样想着，心里便产生了一种不祥之感，立马回来向边心淑禀报。

边心淑听着自是着急，二话不说就跑出门，不过，比先前王振纲回来得还快，手里拿着一张三指宽四寸长的纸条，冲着院子里的小薛、小王不住挥舞，神色惊慌，嘴里一迭声地喊着：“我爸他——被绑票啦！”

纸条是贴在虚掩着的大门上的，边心淑刚出大门就注意到了，揭下来一看，上面是两行铅笔字：“人在吾手，若想安归，其子面议”。后面一个括号，内注明时间地点：“本日下午一时整玲珑阁恭候”。底下落款是：“血手二毛”。

小薛接过纸条看了看：“这血手二毛一看便知是个匪号，祖师爷落入绑匪之手了！”

小王随即补充：“看来这绑匪认定咱这边不会报警，刚刚他们也是把老爷子请上马车的，莫非他们跟老爷子相识？”

边心淑听着心里一动，她是长女，从小就时不时听老爸说起他以及边家上辈人跟江湖朋友打交道的事，其中不乏胡子响马江洋大盗。对于这些角色来说，拥有一匹称心如意的好马那是梦寐以求的，而一旦拥有，便视为最亲密的伙伴。当然，再好的马也会生病或受伤，加之是在动荡年代，若是发生这种情况，那就要找马医了——尤其是像“边氏马医”这样的行业头牌。

江湖上有规矩，哪怕再凶残的匪盗也不会得罪马医，就像不会得罪郎中一样。尽管如此，马医跟各类江湖人物接触，难免沾惹是非。比如，马医是江湖人物了解同行情况的一个渠道，边心淑记得小时候曾多次听父亲、祖父说起，他们曾遭到过“江湖朋友”以“礼请上山”、“专地游览”、“秘密度假”、“品尝特产”、“出席庆典”、“随意小酌”等为由的变相剥夺人身自由的软禁，由匪伙师爷跟他们喝酒聊天、饮茶闲谈，为的是打听其他匪伙的情况；甚至还有要求在为某特定对象的马匹诊治伤疾时暗做手脚的。

现在，“血手二毛”绑架老爸，莫非就是出于类似目的？一般来说，这种绑架是比较客气的，不会伤害苦主，老爸落到“血手二毛”手里应该暂无危险。但是，“血手二毛”成功绑架老爸后，为何又要“约见”弟弟边心慈呢？难道是对方发现边老爷子脑子不行了，没法儿通过他达到目的，所以只能退而求其次，找“边氏马医”的第五代传人边心慈了？

像边氏这样的人家，由于所从事职业的特殊性，又经百年传承，早已形成了类似武林家族的家风。边心淑虽是女流，但在老爸被绑架的突发情况下，家中又无其他主事之人，她几乎是不假思索地做出决定：代替弟弟前往“玲珑阁”跟“血手二毛”见面。

小薛、小王听边心淑说要去赴绑匪之约，不由大惊。两人对视一

## 粉碎『W行动』

代号『W行动』的暴狱计划正在紧锣密鼓地酝酿，为打乱警方的部属、拖延侦查的进度，暴狱分子勾结社会上的不法之徒给专案组长下套，竟然把他弄进了精神病院……

## 『投名状』之谜

解放半年的济南发生一起三命疑案，死者均被割去右耳。仇杀？财杀？还是另有玄机？专案组一筹莫展之际，此案升格为政治案件！

## 啄木鸟·红色侦探系列

啄木鸟·红色侦探系列从书十卷本，遴选近二十年来《啄木鸟》杂志金牌栏目『尘封档案』刊发的红色侦探系列优秀作品，用故事呈现历史，铭刻记忆，坚守初心。

# 啄木鸟·红色侦探系列

有刻度的历史
有故事的大案
特殊年代的生死谍战
红色侦探的热血传奇

东方明 魏迟婴 著

群众出版社

## 华东特案组

一伙儿干坑蒙拐骗勾当的不良少年突然间成了『重要人物』，警方在寻找他们，台湾『保密局』和美国中情局在上海的特务组织也盯上了他们，他们为何会引起多方关注？

## 追缉『六指魔』

作恶多端的江洋大盗『六指魔』出现在成都。就在追缉『六指魔』的大网撒开时，对这个绰号的误解却成了警方最大的疏漏。『六指魔』会再次趁机逃脱吗？

## 上海滩枪案

外国贵宾访沪前夕发生涉枪案件，上海警方如临大敌，是偶发案件，还是敌特蓄意破坏？真相令人哭笑不得，一场闹剧，竟缘于阔少和『保密局』特工的争风吃醋。

## 『心战专家』落网记

台湾特务机关派遣『心战专家』潜入内地，我方却不了解此人的丝毫具体信息，姓甚名谁？是男是女？多大年龄？有何特征？均不知晓。究竟该从哪里打开突破口呢？

## 江城劫金案

汉口客运码头发生了一起黄金被劫案。据悉，多年来受害者藏有黄金之事颇为隐秘，歹徒却目标明确，奇案背后到底暗藏着何种玄机？

## 华南特案组

刚刚解放不久的广州发生系列谋杀案，三天时间里五名警务人员相继遭到暗杀。这五名受害者都是旧警局刑警，被新政权留用，在遇害之前都收到过匿名警告信……

## 命运如丝

1931年冬，运往上海临时中央的一百二十两黄金特别经费神秘失踪，成为一桩悬案。十八年后调查重新启动，首要任务就是寻找当年接力运送特别经费的七个交通员的下落……

## 江南往事

江南小城今州的中药店『一源堂』以行医作掩护，为中共地下党运送物资、传递情报。近二十年风风雨雨，今州『城头变幻大王旗』，『一源堂』也一次次经受考验，不辱使命。

眼，不约而同表示要陪同前往，被边心淑婉拒。她说这又不是去打架，要你们陪同干吗？我是过去跟他们做个说明，告诉他们想跟我弟弟见面，眼下看来办不到，他去沈阳出差了；有什么事儿就跟我说，我可以做主。另外，要跟对方讲清楚我爸的身体状况，他是老人，又是病人，按江湖规矩，不应跟他老人家过不去，有什么瓜葛需要解决的，我做小辈的可以顶替。你们两个和金婶好好待在家里，一会儿老爷子回来了好生伺候。另外要记住，这件事不能向任何人泄露，如果有来串门找老爷子的，都一概答称我陪老爷子走亲戚去了。都记着啦？

薛、王两个点头应诺。边心淑看看时间还早，就招呼金婶下厨房准备午餐，她自己则去书房给弟弟留了一张条子——万一绑匪不知搭错了哪根筋，犯了傻，把她也给强留下了，那得让弟弟回家后知道是怎么一回事。

没想到，边心淑的这个"万一"竟然应验了！自边心淑十二点半出门后，小薛、小王和金婶三个一直为她担心，干啥事儿都像没带着魂似的。这一等，一直等到下午三时，老爷子没回来，边心淑也没有消息。往下该怎么办？小薛、小王着急了，顿时乱了方寸。小薛的意见是去"玲珑阁"打听消息，小王则主张去边心淑家报信，请姑爷（指边心淑的丈夫）定夺。

金婶在一旁听着，觉得这两种意见都不妥。她的职业是女佣，在外面跑得多，接触的下层劳动人民也多，初解放时，底层民众经常参加大小会议听政府工作人员宣讲时政，金婶觉得自己在这方面有发言权，于是提出："这当儿啥都别说了，还是立马奔派出所报告吧。"见那二位还在犹豫，便催促说，"时间等不起，你们不去，那我去！"

小薛、小王想想也是，这等大事，只有靠政府啊！于是，就奔派出所来了。

派出所民警听薛、王如此这般一说，又看了那张纸条，觉得事态严重，正要去向所领导报告，金婶一路大呼小叫地也进了派出所，手里捏着一张大小跟先前那张相同的纸条，说家里大门上不知几时又贴上了一张条子，她扯下来请邻居伍先生一读（金婶不识字），听着觉得跟先前那张纸条的内容一样，只是在“人在吾手”前加了一个“两”字，还是坚持要“子”即边心慈前往“玲珑阁”见面，时间是晚上九点前；落款也是“血手二毛”。

至此，已经可以确定边心淑也被“血手二毛”绑架了。短短三四个小时里，接连两人被绑架，而且是父女俩，绑匪又未表明作案目的，这种案件简直闻所未闻。显然，基层警方根本无法对付这样的案子，派出所立刻向第二分局打电话报告。

## 二、莫名获释

接到东二条派出所的电话，长春市公安局第二分局的领导也是大吃一惊。这个吃惊除了绑匪作案情节的曲折、选择犯罪目标的诡谲和让人摸不着头脑的作案动机外还有一点，那就是绑匪接连绑架边氏父女两人，竟然是为了要跟“边氏马医”的第五代传人边心慈当面接触！也就是说，接触之后与边心慈进行的谈话内容乃至向边心慈提出的要求，才是绑匪的真正目的。如果这个案件发生在一个月前，分局方面尽管也会予以重视，但通常说来不会有眼下这种闻之“一个激灵”式的强烈反应。现在为何不同呢？因为边心慈日前已被军方正式聘为东北军区的马政顾问。

马政顾问不是军队军官，边心慈依旧是老百姓身份，只不过是应聘向军方提供与自己的业务特长相关的技术服务，其中自然也包括对马匹的防病防疫、诊治外伤内疾、恢复体能、增强体质甚至心理治疗等方面的绝活儿。因此，不要小看这个顾问的潜在作用，用军方的话说，其重要性甚至能够决定某些军事行动的成败。

之所以有这样的评价，自然是与当时的形势分不开的。1948 年 9 月中旬到 1949 年 1 月下旬，中国人民解放军与国民党军队进行了三次战略性大决战，即“辽沈”、“淮海”、“平津”三大战役。本案发生时，正值三大战役结束不久。三大战役乃至稍后的渡江战役、上海战役以及解放南方诸省的战役中，解放军炮兵都发挥了巨大作用。而炮兵部队配备的战马，则是这种作用的几个主要支点之一，由此可见战马在当时战争中的分量，从而也就提升了马政顾问的重要性。

眼下发生的这起蹊跷的绑架案，绑匪的目标是身为军方马政顾问的边心慈，警方自然敏感。第二分局当即致电长春市公安局，向局长于克报告一应情况。

于克 1932 年参加革命，长期从事地下工作，曾先后任东北军第十军团地下党工委副书记、代理书记、中共山东分局社会部科长、中共胶东区党委社会部长兼城工部长、区党委东北工作委员会书记、区公安局局长、吉辽省委社会部长兼公安处长，是中共情报、反特、敌工战线的一员骁将。当下，于局长接听电话后，稍一思量，下令由市局司法科侦缉队牵头组建“3·15”案件专案侦查组，迅速解救人质，全力侦破该案；同时急电沈阳，向东北军区保卫部通报案情，建议军方加强对边心慈的保护。

当时长春市公安局的刑侦部门称为侦缉队，隶属于司法科之下，司法科还下辖审讯股、看守所和教养院。司法科副科长俞守木担任“3·15”案件专案组组长，侦缉队指导员吉依水任副组长，组员有贾裕财、陈喜雨、卜超斋、邱高义、姜鸿福，其中陈喜雨、卜超斋、邱高义系第二分局刑警，姜鸿福则是东二条派出所警员。

俞守木是长春人氏，旧刑警出身，抗战时因秘密协助抗联地下人员，受到关东军控制下的伪满警方的通缉，被迫潜入深山密林参加抗联游击队，组织上根据其特长，委其担任侦察组长，直到抗战胜利后方才重返长春。多年的刑事侦查加上军事侦察实践，使老俞成为一名长春乃至吉林警界有名的侦探。旧时东北绑票案频发，俞守木曾多次参与并主持过绑票案的侦查工作，具有比较丰富的经验。受命主持“3·15”案件侦查工作后，他跟副手吉依水交换了意见，把下一步的工作重点放在解救人质上。

在专案组驻地第二分局，俞守木、吉依水与专案组五位组员会合。俞守木说事不宜迟，咱们先听小安同志把案情介绍一下。小安就是东二条派出所接待报案人小薛小王的那位警员，是在长春第二次解放后进入警察队伍的。他是地下团员，有过跟国民党特务进行秘密斗争的经历，而且他的父亲是刑警出身，他从小耳濡目染，获取了不少刑侦知识，干这一行入手较快。当下，他把一应案情向专案组做了汇报。

俞守木听罢，沉思片刻，对大家说：“眼下最要紧的是营救两名人质，大家对此有什么想法，都说说看。不过，时间紧迫，发言要简短，要言不烦，把意思说明白就行了。”

有了这样的开场白，众刑警果然都只是寥寥数语点到为止。人人都发言完毕，多是主张直接前往“玲珑阁”调查，最后轮到俞守木发言，他的意见却是撇开“玲珑阁”，首先到边宅往白菊町（即“玲珑阁”所在街道，后改名“白菊街”）的街道沿途进行走访。

专案组自副组长吉依水以下六名成员中，除了姜鸿福之外，其余五位都具有比较丰富的刑事侦查经验，听俞守木这么一说，顿时领悟：“血手二毛”要绑架的正主儿应该是边心慈，但不知出于什么原因并没有直接对他下手，而是先把边老爷子绑去。边心慈是出了名的孝子，绑匪的这种“诱钓”手法，大概率可以成功。但也不能排除意外。这种绑架行为即使在旧社会也是重大罪行，更别说在人民政府治下的新长春了，必然会引起警方的重视。一旦出现“万一”，比如苦主家人报警，公安局只要出动警力把“玲珑阁”（那是一家经营正宗满族等北方少数民族菜肴和茶食点心的两层楼饭庄）暗暗控制，便衣化装潜入守株待兔即可。所以，绑匪应该不会真的把老爷子安置在“玲珑阁”作为诱饵。

俞守木的判断是：绑匪不可能在“玲珑阁”露面，而是埋伏在从边宅至“玲珑阁”沿途某处，以对付老爷子的那种方式，将代替弟弟前往“玲珑阁”赴约的边心淑拦截。因此，专案组长大胆放弃“玲珑阁”这条线索，把调查重点定位于绑匪对边氏父女的当街绑架上。

当下，一干刑警做了分工：俞守木率卜超斋、陈喜雨前往之前边老爷子被“请上”马车的现场，向一干居民住户、商家店铺和路人调查案发时的情况；吉依水则带领贾裕财、邱高义、姜鸿福沿着边宅前往“玲珑阁”的街道进行查摸。

计议定当，众刑警正要出发，忽然传来消息：边仁泰、边心淑父女俩被“血手二毛”释放，此刻已经安返边宅！

众人闻之，均大感意外。俞守木稍一思索，下令：“调车！把老先生父女送往军区医院！”

所谓军区医院，就是1948年11月迁至长春的晋察冀军区卫生学校附属医院（由聂荣臻、白求恩于1939年在冀西根据地创建），稍后更名长春医科大学第一附属医院。俞守木的这个决定是出于对边氏父女人身安全的考虑，请医院对两个被释放的人质先行进行检查，以确认他们在失去自由期间是否遭受过绑匪的伤害，同时，也便于专案组刑警向他们了解情况。

刑警在医院分别对边氏父女进行询问，弄明白了两人遭绑架以及不久后又莫名被释的前后经过——

边老爷子上午九时许出门溜达，先去杨先生的西医诊所，适逢杨有事外出，于是，老爷子就去了附近的“玉泉春茶楼”，这是他只要外出溜达必去转一圈的场所之一。去茶馆的主要目的倒也不是为了喝茶，而是享受茶客中的熟人朋友对他的那份尊重。“边氏马医”的名气别说在长春了，就是整个吉林也是叫得响的。如今老爷子把接力棒交给了儿子，但以往的那份荣耀还停留在人们的记忆中，加上老爷子一生与人为善，凡是认识他的那班老年人，见到他必定会作揖问候。“玉泉春”的老板对老爷子也是常年给予免费待遇，而且沏的总是最好的茶叶。当然，老爷子不白喝，过年、端午、中秋三个节令，总会让儿子送去一份礼品，其价值要超过茶费两三倍。

这天老爷子去茶馆坐的时间不长——熟识的老友不多，闲扯的时间也就短了些，一小时不到就离开了。出门掏出怀表看看时间还早，就决定去找棋友霍老爷子杀两盘。

在巷口的杂货铺买了包纸烟，刚要奔老霍家，就发生了杂货铺老板郭叔看到的那一幕。一辆马车挡住他的去路，下来一个三十来岁中等身材体态敦实的男子，冲老爷子抱拳作揖，说话嗓音略显沙哑：“哦！是边老爷子？晚辈给您请安！这也真是巧，在这儿遇到了您老，也省得咱们去您老府上恭请了。”

老爷子听着，脑子一时反应不过来：“恭请？是何方朋友高抬老朽啊？”

那人说他叫刘二愣，是城南刘家屯刘爷刘尚秋的小辈。日前有朋友从新疆给刘爷送来一匹伊犁马，品种极佳，价格当然也贵，但刘爷还是买下了。那是前天的事儿，今晨突然发现那马精神不济，不饮不食，不知生了什么毛病。刘爷原本要把马拉进城来，到边府求治，又怕自家的马染上了瘟疫，万一传给边府其他客户的牲口，那就不妥了。所以，刘爷命刘二愣驱车进城，恭请边老爷子屈尊去一趟刘家屯。

老爷子听对方这么一说，终于反应过来了："哦！是尚秋啊？他前年不是到关内津门小儿子那里去了吗？"

对方回答说："上月已经回长春了，因为旅途疲劳，受了风寒，生了一场病，没来得及进城拜望您老。"

刘尚秋是城南刘家屯人氏，在长春城里经营一家大车店。他有一身好武艺，又是帮会中人，跟各路江湖人物都有交往，和日伪、苏联情报人员、中共抗联、国民党特务都打过交道。由于职业关系，也是"边氏马医"的老客户。去年，国民党警察局不知何故突然查抄了老刘的大车店，据说原本要抓他的，他正好不在店里，听说消息立刻滑脚，逃往关内小儿子那里。边老爷子脑子不灵，本已想不起这个老朋友了，此刻给人一提，突然恢复了一部分记忆，便有些激动。一激动，就忘了应该跟家里说一声，当下登车就走。

一路上，刘二愣口若悬河，滔滔不绝跟老爷子胡磕牙瞎聊天。这当然是有用意的，为的是分散老爷子的注意力，不过，老爷子还是发现了异常。一会儿，马车停下，刘二愣跳下车，掀起篷帘做了个"请"的手势。老爷子眼睛只朝外面一扫，脸色倏变，下车后二话不说，朝刘二愣劈面就是一个冲天炮。"边氏马医"祖上并不擅武，但长年跟马匹这样的大型动物打交道，力气肯定不弱。边仁泰虽已七十多岁，这一拳还是把刘二愣砸了个趔趄。要不是这小子身手灵活，一个避让卸掉了对方的大部分力量，只怕这会儿已经躺在地上哼哼了。

边老爷子大怒："小子，这是刘家屯？这是刘尚秋的老宅？"他已经认出，此地是南关大街（后改名全安街）的那家业已荒废的"吉记大车店”。

刘二愣并不生气，脸上竟然还浮起了笑意：“您老息怒，听晚辈解释。这里是刘爷新置的地产，他打算重新开一家大车店……哈哈!”

笑声未落，边老爷子已经被控制住了。原来，绑架边仁泰的除了刘二愣和那个络腮胡子驭手，这边还待着两个主儿。他们趁刘二愣吸引住老爷子注意力之际，从背后偷袭，把老爷子抱住，连拉带拽，扯进院子角落一间生着火的屋子里。

以边仁泰的精神状况，此刻突遇变故，也就警醒了那么一瞬间，继而脑子里就是一片空白，两只耳朵也暂时失聪，像是藏了夏蝉似的只是聒噪得紧。刘二愣几个围着他，声色俱厉问了一连串的问题，他却是充耳不闻。对方可能也觉出他神情有异，暂停逼问，把他那个挎包里的物品倒在炕上一样样查看。忽然，不知是谁发出一声惊叫——他找到了老爷子的那本病历。几个家伙一一看过，不由面面相觑，眼前这位曾经名闻遐迩的马医竟然患了“老糊涂”的毛病，而这种毛病显然妨碍了他们此行想达到的目的。

几个绑匪退到角落里，交头接耳密议了片刻。接下来，对老爷子反倒客气了，给他沏了茶，递上纸烟，还有两个绑匪陪着老爷子聊闲天。老爷子盘腿坐在炕上，茶不喝，烟不抽，浑浑噩噩，渐渐感到疲乏，连着打了几个哈欠。绑匪见状，就请他倚着炕桌休息，还给围上了棉被。

老爷子打了个盹儿，醒来就闻到一阵酒菜香味，原来绑匪已经弄来了两瓶酒和一些卤菜，招呼老爷子吃午饭。边仁泰还真有些饿了，再说他本就嗜酒，也就不客气地吃喝起来，只是并不搭理绑匪。

饭后，老爷子又犯困了，继续打盹儿。这一觉睡得比较沉，还是被绑匪给推醒的。迷迷糊糊间，就听见女儿唤“爸”的声音，寻思心淑怎么来了？莫非是在梦中？睁眼一看，竟然真是边心淑！

边心淑的被绑架属于“顺理成章”。她是雇了一辆客运马车从边宅前往“玲珑阁”的，到得那里，里里外外探看了一番，没见老爷子，也没发现有鬼鬼祟祟之辈。想了想，也许对方是故意迟到，说不定正在不远处什么地方盯着自己呢，干脆就站在马路边等着。

一会儿，忽然有个男子来到她面前，说话比较客气：“您是边老爷子的闺女？”见边心淑点头，此人（就是绑架边老爷子的刘二愣）上前一步，压低声音，“这就带你去见老爷子。”说罢手一招，一辆正缓缓行驶的马车在他们身边停下。

边心淑原本就是来会绑匪的，自然没有二话，和刘二愣一起上车。马车继续行驶，刘二愣问她：“你家老二怎么不来？咱不是写清楚是要边老二出面的吗？”

边心淑的回答是：“等见到我家老爷子再说！”

一路无话，还是到了那个地方。边心淑见老爸安然无恙，这才开腔：“我弟弟去外地出差了，我来顶替老爷子，有啥事儿跟我说就成，老人有病，折腾不起，你们把他送回去！”

绑匪的表情明显有些不解：“你家老二就一个给牲口治病的马医，又不是公家人，出哪门子差？”

“我弟不是公家人没错，但他可以给公家做事儿。”边心淑遂说了弟弟已被军方聘为马政顾问之事。

没想到，几个绑匪一听这话，竟然嘴上贴了封条似的谁也不吭声了。冷场片刻，那个看上去像头目的刘二愣对赶车的络腮胡子和另一个瘦高个儿绑匪说：“还愣着干啥，赶紧给大姐沏茶。”又扭头招呼边心淑，“大姐，您炕上坐。咱们没啥事儿，就是想跟老爷子聊聊牲口，没想到老爷子欠安，只好劳驾您家老二……哦，劳驾边顾问，边顾问！不巧的是，边顾问公务在身，衔命出差了。那只好另作计议了。大姐您放心，兄弟们绝对没有恶意!”

边心淑没搭理绑匪，自顾在炕沿坐定，跟老父轻声说话。刘二愣朝那个满脸麻子的绑匪使了个眼色，两人便出去了，留下络腮胡子、瘦高个儿两人在屋里看守边氏父女。

渐渐，老爷子感到厌烦了，忽然提出想下象棋。边心淑问两个绑匪你们谁会下棋？两人都说会下，可是，却没有象棋。络腮胡子说他去外面买一副。出去了大约半个小时，果然拿着一副新象棋回来了，两个绑匪轮流跟边老爷子下棋。

直到傍晚时分，屋里已经点上了马灯，刘二愣和麻子从外面回来了，把络腮胡子、瘦高个儿叫到角落，悄声交代了几句，随即离开。络腮胡子对边氏父女说：“外面天黑了，我送您二位回家。”

就这样，络腮胡子用马车把边氏父女送到距边宅五六十米的一块平时居委会用来开大会的空场上，让父女俩下车，说声“打扰”，挥鞭催马而去，转眼就消失在黑暗中。

听罢二人的陈述，专案组长俞守木立刻向市局报告了绑匪曾经藏身于原“吉记大车店”的情况，请求派一个班的公安部队战士随同专案组刑警前往搜捕。

一干人马赶到现场，那里已经人去屋空。刑警向邻居询问，得知确实有几个汉子在上一天住进了大车店，有多事的邻居打听他们是干啥的，人家不愿意回应，只说他们是吉老板的朋友，打算盘下这里，先来看看。今天白天有马车出入，邻居也瞧见了，不过车篷捂得严实，宅院大门终日紧闭，没人看清楚究竟是怎么个情况。

## 三、分头调查

被绑架的边氏父女莫名获释，使专案组感到意外。当晚，一干刑警从现场返回二分局驻地，俞守木即向市局值班领导打电话报告一应情况。这个案子是局长于克亲自抓的，值班领导随即又致电于局长。于克果断下令：不管这是自动中止犯罪还是打算继续实施什么图谋，专案组必须盯着这伙绑匪追查，尽快把案子给破了！

这时已是晚上十点，专案组众侦查员顾不上休息，马上召开案情分析会。首先围绕绑匪的作案目标进行讨论："血手二毛"究竟是想绑架边仁泰呢，还是其子边心慈？

绑匪先是绑架了边仁泰，拉到临时窝点跟老爷子谈话。一般来说，绑架把"肉票"弄到手后，都要第一时间说明作案目的，胁迫人质配合，向苦主家属提出赎票条件。可惜的是，老爷子精神状况本就有问题，加之变故突发，对绑匪跟他说的那些内容根本没留意，这会儿能够把自己被绑架的前后经过回忆起来就已经不容易了，让他复述绑匪与其谈话的内容，那就勉为其难了。

侦查员分析，一开始，绑匪的目标可能是边老爷子。不料把边老爷子弄到临时据点，才发现老头儿的精神状况不对头。接着又翻出了病历卡，那就只好另做打算，把"边氏马医"的下一代传人边心慈弄来，这样，就有了在大门上贴纸条之举。

绑匪打出的匪号是"血手二毛"，容易使人跟"残暴"产生联想，不过他们对边老爷子倒还算客气，只是把他搁在一旁晾着，还给张罗午饭。同时，也做好了下一步的准备，把马车赶到"玲珑阁"附近，准备绑架边心慈。没料到，出面的却是边心慈的姐姐边心淑，于是就将其"礼请"上车了。

边心淑来到绑匪窝点，道明边心慈已被军方聘为马政顾问，前往沈阳参加业务会议，无法同绑匪见面。刘二愣和另一麻子绑匪随即离开了一段时间，回来后就决定放走边氏父女。他们离开的这段时间干什么去了？刑警分析，可能是对边心淑所言感到怀疑，向“边氏马医”以及所在地周边邻里打听情况去了——稍后刑警向边心慈的弟子小薛小王两人调查时证实了这个估测，麻脸绑匪确实以客户名义前往咨询过请边心慈出诊的费用等事项。

根据上述分析，专案组认为基本可以排除绑匪的作案目标是边心慈的可能。如果他们准备绑架边心慈的话，完全可以直接冲边心慈下手。绑架边心慈的难度并不大于绑架边仁泰，边心慈虽然没有每天出门溜达的习惯，但他经常到市区或近郊出诊，有时甚至会被养马专业户聘去住上两天，那是很容易在其出城后下手绑架的。

那绑匪实施绑架，究竟是为了什么呢？大伙儿分析下来，认为很有可能是打算通过控制某人的坐骑的手段，达到其犯罪目的，比如谋杀。以这种方式谋杀，事后很难查明真相。因此，绑匪首选的绑架目标就是名闻遐迩的老马医边仁泰。哪知昔日的治马神医变成了一个老糊涂，那手绝技料想业已不复存在，只好退而求其次，将其子边心慈绑架过来企图胁迫其合作。绑匪既然知道“边氏马医”，那肯定也清楚边家历代出孝子，边仁泰当初就是远近闻名的孝子，边心慈也是这样一个孝顺儿子，只要让他知晓老父已经沦为“肉票”，必定如同火烧眉毛似的疾奔“玲珑阁”。

以上，就是专案组对绑架案的梳理情况。往下就是分析如何侦查这起蹊跷的案件了，一番讨论后，定下了四个侦查方向——

第一，据那位亲眼看见边仁泰被人请上马车一幕的杂货铺店主郭叔说，他记得那辆马车土黄色的车厢篷罩后面右侧位置有一个小洞，像是被人恶作剧用香烟头烫的。至于牌照，他说是有的，只是当时没有注意。这一点对于排查该马车来说非常重要，虽然郭叔没记住牌照号码，但至少缩小了排查范围。根据当时的车辆管理规定，凡是农村的马车，是不必上牌照的；而城镇的马车，不管是运货还是载客，都必须上牌照。目前可以肯定，绑匪用来作案的这辆马车，应该是属于长春市或者郊区城镇范围的。

第二，绑匪的临时窝点是原“吉记大车店”，据邻居跟绑匪接触时听说，是他们向主人吉祥德租借下来准备开店的。如此，可以向吉祥德调查这几个主儿的来路。现在长春已是解放区了，人民政府对治安管得很严，绑匪不管是真想开店还是托词，那也得跟老吉做个自我介绍的。专案组可以据此进行调查。

第三，那个疑似绑匪头目刘二愣自称“城南刘家屯刘尚秋的小辈”，专案组对此虽然基本不信，但还是有必要前往刘家屯去调查一下，顺便了解刘尚秋是否已从天津小儿子那里返回长春了，以及绑匪是怎么知道刘尚秋跟边老爷子有交往的。

第四，循着绑匪赎票信中的落款“血手二毛”调查该匪号的来源，弄清这是一伙土匪胡子的匪号呢，还是某一个土匪的，如果确有其人的话，这个“血手二毛”又是何方神圣。

次日，3 月 16 日，专案组全组出动，分头进行调查。

第一路刑警在行业公会的协助下，很快就查到了那辆被作为作案交通工具的马车，系“雄风车行”的一辆出租马车。

“雄风车行”是当时长春地面上一家颇有实力的私营非机动车出租车行，拥有马车、三轮车、黄包车、自行车合计两百多辆，其中马车二十辆。三天前，兴业街一位老客户薛老太太指派女佣前往车行订车，称次日上午要去地藏寺烧香，请车行派车前往住所接送。前天上午，车行金老板指派车夫老丁出车。老丁把薛老太太和随侍女佣送往地藏寺后，把马车停在山门外的空地上，缰绳往旁边树上一拴，自己进了寺庙一侧的茶叶店跟熟识的老板喝茶聊天。估摸老太太该出来了，遂离开茶叶店，到外面一看，不禁蓦地一惊：马车没了！四下打听，有小贩说大约半个钟点前，不知从哪个旮旯冒出两个男子，大模大样来到马车前，一个上车，另一个解下缰绳，上了驭座，握鞭在手，却不爆响，嘴里也不发出声响，把鞭梢轻轻朝马腮上一叩，那马就乖乖地迈步转向，踩着小碎步拉车离开了。

老丁这下着急了，却是急而不乱。有人劝他赶紧报案，他思忖片刻，先就地雇了辆三轮车把薛老太太主仆送走，自己步行返回车行。车行金老板是帮会人士，听说此事后不但没责怪老丁，反而还温言宽慰，说咱不着急，估摸这是道上哪位朋友嫌金某哪里怠慢了他，跟咱开个玩笑。老丁你不报案是对头的，江湖之事该用江湖规矩解决，何必惊动人民政府呢？

就这样，金老板把马车被盗之事轻描淡写给摁下了，充满自信地说三天之内必有消息，马车是丢不了的。第三天，果然有消息了，不过不是道上朋友传的信儿，出现在他面前的是两个公安局的便衣。

新中国成立后，像金老板这样有帮会背景的角色，最怕的就是警方。不过这次倒是一场虚惊，来人是专案组刑警贾裕财、陈喜雨。金老板听明来意，脸色立马变得正常了，三言两语说了老丁丢失马车以及自己不报案的情况，然后把老丁唤来（此时老丁无车可出，暂时在车行做点儿杂事），让其向便衣如实道明一应情由，自己回避。贾、陈听过老丁的陈述，提了一个问题："你赶的那辆马车的车篷上是否有一个被香烟头烫出的小洞？"

老丁点头称是，说那天去接薛老太太时，因其宅所在的那条巷子太狭窄，只好把马车停在巷口，他自己步行进巷子接老太太出来。没想到就这么几分钟时间，车篷竟然让哪个缺德鬼给烫了个洞。

刑警又去走访了薛老太太和其女佣，证实了车行老板和老丁的说法。弄清了涉案马车的来源，往下就该追查这辆马车的下落了。当然，侦查员的目的并非是为金老板追回马车，而是通过马车寻找绑匪的蛛丝马迹。贾裕财、陈喜雨两人商量下来，决定给全市各分局、派出所打电话，要求注意这么一辆马车，同时准备走访全市各大车店、车行，看是否有车夫在跑活儿时见过这辆马车。

很快，第一分局新民派出所有了反馈，说他们刚刚接到群众报告，辖区内业已荒弃的参神庙后面停着一辆无主马车，已经派员前往查看并了解情况。贾裕财、陈喜雨到现场一看，果然是“雄风车行”丢失的马车，经勘验，未能提取到指纹（天冷绑匪戴着棉手套），也未发现绑匪的遗留物。

再说第二路刑警的调查情况。专案组副组长吉依水负责向原“吉记大车店”掌柜吉祥德了解已关闭的大车店被绑匪作为临时窝点之事。

旧时东北地区经营大车店的跟黑道或多或少都有关系，这种关系有深有浅，深的跟黑道直接勾结，主动联络，举凡通风报信、刺探情报、窝赃销赃、代购物资、照料病伤匪徒等通匪行为都能沾到，这当然是有偿服务。从法律意义上来说，其实就是土匪的同案犯。浅的则属于不得已，人家想了解什么，必须如实回答；有需要相助之事提出来，也只有点头的份儿，否则轻则店铺经营不下去，重则就会破财甚至丧命，因此被灭门的也有。

吉祥德经营大车店已经是吉家第三代，黑白两道自然都有联系，但都只是点到为止。他跟资深刑警吉依水早就认识，两人都姓吉，有时开玩笑就说是宗亲。吉依水是中共地下党员，抗战期间是抗联在长春的内线，又是伪满警察局的刑警，以这两个身份开展工作时都需要大车店等敏感行业提供信息，与“吉记大车店”的来往比较频繁。年前，吉祥德因身体原因把大车店关闭，吉依水对此颇感惋惜——少了一条收集信息的渠道。没想到，已经关闭的大车店竟然成为绑匪进行犯罪活动的场所。

吉祥德是老江湖，见吉依水突然登门，便知肯定有事。听明来意，不由一个激灵，当即唤了一声“狗儿”。话音刚落，一个年近三十的精悍男子应声从里屋出来，这是吉祥德的独子，狗儿是乳名，大名叫吉端火。这名字起得有点儿怪，为此做老爸的没少跟人解释：端，是祖辈定下的辈分排序，儿子是“端”字辈；火，因为这小子命中缺火。

小吉是个另类。按说家里开着大车店，虽说算不上富户，但吃穿不必担忧，好好上学，以后找份体面工作或者子承父业，都是小康之道。可他不是读书的料，小时经常逃学，结交一些游手好闲之辈，长大后既不找工作也拒绝接班经营大车店，却跟着一个道士学武。几年下来，一手通背拳打得不错，但不能作为饭碗。然后又对炼丹术产生了兴趣，竟至痴迷，不肯相亲，不考虑娶妻生子继承香火，自己还觉得活得挺滋润，跟太上老君有一比。

炼丹是需要成本的，太上老君如何解决成本问题，《西游记》里没交代，但小吉没有收入，吃饭穿衣都靠老爸，炼丹的开支自然也得老吉掏钱。吉祥德既为延续香火着急，又为儿子的“走火入魔”担忧，加之开店劳心劳力，本来就有“三高”的老吉于半年前中风，幸好不算严重，医治及时，恢复得还可以。只是经营大车店已力不从心，只好关门。

然后就要说到小吉了。老爸把大车店关闭后，原本就捉襟见肘的炼丹经费更加紧张。在他看来，炼丹也是一种科学试验，科学试验是不能半途而废的，没钱，那就借债。他的拳术在长春地面上有些名气，实战能力也强，曾打败过两个登门挑战的日军军官；平时为人实在，很讲义气，朋友也不少，他一开口，人家都愿意掏钱，其中一些家境富裕的还表示不必偿还。小吉当然不好意思，在进行“科学试验”的同时，不得不分出若干心思考虑创收问题。

绑匪就是在这时候找上门的。

大前天清晨，小吉照例前往附近公园溜达，打一套拳活动筋骨。以其当年击败日军军官的名气，自然只要一露面就会被那些晨练的武术爱好者盯住，纷纷围观喝彩求教，每天都要耗上个把小时方能脱身。这天也是如此，等到围观者散去，已是七点多。小吉正准备回家，不知从哪里冒出一个车轴汉子，年龄跟他差不多，见面就抱拳作揖：“阁下是吉师傅？久仰久仰！兄弟刘二愣，想跟吉师傅商量桩事儿。”

小吉以为是来切磋拳艺的，他经常遇到这种对象，就是这套开场白。不过，他的兴趣早已从拳术转移到炼丹上，马上摇头拒绝。对方却毫不介意，跟在他身后道明来意——想租借大车店的那套宅院，虽然只租半月，但可按三个月计费，开的租金还比市价高。小吉正为“科学试验”的经费犯愁，一听有这么好的事，当下驻步。他的拳艺在江湖上有名气，却没在江湖上混过，根本谈不上江湖经验，只觉得好机会不能放过，便不假思索地点了头：“可以！不过，我得问过家严再说。”

对方说：“那兄弟就在您家对面的茶馆静候佳音，不管令尊大人点头与否，今儿个的早餐就是兄弟请客了。”

吉祥德原是打算把那宅院收拾一下挂牌出售的，小吉回家跟老爸一说，只租半个月，而且租金高，也就勉强点了头，同时关照儿子跟对方讲清楚，借住可以，但不能在里面干歹事儿。小吉回去跟刘二愣如此这般一说，刘更痛快，当即把租金付了。自那天早上到现在，小吉没再跟刘二愣见面。

吉依水寻思，照此说法，小吉显然不认识刘二愣，那这条线索也就到此为止了。

第三路刑警卜超斋、邱高义去城南刘家屯调查。他们没见到刘尚秋，边老爷子说得没错，老刘确实去了天津还没回来。刘尚秋的小辈刘二愣也确有其人，不过跟边氏父女所说的绑匪完全是两个模样：绑匪是个三十岁左右身材敦实的国字脸车轴汉子，眼前这位年龄跟绑匪倒是差不多，但身材不同，又高又瘦；脸面与其身材成比例，跟瘦马有一比。

刑警带着刘二愣在屯子里问了好几个村民，都说这个是如假包换的刘二愣，小名二愣子，是刘尚秋刘老爷子的嫡亲侄孙，闻讯赶来的农会主席、民兵队长也为其作证。刘二愣见刑警还是脸呈疑色，像是要把他带到城里去的样子，忽然想到只要出示一件东西，这二位公家人肯定会放过自己，这件东西就是伪满洲国发的“良民证”。

通常沦陷区的“良民证”上是不贴持证人照片的，但长春从 1932 年 3 月 1 日起就被日本侵略者确定为伪满洲国的“首都”，称为“新京”，关东军、日本奉天特务机关和“满洲国国务院”三方举行联席会议，研究编制“新京城市规划”和“新京城市治安计划”。这两个文件对“新京”的设想非常现代化，在城市规划中确定了“全市地铁、普及抽水马桶、全面普及管道煤气、实现主干道电线入地”等方案。如此，“治安计划”也就必须与之相匹配，规定“良民证”须贴持证人照片，而且从十二岁领证开始，定期更换新证新照片。

刘二愣家里藏着的那纸“良民证”上的照片是 1944 年其二十四岁更换新证时拍摄，刑警一看，遂认定眼前这个刘二愣确是真身，继而意识到这条线索也没希望了。再了解那个冒牌刘二愣是否来过刘家屯，也未收集到什么有用信息，卜超斋、邱高义只得失望而返。

不过，两人的沮丧没有持续多久——刚刚返回专案组驻地第二分局，突然听到了好消息，“血手二毛”已经被拿下了！

## 四、“血手二毛”

案情分析会上议定的四个侦查方向中，有一个是根据绑匪亮出的“血手二毛”匪号追查这个绑匪团伙。这路调查由俞守木、姜鸿福两个负责。他们以市局名义分别向全市分局、派出所打电话，要求提供各自辖区、管段内与该匪号有关的信息。当天下午，第六分局报来一条信息，说分局刑侦队刚刚核实，该区一个有敲诈抢劫案底的男子，最近在道上亮出过“血手二毛”这么一个绰号。

昨天夜间，分局刑侦队破获了一个由五名案犯组成的抢劫犯罪团伙。连夜讯问，一直忙到天亮才结束。汇总讯问情况时，有一个刑警提及，团伙老大单某交代，长春地面上新近出现了一个专向抢劫案犯收保护费的狠客。说此人是“狠客”，是因为凡是干抢劫活儿的强盗都是心狠手辣之辈，可是，这主儿就敢向他们收保护费，而且每作一起案件都必须及时缴纳，否则，轻则皮肉受损，重则就要挨刀子了。

这个敢收强盗保护费的家伙，亮出的名号就是“血手二毛”。据说此人用起刀子来出神入化，道上传言，他的规矩是“亮刀必须见血，见血必须削肉”。挨刀子还算轻的，疼一下就完了，那些强盗最怕的还不是“血手二毛”的刀子。这话怎么说呢?“血手二毛”曾经放出话，你不交保护费，我可以不搭理你，但三天之内肯定会有便衣或者苦主登门，折进局子被判刑是免不了的，如果警方追查出你以前还作过什么大案，那你就吃不了兜着走吧。因此，即使再凶狠的强盗，听见“血手二毛”这个名号，也得乖乖就范——不管想得通还是想不通。

其时，分局已经从市局每天下发的《敌情通报》（打字油印的一份警方内部简报）上知晓了头天第二区发生的“血手二毛”绑架案，案情汇总结束后，分局刑侦队队长老辛立刻派人去把队里专门负责收集情报的刑警老吕从家里叫来。老吕昨晚忙他那一摊子活儿，直到今晨三点钟才回家歇息，被唤醒后匆匆赶到局里，出现在老辛面前时还是一副睡眼蒙眬的样子，接受领导指令，立刻打起精神出发。老吕出身侦探世家，三代皆为刑警，擅长收集刑事情报，奔波到下午一点，就发现了线索——

宽城区青城街有个二十八岁的单身男子，姓关名二毛，出身屠户，是个五短身材体态敦实的车轴汉子。关家是世代白刀子进红刀子出的宰杀牲口的屠户，不但擅杀猪羊，牛马也宰，到关二毛的老爹关大冒手里，甚至还受人之邀，登门屠宰过大宅门富户圈养的老虎金钱豹黑瞎子。关二毛打自八岁给老爹打下手，十三岁就可以操刀杀猪羊牛马，十七岁宰杀了一头成年豹子。次年开始，再有去富家大宅屠宰熊虎豹的活儿，就全由二毛独个儿对付了，老爹退居二线给儿子当助手。自此，关二毛就成了长春地面上名声一叫就响的最年轻的屠户，生意兴隆。不久，关大冒外出购生猪时翻车身亡，二毛成了店主。这时候关二毛已经娶妻生子，其两个姐姐早已出嫁，所以他同时又是一家之主。

之后直到 1945 年 8 月抗战胜利，关二毛一家过着一份太平日子。那年 10 月，关二毛外出收生猪，一去三天，回来时发现大祸临头：其妻子儿女连同徒弟大小五口，全部遭人杀害。凶手似是与其有刻骨深仇，不但杀了人，还把脑袋割下，不知去向。关二毛进门目睹此情此状，当场昏迷。醒来已在医院，床边围着一圈人，有苏军派出的人员，也有当地警察，甚至还有已经成为俘虏的原关东军特高课的侦查专家，以及不知身份的便衣。一群人七嘴八舌提出了一连串问题，都是跟侦查这起血案有关的，关二毛一一回答。据说，一干中外军警临走时都是自信满满的样子，仿佛这起血案不难侦破，可实际上呢，这起案子久侦未破，到后来不了了之。

关二毛遂决定自己寻找凶手。他关了肉铺，由老板转为无业人员，又从无业人员转为杀手，他那经常磨得雪亮飞快的尖刀上沾了不少于二十个日本人的鲜血。他为什么专跟日本人过不去呢？据黑道上流传的小道消息，血案发生两年多前，长春日军特务机关收买关二毛做了探子，命其利用下乡进山收购生猪的机会刺探抗联和胡子的动静。关二毛干了一段时间，不知何故不想继续为日本人效力了，转而向胡子密报鬼子讨伐队的情报，弄得鬼子不但屡屡扑空，还中了人家的埋伏，损兵折将，死了一名与日本皇室有亲戚关系的少佐军官，致使特高课副长官深木中佐差点儿剖腹谢罪。

特高课要算狡猾了，却没关二毛精明，竟然被其瞒过，还让二毛刺探胡子是怎么弄到日军情报的。关二毛趁机索取活动经费和手枪、子弹、手榴弹等"防身武器"，转手倒卖给胡子。这种两头挣钱的活儿一直干到"光复"前夕，才被特高课在无意间发现。这时，关二毛又一次下乡了。特高课只好秘密张网，等待二毛回长春后将其逮捕。不料，那次关二毛在外面多待了两天，回来时长春已经"光复"。

深木中佐发现自己受到苏联红军的秘密监视，料想已经上了人家的"黑名单"，不久即会被逮捕押解苏联——不是接受审判，而是要套取情报，掏空之后那就会"凭空消失"。这样的命运无法改变，无非就是早死晚死的区别，他也没了求生之念，只是，临死之前，有一件事一直让他气恨难平。他是"中特军校"（系日本著名特工学校，正规称谓是"日本陆军中野学校"）高才生，一直以来，他在军界被誉为"中国通"、"情报专家"，竟然着了关二毛这个只上过三年小学的土老帽儿的道，这是他的奇耻大辱。在被押送苏联之前，他一定要先收拾了关二毛。

当时日军已经解除武装，处于苏联红军的看守之下，不过，像深木这样的老牌特务还有法子可想。他收买可以自由出入军营的中国杂役，给以前有过情报方面交往的一个中国帮会头目佟某送信，委托其代觅凶手干掉关二毛全家，又利用奉命制作“长春日军特高课档案物资清单”的机会，偷偷截留黄金二十两，作为买凶杀人的酬劳。一个多月后，尽管深木已被押解苏联，佟某还是信守诺言，收买凶手将关家灭门。只不过凶手情报有误，竟让关二毛漏网了。

躺在医院里的关二毛心里明镜似的，他当然不会向苏军或者刑警吐露真相——自己给日本人当密探之事一旦败露，怕是也没好果子吃。他决定自己复仇，可出院后一打听，深木已经不知去向（被押解苏联了）。按说冤有头债有主，正主儿不在了，这事也只能算了。但关二毛却放不下，总想着出这口恶气，就把这笔血债算到了所有日本人头上。这事得赶快，否则日俘日侨都遣送回国了，他就没机会了。不久，长春地面上发生了“日侨系列连环命案”，但那阵子日本人的性命已是落市货，苏军对此不大重视，警方也不愿多事，只出了个公告，要求日侨注意自我保护就算完事。关二毛一口气杀了二十来个日侨，寻思算是给家人报了仇，也就歇手了。

可此时的关二毛已经无法回到从前的生活状态了，干脆就做起了独脚大盗。这人看似不善言辞，举止粗野，心眼却是玲珑剔透。选择单枪匹马作案自然是生怕泄露身份，据说他作案从来都是远离长春，不是跨市就是跨省，有时甚至远行进关内下手。因此，其“业绩”虽然了得，但在长春这边道儿上始终默默无闻。

直到长春第二次解放，由于形势的变化，他发现自己正处于一种“内外交困”的态势中：关外基本是共产党的天下，对匪盗打击势头严厉；关内国共武装力量则正在开打平津战役，国共两方对“奸细”都查缉甚严，职业流窜分子大多歇菜，更别说像他这种不定期客串的流窜人员了。无奈，只有待在长春了。这边是他的家乡，有房有户口，而且是老住户，有日伪发的“良民证”为证。

别看关二毛一个老粗，却挺关心时事。早在伪满时期，他就有收听短波的习惯，对苏联短波电台的广播，熟悉到随随便便就能哼一段苏联歌曲。现在闲着没事，他就收听中共广播，对全国局势比较了解。有时跟哥们儿喝酒聊天，也会扯几句政治。那么，“血手二毛”这个匪号是怎么叫出来的呢?

刑警老吕从“耳目”那里得知，这个名号起初是道上朋友在背后叫的，当面没人有这个胆子，生怕惹恼了他。后来关二毛不知从哪里听说了这个匪号，不恼反喜，说这名号起得好：首先，本人的名字就叫二毛；其次，咱是祖辈屠户，干的就是白刀子进红刀子出的活儿，宰杀大牲口时，有时不但满手沾血，身上也会溅上，所以叫我“血手二毛”一点儿没错。

江湖朋友中也有脑子活络的，把关二毛这番话细细琢磨，暗叹这厮的心机：如此诠释，倒是可以把之前大杀日侨的事儿掩饰过去了。

以上一应情况是老吕了解到的，至于“血手二毛”是否跟此次绑架边氏父女案有关，尚不清楚。俞守木想到了三种可能：从关二毛以往的作案选择来看，他没有必要放着熟门熟路的抢劫活儿不做，却去干拖泥带水的绑架案，除非是受雇于他人。如果真是这样，那这宗绑架案就不是表面上那么简单了。此为其一。其二，关二毛根本不知道此事，是别人冒用其名号作案。其三，关二毛没有参与更不知道绑架边氏父女的案件，而是另有一个匪号相同也叫“血手二毛”的家伙作了该案。无论如何，目前既然有了“血手二毛”这条线索，就有必要先将这厮拘拿，讯问后视情再作计较。

考虑到“血手二毛”那身蛮力和长期屠宰大牲口练就的刀法，俞守木和姜鸿福两个没把握将其生擒活捉。二人返回驻地，叫上吉依水、贾裕财、陈喜雨，制订了行动方案，五人一律携带手枪，悄然前往宽城区青城街。先去派出所，让户籍警小黄带路、认人，一行人走出派出所不过百来米，小黄指着前面路口站着的那个男子悄声说：“那就是关二毛。”

俞守木一个手势阻住众人前行：“小贾和我先过去，你们四个随后跟上。”说着，到路边的杂货店里买了一瓶烧酒，打开封口，与贾裕财各灌了一口，又往衣服上洒了些，佯装醉汉互相搀扶着穿过马路。

关二毛可能跟人约在这个路口见面，正掏出怀表看时间，俞、贾两人迎面走来。他抬眼一扫，并未起疑。两个刑警看都没看他，从其身旁晃晃悠悠经过时忽然转身，疾如旋风般朝他扑去，一个抱住上身控制双臂，另一个攻其下盘。关二毛果然了得，在这种突然受袭的状况下，竟然下意识做出了反应，也不知他使了什么手法，部队侦察兵出身的彪形大汉贾裕财明明已经牢牢抱住了目标的身躯和双臂，竟然被其一挣就脱，然后整个儿身子飞了出去。与此同时，抱住目标双腿的俞守木被对方自上而下拍在头顶的一掌击得满眼金星，浑身发软。幸亏这时另外三个刑警疾扑过来，一齐下手将关二毛放倒在地。户籍警小黄见关二毛还在挣扎，眼看三刑警控制不住，急忙上前飞起一脚踢中关的脑袋，这才将其铐住。

原先的方案是在关二毛的住所拿人，拿下后随即搜查。现在情况有变，由俞守木与贾裕财、姜鸿福、陈喜雨把案犯押解派出所讯问；吉依水则率稍后赶到的邱高义、卜超斋和户籍警小黄前往关宅进行搜查。

进入关二毛的住所，众刑警有点儿意外：别看关二毛一个粗野汉子，家里倒是收拾得清清爽爽，地板擦得比寻常百姓家的桌子还干净，不多的家具物件也是纤尘不染。因为家里摆设简单，搜查进行得很快，四人翻腾下来，除了发现七八把刀子，并无其他收获。一行人离开关宅径奔派出所，却见全所上下连同专案组刑警好似热锅上的蚂蚁正团团打转。怎么回事呢？原来，关二毛这厮竟然脱逃了！

俞守木四人把关二毛押至派出所后，随即对其进行讯问。可是，他们遇上了刑警办案时最不愿意面对的几种情形之一：零口供。不但“零”，而且“零”得非常彻底，这主儿压根儿不打算搭理这几个便衣，无论唱红脸唱白脸，声色俱厉还是苦口婆心，他都是嘴里不哼眼皮不抬，坐在那里神情自如，一副死猪不怕开水烫的架势。如此折腾了个把小时，一干刑警都有一种“拿他没办法”的感觉，俞守木遂吩咐暂且将其关进派出所羁押室，待吉依水那一路搜查完，把这厮带回第二分局专案组驻地再作计议。

考虑到这个案犯与众不同，俞守木已经分外谨慎了，亲自去羁押室看过，还动手扭了扭后窗上手指粗的铁栅栏，确认其是否牢固，这才让把案犯送入。执行的两个刑警先前抓捕时已领教过关二毛的手段，想想还不踏实，又从外面搬进去一个铁架子，将其反铐在架子上。如此总该放心了吧？确实是放心了，之后四人忙着研究讯问方案，也就没想着时不时去羁押室瞅这厮一眼。待研究得差不多了，终于有人想起去瞅瞅关二毛，羁押室里已经没了关二毛的踪影！

这家伙的膂力果然非同一般，竟然挣断了手铐连接处的链条，又把窗框上手指粗的铁栅栏拗弯后卸下数根，打开窗子钻了出去，翻越派出所后院的围墙，跟刑警不辞而别了。

专案组随即布置追逃。俞守木寻思，长春这么大，关二毛的社会关系又不是一般的广，别说专案组这几个人了，就是再增加一倍也不一定解决得了这个难题。那么应该怎么办呢？他和吉依水交换意见，认为只有采用有的放矢的法子，才有希望查摸到逃犯线索。这就需要前面提到过的那位专门负责收集刑事情报的便衣老吕帮忙了。之前能迅速打听到关二毛的一应情况，全仗老吕之力，现在人跑了，还得烦请老吕出马。

当晚，专案组举行案情分析会，邀请老吕出席。刑警分析，关二毛原本家境尚可，他充任日伪密探，又与胡子勾结，全家被灭门后狂杀日侨，现在成了独脚大盗，这些活儿都是有利可图的（日伪给其活动经费、胡子给酬金、日侨有贵重财物、抢劫更是看准了目标下手的），所以他应该颇有钱财。可是，对其住所刚刚进行过搜查，并无赃款赃物，那就有两种可能：一是他把赃款赃物藏匿到其他地方去了，二是被他挥霍掉了。

关宅的厨房里并无存储的粮食，说明他平时是不开伙的。而其住所收拾得如此整洁，也让刑警怀疑，这厮要么平时不大在家住宿，要么是有女性时不时过来帮他收拾，而且这个女子特别爱干净，甚至可能有洁癖。

综合上述情况，侦查员分析，如果有赃款赃物，不排除藏匿在帮他收拾屋子的女性那里的可能；如果已经挥霍掉了，以这种家伙的禀性，基本上不离“赌”、“嫖”两字。因此，可以先按这个思路进行调查。

次日，3 月 17 日，专案组一干刑警以及老吕分头从“赌、嫖”两个方向查摸关二毛的社会关系。当晚汇总调查情况，没有进展。刑警贾裕财提出一个问题：关二毛被拿下时，貌似待在路口发呆，应该是与人约定在该处见面。他约见的是什么人？

像关二毛这样的角色，交往的不是黑道同伙，就是烟花女子。如果是前者，把约见地点定在这类地方，料想对方也不是什么上档次的角色，否则就会去高档饭馆或咖啡馆了。关二毛先是被捕，后又脱逃，他约见的这个黑道同伙怕是也已经知道了，一般说来，是会向道上朋友进行一番渲染的，诸如“我的兄弟关二毛劫后余生，侥幸脱险”一类。这就逃不过老吕的掌握，顺着这条线索往下追查，没准儿能找到这个家伙，此人也许知道关二毛有可能在何处藏身。

另外，烟花女子也是一个可以留意的方向。这门营生虽然不算黑道，但她们通常都跟黑道角色有千丝万缕的关系。新中国成立后，人民政府尚未取缔这一行业，但烟花女子的主顾结构已经发生了变化，旧时经常来光顾的旧政权党政军警宪特、挥金如土的富豪及帮会头目之类没有了，只有黑道人士依旧如故。像“血手二毛”这样的主儿，那肯定是主顾中的大腕。烟花女子有些共性特点——一是虚荣心强烈，二是闺蜜多，接待过关二毛的烟花女子为了炫耀，多半会悄悄向闺蜜嘀咕这事。其闺蜜呢，前一分钟发誓守口如瓶，后一分钟就会偷偷嘀咕给别人，以显示自己的消息灵通。

因此，贾裕财认为，如果从上述两个方向进行查摸，追查范围就可以相对缩小。

次日的调查，就集中在这两个方向。中午，老吕从“耳目”曾瘸子那里获得一条信息：曾的一个小兄弟的堂姐袁翠婷是个暗娼，她有个叫陶萍的小姐妹，长得妖媚俏丽，人称“大花瓶”，据说最近跟“血手二毛”搭上了，两人如胶似漆。“大花瓶”前几天还把“血手二毛”送给她的三件首饰拿给袁翠婷看，惹得袁两眼闪绿光。

当天下午两点，袁翠婷被派出所传唤，不过，跟她谈话的不是派出所民警，而是专案组刑警。了解下来，曾瘸子所说属实，“大花瓶”确实是如此这般跟袁说的，那三件首饰分别是戒指、项链和手镯，都是足赤黄金，拿在手里掂着有点儿分量。

专案组同时采取两步措施：一是让袁翠婷出面去找“大花瓶”，以请其帮助选购衣服为名将其骗离住所，刑警在半道拦截，将其提溜进局子；二是派员化装前往“大花瓶”住所蹲守，如果关二毛前往，立马拿下。

“大花瓶”随即落网。据其交代，她确实是“血手二毛”的相好，是一个多月前由结拜姐妹何艳芬介绍结识的——何也是“血手二毛”的相好。“血手二毛”出手阔绰，“大花瓶”和何艳芬两个自去年12月20日以来，二女一男同居于何艳芬家，直到3月15日，不到三个月时间，“血手二毛”的花销已经是黄金项链九件、戒指八枚、古玉器五件，均是连送带卖，一边卖一边花。3月13日，“血手二毛”可能对她俩产生了“审美疲劳”，提出让她们再去找一个小姐妹来。“大花瓶”、何艳芬商量一番，决定把她们结拜三姐妹中的小妹李菊花找来。

李菊花年方十八，出身小康家庭，其父母均为伪满洲国政府机关底层小吏，父系税务官，母系卫生局检疫官。按说1945年“光复”后，以他俩的身份算不上汉奸，不会受到清算，而且通常都会被接收方留用，毕竟属于专业技术人员嘛，不料，这对夫妻却遭受了无妄之灾。一天，两人合骑一辆摩托车去郊区走亲戚，经过一个屯子时，被乡民误认为是日本人，拦下后不由分说一顿饱揍，男的当场毙命，女的重伤，因无人救治，稍后死亡。

当时“光复”才几天，市区都是一片混乱，苏军尚且束手无策，更别说控制郊区了。消息传到李家，李菊花的奶奶当场昏厥，邻居中有一个懂医的，说只怕中风了，赶紧送医院吧。几个热心邻居七手八脚帮着送到医院，老太太果然是中风，而且非常严重，于次日死亡。李菊花哭着回家，想取钱雇辆三轮车向亲戚报丧，不料进门一看，家里已被梁上君子光顾，所有值钱东西一扫而空。

从此，李菊花就陷入了困境。头一年在几个亲戚家轮流生活，书当然是没钱读了，就帮着做一些家务活儿。渐渐，亲戚的“不待见”态度越来越明显，她只有出去讨生活。接着，遇到了“大花瓶”和何艳芬，很快沦为暗娼。半年前，她被一个比她大三十多岁的富商鳏夫王某包养，在外面活动的时间就少了，与以前的相好、同行小姐妹来往也少了，只跟“大花瓶”、何艳芬每月见一两次面，串个门吃个饭。半月前，鳏夫去关内办事，家里就留下她一个人了。

像“大花瓶”、何艳芬这样的角色，堪称“阅男无数”，对“血手二毛”的“审美疲劳”不以为然。两人商量下来，不想放弃这棵摇钱树，就想把李菊花拉进她们这个圈子。把三人最近的合影给“血手二毛”一看，后者频频点头，让何、陶两人去问李菊花是否愿意跟他交往。李菊花独居半月，正觉寂寞，答应可以先跟“血手二毛”见个面。何、陶又跟“血手二毛”商量，最后敲定3月16日下午两点半在青城街青冈二胡同路口见面。

3月16日，关、何、陶三人去附近的“顺鑫饭庄”吃了午饭。离开饭庄，“血手二毛”对何艳芬和“大花瓶”说，你俩先走，我去溜达一会儿，回头跟小李见面。他这一去，就没再回来。何、陶两女窃笑，嘀咕说看来两人是一见钟情，这家伙跟着李菊花去那个鳏夫的空窝啦！

两女等到次日，也没见“血手二毛”回来，便吃准那主儿被李菊花留下不放了。“大花瓶”说看来他得过几天才回来，我也得回家一趟，免得爹妈唠叨。当晚，她回家住了一宿，正盘算是否再住几天，就被便衣请到了分局。

刑警听“大花瓶”如此这般一番交代，觉得不对头：这样看来，“血手二毛”没有作案时间啊！不但没有作案时间，也没有策划那起绑架案，因为之前那些日子他一直跟陶、何两女同居厮混，没有离开过何艳芬的居所嘛。俞守木当即派员传唤何艳芬，同时对其居所进行搜查，另派刑警前往鳏夫王某居所传唤李菊花。

先被带来的是李菊花，出乎意料的是，连富商王某也一起被刑警传唤来了。原来，李菊花16日那天刚要出门赴约，王某突然结束旅行回家了。如此，李菊花就不敢出门了，当然也不敢向王某透露一言半语。刑警对李菊花被王某包养一事不感兴趣，其时开妓院都是合法之举，包养更不算什么事儿了。他们讯问李菊花，主要就是核实“大花瓶”的交代是否属实，结果证实“大花瓶”所言不谬。

传唤何艳芬费了一些时间，倒不是她不在居所或者抗拒，而是因为还要搜查。搜查有所收获，在厨房的灶膛里挖出了“血手二毛”藏匿的一个六寸见方、三寸高的白铜盒子，盒底标明生产商为日本的一家五金制造株式会社，盒子很精致，上面还装着小巧的密码锁。刑警无法打开，何艳芬不知密码，再问“大花瓶”，则连藏匿这个盒子之事都不知道。稍后请了一位长春著名的锁匠，总算打开了，里面是金条、首饰和名表。

何艳芬的口供跟“大花瓶”基本一致。如此，专案组终于确认，“血手二毛”没有作案时间，他跟绑架案没有关系。而那个白铜盒子里的赃物也表明，之前专案组对其经济状况的分析是准确的，这主儿不缺钱，不大可能受人雇佣去干这么一起绑架案。

侦查进行到这里，线索断了。

## 五、人马双亡

3月19日，前往沈阳参加军方会议的边心慈返回长春。离开沈阳前，军方保卫部门已经跟他说了其老父、姐姐遭绑架又脱险之事。刚刚抵达长春，他就直奔二分局找专案组了解一应情况。

专案组正副组长俞守木、吉依水出面接待，边心慈听罢情况介绍，没等刑警请他对绑匪的作案动机做个估断，就主动开腔了。他说绑匪此举肯定不会为财，他家除了祖上传下的宅院比较宽敞（因业务需要）外，并没有多少财产积累。

边心慈自幼跟祖父、父亲生活，听说过的胡子绑票的案子多了去了，知道绑匪如果打算干一票绑架活儿，肯定会对作案对象、作案成本、难易程度、所获“利润”、风险、事后口碑（也就是社会影响或者“行业”影响）等进行反复权衡，最后选择一宗“性价比”综合指数最高的活儿去干。从马医这个行业来说，若非特殊原因（比如个人恩怨），绑匪通常不会选择其作为作案对象。而从“边氏马医”的情况来看，到他这一代为止，从未跟三教九流结下过什么梁子，应该不会被绑匪盯上。当然，有一种情况可以作为例外——那就是绑匪准备利用马医的医术对付某个目标。

少年时，边心慈曾听爷爷聊过其亲身经历的一桩案子：一伙从关内流窜到吉林的土匪策划一宗大案，方案中，通过马医的医术施展阴险手段是成功的关键。当时，“边氏马医”在江湖上已经颇具名气，就被土匪看中，化装登门要求“协助”。老爷子一听，意识到祸事临头了，这事不能答应，但也不敢拒绝，只说容他考虑，三天后听回音。等对方一走，老爷子立刻举家离开，躲到深山一个老友那里，一待就是三四个月，直到听说那伙土匪已被官府剿灭，方敢返回长春。

边心慈怀疑，这次绑匪绑架他父亲可能也出于这个动机。绑匪并不知道老爷子已经“老糊涂”了，待到发现，就把目标改为边心慈，绑匪相信老爷子一定把绝活儿传给儿子了。可他们没有料到，边心慈被军方聘为顾问，去沈阳参加会议了。这样，原先的打算就变成了一个肥皂泡。反复权衡，可能出于对军方的顾虑，也可能觉得手里扣着边老爷子和其女儿容易把事情闹大，有害无利，就把人质释放了。边心慈担心的是，绑匪不会善罢甘休，说不定还会搞出什么古怪。

专案组长马上表示，军区方面知道此事后，对边顾问的安全问题很关心，日前已经跟市军管会进行过沟通，长春市公安局根据市军管会的指令，责成管段派出所从今天起安排专人在边宅值班。总之，请边顾问放心，警方会保证边宅所有人的安全。

送走边心慈后，专案组召开案情分析会，研究接下来如何开展侦查工作。大伙儿认为边心慈的提醒非常重要，与之前侦查员的分析不谋而合。绑匪显然正在酝酿一起大案，只是缺少道具（即手段高超的马医）。如果这个道具只能是“边氏马医”的话，目前边心慈已受到警方的保护，绑匪难能得逞。但如若绑匪通过其他方式绕过了这个障碍，他们策划的那宗大案还是会发生。只有迅速破案，抓获绑匪，才是避免该案发生的最有效的途径。

“血手二毛”的涉案嫌疑已经被排除，绑匪大概是借用其匪号，企图转移警方视线，这条线索只能放弃。眼下要解决的是，下一步的侦查触角应该往哪个方向伸？众侦查员议来议去，没别的办法，只有把之前已经进行过的调查再捋一遍试试了。

这一捋，用了整整三天时间，没有突破，专案组刑警个个有一种筋疲力尽的感觉，那不仅仅是体力精力的透支，更多的是沮丧心理在起作用。

3月22日晚，分头外出调查的刑警返回驻地后，专案组照例开会汇总情况，研究对策。尽管大伙儿七嘴八舌说了多种思路，但细究下来似乎都是在做无用功。转眼到了午夜，俞守木说今天晚了，大伙儿都累了，都好好休息吧，给脑子放放假，说不定明天就能冒出新思路。众人纷纷起身正要离开，分局夜间值班员送来了当天的《敌情通报》。吉依水顺手接过来看了一眼，倏地眼睛一亮，说请大伙儿留步，有新情况！

最新一期《敌情通报》上的一则信息吸引了刑警的眼球：第三区普惠路“聚古轩”老板秦锦才今晨骑马健身时，坐骑在奔驰中突然倒毙，骑者坠地死亡。分局治安股派员会同管段派出所民警前往现场查看，并走访目击者，认定系意外事故。

一干刑警不约而同想起了之前的那个估断——绑匪准备作一起大案，其中一个关键环节就是对目标的马做手脚。俞守木说，“聚古轩”是本市著名的古玩店铺，实力雄厚，财大气粗，掌柜秦锦才可是被坊间列入“长春十大富商”名单的，他的突然死亡竟然跟马密切相关，看来有必要对此进行调查。

一干刑警都有同感，马上做了分工安排：吉依水、贾裕财、卜超斋、邱高义四位直接前往“聚古轩”，俞守木、陈喜雨、姜鸿福先去“边氏马医”，叫上边心慈一起过去。

吉依水一行去得正是时候——前店后宅格局的“聚古轩”由于老板的死亡已经停止营业，秦锦才的遗体白天已从现场接回，一干亲朋好友店员学徒正在大办丧事。那匹在奔跑时突然倒毙的坐骑也被运回，搁在后院。院里此刻灯火通明，磨刀霍霍，正准备将马分尸肢解，由厨师烹饪“马肉宴”。刑警一去，马上叫停，吉依水命两个刑警待在现场守着死马，不准任何人靠近。同时，封锁后院马棚，所有饲料、器具等一律就地放置，不得移动。

片刻，俞守木三人接上边心慈和两个助手小王小薛抵达。俞守木听吉依水说了情况，即请边心慈对死马进行检验，两个被丧家请来准备肢解马匹的职业屠夫负责协助。接着，俞守木把刑警分为两拨，一拨留在“聚古轩”向死者亲友、店员等了解秦锦才生前的一应情况；另一拨前往事故现场踏勘。一干人忙到鸡鸣，所获情况如下——

秦锦才，长春人氏，时年四十挂零。早年随同在天津从事典当朝奉职业的老爸生活，初中毕业后，凭着跟父辈学到的古董鉴识知识，得以进入天津“真雅斋古玩店”做学徒。三年满师，留在该字号供职，七年后结婚，其妻痼疾缠身，不育。十年前，老父病殁，遂携妻返回长春老家。经人介绍，被“聚古轩”聘为店员。次年，病妻殁，秦锦才未再娶，将其兄六岁的女儿秦玉姣过继为女。

1942 年，“聚古轩”老板易成仁参加朋友庆生宴会驾驶摩托车回家途中，因饮酒过量车速过快发生撞车事故，当场殒命。这桩车祸当时在长春有点儿轰动，还登了报——易老板撞的是一辆轿车，车内乘客是“满铁中央试验所”的一名日本工程师和其供职于“满铁医院”的护士妻子。伪满时期，日侨是头等公民。由于历史原因，“满铁”在中国东北的地位比较特殊，在“满铁”供职的日本人属于头等中的头等。别说寻常中国百姓了，就是伪满官员、军警之类在街头遇到这等角色也得让路。现在易老板把人家撞了个车毁人亡，一把火烧成了焦炭，日本人肯定不会放过他。不过，对于易老板本人来说，日本人放过或者不放过已经没有什么意义了，因为他自己的脑袋也变成了一个血葫芦，可能比那对东洋夫妇死得还早。

死的是日本人，而且是“满铁”人员，这种情况连伪满政府也没有调查的资格，直接由日军宪兵队的特务上手。当晚，“聚古轩”被查封，易老板的妻子潘氏和两个未成年的女儿易显美、易显丽被捕，秦锦才等一应店员学徒、用人共七人就地圈禁。宪兵队首先要调查的是，这对东洋夫妇之死究竟是寻常交通事故呢，还是蓄意谋杀？宪兵队特务的工作效率还是比较高的，只用了一个星期就完成了调查，得出正式结论，认定这是一起交通事故，由“聚古轩”老板易成仁酒后驾驶摩托车引发，应该负全责。当然，这种高效率跟秦锦才的作用也是分不开的——

被圈禁在古玩店里的秦锦才闲着无事，忽然想起自己认识的一个日本人桥本教授。此人在关东军司令部从事“中日亲善”文化交流，少佐军衔，战后的说法是文化特务。尽管军衔不高，资格却很老，早在“七七事变”前，桥本就已在日军华北驻屯军司令部混了，喜欢在天津的古玩店铺转悠，经常光顾秦锦才曾供职的“真雅斋古玩店”。久而久之，桥本跟秦锦才成了熟人。后来桥本调往北平，秦锦才则回了长春，两人没再保持联系。

易老板出事前一年，秦锦才在长春的报纸上看到了桥本的照片，原来这主儿调长春关东军任职来了，干的还是文化特务的活儿，但估计不管古玩这一摊了，因为他没来“聚古轩”转悠过。当时秦锦才也是看过就算，没什么想法。如今，为营救潘氏母女，就有必要拉一拉这份关系了。秦锦才试着拨通了关东军司令部的电话，跟桥本重新搭上了关系。桥本答应从中斡旋，果然起到了作用。

调查结果出来的次日，潘氏三口即被释放，古玩店解封。接下来就是赔偿问题了，“满铁”那两口子在中国没有其他亲人，赔偿洽谈由“满铁”的日本律师出面。赔偿金额肯定不是小数目，多半需要“聚古轩”的古玩折价充抵，但律师于古玩是外行，日方就想到要委派一名懂行的专家，这个角色非桥本莫属。而另一方呢，秦锦才自然是当仁不让了。

桥本和日本律师过来时，开来了一辆军用卡车，载着八名武装鬼子兵，一看那架势，是要把“聚古轩”的古玩不管真假一股脑儿作为赔偿金运走。好在秦锦才已有准备，连夜和潘氏、账房杨先生伪造了一份契约，佯称秦锦才在“聚古轩”有20%的股份。谈判开始，秦锦才亮出契约，对方律师大感意外，质疑契约的真实性，但被桥本压住了。之后的估价也是由桥本做主，以店里的存货进账单和市面上同类古玩的价格作为参考，当然也有秦锦才掺的水分。律师是外行，桥本睁一只眼闭一只眼，最终“聚古轩”付出的赔偿金比预估的要低得多。事后，秦锦才跟潘氏商量，拿出两把明代古剑作为谢礼送给桥本和律师。

侥幸躲过破产清算的厄运，账房杨先生向潘氏进言，此次得以平安着陆，全赖秦锦才鼎力相助；“聚古轩”还得经营下去，必须依仗秦锦才的业务能力，邀其主持一应店务。作为报酬，那虚拟的20%股份干脆就弄假成真给秦锦才算了。潘氏也正有此意，哪知秦锦才坚辞不受，说他不能乘人之危为己图利；至于主持店务，在“聚古轩”尚未物色到合适人选之前，他愿意尽心效力。

秦锦才于古玩经营以及人际关系都在行，况且处理易家的这桩大难后，他跟桥本的关系也被长春黑白两道所知，伪满官员也好，地痞流氓也好，都不来找他麻烦，此后生意做得风生水起。到三年后抗战胜利时，“聚古轩”已经恢复了元气。这时，已经守寡三年的潘氏突然做出了一个惊人的决定：她要嫁给秦锦才！

潘氏请账房杨先生做媒，强调是她“嫁”出去，并非秦锦才入赘；她的嫁妆，就是“聚古轩”的全部产业。这桩中年男女的婚姻自然引起了坊间热议，像当年易老板的车祸一样，又上了报纸。

秦锦才自此正式执掌“聚古轩”，业界对他的称谓由“秦先生”改为“秦老板”。秦老板除了继续勤勉经营古玩店业务，还多了两份责任，一是细心关照潘氏，二是对潘的两个女儿易显美、易显丽要像对待侄女兼继女秦玉姣一样，担负起父亲的责任。

这年易显美十八岁，在当时已是应该出嫁的年龄了，于是秦锦才开始为其张罗对象。秦锦才是市古玩业公会理事，人脉甚广，几经挑选，最终选定了距“聚古轩”不过一里地的古玩修缮匠罗老二之独子罗祖郯。易显美对此表示满意，秦锦才就让两个年轻人自己接触。那时恋爱不兴持久战，也就不过谈了两三个月，双方家长就选吉日把喜事办了。

说来有些奇怪，“聚古轩”似乎注定要跟“大喜大悲”相连。易显美出嫁不到一年，其母潘氏突然死了。说“突然”，一点儿也没夸张——

潘氏有自己的社交圈，圈子里均是跟她年龄、家境差不多的老板娘或富孀，平时不定期聚会。那天是为富孀桂太太五十庆生，预先几个姐妹说好“不醉不归”，桂太太还特地打扫好客房，准备了晾晒好的被褥，以便大家喝醉后留宿。主客六人确实都喝醉了，而且醉得很厉害，以至于连起身之力都没有了。如此，客房就白准备了，反正屋里有暖气，也冻不着，六人直接倒在客厅的沙发或地毯上，迅速进了醉乡。没想到这一进去，就再也出不来了——全部煤气中毒，在睡梦中进了阴曹地府。

这是秦锦才一生中第二次经历丧妻之痛，有一种大彻大悟之感，发誓今生再不婚娶；并且从此信佛，向长春佛教界捐赠了一笔据说是“数额惊人”的钱款。秦老板丧妻至今已经两个年头，他坚持茹素，粗茶淡饭，生活简朴，布衣麻履，从不去饭馆、戏院、咖啡馆等消费场所，更别说妓院之类了。唯一的特别消费就是继续养着那匹抗战胜利后从一个日侨手中买来的退役军马，还给这马起了个名字“赛旋风”。

然后，就要说到秦锦才的死亡了。秦锦才喜欢骑马，骑术也不错，如果长春搞个业余骑手的比赛，在他那个年龄组，他应该稳进前三。可令人大跌眼镜的是，秦老板居然坠马而亡。

秦锦才平时只要有空，就会骑马去兜风，以此作为一种健身方式。这天也是这样，清晨起来后，即唤马夫把坐骑配上鞍具牵出来，上马直驱附近的新兵营。新兵营原是长春伪满军队的新兵集训基地，抗战胜利后营房改为仓库，操场原准备辟为公园，可能由于经费原因搁置至今。几年下来，操场变成了草地，不过东北的这个月份，草芽尚未露尖，看上去仍是一片荒芜。

秦锦才把这里作为骑马运动的场地，每次过来，总要策马疾驰半小时方才离开。这天也是这样，可不知什么原因，那匹剽悍的东洋军马跑着跑着，在没有任何征兆的情况下忽然一头栽倒。当时马速很快，惯性的作用导致秦锦才从马背上向前飞扑出去，落下时一头撞在路边一块石头上。现场几个正在练拳的青年赶紧奔过来，见秦锦才满头满面淌着鲜血和脑浆混合的红白液体，显见已经没救了。几个武术爱好者经常在这里跟秦锦才照面，偶尔还会聊几句，知道这个骑师是“聚古轩”的老板，遂去附近找了家有电话的工厂，给古玩店打了电话。

“聚古轩”账房杨先生接到电话，大惊，当即唤来秦锦才的继女秦玉姣、潘氏与易成仁所生的小女儿易显丽，又让学徒去通知去年出嫁在同一条街上的大女儿易显美，带上店员、学徒各一，一行人坐了一辆出租马车直奔现场，把遗体运了回来。那匹出事的马也是当场死亡，不久后，杨先生又指派店员、学徒雇车把死马运回古玩店。

夤夜出动的刑警去了新兵营操场，没发现“马失前蹄”系受外部原因（比如地面有障碍物等）影响的迹象，又去管段派出所查阅了白天接到出事报告后民警查看现场的记录（其中有跟几个目击者的谈话笔录），也未发现异常情况。总之，从表面看，这是一个意外，这种意外可能跟骑手的驾驭有关，也可能纯是马匹的原因。驭手已经死亡，前面一种可能已经无法查明，那就只有先看看那匹马到底出了什么状况。于是，由“边氏马医”传人边心慈亲自操刀，对马的尸体进行检验。

这匹关东军退役军马就是通常人们所说的“东洋大马”。日本列岛本无好马，长期以来只有木曾马、宫古马等七种土种矮马。直到1862年居住在横滨的西方人将赛马运动引入日本后，日本人才开始进行繁育良种马匹的研究。明治维新后，西方新一代畜牧技术的引进，特别是英、法、美等国向日本输入大量优良马种，使日本缩短了与亚洲其他国家在马匹养殖技术上的差距，日本本土养殖的马匹在体格和能力上大为改观，号称“东洋大马”的自繁驹从此走上历史舞台。

秦锦才的这匹军马，就是日本人用法国诺曼底地区的盎格鲁诺尔曼马和英国纯血马交配后的混血自繁驹，侵华战争中被日军广泛使用。马匹的平均寿命在三十至三十五岁之间，最长有活到六十岁的，但用于骑乘、驮载或驾辕的役马寿命不过二十岁。边心慈根据秦锦才的这匹退役军马的牙齿判断，其年龄大约在七八岁左右，体格尚健，估计其退役原因并非病残，而是日寇投降后被变卖处理之故。

检验马尸不像法医解剖人体那样精细，尤其是对于全身外表的查看。简单看过，边心慈就让助手把死马开膛破肚。马匹的胸腹腔打开后，他首先着眼的就是心脏。尖刀一碰，一股黄色液体喷溅而出，当下倒抽一口冷气：“这是脓液啊！”

整颗心脏逐层打开，一边查看，边心慈一边微微点头。一旁的副组长吉依水见状，不由脱口而出：“是被人做了手脚？”

边心慈不语，随即打开胃脏，又检查小肠、大肠，接着，让助手把脏器中尚未消化吸收的部分食物残存物收集起来，带回去进行化验。第二天，化验结果出来了，该马死于急性特发性化脓心包炎。

马的心脏结构与人类相似，最外面是心包，心包分为两层，外层是单层纤维心包，里层是双层浆膜心包。这两层浆膜心包，分别是紧紧覆盖在心脏表面的脏层心包，及脏层心包外面的壁层心包。浆膜心包之间的空隙称为心包腔，腔隙间有少量浆液，起润滑作用，借以减少心脏搏动时的摩擦。不管是人是马，一旦患上心包炎，心包腔就会过度分泌液体，导致心脏受到严重压迫。最危险的是金黄色葡萄球菌引发的化脓性炎症，秦锦才的坐骑所患的就是这种化脓性心包炎。

那么，平时好端端的一匹骏马，怎么没来由地患上这种凶险的疾病呢？边心慈认为是人为导致。在从死马胃肠内取出的食物残渣中，发现了数种中药、藏药的成分，马匹如果连续数日摄入这几种物质，大概率会患上心包炎。对于马匹来说，得了这种病，肯定没救。与之前发生的绑架案联系起来，基本可以认定杀马是为了杀人，要杀的对象就是“聚古轩”的秦老板。

专案组长俞守木向边心慈请教：“绑匪之前绑架老爷子，应该就是为了给这匹马做手脚，但没能成功。那么，这种即使是业内人士也不一定掌握的手段，绑匪又是怎么知道的呢？”

这个问题，边心慈已经考虑过。他拿出一个长一尺、宽七寸、高半尺，制作精致考究的褐色漆匣，推到俞守木面前。后者打开盖子，匣内却是空无一物，不由大惑不解。

边心慈喟然长叹：“唉——没想到，绑匪还是得手了！”

这口漆匣传到边心慈手里，已经是第五代。匣子里面装的是每代“边氏马医”诊治病伤马匹疑难杂症的病案记录，其中一部分是医治有效的，一部分是医治无效患马死亡或者残废的。边心慈的祖辈据此进行孜孜不倦的研究，提高了医治水平。从第三代传人即边心慈的爷爷开始，为进行更有效的研究，还立了一个规矩：遇到疑难病案，凡是患马医治无效死亡的，免收诊金，马主带走死马，但须把内脏留下供马医研究。

四代“边氏马医”的积累，传到边心慈这一代时，效果逐渐显现，许多在业界被认为是绝症的病例，有不少到边心慈手里已经可以医治了。这口褐色漆匣自是被边仁泰、边心慈父子视为珍宝，珍藏于边宅书房内的一个隐秘角落。

昨日午夜，边心慈被专案组唤到“聚古轩”解剖秦锦才的那匹坐骑，忙碌到清晨才浑身疲惫地回家。先把带回去要检验的食物残渣做了必要的处理，这种处理需要一定的时间，可以先睡一觉。中午醒来，吃过午饭，看看时间差不多了，就开始进行检验。检验结果使边心慈颇为吃惊，这种通过人为施药的手段让马匹在短时间内罹患急性特发性化脓心包炎的病例，五代“边氏马医”中，只有边心慈的爷爷遇到过一例。

那时还是清末，有一次他去四川成都采购药材，顺便跟同道切磋，巧遇一个病例：一对兄弟分家，都想要老父遗下的一匹好马，最后由族中长辈拍板判给兄长。常年跑云贵川藏以收购药材为生的老弟不服，本着“我得不到你也别想得到”的人生哲学，暗下阴招，把马给干掉了。马死后，兄长怀疑是老弟使坏，就请马医检验。边心慈的爷爷正好在那位马医老友处小住，目睹剖检全过程。此事随即由族长召集家族会议议处，那老弟在家法的威慑之下，只好坦白交代，他是用了从藏区牧民处获得的治马（此处的“治”，作“整治”、“报复”解）秘方让这匹马在短短三天里罹患此症的。后来如何处置，边心慈爷爷的病案记录中没有交代。

先前在“聚古轩”后院解剖死马时，他就怀疑是心包炎，食物残渣印证了他的判断，他脑子里马上冒出爷爷的那桩病例记载，寻思难道使用的是相同的手法？于是找出那个漆匣，想看看跟爷爷的记载是否相同。双手甫一端起匣子，感觉分量不对，心里就是一凉，打开一看，已是空无一物！

这就是说，家中曾遭窃贼光顾，把匣子里的珍贵资料一股脑儿盗走了！

俞守木听到这里，提出了一个问题：“那匹马的心包炎这么严重，难道外表看不出来吗，怎么还照样能骑能跑？”

边心慈解释，食物残渣中还检验出了具有麻醉功能的中药成分，以及具有强心、提神功能和强筋、托脓作用的其他药材，这也是被窃资料中记载着的。这匹马的毛病虽然严重，但由于那些辅助药物的作用，炎症没有急剧扩散，只是不断增加心包腔的液体分泌，对心脏逐步产生压力。因为摄入了麻醉药物，又没运动，那匹马并没有明显的不适感。据“聚古轩”方面说，年关已近，秦锦才一直忙于结算账目的事，一连数日没有骑马。如果秦锦才昨天仍未骑乘，这匹马可能在下午或者晚上就会出现症状。可是，秦锦才却在昨天清晨骑乘了，而且挥鞭催马疾奔，牲口的心脏无法承受如此强烈的运动，猝然倒下……

## 六、紧锣密鼓

边心慈跟专案组长的上述谈话是在二分局专案组办公室进行的，他把一应情况一五一十道明之后，脸色凝重、神情忧虑：“俞同志，这个匣子的事，外人是不知道的。该不是我们‘边氏马医’出了内盗吧？”

俞守木对此的看法是，不可能跟“边氏马医”内部的人有关。理由呢？俞守木说：“如果绑匪跟您府上的人——包括您的家人、弟子和用人——有什么瓜葛的话，肯定知道令尊患了老糊涂的毛病，怎么可能冲老爷子下手呢？直接绑你不就得了？再者，他们也不知道你去沈阳开会了，如果知道，就不会紧接着利用老爷子来设法绑架你。这说明他们对您府上的最新情况并不了解，所以我可以断定，此事跟您府上的人没有关系。”

那么，漆匣里的珍贵资料怎么会不翼而飞呢？俞守木认为这个情况应该是比较容易查明白的，他让边心慈把空匣子留下，交给技术人员进行鉴别，看上面是否留下了作案者的指纹，又派人去边宅勘查现场，了解情况——

3月15日，边氏父女先后遭绑架，当天又被释放。专案组将他们送往医院，检查过身体，老爷子跟侦查员说完情况就要回家。边心淑对老爸说弟弟还没回来，家里您老眼下不能待了，我也不敢待，不如去我家先住几天，等弟弟回来，我再把您老送过去。老年人通常都不愿意轻易离开住惯了的地方，边老爷子也是这样。但他经历了绑架后，还真有些怵头，就接受了女儿的建议。

边宅那边，主人一走，弟子、女佣三人也走了两个。一是大弟子薛小成，当天中午家里就托人带话过来，说姥姥病重，惦念着他这个唯一的外孙，让他赶快回家看看姥姥。可是，那时候他正忙着寻找老爷子，哪里敢跟边心淑开口告假？下午就更没法儿请假了——连边心淑都被绑匪弄走了！后来听说边老爷子父女都没事，暂时到边心淑家住两天，总算放了心，跟师弟王振纲打声招呼，回家去看望姥姥。接着，女佣金婶也说要回家看看。金婶就住在不远处的那条巷子里，王振纲说干脆你就在家过夜吧，反正晚上也没啥事儿，有我一个人守着就行了。

其实王振纲也并不是一个人，他有两个哥们儿住在附近，白天在工厂上班，下班回家听说边宅发生了绑架案，不知小王是否有事，便过来关心一下，还带来一瓶酒和几样下酒菜。喝完酒，三人谈兴仍浓，又沏了茶继续侃。聊到将近午夜，王振纲说不如留宿吧，今儿个这里就我一人，住得下。三人一觉睡到天明，没有听见什么动静。

次日，薛小成和金婶都回来了。从这天起，直到19日边心慈从沈阳回来，边宅一直是日夜三人都在，而且薛小成是睡在书房外间的会客室里的——把沙发一翻就是一张床，他已经这样睡了两年多了。如果窃贼要进入书房盗窃，必须先潜入外间，撬门进入书房。边心慈发现漆匣内空无一物后，留意过书架上那些医药书籍，发现已经被弄乱了，说明窃贼是寻找了一阵儿才找到漆匣的。这是需要一些时间的，其间不可能不发出一点儿声响。薛小成睡觉一向比较轻，稍有动静就会苏醒，可那几个晚上，他一直睡得很安稳，没被惊醒过。因此，如果说边宅进了窃贼，只能是3月15日夜间。

刑警对书房现场进行了勘查，在书架和多本书籍上发现了新鲜指纹。稍后的鉴识结果是：书架、书籍和漆匣上有同一人的指纹，与3月15日晚上刑警在“吉记大车店”现场提取到的指纹中的几枚相同。这表明确实是绑匪客串窃贼，潜入边宅书房窃得了他们所需的资料。然后，根据资料中的一个病例进行模仿，对“赛旋风”下手，最终结果是把秦老板送上了不归路！

这样，边氏父女在15日被释放也就有了一个合理解释：绑匪面对着边仁泰“老糊涂”（无法获取他们所要求的“技术指导”）、边心淑“不知道”（对马医技术纯属外行）、边心慈“已被军方聘为马政顾问”（不敢动他）的僵局，不甘就此罢休（如果是受雇于人，还不好交代），于是想到了一个主意，干脆“登门拜访”，不绑架人了，“绑架”资料。至于绑匪如何知道“边氏马医”有资料，有可能是凭猜测——既是“名医”，想必是有秘方的；也有可能是在绑架边老爷子期间，与老爷子闲聊套出了这个话头儿。

那天晚上边宅的人员情况，估计绑匪不可能获得什么情报，而是本着“偷不成就抢”的念头登门的，没想到宅院里三个小伙子都沉沉大睡，也就不惊动他们了，自顾自干活儿就是。如果这个分析是准确的话，那么从书房现场留下的指纹来看，潜入边宅的应是白天那四个家伙，但进书房操作的只有一人，可能这主儿是绑匪中唯一识字的。破获案件后讯问案犯，果然如此。

这个问题弄清楚了，接下来就要考虑如何侦破“聚古轩”老板秦锦才被害案了。一干刑警二上古玩店，分为两拨：吉依水带两名刑警以马厩为中心对整个儿后院进行勘查；俞守木和三名刑警负责与“聚古轩”的员工杂役、秦锦才的家属及用人逐个谈话，了解案发前后秦老板和“赛旋风”的相关情况。

先说俞守木这一路。这一路要询问的对象比较多，于是再进行分工，俞守木和刑警卜超斋负责跟“聚古轩”员工谈话；陈喜雨、姜鸿福负责跟秦宅家庭成员谈话。

按照通常的思路，既然绑匪对“赛旋风”下毒（姑且将边心慈所说的那些中药、藏药合称为“毒药”），那么就要直接下到马厩的食槽里，这活儿须得由可以接近马厩的人干。“聚古轩”是旧时比较普遍的前店后宅格局，前面是古玩店，底楼是店堂，二楼是库房、员工住处；后面是宅院，是老板一家（包括杂役、用人）生活的场所。古玩店的规矩比较大，员工平时轻易是不能进入内宅的。内宅的最后面是一个大院子，马厩就在院子一角。从理论上来说，可以进入内宅的人都有机会往食槽里投毒。但秦宅的情况有点儿特殊，除了马夫佟胖子和马主秦锦才本人，其余人是不能进马厩的，这个“不能”并非秦老板的规定，而是由于佟胖子这个人的存在。

佟胖子人如其名，个头不高，横向发展，既矮又胖；现年五十出头，一直单身。他是行伍出身，年轻时曾在东北军炮兵部队当兵。后来受了伤，一条胳膊自此使不上力，上司让他改行做了马夫——旧军队炮兵部队没有自行火炮，拉炮的汽车也不多，大部分大炮都是用马匹拉的，设有专职马夫。干到“九一八”次年，佟胖子所在部队散伙，这才回到老家长春找了份活儿糊口。这份活儿，就是给“聚古轩”当杂役，历经易老板车祸身亡，秦锦才代理掌柜，继而又与老板娘潘氏成婚，正式当上古玩店老板等一系列事件。

潘氏对前夫车祸罹难刻骨铭心，要求秦锦才坚决不能接触机动车，出门就坐人力车或者骑马。秦锦才有健身的习惯，原来是跑步，听潘氏这么一说，受了提醒，寻思不如去买一匹马来骑吧。当时大量日侨被遣返，被迫廉价处理财产，秦锦才听说一个日侨手里有一匹退役军马，因佟胖子当过多年马夫，就让佟帮着去看马。佟胖子对这匹马赞不绝口，秦锦才就买了下来，试骑了几天，果然不错。秦老板不可能自己料理侍候马匹，说老佟你是行家，以后就专门负责管马吧，其他什么活儿都不必干了。

佟胖子顿时有了一种类似在军队里受到上司器重的荣誉感，以军人执行命令的态度对待这份差使。秦老板是天津租界古玩店出身，具有严谨到刻板的职业素养，管理企业讲究的是“分工明确，令行禁止”，给老佟划定的职责就是把“赛旋风”养好，其余事不必操心，除非秦老板亲口下令才可去做。自此，佟胖子一门心思扑在“赛旋风”身上，顶真到除了秦锦才本人，其余家眷概不准进马厩，更别说古玩店的员工了。“聚古轩”宅院大，有好几间空房，佟胖子原是一个人独住一间的，专职养马以后，搬进马厩与马同住一个屋檐下，可以说是与“赛旋风”日夜厮守。

俞守木等刑警了解上述情况后，认为佟胖子嫌疑比较大，估计这个老兵油子贪图钱财，被绑匪买通了。正准备派两人去医院（“赛旋风”与秦老板出事后，老佟病倒，医生说其患有高血压，心脏也不好，让其住院了）找他，负责勘查马厩和后院的吉依水等刑警传来了消息：后院围墙的墙头、墙体上发现了数处新鲜的攀爬痕迹，可以认定是绑匪在夜晚潜入后院所留。另外，在马厩的食槽沿口和拌料棍上，发现有戴着手套接触过的痕迹。另有若干掌纹、指纹，估计是马夫老佟的（稍后去医院提取佟的指纹作比照鉴定，证实确是如此）。

这样看来，下毒者并非佟胖子，可刑警对其仍旧存疑。佟是昼夜一直待在马厩里的，晚上还得起来数次喂马，绑匪在围墙上攀进爬出，上上下下，又进入马厩往料槽里投毒，动作再轻，也总会发出些许声响。佟胖子近在咫尺，难道就毫无察觉？他那么多年的兵是白当的？况且一个五十多岁的人，睡觉哪有那么沉？

这个疑问，刑警在稍后的询问中得到了答案——老佟炮兵出身，耳朵早已被大炮震得半聋了，他只要入睡，即使在他耳边叫喊也未必立刻就醒。

于是，佟胖子的嫌疑被排除了。

3 月 24 日，专案组开会汇总两拨刑警的调查情况。大伙儿认为，侦查工作进行到这一步，案情的大致脉络已经清楚了——

有人觊觎“聚古轩”后任老板秦锦才的财产，想通过结束其生命的手段获取，遂雇佣凶手谋害。当时新中国虽然尚未成立，但长春已是中共新政权治下，不可能随便把一个老板结果了，所以秦锦才必须死于“意外事故”。正好秦锦才有骑马健身的习惯，策划者就把主意打在坐骑上。如果能够人为制造一次“马失前蹄”，秦老板不死也得重伤。只要重伤，接下来就好办了。案犯很有可能就待在现场附近，没准儿还有车辆等着，出事后立刻把重伤的秦锦才抬上车送医院，途中他们完全可以做点儿手脚，把秦老板送往阎王殿，这种情况下，即使法医检验也难以发现疑点。

那么，策划者是何方高人呢？暂时难下判断。但只要想想秦老板死后有谁可以通过合法手续获取其遗产，那这主儿就有严重嫌疑。往下，不妨直接把秦锦才被害后的受益人作为重点对象进行调查。

重点对象是谁？秦老板的父母已经不在人世，两次结婚均未生育，但其名下有三个女儿，一个是从兄弟那里过继的女儿秦玉姣（侄女），与“聚古轩”前老板娘潘氏结婚后，户口本重新登记，他成为户主，潘氏与前夫易老板所生的两个孩子易显美、易显丽也成为他的女儿。潘氏已死，现在秦锦才也死了，其名下的财产应该归三个女儿所有。因此，三个女儿是秦锦才死亡的最大受益人。如果没有证据表明秦锦才的被害跟私仇或者其他原因有关，那么眼下就只有盯着这三个受益人进行下一轮的调查了。

之前刑警已对易显美、易显丽和秦玉姣的基本情况进行过了解——

易显美二十二岁，初中毕业，1946年出嫁，其丈夫罗祖郯是长春小有名气的古玩修缮匠罗老二的独子，罗家开的“罗记古玩修缮行”跟“聚古轩”向有业务往来。婚后，被“聚古轩”称为“大小姐”的易显美成为罗家的少奶奶，日子过得很滋润，也未曾就业，结婚三年，至今没有生育。

罗家距“聚古轩”不过一里地，但易大小姐除了逢年过节与丈夫携礼回娘家，平时很少过来。易显美性格温柔，甚至有些怯懦，遇事不管有理无理习惯退让一步。可能是自幼就过着富裕生活，她对钱钞不大在意，平时出手比较大方。因此，她每次回娘家，总会带上许多礼物，不但继父、母亲、两个妹妹，就是“聚古轩”的店员学徒、家里的杂役、用人都人人有份。她上一次回娘家是去年重阳节，给父母以及员工、杂役、用人中的长辈送重阳糕。据女佣说，大小姐没去后院，给马夫佟胖子的那份是托女用人捎的。

易显丽十七岁，正在读初二。这姑娘无论身材、容貌、智商、秉性都与其姐大相径庭：姐姐人高马大，妹妹小巧玲珑；姐姐浓眉大眼，妹妹丹目樱唇；姐姐性格温和，妹妹风风火火；姐姐智商平平，妹妹成绩斐然；姐姐笨嘴笨舌，妹妹口齿伶俐。所以，人们都说这对姐妹简直就是老天爷硬拉扯到一个屋檐下的。

当初她们的母亲横遭不测，大姑娘易显美守灵三天，不分昼夜嘤嘤哭泣，出殡时昏厥送医；小学生易显丽则用另一种方式表达她的哀悼，她每天按时辰到亡母灵前焚香哭祭数次，就不见踪影了。待在哪里？躲在自己的房间里为亡母绣一条丝绒盖罩，上面有三十六朵花卉，每绣一朵，就用针尖刺破自己的指头，往花心滴数点鲜血。三天后大殓时，这条丝绒罩就盖在潘氏的遗体上，即刻引发全场悲声。

秦玉姣十四岁，正在上小学六年级。通常说来，这个年龄段的孩子应该不可能涉案，但专案组考虑到其生父（即秦锦才的胞弟）或者家族中的其他长辈有教唆其进行犯罪活动的可能，还是对这个女孩儿的情况进行了调查。

了解下来，秦玉姣在一个外籍教会人士主办的类似贵族学校的寄宿小学读书，平时从周一到周六都是住宿在学校。学校对学生管得很严，不允许学生外出，也禁止亲友入校探视，即使父母也一律拒之门外。秦玉姣每个星期只能回家一次，从周六傍晚待到周日下午，在家时间不到二十四小时。学校的功课安排得非常紧张，哪怕回家也得带上作业本完成作业。也就是说，除非节假日，她是没有时间与生父生母见面的，更不用说其他长辈了。据说秦玉姣很懂事，已经习惯了这种节奏的生活。“聚古轩”的员工和内宅的杂役女佣都可证明，自长春第二次解放以来，秦玉姣的父母或者其他长辈都未来过“聚古轩”。

专案组决定把秦玉姣排除在下一步调查之外，接着，就是分头对易显美、易显丽姐妹的情况进行查摸。

据易显丽在读的私立鸿图初级中学校长、教导主任、级任老师（即如今的班主任）介绍，这位女生属于德智体全面发展的好学生。学习成绩自不待言，小学、初中一直是年级前茅。政治方面追求进步，已经递交了入团申请书。长春第二次解放时，她已上中学，积极参与庆祝解放的游行活动，自发联络文娱爱好者组织文艺宣传小分队在校内外演出，目前正在排练节目，准备参加区里庆祝五一的晚会。此外，她还积极响应政府号召，把自己历年积蓄的压岁钱、零花钱都捐出来接济贫困同学。学校已决定将其列入三好学生表彰名单，并准备上报参加区三好学生评选。

刑警分析，如果易显丽涉案，必须满足一个最起码的条件——有时间和同伙接触，也即3月15日绑匪对边氏父女采取绑架犯罪之前，她就得从繁忙的学业和文艺节目排演等紧张的活动中抽出时间，跟同伙商量如何实施犯罪。可是，据刑警调查，自寒假结束至今，她一直在正常上课，连自修课也一堂没缺席过；其间多次的文艺节目排练、积极分子会议、学校组织的学生代表对解放军伤病员的慰问等活动，她一次也没有落下。

"聚古轩"员工和内宅杂役女佣也证实，自寒假开始到3月15日这段日子，易显丽在家期间，要么做功课，要么和登门的同学一起商量排练节目或捐款的事儿，总之，没有丝毫不正常的迹象。如此，这个十七岁少女也从嫌疑名单上排除了。

另一拨刑警对易显美的调查也在同时进行，没发现她有涉案迹象，但其丈夫、古玩修缮行小开罗祖郯却使刑警产生了兴趣。

古玩修缮匠罗老二祖上是山东郯城，闯关东来到长春定居下来。罗祖郯的曾祖父原是擅长木雕活儿的细木工匠，后来跟一位从北京来的古玩匠人学修缮古董，整整学了十个年头，终于在古董行业闯出点儿名气。又奋斗了二十年，到六十挂零，自己开了一家专门修缮诸般古玩的店铺，即"罗记古玩修缮行"。

这种手艺通常都是会代代相传的，可是，到了罗祖郯这一代，却传不下去了。罗祖郯长得细皮白肉，一双手特别小巧精致，宛如深藏闺阁的千金小姐的粉掌。修缮古董这一行，固然需要一双灵巧的手，但灵巧并不等于小巧精致，不少大件古董比如青铜器、古家具之类，还需要有把子力气，一般干这一行的，一双手伸出来跟寻常木匠、泥瓦匠有一比。罗祖郯的这双手明显不适宜从事家传的行业，老爸、爷爷也就放弃了让其作为传人的念头。

继承不了祖业，那就好好读书吧。罗祖郯读小学的时候成绩不错，而且书读得省力，既不需要补课，也不必老师、家长唠叨，甚至常常缺课，但每次考试都是优秀。他缺课的原因是喜欢武术，经常满城转悠找练家子讨教。到初二的时候，正式拜京剧武生“赛罗成”（艺名）为师。“赛罗成”是成名高手，教得认真，罗祖郯也学得用功，只是这样一来，时间就不够用了，缺课干脆升级为逃学。1944 年十八岁时，这小子不知是怎么想的，经人介绍进了伪满皇宫卫队当了一名卫士。好在一年后日本就投降了，罗祖郯没有陷得太深，没被当作汉奸惩处。回家后闲了几个月，灵机一动做起了古玩掮客。

罗祖郯此举，本意是从此踏上正道，端个饭碗。可他犯了行业忌讳：家里干古玩修缮的通常不适宜做古董掮客，谁知道你出手的古董是不是对破损真品进行大幅度修缮后弄出来的货色，或者干脆就是赝品？长春古董行业圈子不大，都知根知底，罗祖郯只能把生意做到外地去，可外地又没有人脉关系，这样折腾了两年，终于歇菜。于是，罗老二就托朋友给罗祖郯谋了一份银行保安的差使。罗祖郯这回浪子回头，在这个职位上干得还不错。那个年代，他这份职业算是比较体面的，有人找到“聚古轩”秦老板为其大女儿易显美说媒，秦老板一口答应了。

罗祖郯做银行保安，多是夜班，白天休息。可刑警白天到罗家调查，罗祖郯却不在家。问罗老二和易显美，那二位都不清楚，说最近一段时间他似乎很忙，晚上上班，白天也经常不回家，不知在折腾些什么。刑警通过罗家所在的管段派出所悄悄唤来几个邻居，问下来，他们说已经好几天没看到罗祖郯回家了。又前往罗祖郯供职的银行，银行方面说，这主儿春节前就被解雇了！

原来，罗祖郯欠下了高额赌债，债主都追到银行来了。其实，罗祖郯对自己的本职工作还是比较尽心的，上班期间一向循规蹈矩，没有违反过制度，从来不曾有过迟到早退现象，有时同事遇到紧急事儿无法来上班，他替同事顶班毫无怨言。有两次上司忘记给他算加班薪水，他也不吭声，还是财务核对出勤记录时发现的。总之，银行方面对罗祖郯的表现比较满意。但是，银行有一条硬性规定，本行员工不管其岗位是否直接接触钞票，只要发现有赌博行为，一律开除，一次就够了，没有下不为例之说！

那么，罗祖郯离开银行后去哪里工作了呢？这个，银行方面并不清楚。问其他保安，也没人知道。有保安反映，罗祖郯被开革前大约一个星期，似乎非常疲惫，每天晚班哈欠连天。以往上夜班是没人打电话找他的，那几天却经常有人给他打电话，有时一个班头就有七八次；他接听电话时显得心神不定，给人一种鬼鬼祟祟的印象。

专案组认为，这是一个高度可疑的对象，必须尽快找到他！

## 七、真相大白

专案组刑警全体出动，再次前往罗宅所在的管段派出所，请户籍警把罗老二夫妇、罗祖郯之妻易显美传唤来所，古玩修缮行的店员、学徒也唤来了两个。分别谈话，都表示不清楚罗祖郯的下落，只说这五六天都没看见过他。正无奈间，派出所民警老丁突然在门口露了一下头，朝俞守木使个眼色。俞守木估计有戏，出门一问，果然，老丁告诉他，有人能提供线索！

老丁是管治安的，先前在百货公司逮着一个扒手，带回所里讯问。讯问室就在刑警跟罗家人谈话的那间屋子的隔壁，罗老二有点儿耳背，跟他说话的刑警陈喜雨不得不提调音量。这么一来，即使两个屋子的门都是关着的，这边的声音还是传到了隔壁，正在接受讯问的扒手“小棺材”（此人家里原来是开棺材店的）听了个清清楚楚。

“小棺材”还不满十八岁，做扒手的年头却接近十年，伪满、国民党、新政权的局子都进去过，局子里的规矩不用跟他讲，靠检举他人犯罪线索以减轻惩罚的事他也做过。他一边应付着老丁的讯问，一边听着隔壁的动静，听了一阵儿，终于弄清楚隔壁那个耳背的主儿是“大背头”他爹。“大背头”是罗祖郯的绰号，因为他对自己的形象非常注重，出门总是把头发梳理得整整齐齐，上足发油。“小棺材”好赌，经常在地下赌场遇到“大背头”。当然，他认识对方，对方却不认识他——罗祖郯好歹也算是一枚小开，跟“小棺材”这种小瘪三自然是老死不相往来的。

然后就要说到“小棺材”向老丁提供的线索了，说是昨天中午他在北平大街（后改名“北京大街”）见到过“大背头”，当时，这主儿正从“逍遥馆”出来，在路边招洋车。俞守木听老丁如此这般一说，顿时来劲儿，招呼一干刑警直奔北平大街“逍遥馆”。

“逍遥馆”这名称听上去容易使人将其与烟花场所联系起来，实际上跟妓院不沾边，是一家兼营餐饮项目的旅馆，也是长春有名的八个地下赌场中历史最悠久的一个。

清朝同治元年，官府时松时紧的禁赌风正在比较严厉的阶段，有一个名叫李常学的秀才顶风作案，在自家生意萧条的饭馆下面挖了一个地下室，装潢一新，暗暗招徕赌徒聚赌，一时间营业额大涨。李老板根据顾客需要，又增加了住宿客房，供一些喜欢不分日夜连续参赌的赌徒住宿。此后，“逍遥馆”的老板换过十几茬儿，经历过不知多少次查抄，竟然每次都是有惊无险。抗战胜利后，“逍遥馆”被据说曾给胡子当过线人的俄式点心师尚兴发盘下，推出俄式菜肴，请了一班白俄乐师组建了一支乐队，又改造地下赌场设施，从上海购买了不少西洋赌博器具，开始了新一轮地下赌场的经营。

现在，这个胖得如同一尊弥勒佛的尚老板诚惶诚恐地站在一干刑警面前，他以为这些便衣是来查封“逍遥馆”的，说不定还要请他进局子。待刑警道明来意，尚老板不禁长长吁出一口气：“您几位说的是‘大背头’啊，我认识，认识！诸位先生请坐……”说着一挥手，立刻有侍者送上烟茶和俄罗斯甜点。

俞守木摆手制止：“招待就不必了，咱们想吃也付不出钱。你还是说说罗祖郯的情况吧。”

尚老板告诉刑警，“大背头”是3月7日来“逍遥馆”的，一待就是五天。他是常客，跟老板账房侍者杂役个个都熟。这天一进门，大伙儿就看出这主儿今天身上揣着的钱钞够他好好赌一阵了。后来知道，罗祖郯的赌资并不多，之所以精神特别振奋，是因为吸过白粉了。既然没带多少赌资，怎么能在赌场一待就是五天呢？原来这家伙碰上了有生以来第一回也可能是最后一回好运，竟然一连赢了三天。从第四天开始走背字儿，到第五天中午终于输干净了。“逍遥馆”有个铁规矩，输光后必须立即离开，赌场不提供借款服务，赌徒之间不准借债欠账（至少在赌馆里不允许）。所以，“大背头”大啖了一顿“逍遥馆”提供的丰盛午餐后，开路。去了哪里？无人知晓。

侦查员决定在罗宅和“逍遥馆”蹲守。两天过去了，没有动静。第三天上午，获得一条信息：3月24日晚，罗祖郯为筹赌资拦路抢劫失风被捕，现关押于长春市公安局第一分局看守所。

俞守木、吉依水当即率领两名刑警前往看守所提审，哪知竟是兴冲冲而去，灰溜溜而归——罗祖郯没有作案时间。他被银行辞退后，一时找不到合适的工作，但也不想在家待业，免得老爸聒噪，干脆不告诉家里自己已经失业，还是每天晚上外出“上班”。去哪儿呢？在他看来，只要兜里有点儿钱钞，凑几个朋友找个旅馆开房间聚赌是首选。这样的日子过到3月16日方才结束（其中也包括在“逍遥馆”里混的五天），结束的原因是一起玩儿的一个哥们儿因历史问题突然被公安局抓走了，据说犯的事儿还不小。其他几个哥们儿担心警方不问青红皂白把他们也提溜到局子里去接受审查，立刻作鸟兽散。

上述情况有旁证，证人就是这次和罗祖郯一起抢劫失风被捕的两个哥们儿。两人不但证明罗所言属实，刑警还从他们嘴里得知了最近一段时间罗的大致活动情况，以及凑在一起瞎折腾的其他几个家伙的名址。随即找上门去了解，最终排除了罗祖郯的嫌疑，这条原本被寄予很大希望的线索也断了。

到这一步，专案组无计可施了，组长俞守木说要么咱们复盘试试，看看之前是否有什么遗漏的内容。没想到，还真给俞守木说着了。3月29日下午，专案组第二次梳理案情，说起绑架窝点即原“吉记大车店”时，发现漏掉了一个细节未曾核查——

据原“吉记大车店”老板吉祥德之子吉端火告诉刑警，他当时正在公园打拳，突然来了一个自称刘二愣的家伙，跟他商量是否可以把原大车店的宅院租给他半个月，他愿意支付三个月的房租。前面说过，吉端火正热衷于炼丹，手头拮据，没有犹豫就拍板成交了。这段话，当时听上去并无破绽，专案组也没有深究，现在大伙儿复盘，意识到如果钻牛角尖儿的话，这个细节其实是应该再核实一下的。那么，是不是需要钻一回牛角尖儿呢？大伙儿讨论下来，一致认为目前其他线索都断了，这个牛角尖儿还真有必要钻一回。

俞守木和吉依水交换意见后，决定由吉依水、姜鸿福、卜超斋三人先去找吉端火，再次核实这个细节，如果他还是这么说的，那就请他把当时在场的熟人名字说一下，告诉他专案组准备去找这些人了解相关情况。这个主意是吉依水出的，因为他跟吉祥德是熟人，甚至还有点儿私人交情，小吉平时管他叫叔，如果这小子故意隐瞒了什么，这是给他一个说清楚的机会。

诚如所料，小吉果然故意漏掉了一点没说。吉依水刚刚把话头递过去，吉端火就慌了："叔，我那天忘记说了，那个刘二愣在公园找我讲租房的事儿，事先有朋友给我打过招呼，不过他没说刘二愣要租房，只说一位姓刘的朋友有事要我帮忙。"

这个朋友姓任名昀，二十三岁，家里是经营铁器店的，伪满后期当过伪军官的传令兵。抗战胜利后，回家跟着老爸打铁，手艺不咋样，倒有一身蛮力。刑警通过派出所将其传唤，直接带到驻地，问他跟绑匪刘二愣的关系。任昀不敢隐瞒，只得如实交代——

刘二愣真名叫刘纯阳，以前是"一把刀"匪帮的成员，伪满时期经常来他老爸开的铁器店买刀具，有时急着取货，干脆就住在店铺。就这样，两人相识并交上了朋友。任昀做传令兵时，曾偷偷送了些子弹给刘。抗战胜利前夕，胡子头目"一把刀"被暗杀，匪帮随之散伙，刘纯阳也不知去向，直到最近才突然露面，请任昀帮忙联系吉端火。

长春已经解放，政府的政策天天宣讲，这时候任昀其实是不敢跟刘纯阳这号人接触的。可他也知道，这主儿以前打家劫舍杀人放火的事儿没少干，担心如果拒绝对方的要求，万一这家伙翻脸，会对自己下毒手。反正就是跟小吉打个招呼而已，算不上什么大事儿。回头跟小吉一说，自然没有问题，回复刘纯阳后，刘说天色已晚，咱们去"蜀美肴"

吃川菜，我请客。

到了饭馆，跑堂把两人迎入用屏风遮挡着的雅座，刚点完菜，又来了一位，刘纯阳介绍说这位是葛老师。那是位瘦高个子，二十五六岁，脸面有些长，五官倒还端正，穿一件咖啡色皮夹克，外罩黑色薄花呢风衣，头戴一顶同样颜色的鸭舌帽，颇有风度，疑是富家子弟。席间，葛老师话不多，都是刘纯阳在说一些他以前进山挖棒槌（人参）时的经历。那顿饭是葛老师付的账，饭后，葛老师说去咖啡馆坐坐，刘纯阳就跟任昀握手道别。

专案组分析，刘纯阳即是绑匪刘二愣这一点已经没有疑义，他找任昀是为绑架案做准备。葛老师找刘纯阳又是为啥事儿呢？任昀说这位葛老师风度翩翩，这样一个角色怎么会跟刘纯阳这种歹徒交上朋友？莫非他就是谋杀秦锦才一案的策划者？

再回到“秦锦才被害的利益相关人”这个问题上，大伙儿的思路一下子清晰了，有侦查员一脸恍然大悟的样子，说那个葛老师会不会真的是个老师？会不会是“二易一秦”三女中某一个现在或曾经的老师？

3 月 30 日，专案组从教育局要来了秦玉姣所在小学及易氏姐妹小学、初中时期班上男老师的名单，重点是易氏姐妹。可是，教过易氏姐妹的中小学男教师中既无姓葛的，也没有与任昀所说的那个葛老师相貌特征相符的对象。再查秦玉姣的老师，也没有。

难道判断有误？俞守木说别着急，思路没错，再想想。片刻，吉依水突然一拍桌子：“会不会是代课老师？”

侦查员一个电话打到易显丽在读的初中，一问，果然有一个代课老师姓葛，是教体育和音乐的。当天傍晚，代课老师葛轶昌和十七岁的女学生易显丽落网，两人对合伙密谋杀害秦锦才的罪行供认不讳——

令人难以置信的是，把秦锦才干掉的计划竟是易显丽提出来的，而且，她产生这个念头的时候，不过十四岁。那是母亲去世的当天晚上，她参加了守灵，午夜过后，她迷迷糊糊地瞌睡了一会儿。蒙眬中，听见一起守灵的两个古玩店店员轻声聊天，说潘太太殁后，今后“聚古轩”就是秦老板一个人的了。那二位以为小女孩儿睡着了，没想到易显丽听得清清楚楚，当下瞌睡马上没了，心里倏地产生一个念头：“聚古轩”是我父母的财产，怎能落入他人之手？如果真是这样，总有一天我要杀了他！

办完丧事，古玩店的股份果然全部转到了秦锦才一个人的名下。易显丽表面上还是跟以前一样，每天亲热地管秦锦才叫着“爹”，内心却已经判了秦老板死刑。几时执行？易显丽的想法是：等我有能力的时候！

易显丽从小就特喜欢看小说，因为立下了这么一个“誓愿”，就开始收集中外侦探小说，课余反复阅读，还写下了读书心得。去年秋天，易显丽升入初二。由于战事，实际开学晚了一个多月。出于同样的原因，几乎所有学校都师资短缺，只好临时请代课老师。易显丽在读的初中一共来了四位代课老师，其中葛轶昌担任学校全部班级的音乐老师和初二年级的体育老师。葛是一位不但有才华而且特别幽默有趣的帅哥，受到了学生们尤其是女学生的欢迎。

不久，葛轶昌担任了易显丽所在班级的级任老师。易显丽是班干部，与葛老师的接触自然频繁。稍后，开始排练文艺节目，酷爱文艺的易显丽不无惊喜地发现，葛老师能够演奏多种中外乐器，而且能创作歌曲、剧本。去年11月间，易显丽在还给葛轶昌一本借阅的小说时，在里面夹了一纸表达感情的条子。那个时代，初二女生别说恋爱了，结婚的也有，师生恋不多，但也不算罕见。两人的感情急剧升温，到放寒假前，易葛两人终于超越了那条界线。这一切并未被其他师生察知，都以为两人的频繁接触是由于学习、排练节目和班级活动等的需要。

易显丽不过是一个十七岁的少女，自然要把葛铁昌当作最贴心的爱人看待。葛铁昌倒也并非那种寻花问柳的花花公子，他确实很喜欢易显丽。于是，易显丽把自己的心事告诉了葛铁昌，希望得到爱人的相助。按说葛铁昌比易显丽大七八岁，知道轻重，应该对她进行开导，可他竟然决定向易显丽提供助力。据其交代，做出这个决定的原因是易显丽能够继承部分遗产。

葛铁昌的父亲是帮会头目，两年前被不知何方的刺客暗杀了，至今不知凶手是谁。不过，其父是恶霸，即使不被暗杀，新中国成立后多半也要上刑场。父亲死后，家境败落，过惯了少爷生活的葛铁昌尝到了贫困的滋味，对金钱产生了特别强烈的向往，而易显丽一旦继承财产，他的窘况就可以得到根本改观。干掉秦锦才后，等易显丽分到遗产，估计已经初中毕业了。两人约定，届时举行婚礼，婚后开一家琴行，葛做老板，兼带教授钢琴、小提琴等乐器。

两人随即策划行动方案。其实易显丽已经有了初步计划，打算利用“马失前蹄”制造意外，葛对此进行了反复斟酌，建议增加一个预案：届时他会雇一辆出租马车在新兵营外围等候，如果秦锦才坠马后未死，他就“见义勇为”，送伤员去医院，途中小做手脚，送秦老板最后一程。

易显丽原准备自己下毒，毒药就是从药店购买的泻药。葛铁昌意识到这个环节不太靠谱，要把事情做得天衣无缝，必须专业一些，那就需要“边氏马医”了。边家有秘方，可以按照你的意图摆布任何一匹马。当然，登门讨教是没用的，人家也不可能告诉你，只好设法绑架边老爷子，逼他就范。至于怎样绑架，那就需要葛老师出面操办了，不过，葛老师手头拮据，雇佣绑匪的费用，还要易显丽想办法。易显丽看多了侦探小说，又是不知天高地厚的性格，利用继父的疏忽偷拓钥匙印模，配制了秦锦才保险箱的钥匙，还设法搞到了密码，遂从保险箱里偷出了十两黄金。秦锦才哪知已经着了这少女的道道儿，再说保险箱里的东西又不是经常检查的，所以至死也不知道此事。

资金有了，对于葛铁昌来说，找个绑匪并不算费事。他已故老爸是帮会头目，徒子徒孙少说上百，人死后虽然树倒猢狲散，但真要找的话，还是可以找几个的，让他们帮着干点儿活不成问题，何况还有十两黄金。

刘纯阳曾是胡子小头目，手下有几个喽啰，新中国成立后胡子干不成了，正在车站扛大包挣饭钱呢，听说有财路，当下纠集了唐应武、包启禄、宋纪纲三人。他们对于绑架是行家里手，租了房子、盗了马车就开始行动。没想到边老爷子已经老糊涂了，就把主意打在他儿子身上。不料又是不顺，边心慈不在长春，还被军方聘为顾问。

往下该怎么办？这活儿必须得完成啊，葛少爷黄金都付了。四人一商量，就想到了去边宅盗窃资料。出发时并无把握，没想到很顺利就搞到手了。至于潜入“聚古轩”给马下毒，这活儿倒不算犯难，因为他们已经从葛铁昌口中知道马夫耳背严重。至此，四人的使命结束，完事后又去车站扛大包了。葛铁昌、易显丽交代了一应罪行后，专案组随即出动前往车站，将刘纯阳等四人拿下。

1949 年 9 月 26 日，长春市军管会对一应罪犯进行宣判，判处葛铁昌、刘纯阳、唐应武、包启禄、宋纪纲死刑（刘唐包宋四犯新旧罪行合处），立即执行；易显丽获刑二十年。

# “水鬼大盗”疑案

## 一、外轮失火又失窃

1949年7月2日午夜，沉寂的黄浦江上已经鲜有机动船只航行了——当时的黄浦江水上运输，远不及七十年后的今天这样繁忙。外滩那口著名的海关大钟刚刚敲响十二下，突然，停泊在中山东二路27号英国太古轮船公司前方江面上的“尼雅号”货轮倏地冒出一团火光，火势渐渐扩大，在暗夜中分外醒目。但是，轮船上的船员并无反应，岸上太古轮船公司的夜间值班人员也没有发现。

两三分钟后，还是附近小南门瞭望塔上的值班消防员首先发现了火警，赶紧拨通了轮船公司的电话。太古公司夜间值班员接到报警，拿起望远镜一看，便断定那是本公司“尼雅号”轮船，起火位置位于船舷外侧的救生艇上，当即通过无线电呼叫“尼雅号”。

按照规定，轮船即便在停泊状态，也应该安排专人昼夜值班。稍后知道，“尼雅号”上这天确实有船员值班，那是英国籍水手布特，可能白天工作累了，也可能喝了酒，反正值夜班时不知不觉就打盹儿了。被公司的无线电呼叫惊醒后，这老兄的脑子还处于混沌状态，不知仅仅是救生艇失火了呢，还是另有情况，立刻拉响了警报。

顿时，全船惊动。太古公司经营的是远洋航线，最远的是西欧到上海，近的也是上海至营口，公司规模大，管理也规范，自有一套应急预案，平时也经常演练。所以，船员虽然紧张，但并没有乱成一锅粥，按部就班，各自按照平时的演练行动就是。像这种救生艇着火的情况属于小事故，自是三下五除二就料理定当了，倒是接下来清理现场的活儿更麻烦些。甲板上的水手在忙碌，船舱里的船长、大副等也不轻松，虽然事故小，也需要立刻向公司报告，还要接受当地公安、消防部门的调查。

夏季天亮得早，这么一番折腾完，已是拂晓。大伙儿都去船上餐厅吃早饭，准备吃完后再补个觉。这时，有人从外面慌慌张张跑进来，原来是英国二副。二副说先前听见警报，随手把手表往床头柜上一放就跑出去救火，等回到舱室一看，竟然没了；再看枕头下的钱包，也已经不翼而飞！

二副这么一咋呼，众人都坐不住了，纷纷去自己的舱室查看。查看下来的结果令人大吃一惊：“尼雅号”是一条三千二百吨的远洋货轮，共有船员三十四名，失窃的竟有六位，分别是船长、大副、二副、三副、轮机长、大管轮——都是高级船员。被窃财物合计英镑二百一十镑、美金四百五十五元、港币一千五百四十元、银元四十七枚、手表三块、照相机两台、黄金框眼镜一副、金笔三支，另有黄金戒指、项链等四件。

这下，“尼雅号”船长阿尔杰恼火了。主要还不是因为他也遭受了损失，而是对“尼雅号”上竟然发生了这种显然是内部人下手的盗窃案感到震惊。阿尔杰年近五十，在海上奔波了半辈子，光船长就当了十八年。航行在外的船只，不管吨位大小，不论邮轮、货轮抑或客轮，都是一个漂流于大洋上的独立王国，船长就相当于这个王国的国王。轮船的安危，基于一个合格船长的管理，因此船长在船上是绝对权威。可以说，每个船长都把自己管理的这艘轮船的名声看得非常重要，阿尔杰也不例外。现在，有人在他的“王国”里做出这等下三烂的事，他当然不能容忍。

“尼雅号”是一艘出厂还不到两年的新船，正式东家是伦敦卜内门远洋运输公司。出厂伊始，由于卜内门公司在经营活动中遭遇意外，导致头寸紧张。为防止发生股票挤兑，就把这条新船租借给太古公司，借期三年。根据行业里不成文的规矩，如果“尼雅号”在远洋航行途中发生救生艇失火和盗窃案之类的小事故，船长可以不向太古公司、卜内门公司报告。但如若这种情况是在锚泊地发生的，至少要向对涉事轮船有掌控权的新东家报告。可是，本着“家丑不可外扬”的心思，阿尔杰仅仅向太古公司报告了救生艇失火的消息，至于盗窃案，他既没有向锚泊地上海警方报案，也未告知近在咫尺的太古公司，而是决定自己调查。

阿尔杰不是侦探，对侦查这一行的了解仅限于在船上无聊时读的《福尔摩斯探案》之类的推理小说，对自己是否能在三十多名船员中找出案犯，并没有足够的把握。不过，他却有一种跃跃欲试客串一回侦探的冲动。当下，阿尔杰下令：所有人都不许离开餐厅，参加一场全船人都参与的特殊游戏。

先前指挥救火时，阿尔杰就已经在考虑救生艇上的这把火是怎么烧起来的。大副猜测可能是由于天气炎热引发的自燃，阿尔杰对此观点基本不认同，他是老船长，当然知晓夏日里航行在毫无遮蔽的大洋上被强烈的阳光灼烤的滋味，也不止一次遇到过船上包括救生艇在内的设施、货物因此自燃的情况，但这次火灾事故明显不属此列——正是 7 月份，江南地区还没“出梅”（梅，指黄梅天），空气湿度大，日照并不强烈。所以，火被扑灭后，阿尔杰已经下令封存从被烧损的救生艇里取出的所有物品，准备拜访当地消防部门，请专家进行鉴定，看起火的原因究竟是自燃还是其他人为原因。

盗窃案发生后，阿尔杰马上断定这是一场人为制造的火警，此举并非为烧毁救生艇，而是想通过纵火引起全船混乱，作案者就能趁火打劫。于是，阿尔杰当众要求纵火者自首，他以“尼雅号”船长的名义发誓：此事内部处理，不向上海警方报案，也不会向太古公司、卜内门公司报告；自首船员的姓名，船长永远不会向任何人透露，其工作岗位及薪水亦不会受到任何影响。

阿尔杰说完，让船医兼报务员亚尔林拿来一沓白纸和一盒印泥，每个船员发一张纸，在纸上写下自己的姓名，按上左手拇指印，折叠起来放进一个木头盒子里。阿尔杰解释，这是给自首者一个机会，自首者只须按上半个指印以示区别，阿尔杰会单独打开这个盒子。对此，众人都没有不同意见，那就开始“游戏”了。阿尔杰自是以身作则，第一个把按上指印的纸张放进木盒。

那么，是否有效果呢？很遗憾，阿尔杰把盒子拿回自己的船舱，打开之后逐一阅验，每张纸上都是完整的指印。这就是说，全船三十四名船员都否认自己犯罪。

往下该怎么办呢？那就只有挨个儿盘问了。阿尔杰让每个船员当众报出自听到警报到后来的灭火、清理现场结束这段时间各自在干些什么，有谁可以作证。以刑事侦查的专业眼光来看，阿尔杰那个按指印自首的“游戏”显然过于轻率，但第二个主意是对路的，换了刑警也会这么做。不过，这个主意还没来得及实施，就被来访者打断了。

来访的是上海市人民政府公安局下辖水上分局的两名警员，还有一名消防专家和一位精通外语的外事警察。尽管火警不大，估计损失也很小，但公安和消防部门还是需要到现场查看一番，了解一下情况。

一行人登轮后，方知“尼雅号”上除了火警，还发生了一起盗窃案。这起盗窃案的案值以中国方面的标准来评估，已经算是“重大盗窃案”了。水上分局的两位警员非常重视，在听取阿尔杰的介绍时，对盗案的关注程度明显超过火警。他们的看法也跟阿尔杰差不多：一是认为火警并非巧合，很可能是有人故意制造，为的是趁火行窃；二是也倾向于内部船员作案。

如果没有消防专家姜先福在场，接下来的调查方向基本就是阿尔杰船长刚才的思路了。姜先福早年留学法国专门攻读过消防专业，曾受沪上法租界、英租界聘用，负责踏勘与火警有关的刑事案件现场，后又被国民党上海市警察局聘为火警技术鉴定专家。上海解放后，以痕迹专家的身份在上海市公安局任职。他是旧警察局的编外专家，主业是经营消防器材，所以不算留用人员。姜先福的专家身份不是吹出来的，这人有真本事。他一出手，立马把阿尔杰船长给镇住了。

听取了情况介绍，老姜提出想查看一下已被封存的失火救生艇以及艇上的所有物品。这些东西就堆在船尾，用一块大油布遮盖，四周还用绳索紧紧扎住。待水手把绳索解开，油布揭去，姜先福发现那艘被烧得面目全非的救生艇里还有不少积水。他要求水手把艇里的水舀出来，暂时盛放在容器里，以备必要时取样化验。很快，水舀干了，姜先福一样样检查艇上物品，最后，指着一堆救生食品对警员说："请把这些拍摄下来。"

检查完毕，大家都去了餐厅。阿尔杰询问接下来该如何调查，老姜从他随身带着的那个黑色公文包里掏出一个拍纸簿，在上面迅速划拉出一幅草图，众人马上认出，他画的就是刚才拍摄下来的那堆救生食品。老姜指着草图问："阿尔杰先生，如果我猜得没错，这些救生食品应该是盛放在某件容器里的，是吗？"

姜先福是留学海归，精通英语和法语，这话是直接用英语询问的。阿尔杰当即点头："是的，救生食品都是装在专用防水袋里的。"

"那么，现在防水袋到哪里去了呢？"

"这……可能已经被烧掉了吧。"

"如果防水袋被烧掉了，盛放在袋里的食品为什么没有被烧掉？如果说是扑救及时没被殃及，外包装上也应该留下焦痕。可是，这些食品的外包装完好无损，这说明了什么呢？"

姜先福这么一说，两个警员顿时领悟，频频点头。阿尔杰毕竟是外行，犹自摸不着头脑："这能说明什么呢？"

姜先福告诉船长，"尼雅号"全体船员应该都是清白的，他们中没有人跟这次火警和失窃案有关，纵火和盗窃的案犯应该是从岸上或者其他船只下水，游到"尼雅号"舷侧，设法攀爬上船，进入悬在高处的救生艇，撕开一包救生食品，把里面的东西倒出来，防水袋随身收藏。然后，他点燃救生艇，悄然溜到甲板上，躲藏在货物堆的空隙间。待全体船员一齐出动救火时，他趁机溜进舱室行窃。由于时间有限，他只光顾了部分舱室，把赃款赃物放入防水袋，依旧是泅水而遁。

一番分析让阿尔杰船长折服，继而为“尼雅号”全体船员的清白长出一口气，握着姜先福的手反复表示感谢。

那么往下应该怎么办呢？姜先福对两个警员说，这就不是我的活儿了，该您二位处置了。那二位都是科班出身的旧刑警，上海解放后被留用，调到水上分局。两人合计，认为这是涉外刑案，水上分局没有权力直接处置。遂一人留在船上保护现场，另一人上岸去十六铺客运码头警务室，打电话向领导报告。

## 二、嫌疑对象杜和尚

水上分局领导接到报告，随即致电市公安局。半小时后，市局回电：该案由市局刑警处和水上分局刑警队组成联合专案组进行侦查。

7月3日上午七点多，在中山东二路27号英商太古轮船公司门前，上海市公安局刑警处派出的三名刑警曲报国、孔和声、邹繁和刑技鉴识员老吕与水上分局刑警潘裕明、方森会合，乘坐汽艇直趋停泊在江面上的“尼雅号”，这五人加上已在“尼雅号”上保护现场的刑警于一木、张何方，组成侦查“尼雅号”盗窃案的专案组，组长由八路军武工队出身的曲报国担任，中共地下党员（公开身份依旧是留用刑警）潘裕明任副组长。

由鉴识员老吕主持的现场勘查非常细致，勘查位置主要集中于船舷栏杆、系住缆绳的江中锚泊浮筒、失窃船员就寝的舱室、从甲板到悬于半空中的救生艇的攀爬通道（案犯在救生艇上留下的痕迹已在救火过程中遭到破坏，无法进行鉴识），发现了多枚清晰的指纹以及光脚足迹。经与“尼雅号”船员的指纹、足迹比对，证实了之前消防专家的判断：

案犯并非“尼雅号”船员，身高在一米七左右，体态较瘦。

昨晚轮到水手布特值班，由于他喝了酒，被江风一吹，凉爽舒适，倦意渐袭，不知不觉就打盹儿了，案犯沿着锚泊浮筒的缆绳攀爬上船的过程中，他一点儿动静也没发觉。从理论上来说，案犯可以采用两种方式从岸上抵达浮筒：一种是乘坐小舟，另一种是泅水。尽管布特没听见动静，但刑警判断案犯是泅水抵达浮筒的，因为他在放火前窃取了盛装救生食品的防水口袋。如果他是乘坐小船过来的，就没必要使用防水袋盛装赃款赃物了。

从案犯超常的攀登能力来看，可能接受过消防或者军事方面的训练，也可能从事过电力、电话、船舶制造、建筑等行业，有高空作业的经验；结合案犯的作案过程，即“从锚泊浮筒沿缆绳攀爬登船，上到悬在半空的救生艇，纵火后躲藏于货堆之间，趁救火时的混乱直奔高级船员舱房，得手后从容逃离现场”，可以推测此人对远洋轮船非常熟悉，在上面划定的范围中，最先考虑的应该是大型造船厂；根据其使用特制工具精钢撬棒撬窃舱室锁具的情况判断，此人可能是个“外国铜匠”（旧时沪上对钳工、机修工的称谓）；作案者策划周密，来去从容，作案过程中没出丝毫纰漏，应该是个惯犯。

那么，应该采取什么措施对该案进行侦查呢？专案组经过讨论，决定采取三个步骤：一是对赃物进行布控。由于该案涉及的赃款赃物全部是“黄白绿”，即黄金、银元和外币，除了要向钟表、首饰、旧货行业发出协查通知，还应请全市各分局、派出所对倒腾“黄白绿”的“黄牛”予以密切关注；二是分头走访上海滩的六家大型船厂，即江南造船所（1953 年易名江南造船厂）、英商马勒机器造船厂（沪东造船厂前身）、英商英联船厂（上海船厂前身）、中华造船机器厂（中华造船厂前身）、法商中法求新机器制造轮船厂（求新造船厂前身）、张华浜船厂（东海船厂前身）；三是对“尼雅号”停泊地点的浦西、浦东两岸的临江居民、小贩、途经的路人以及江边停泊的小型船只上的船民进行访查。

以上三路调查需要同时进行，这样，专案组的人手就不够分派。其时上海解放不过一个多月，治安形势严峻，警力却十分短缺，面对专案组增加人手的请求，领导无人可派，只得调拨七名青年治安积极分子（相当于现在的志愿者）给专案组打下手。

十四人一连调查了两天，没有获得任何线索。六家造船厂家家跑到，其中五家都比较配合，英商马勒机器造船厂却把刑警拒之门外。厂方称其老板马勒先生已去香港，他们做不了主，得请示获准后才能准许警方进厂调查。无奈，专案组只好通过私人关系悄然约见该厂的管理人员，要求协助警方查摸相关情况。

马勒船厂那边还没有消息，专案组忽然接到黄浦分局南京东路派出所打来的电话，说中央商场内一家专门做钢笔买卖的小店收进了两支钢笔，正是协查通知中所列的“帕克”和“犀飞利”品牌，其中那支“帕克”的笔杆上还刻着一行英文字母（因字迹有些模糊，又是花体，难以辨认），与布控赃物特征高度相似。专案组副组长潘裕明即率两名志愿者小刘、小常前往中央商场。

店主老罗原是骑着自行车沿街吆喝的修笔匠，继承了家族长辈赠予的一点儿遗产，以此作为本钱在中央商场开了这家买卖旧钢笔的小店。因为长期从事这个行业，他认识全市各区几乎所有沿街吆喝招徕生意的修笔匠，受益于此，两年生意做下来，不但挣回了本钱，还小有赚头。7 月 3 日傍晚，他收到南京东路派出所民警的口头告知，要他多加留意如此这般的两支钢笔，一旦发现，立即报告。

今天上午十时许，一位顾客登门。这是老罗的朋友小麻，住南市老城厢，是个全市到处转悠沿街吆喝的修笔匠。当时的规矩，修笔匠也兼做钢笔买卖的小生意，昨天下午小麻被人当街唤住亮出两支钢笔时，便知道生意来了。对方是一个二十四五岁的青年，穿一件被沪上市民称为“老头衫”的白底无领汗衫，当胸印有正在波涛中航行的轮船图案。小麻验看过钢笔，最终以三万元成交（此系旧版人民币，与1955年发行的新版人民币的兑换比率为10000∶1。下同）。今天上午，小麻把这两支钢笔拿到中央商场老罗的店里，老罗一看，寻思这不是派出所民警交代的那两支钢笔吗？他跟小麻是关系不错的朋友，但此刻当然不能对他明言，还得假戏真做，便按照老规矩加价一倍收了。送走小麻后，老罗就给南京东路派出所打了电话。

当下，潘裕明问明了小麻的住址及其平时的活动区域，带上志愿者小刘、小常直奔南市老城厢。找到小麻后，因为要做笔录，就将其带到附近派出所。当时人们的生活水平普遍较低，别说钢笔了，就是一条用过的毛巾也可能被小偷盯上。小麻干这一行多年，已经不止一次因收购了赃物遭警方盘诘，倒也没有大惊小怪，只是自己刚刚收进的六万元钞票怕是保不牢了，想想颇有些肉疼，更担心派出所还要因此为难他。好在潘裕明一见面就跟他讲清楚，赃物当然要没收，收购赃物的钱款肯定也打水漂了，但只要如实说明情况，警方绝不会以收赃销赃为由难为他。小麻只好自认倒霉，赶紧竹筒倒豆子吧。

小麻所说的情况与老罗吻合，他是在浦东洋泾镇街上吆喝时遇上那个“老头衫”青年的，对方比他高半个脑袋，一张准小白脸，伸出手递过钢笔时，手指头显得细长，疑是扒手。

返回水上分局专案组驻地，潘裕明把情况向组长一汇报，曲报国不住点头：“咱们这就去洋泾。这么一个小镇，要访得这主儿应该是比较容易的。”

当时上海有三十个区，位于郊区的有十个，坐落于浦东西北角的洋泾区是其中之一，洋泾镇是洋泾区政府所在地。曲报国、孔和声、邹繁、方森四名刑警加上三名志愿者抵达镇上后，先去派出所，一说那个穿“老头衫”的青年，民警马上说知道。此人姓沈名国雄，绰号“小扁头”——估计是取其后脑勺呈悬崖峭壁状之意，其父是盲人，以算命为业，据说算得比较准，在浦东这边有点儿名气，人称“小铁口”。小扁头自幼体弱多病，七年前又患上肺结核，无业也无妻，终日在镇上转悠，结交三教九流，人头很熟，不论是抗战胜利后国民党警察局下辖的警察所，还是新中国成立后公安局的派出所，都经常找他了解一些当地的治安情况。至于他本人，倒是没听说涉及什么刑事案件或治安纠纷。

不过这次，这小子多半要涉及刑案了，派出所民警随即把“小扁头”传唤来所。原以为这厮会矢口否认，哪知刑警刚提起两支钢笔的话头，他就点头连称“有这事，有这事”。既然有这事，那就说说吧——其实刑警一看这主儿的身材、气色，就断定他不会是在“尼雅号”上纵火盗窃之辈，估计钢笔是从其他渠道获得的。果然，“小扁头”说他是受人之托，托他的那位是镇东北黄浦江畔土地庙的杜和尚。担心受连累，“小扁头”又赶紧声明：“两支钢笔一共卖了三万元钞票，我一分没拿哦！杜和尚说改日请我喝‘荷兰水’（旧时沪上对汽水的称谓）。”

杜和尚并非僧人，“和尚”是其名字。这名字有点儿奇葩，现如今去派出所上户口的话，民警大概会有异议。但在旧时，底层百姓起名比较随便，阿猫阿狗都有，叫“和尚”也不足为奇。“和尚”是名字，土地庙却是货真价实的，不过早已败落，漏屋残墙，门窗俱无。杜和尚患有轻度智障，在此处孤身独居。不过，他倒并非彻底的无产者。杜和尚有一条舢板，这条小舟还不算破船，收拾得非常干净，每年盛夏都要拖上岸涂拭桐油，因为这是杜和尚赖以谋生的工具。镇上居民中的老弱病残孕要去较远的乡下走亲戚或者办事的，都会雇其小舟作为交通工具；夜晚黄浦江轮渡停航后有人患急病有急事必须夤夜去浦西的，也会请杜和尚摆渡，不过价格是白天的一倍。杜和尚干这一行已有十个年头儿，这么长时间日夜颠簸于黄浦江的波涛中，其水性和水上航行技术自是不言而喻。

由“小扁头”带路，一干刑警到得土地庙，一看杜和尚那副酷似渔民的体魄和举止，心里已经为这家伙作了基本定性——十有八九涉案，但不一定是直接下手纵火行窃的正主儿。为什么这么说呢？其一，尽管他已经在江上摇了多年舢板，却无缘跟远洋轮船零距离接触，不可能了解船上的舱室结构，无法在短时间内完成行窃作业；其二，如果他是盗案的正主儿，那手头必有窃得的银元，就不必急着把两支钢笔出手了。

既然已经基本定性，刑警也就没兴趣就地了解情况了，干脆带到浦西水上分局专案组驻地讯问吧。那条舢板，则委托派出所暂扣。杜和尚对于刑警的来意显然心知肚明，一路上默默无语，到了水上分局，一进讯问室就乖乖招供。

以杜和尚从事的职业，结识的底层人士远比一般人多且杂，他不认识人家而人家认识他的则更多，经常有人在天黑后甚至午夜，突然摸黑来到土地庙把他唤醒，要求出一趟船。这种角色，杜和尚一眼就能看出是什么人，不是小偷就是强盗土匪。白天有时闲着没事在洋泾镇上溜达，或者进小酒肆要上二两烧酒一碟猪头肉小酌，总会有不相识的人跟他打招呼攀谈几句，客气些的还会替他付账——这类主儿，大抵就是上述半夜将其唤醒要求出一趟船的朋友了。

新中国成立后这种情况大为减少，但偶尔还是有的。7 月 2 日午后，杜和尚没活儿，正在土地庙打盹儿，忽然被人推醒。睁眼一看，面前是一个三十来岁的陌生男子，一双眼睛隐隐透着凶气。杜和尚一个激灵，以为是来找他算什么账的——他以前曾遇到过此类对象，说是某月某日你替某某出过一趟船，把那人载到某某地方，然后那人就冲老子的一个好友下手，抢去了多少多少铜钿，所以老子今天来找你算账！说罢就是一顿拳脚。

正心惊时，那人忽然露出了笑脸，自称姓金，说的是一口标准的浦西沪语。金先生说他今晚想请杜和尚出趟船，去哪里到时候再说，让杜和尚晚上不要离开土地庙，也不要接受其他的活儿，耐心等着就是。然后掏出两张一万元的钞票递过来，说这是定金，晚上办完了事另有酬劳。

当晚十点左右，金先生再次来到土地庙，让杜和尚把小舢板往十六铺方向摇，泊在外滩太古轮船公司黄浦江对面岸边的一处凹塘里，让杜和尚拿出渔网钓竿，佯装捕鱼钓虾。

直到这时，杜和尚还不知金先生这是想干什么。他是船夫，不是合伙干这件事的同党，按规矩不能询问，静候主顾吩咐就是。海关大钟敲过十二下后，金先生让杜和尚把舢板划向江心的那个浮筒。至此，杜和尚方才明白，原来金先生要上那条外国大轮船。上去干什么？杜和尚也算是小半个江湖人物，自然猜得到。金先生悄声吩咐：“靠上去之后，你立刻把舢板划开，回洋泾就是，明天我会去土地庙找你，把剩下的酬劳付清。”

杜和尚跟这类角色打过多次交道，知道他们说话算数，当下离开了现场。次日下午三时许，金先生果然来了，还带了两瓶酒、一些用干荷叶包着的卤牛肉。见面也不说什么，掏出五枚银元、两支钢笔给他。杜和尚是文盲，对钢笔没兴趣，正想询问对方是否可以折抵钞票，金先生却把东西往他面前那张破桌子上一放，转身就走了。

这两支钢笔是世界名牌，单支的价格也超过金先生给他的定金。但杜和尚不识货，寻思留在手头也是累赘，不如随便找个人出手算了。杜和尚的智障程度并不严重，只是偶尔对其思维产生负面影响，否则谁敢搭乘他的小舟？在这个问题上他也比较清醒，知道不能直接卖给修笔匠——像他这样的角色，拿出两支钢笔要卖掉，人家肯定会以为是他偷来的。主意打定，杜和尚就找到了“小扁头”沈国雄。“小扁头”一口答应，两支钢笔一共卖了三万元。老杜没想到两支钢笔这么值钱，觉得有点儿过意不去，想请“小扁头”吃冷饮，现在折进局子，那就没法儿兑现了。

发现金某这条线索，对于专案组来说是一个比较有价值的突破。当晚，专案组举行案情分析会，结合 7 月 3 日的分析对疑犯金某重新进行侧写：此人自称姓金，多半是假的。不过，他对大型船舶的内部结构非常熟悉，攀爬缆索毫不费力，能在黄浦江中携物泅游，符合专案组之前对案犯从事过相关职业的判断。作案者谋划精细，对作案对象的选择出乎“业界”意料，作案手法从容老练，精通溜门撬锁之术，也与专案组对于此人是惯犯的分析相吻合。但是，从目前掌握的情况来看，该犯同时又缺乏反侦查意识，比如在作案现场留有多枚足迹、指纹，对赃物的处置（将两支钢笔作为酬金送给杜和尚）也显得草率，由此推测，这个家伙应该不是职业罪犯。

根据以上分析，专案组确定了下一步的侦查方向：一是继续以沪上六大船厂（特别是因厂方阻挠未能顺利进行调查的英商马勒船厂）为目标进行查摸；二是加强对赃款赃物的布控；三是动用“耳目”打探消息，并在全市监所收集该犯的信息。

案情分析会结束，已是晚上十点。曲报国让大伙儿赶紧休息，睡个好觉，明天按照分工全体出动进行调查。可是，这个好觉没能睡成——

下半夜两点，又有一艘外轮发生失窃案！



## 三、拘拿三名嫌疑人

这次遭窃的是英商怡和轮船公司的三千吨级货轮“荣生号”。怡和轮船公司是一家老字号，清道光二十八年（1848 年），怡和洋行与香港一些外国商人联合组建了一家省港轮船公司，这是外商在中国海域组建的第一家轮船公司。同治十二年（1873 年），又在上海成立华海轮船公司，经营上海至汉口的长江航线。怡和轮船公司的经营范围江海合一，其规模也是外资在中国经营的轮船公司中最大的，旗下拥有二十多艘货轮，经营数条远洋和内河航线，还在上海拥有公和祥、顺泰、其昌东栈、其昌西栈和华顺等五座码头，其仓储量在上海各码头居首位。

昨晚十时许，“荣生号”停靠在其昌东栈码头前的黄浦江中。码头装卸繁忙，该轮被排在次日上午十点方能卸货。按照规定，“荣生号”在停泊期间安排水手值班守夜。值班水手倒是没打盹儿，却也没发现半夜有条黑影从锚泊浮筒顺着缆绳攀爬登轮，然后，他就听见了警报声。

不能不佩服“金某”的智商，这回，他没有用纵火的方式调虎离山，而是直接溜进船首的驾驶室，打开警报器的总开关。可以想见全体船员被警报声惊醒后的反应，由于不知警情发生在何处，三十几个船员都冲出舱室，在甲板以及机舱里到处乱窜。这么一乱，足有五七分钟时间失控。待到终于发现驾驶舱被人撬开，有人故意打开了警报器开关，船长萨帕塔马上意识到可能是有人借机想在船上搞破坏，比如在货舱放置纵火装置，或在轮船要害部位放置炸弹之类。

“荣生号”这趟航线是从符拉迪沃斯托克过来的，装的是粮食。上海刚解放，各种生活物资都缺乏，特别是粮食，国民党特务机关对装运此类物资的远洋轮船有伺机破坏的计划。离开符拉迪沃斯托克时，萨帕塔船长就接到苏联国家安全部门的特别告知，要求航行途中务须注意防范。当下，他命令船员按照平时的应急演练各自就位，对货舱、机舱进行检查。

一番折腾，一切正常，于是各自回舱休息。直到这时，萨帕塔船长才发现自己先前闻警出动时锁得好好的舱房门已被撬开，放在床头柜和写字台上的手表、眼镜、钢笔、闹钟、钱包不翼而飞，写字台抽斗亦被撬开，他在符拉迪沃斯托克购买的三支上好特级野山参被窃。另外，船长专用的小型保险箱也有被撬的痕迹，只是没有得逞。可能是作案时间有限，案犯只撬了船长舱房，其他船员的舱房都安然无恙。

专案组接到市局指令，当即全体出动，前往“荣生号”了解情况。市局派来的刑技鉴识员老吕也对现场进行了勘查，在船长舱房的地毯上发现了新鲜的水渍，判断案犯是直接泅渡至浮筒，顺着缆绳攀爬登轮的。

刑警返回驻地后，老吕又来电告知，经对现场提取的指纹、足迹、撬锁痕迹进行比对，作案者与7月2日在“尼雅号”上纵火行窃的案犯系同一人。专案组决定继续按照上一天案情分析会上制订的调查步骤，全组刑警、志愿者分头行动。

到次日，对沪上六大船厂的调查终于有了收获，一下子发现了三个有作案嫌疑的目标——

第一个嫌疑人叫段守禄，二十八岁，祖籍宁波，出生于上海，住法租界拉都路（今襄阳南路），系江南造船所电工。他是十五岁进江南造船所铜匠间做学徒的，三年满师成为一名正式钳工，技术处于中等水平。段身高一米七一，幼年拜师学武，常年不辍，练出一副好体魄，平时为人很讲义气，待人热情，出手大方，在工友中口碑不错。刑警调查时发现，此人年岁不大，经历却颇为丰富。

1941年春，上海公共租界发生了一宗特大盗窃案。当时太平洋战争尚未爆发，公共租界、法租界都还存在，该案的案发地在公共租界，其中有若干名案犯之前在法租界巡捕房也挂有案子，所以公共租界和法租界联手办案。涉案的十四名案犯被捕后，段守禄忽然旷工了。三天后，租界巡捕驱车前往江南造船所（其时由日寇控制，改名为“三菱重工业株式会社江南造船所”），向船厂出示公文，称该厂青年铜匠段守禄参与策划案件且协助制作匕首、撬棍等作案工具，应予逮捕。厂方说段已数日未来厂上班，巡捕房可去其住所找人。巡捕暗忖此人肯定已经惊觉，逃之夭夭了。来到其住处，果然吃了空门。

巡捕登门这天，段守禄已经到香港了。尽管是亡命天涯，但他的运气似乎还不错，刚下码头就看见英国皇家海军的征兵广告，说是欢迎华籍有志青年加入皇家海军。段守禄原是准备来香港打工的，既然英国佬招兵，他寻思倒不如去试试，当海军薪饷高，比一般打工的强多了。当即前往报名，招兵的英国军官听说段是上海江南造船所的钳工，面露喜色，其中一个估计是主管技术的军官当场问了他几个专业问题，当然难不倒从造船大厂出来的段守禄。英国军官如获至宝，立刻拍板。

就这样，段守禄由沪上租界的逃犯摇身一变，成了英国皇家海军的一名技术军士。他在英国军舰上一直待到抗战胜利，方才带着一笔退伍金、两枚勋章、一份退伍证书返回上海。租界早已不复存在，他的案底也无人再提，已被国民党政权接收的江南造船所得知段守禄“荣归”，立刻发出聘书，邀请他担任该厂技术管理人员。段守禄去是去了，但聘书奉还，说我还是回原来的车间干铜匠吧。

因为这段经历，段守禄成为厂里的传奇角色，颇有些姑娘追求。半年后，他跟一个家里开旅馆的姑娘成婚。婚后小日子原本过得还可以，不料不到一年，妻子患了癌症，治疗了年余还是走了，段守禄欠了一笔金额不小的债务。一个人过日子，就又恢复了以前的那份无拘无束，债务还没还清，又交了个女友，是永安公司的营业员。最近，段正筹措婚事，忙得焦头烂额——倒不是折腾装修，那时寻常百姓结婚没那么讲究，搞点儿石灰化了水把墙壁天花板涂抹一下就成。他忙的是还旧债借新债，而新中国成立后的人际关系已经发生了变化，跟债权人商量缓还旧债也好，告贷新债也好，都不像以前那样方便了。段守禄经常因此迟到早退，最近一周多，干脆交病假单请假了。

前往江南厂调查的刑警听到这里，马上查阅考勤记录。7 月 1 日、2 日两天，段休病假，3 日是星期天不上班，4 日段上了一天班，5 日上午来厂去医务室转了转，回到车间又交了一纸 5、6、7 日三天的病假单。这就是说，这家伙有去洋泾会杜和尚以及在 2 日和 5 日夜间作案的时间。

另据修理车间工人反映，6 月下旬，段曾在上夜班空闲期间偷偷干私活儿，用电动砂轮机打磨什么物件。机修钳工干私活儿不算什么稀罕事，几乎所有人都有过这种“揩油”动作，也没人过分关注。由此，专案组认为段守禄符合两起外轮盗窃案犯罪嫌疑人的特征，将其列入嫌疑名单。

第二个嫌疑人是英商马勒机器造船厂描图员章小纯，三十一岁，浦东川沙县人氏。十三岁时，章被过继给上海市区的伯父，移居邑庙区。次年，经人介绍，进日升机修厂学电焊，三年后满师成为一名电焊工。随即跳槽至大隆机器厂，一边烧电焊一边上夜校学习描图制图。二十岁那年，又跳槽到英商马勒船厂，在技术室做专职描图员。1941 年 12 月，太平洋战争爆发，侵华日军对英商马勒机器造船厂实行军管，没收其财产，更名为“三井造船所”，章小纯被留用，仍做描图员。抗战胜利后，英商收回马勒厂，章小纯继续在这里工作至今。

章在厂里的人缘还不错，他喜欢踢足球，据说球技很好，常常作为马勒厂足球队的主力外出比赛，还多次被其他工厂、公司甚至旧警察局的球队借去做外援，可想而知其在社会上的人脉很广。可能正因如此，使章有机会参与一些商业投资活动，诸如股票、期货、集资做临时买卖之类，可惜这人财运不佳，十投七败，不得不经常借债。最近同事还听说他被人检举参与团伙诈骗，6 月下旬曾有便衣警察到马勒厂找其调查，跟专案组刑警的遭遇一样，也被外籍管理方拒之门外。

前面说过，因马勒厂的外籍管理方拒绝配合警方的调查，专案组只好通过私人关系进行查摸。侦查员孔和声的妻子出嫁前有个邻家闺蜜小岳，后来嫁的丈夫老容是马勒厂管理华籍员工人事档案的，孔和声就通过其妻跟小岳联系，约见老容，请其帮忙了解情况。老容查阅档案，又跟员工私聊，发现章小纯可疑，就悄悄把章的档案拿给刑警。刑警翻阅档案，发现章小纯的身高、体态均与杜和尚所说的“金先生”相符。而且此人早在大隆机器厂工作时就参加了救火会义勇队（工厂内部的业余消防组织），接受过攀登训练，章小纯训练成绩突出，还因此获得过奖励。

那么，章小纯是否有作案时间呢？老容有着长期从事人事工作的那份细致，设法搞到了技术室 7 月份头几天的考勤记录，上面显示章小纯自 7 月 1 日至今，均正常上常日班，但跟门卫室接触下来，门卫钟老头儿说 7 月 2 日午前章小纯骑车出去过一次，跟钟老头儿打招呼时说了一句话，因为自行车速度较快，听着好像是“去配药”。这一去，直到下午一点半左右才回来，还带了一只切成四块的西瓜，取了一块给钟老头儿。

老容又找了技术室一个熟识的工程师，打听下来，2 日中午章小纯确实出去过，带回来切成两半的半个西瓜，同一办公室的四人分食了。还有四分之一的西瓜送给谁了呢？这个问题老容没有想过，他毕竟不是刑警，没有这种寻根究底的思维习惯。但孔和声意识到这个问题必须搞清楚，当即请老容去问问厂里能够制作小型金属撬棒的车间，比如锻工车间、机修车间里跟章小纯关系比较好的工友。不久，老容打电话告知，说打听到了，章果然把那块西瓜送给了锻工车间的铁匠小穆。小穆是章的邻居，两人关系一向蛮好，至于章是否请穆制作过撬棒，那就不清楚了。

专案组对章小纯的情况进行了分析，认为这人的一应特征跟疑犯相符，也有作案时间——他上常日班，两艘外轮上的窃案分别发生在2日、5日夜间，他晚上不上班，有时间作案。7月2日中午章的外出，也与杜和尚交代的"金先生"前往土地庙的时间对得上。门卫钟老头儿说章外出的这段时间大约两个半小时，而马勒厂所在地浦东庆宁寺距洋泾镇不过四五公里，足够跑个来回了。上述情况表明，章小纯的疑点颇重，于是也被专案组列入嫌疑名单。

第三个嫌疑人叫王水根，三十二岁，祖籍江苏盐城，出生沪上，住浦东高桥区东街。王的老爸早年逃荒来到上海滩，从事过多份职业，还加入了青帮。借着青帮身份，进入公共租界巡捕房当了一名包打听，后在缉拿逃犯的枪战中殒命。那年王水根十七岁，已在米行当了两年多学徒，身强力壮，手劲奇大，遂被租界警务处破例录用，子承父业，也是在巡捕房做包打听。干了两年不到，因徇私舞弊被开除。他想回米行，老板不接受，但也不敢过分得罪这种角色，就把他介绍到英商英联船厂做了一名杂务工。

太平洋战争爆发后，英联船厂被日寇强占，称为"三菱株式会社江南造船所杨树浦工场"，王水根继续在这里当杂务工。不过这人善钻营，在干杂务工的同时，抓紧一切空闲时间跟人学钳工、电工活儿。1945年夏，王水根从原巡捕房同事（其时在汪伪“七十六号”特工总部当特务）那里得知，苏联红军出兵东北，把关东军打得鬼哭狼嚎，遂断定日寇要完了。王水根审时度势，当即来了个不辞而别。临离开那天夜间，还溜入日本工头、职员的集体宿舍放了一把火。

不久，抗战胜利，国民党政府海军部接收“三菱株式会社江南造船所杨树浦工场”，同年9月16日归还原主，恢复原厂名“英联船厂”。厂方向社会广招技术工人，王水根即去报名，英国大班听说王水根纵火焚烧日本高级职员宿舍之事，颇为欣赏，直接任命其为铜匠间（钳工车间）副工段长。

可惜，王水根并不珍惜这个机会，在管理中大讲江湖义气，频频违规，最后职务被撸掉，做了一名普通修理工。王水根从此一蹶不振，上班出工不出力，下班后在社会上和一班狐朋狗党吃喝嫖赌，可能还参与过违法犯罪活动。上海解放后，王水根认定英国佬不久肯定要滚蛋，干脆三天打鱼两天晒网，不是混病假就是假装工伤，还把厂里的有色金属偷出去卖钱。因新政权规定中外私企一律不得解雇员工，厂方也拿他没办法。

英联船厂提供的考勤记录显示，王水根最近半个多月（即6月16日至7月6日）只在6月19日去厂里上过一天班，其余时间一部分是病假，一部分是“预支调休”（厂方并无此制度，是他自己发明的）。前往调查的刑警在厂方配合下检查了王的工具箱，发现一半工具不翼而飞，其中包括一支尺来长的精钢撬棒。据厂方透露，6月中旬、下旬，曾有北四川路分局、普陀分局的便衣警员前往调查王水根其人，称其可能涉及最近这两个区发生的三起盗窃案。

另外，刑警还从该厂三个工人处得知，7月3日，他们在浦西南京路上与王水根巧遇。半月不见，这主儿浑身上下的装束已是鸟枪换炮，不但衣衫光鲜，还戴着外国名表、黄金戒指。

上述三人均有重大作案嫌疑，专案组决定立刻对段、章、王采取拘留审查措施。

## 四、曹家渡跟踪失利

7月7日晚九时，第一名嫌疑人段守禄被带到专案组驻地水上公安分局，他是在榆林区平凉路上的一个朋友家喝过酒离开时被刑警拿下的。市局痕迹鉴识员老吕和助手已经在驻地等候多时，人一带到，立刻提取指纹、足迹，与“尼雅号”、“荣生号”两艘外轮失窃案现场提取的痕迹照片进行比对，比对结果使专案组一干刑警失望：段的指纹、足迹与现场痕迹不符。

拘拿第二名嫌疑人章小纯费了一番周折。刑警先去北京东路一家饭馆守候，未果；又去静安寺溜冰场蹲守，还是扑了空。忽然想到这主儿的一个表哥是大光明电影院的放映员，他是可以蹭免费电影看的。刑警赶到电影院，当晚最后一场电影刚刚散场。刑警方森以前经常蹲守电影院，已经形成了经验，说今晚放映的是最新苏联故事片，早就挂出“客满”牌子了，章蹭看没有座位，肯定进了放映室。此刻正在散场，他不会急着挤在观众群里离开的。刑警径奔放映室，这主儿果然还在这儿待着呢。

章小纯被查获后，也是提取指纹、足迹进行鉴别，结果还是对不上。如此，最后的希望就寄托在第三名嫌疑人王水根身上了。可是，负责捉拿这家伙的刑警邹繁、张何方自出发到此刻已将近四个小时了，依旧杳无音信，估计也不顺利。

午夜一时许，终于等来了邹繁打来的电话，说王水根已经落网，他们一连追踪了三个区，最后是在江湾镇（江湾区政府所在地）王的一个朋友处将其拿获的。慎重起见，他们把王的那个朋友也控制了，准备一齐带到驻地。不料汽车坏了，司机折腾了个把小时也没修好，江湾分局只有一辆摩托车，没办法，只好向专案组长求救。

那年头儿公安局办案条件差，寻常案件的专案组别说配备汽车，有辆摩托车开就算不错了，连自行车都是稀缺装备。外轮盗窃案专案组要动用汽车押解人犯，必须向市局提出申请。曲报国的电话还没打出去，倒先接到了市局夜间值班室的来电，说停靠在隆昌路锚地苏联老大哥的“十月之星号”货轮发生失窃案，命令专案组立即出警。

“十月之星”是一艘排水量五千吨的远洋货轮，这是该轮首航上海。由于吨位较大，根据上海港务部门的安排，停泊于杨树浦区隆昌路前的大型船舶锚地。这几天多艘货轮集中到港，而当时的装卸能力有限，“十月之星”一到港就被告知，请先在锚地停泊，将优先安排卸货，但最快也要等上二十四小时。“十月之星”的船长奥涅金对此倒是没什么意见，根据当时苏联的经济体制，远洋轮的经济效益只跟国家（国有公司）有关，轮船停留时间的长短与船员个人收入没有关系。这些船员都是首次来上海，正好趁此机会上岸逛逛。当然，还有一件更重要的事——喝酒。

在海上航行时按规定是不能喝烈性酒的（船长、大副之类的高级船员肯定不能喝，普通船员至少不能公开喝），到了目的地港口，这些苏联船员终于可以放松了，他们不但要喝，还要搞个聚餐会，因为本月有包括船长在内的七名船员逢到生日。一艘五千吨级的远洋货轮，总共不过四十多名船员，其中七名船员的生日都赶在7月的上半月，这种情况并不是经常遇到的，况且其中还有船长。所以，在抵达上海的当晚，

"十月之星"的船员们就在甲板上举行了聚餐会。

苏联人嗜酒，全世界都知名，聚餐会的热闹情状可想而知。这天晚上，包括当晚应该值班的五名水手都喝了酒，不过，奥涅金船长还是识大体的，只允许他们每人喝两瓶啤酒。这五名船员每人轮值两小时，到点换岗，对于他们来说，两瓶啤酒不算事，根本不会影响值班。案发后，轮到二十三点到一点值班的那个水手发誓说他绝对没有打盹儿，一直守在岗位上，还两次在甲板上巡视，既没有看见人影，也没听见有甚动静。

可是，盗窃案确实发生了……

奥涅金船长四十来岁，毕业于苏联远东国立海事大学，在远洋轮船上工作多年，二战期间还在苏联红海军的军舰上从事技术工作，被授予海军少校军衔。这天晚上他虽然喝了不少烈酒，但并未喝醉，餐会结束后回到独居的舱房，不久就休息了。他经历过二战时期的一线海军战斗生活，战后在远洋货轮上当船长，还保持着军队里的那套作风，每晚总要醒来数次查哨。这晚也是如此，零点半左右，奥涅金开灯穿衣，当他习惯性地从枕头下取钥匙时，却摸了个空。四下一看，钥匙在床头柜上放着，不禁一个激灵：这不是我的习惯嘛，莫非昨晚喝多了？不可能，昨晚的事记得清清楚楚啊……

越想越觉得不对头，便拿起钥匙去开保险箱。箱门打开，奥涅金顿时目瞪口呆——里面放着的部分公款（至于为何是部分而非全部，稍后再说）以及自己的私款不翼而飞！回过神来，他马上拉响警报，离开舱房时，发现房门锁具已被撬坏。

发生了这等大事，奥涅金船长的头脑还算比较冷静，他已经留意到舱房内外地毯上、走廊地面上的水渍，寻思应该是外盗，立即命令二副搬张椅子坐在舱房门口保护现场，自己则上甲板向集中起来的船员说明情况，要求检查全船是否有外人登轮的痕迹。然后，指派三副和一名水手划小舟登岸，向上海警方报案。

此时的专案组当然顾不上已被拘拿的嫌疑人王水根了——“十月之星”发生窃案时，王水根已被刑警控制，这案子肯定跟他无关。专案组刑警和市局痕迹鉴识员老吕等十多人急赴隆昌路，由水上公安局的警艇送至江心锚地登轮。

苏联老大哥的现场保护做得好，现场勘查进行得很顺利，很快得出结论：此系同一案犯的第三次作案，其作案手法跟之前两起外轮盗窃案如出一辙，也是从水路游至锚泊浮筒，顺着缆绳攀爬上船，因动作轻疾，没有惊动船上的值班水手。

不同的是，窃贼潜入船长舱房作案时，船长奥涅金正在熟睡。奥涅金习惯睡觉时把手表、钱包、钥匙等放在枕头下面，而非床头柜上。窃贼进入时，奥涅金正好翻了个身，脸朝里侧，露出了枕头下面系钥匙圈的金属链。案犯轻轻一扯，便把钥匙抽了出来，借着屋内的夜灯一看，发现了其中外观比较独特的保险箱钥匙。

“十月之星”是一艘老船，二战前由苏联黑海地区最大的尼古拉耶夫造船厂制造。战时被军队征用，承担海上运输任务，战后回厂维修，因战争刚刚结束，一切从简，所以船上的生活配套设施弄得比较马虎。比如保险箱吧，就是从不知哪条破船上拆下来的沙皇时代的旧货，里外喷一遍漆，就给装到船长舱房里了。尽管外观不那么讲究，质量还是不错的，而且是双保险设计，即除了箱门上需要用钥匙开启的传统锁具外，还装有密码锁，这是一重保险；箱内底部还有个单独的抽屉，也有密码锁，这是第二重保险。

刑警对此感到不解，既然保险箱需要钥匙和密码才能打开，案犯只拿到了钥匙，没有密码也开不了锁呀？奥涅金船长也是后悔不迭——

他是一位优秀的船长不假，但也有难以克服的弱点——惰性。对于每次开保险箱都要转密码这个程序，他觉得太麻烦，寻思船上也不太可能发生盗窃案。为什么呢？一是跑远洋航线的海员都是经过组织上精挑细选的，应该可以信任；二是轮船的环境相对封闭，即使有船员动这个脑筋，也很难处理赃款赃物，一旦案发，除非他不把赃物带下船，否则根本躲不过搜查这一关。基于这种思维，船长就偷了个懒，把密码锁调整到直接可以开启的位置，除非他本人需要离船上岸，才会恢复到锁闭状态，平时就凭钥匙直接开门了。

接下来就要说到保险箱里的公款为什么只丢失了部分了。这是因为保险箱内的“箱中之箱”——另一个带密码锁的抽屉。这个抽屉船长平时不常打开，用一次锁一次，倒也不觉得太麻烦。幸而大部分钞票都是锁在这个抽屉里的，得以免遭窃贼的光顾。

即便如此，损失也令刑警咋舌。初步统计，被窃的卢布、美元和港币折合人民币一亿两千余万元（相当于新版人民币一万两千元，这在那个年代是天文数字）。有人可能要问，为什么轮船上要放这么多现金？因为在航行途中无法预测会遇到什么意外情况，比如异国他乡的港口突然发生骚乱、暴动、遭受入侵或地震、台风等，轮船要加油加煤补充给养维护修理，这都要花钱，紧急状态下支票不一定被接受，人家只认现金！

专案组刑警勘查过现场，走访了船员，又向附近停泊着的几艘货轮了解情况，一番折腾下来，回到驻地已经天亮。曲、潘两个组长稍一交换意见，决定先让刑警和志愿者休息，下午再开会分析案情。休息前，全组刑警先做一桩事：分头向全市各分局和派出所打电话，要求收集外汇黑市交易的情报，着重注意是否有崭新的连号美元、港币和卢布露头。

7月8日午后，专案组举行案情分析会。会议开始前，组长曲报国向众刑警通报了市局治安处提供的最新社情信息。自7月2日到今天凌晨发生的这三起外轮失窃案件，已引起了坊间的议论，传言越来越邪乎，说黄浦江出现了“水鬼大盗”（“水鬼”原指“落水鬼”，即溺亡者的鬼魂；上海开埠后出现了潜水员，民间以“水鬼”相称，泛指精通水性者），专偷外轮云云。市委市政府对此甚为重视，要求尽快侦破这三起案件，抓获案犯。市局决定，自即日起，每天夜间十一时至次晨五时，水上公安分局、浦东公安分局将出动汽艇，在黄浦江各锚地进行夜间巡逻，严防盗案再次发生。

对于专案组一干刑警而言，即使坊间没有传言散播，大伙儿面对着如今这种局面，也都很焦虑。听了专案组长的通报，众人一时无语。正冷场时，外面有人叫“老曲电话”。曲报国一跃而起，离座出门，片刻返回，面带喜色，说看来我们的侦查方向还是没错的——志愿者小丁来电，他和小张、小储去沪西五角场外汇黑市摸情况，发现有人在兜售崭新的美元、港币、卢布，小张、小储已经盯上去了，他赶紧打电话报告。专案组长当即拍板：“咱们这就全体出动，先核实这条线索。唉——等了几天，对方终于忍不住露头了，看来，这家伙是等着花钱呢!”

上海解放伊始，金融奸商、投机倒把分子在汉口路422号证券大楼疯狂倒腾“黄白绿”，致使“黄白绿”价格一日数涨，奸商狂叫“把人民币挤出上海滩”。这个情况引起了中共中央华东局的高度重视。6月7日，邓小平主持华东局会议研究应对方略。会议听取了华东军政委员会副主席兼财经委员会主任曾山的情况报告后，认为如不采取断然措施，不出一个月就会发生人民币被挤出上海的危险。决议决定报中央批准，对上海证券交易所进行查封，并惩办一批为首的违法犯罪分子，坚决打击投机倒把活动。

华东局的决定得到党中央和毛主席的批准，6月10日，上海市公安局和解放军华东警备旅出动军警包围证券大楼，当场扣留奸商、投机倒把分子和银元贩子两千一百余人，后经甄别，大部分人教育释放，拘捕二百三十八人。漏网奸商不死心，于6月下旬纠集投机倒把分子另觅场所继续进行非法交易，选中由长寿路、万航渡路、长宁路、长宁支路、万航渡后路五条道路交会、被称为“沪西五角场”的曹家渡作为交易地点。本案发生时，这个新的黑市交易点已经引起了公安机关的注意，但尚未进行打击。

一干刑警急赴曹家渡，不料，等候他们的却是一个令人沮丧的消息，目标竟然脱梢了——

原来，丁、张、储三人抵达曹家渡后，先转悠了一圈，选中一个几乎所有“黄牛”都要经过的位置，在一个小茶馆外的露天茶座坐下，要了一壶茶水，貌似悠闲地边喝边聊天。不时有“黄牛”凑上来，像绕口令似的探问：黄调白？白调黄？黄调绿？白调绿？白调红？（“红”指港币）……他们则按照刑警传授的路数回答，努力把自己装得像是纨绔子弟，准备把从家里偷偷弄出来的“黄白绿”折腾一把，赚些差价作为花天酒地的开销。

三人中，小丁眼睛最尖，个头儿又高，他站起来向跑堂示意添水时，无意间朝马路对面一扫，发现斜对面十米开外有一个穿白底绿花府绸连衫裙、足蹬绛红色风凉皮鞋的女子，三十来岁，留着长波浪发式，手里拿着一沓崭新的“绿纸”（美元），正在跟一个贼头狗脑的中年胖子砍价。小丁心里一动，坐下悄声说：“有情况！你们马上拿着茶杯离开，不要让对面那个长波浪女人发现。一会儿她肯定会穿过马路到这边来，我看清楚那沓绿纸如果是连号的，就给你们发信号，你们跟上去。”

小储、小张照办，转眼就躲进茶馆里。对面那个“长波浪”跟胖子没谈成交易，果然穿过马路到露天茶座这边来了。她一看小丁这张桌只有一人，就过来坐下，指指小丁放在桌上的折扇："阿弟，我出门忘记带扇子了，转了一圈热得来！侬把扇子借我用用好伐?"

小丁把扇子递过去，对方谢过，一手持扇狂扇，一手掏出手帕擦汗。小丁示意跑堂拿一个杯子过来，倒了一杯茶放在"长波浪"面前："阿姐，吃茶。"

两人就这样攀谈起来。"长波浪"想当然地认为小丁也是"黄牛"："小阿弟，侬来此地是想出手还是进手，是调还是买?"

小丁的老爸是洋行买办出身，后来自己开了一家公司专做洋货买卖，小丁也算得上是小开，从小耳濡目染，人又活络，对寻常生意场上的套路门儿清。当下就说是受朋友之托，前来相帮人家收点儿外币。"长波浪"一听就来劲儿了，挪动椅子凑近距离，音量调低："阿弟，侬想吃进啥纸头?"

小丁说："人家是想去外头用的，阿姐侬讲需要啥纸头?"

"长波浪"一听就明白了："想滑脚? 当然先去香港再说了，红纸头、绿纸头最好。"

"我那朋友精通俄语，以前跟白俄老板合作过，如果他先朝北跑，到老大哥的地盘歇歇脚，再到符拉迪沃斯托克上船呢?"

小丁故意用俄语称呼海参崴，"长波浪"听不懂，睁大眼睛："阿弟，侬讲啥?"

"就是老大哥在远东最大的那个城市，中文讲法叫海参崴。"

"哦，听说过，那老远咯！阿弟侬外语说得很溜的，是个人才!"

"阿姐过奖。依阿姐看，应该进点儿啥纸头比较合适?"

后来知道，"长波浪"并非"黄牛"，不过是临时客串，而且是平生第一次接触这一行，对这一行的了解甚至还不如小丁。当下，"长波浪”以为遇到了下家，就据其所持的美元、卢布和港币向小丁作了推荐。小丁听得极为认真，一副恨不得用笔记录的样子，使“长波浪”觉得这位阿弟非常有诚意，便从她那个鲨鱼皮坤包里拿出美元、港币、卢布各三张给小丁看。三种外币均是崭新的连号钞票，其号码正在“十月之星”船长向刑警提供的范围之内（其时苏联对外汇的控制非常严格，明文规定不论公私，经外汇管理局批准向银行兑取的所有外币都必须记录钞票号码）。小丁窃喜，于是开始谈价钱。“长波浪”是销赃，自是容易杀价，几个回合下来就谈妥了。

不过，小丁三人此行是来访查，而非“钓鱼”，事先没想到会有这么一出，身上没带多少现金，生怕对方当即就要交易，那可就露馅儿了。正考虑对策时，“长波浪”开腔了：“阿弟，那就这样定下来了。我身边只带了几张‘花纸头’，做样子给你看的，你等在这里，我去去就来。”说着，朝小丁身边放着的那个鼓鼓囊囊的单肩背包看了一眼（其实里面装的都是废报纸）。

这个动作提醒了小丁，他拍拍那个背包：“阿姐放心就是，我这里是随身带着的。待会儿我们去茶馆里厢交易，双方都要把数额点清爽。”

“长波浪”起身离座，茶馆里待着的小张、小储两个已经等急了，紧跟着出来，沿着马路一边一个，与“长波浪”保持二十米左右的距离。小丁则去找电话向专案组报告。

“长波浪”是从长宁路走的，经过江苏路口，在一条小弄堂前驻步。后面跟踪的小张、小储不知何故，又不敢跟得太紧。就在这时，一辆摩托车忽然从愚园路方向驶来，快到弄堂口时，倏地一个就地拐弯，骤停。说时迟那时快，“长波浪”快步上前，以出人意料的敏捷上了摩托车后座。摩托车一声轰鸣，朝愚园路方向疾驰而去。小张、小储眼睁睁看着摩托车越开越远，急得跳脚，却无可奈何。

“长波浪”落网后，刑警方才知道她突然逃脱的原因。她受“水鬼大盗”小龚指使——为叙述方便，姑且提前使用这个称谓，前往曹家渡金融黑市出手昨晚从“十月之星”窃得的外币（之前两次窃得的赃款是由小龚出面在曹家渡出手的），小龚跟她约好，仅拿几张外币寻找下家，谈拢后可嘱下家等候，她则到这条小弄堂口来取款。小龚骑着摩托车躲在附近某个角落，估计时间差不多了，就过来接她。此刻见“长波浪”站在弄堂口等着，以为已经谈妥，于是开车迎上前去，忽见“长波浪”一手抓着坤包背带不住地抖动——这是事先约定的“已被发现”的暗号，立刻就地调头，载上“长波浪”匆匆逃遁。

“长波浪”之前跟小丁“阿姐阿弟”谈得蛮妥帖的，怎么突然意识到“已被发现”了呢？原来，先前她经过江苏路口时，做了一个看似平常的动作，从坤包里取出一面小镜子整理妆容，正巧在镜子里发现了后面跟踪的小储、小张。她马上认出，这不是在自己之前和“阿弟”坐在一起闲聊的那二位吗？起初她以为是两个“黄牛”，并不在意，没想到现在却在跟踪自己。她意识到了危险，按照小龚之前的关照，宁可放弃成交机会，也要果断撤离。

如此，曲报国等刑警赶到的时候，等着他们的，就只有一脸沮丧的小丁、小张、小储三个志愿者了。

## 五、辗转调查摩托车

其实，志愿者还是有收获的：一是在长宁路小弄堂口捡到了一个玫红色玻璃发夹，那是“长波浪”急匆匆上摩托车时掉落的；二是小张看清了那辆摩托车的牌照号码。

上海解放后，旧政权颁发的机动车牌照不能继续使用，须换领新牌照。不过，换领牌照是需要时间的，不可能一夜之间全市都换掉，所以允许新旧牌照暂时并存。那辆接走“长波浪”的摩托车还是旧牌照，号码是“国 00213”（民国时的机动车牌照分“本省”、“跨省”和“全国”三种，“国”字意指可在全国各省通行）。

既然有牌照号码，那就赶紧追查那辆摩托车吧。侦查员在市局交警部门查到了“国 00213”所对应的摩托车车主，系美商上海电话公司电信工程师苏森良，住榆林区江浦路 169 号。

刑警孔和声、潘裕明、张何方先去了管段派出所，接待民警说辖区里有这个人，是个四十岁的知识分子，人很和善，邻里关系不错，其妻在私立小学教书。苏森良确实有一辆摩托车，民警也曾多次看到他驾驶过，车技蛮好的。不过，大约十天前，老苏的妻子郧老师来派出所报案，说摩托车的牌照被人偷了。民警问了问情况，车牌是在本区长阳路被偷的。

苏森良的一个朋友夫妻闹矛盾，发生家暴，老苏骑摩托车带上妻子前往劝解，费了一番口舌，总算把两口子劝和了。对方坚持要留他们吃饭，这顿饭局的时间有点儿长，从傍晚六点持续到晚上九点。老苏喝了点儿酒，不过当时没有禁止酒驾的规定，再说路也不算远，两口子就兜风似的回家了。到家停车时，才发现车牌没了。次日，因为没了车牌，老苏是乘公交车去公司上班的，临走时让妻子去派出所报案。民警问明丢失牌照的地点后告知，那里不是本派出所的辖区，根据规定，得去案发地派出所报案。

接着，刑警就去苏家了解情况。这时已是傍晚，苏森良下班回家，见到三个便衣，露出不解的神情——就丢了一个车牌，至于这样兴师动众的？待到听说他那块丢失的车牌竟然被这几天坊间正在议论纷纷的黄浦江“水鬼大盗”用于作案、销赃，不禁大惊失色，忙不迭想表明自己跟“水鬼大盗”无涉。刑警让他安心，此次登门并非怀疑其涉案，而是要追查那辆摩托车。现在刑警想知道的是，丢车牌的事最后是怎么处理的？



苏森良告诉刑警，那天邬老师离开派出所后，因为惦着家务和孩子，就没赶着去另一派出所报案。次日，老苏给案发地派出所打了电话，一番沟通后，接受了民警的建议：由苏本人到派出所开一个丢失车牌的证明，然后去交警部门盖章，再到税务局重新缴纳捐照费用，交警部门根据纳税凭证补发牌照。不过，全市目前正在更换牌照，补发的牌照肯定是新的，但需要等候些时日。

没办法，苏森良只好照办。昨天刚把纳税凭证送到交警部门，已经排上队了，还得两个星期才能领到补发的车牌。至于在交警部门的底档，那要等拿到新车牌后人家才会注销。

老苏这边提供不出有价值的线索，专案组只好另想办法。刑警方森带着丁张储三志愿者前往曹家渡，在“沪西五角场”的那五条马路上转悠，走访居民、路人，指望能够查摸到关于那辆套牌摩托车的情况。方森以前曾在汽修作坊做过学徒，对修理汽车、摩托车有点儿心得，凭经验，他认为像曹家渡这类区域，人来车往向来热闹，附近应该有修车作坊。而那个驾车把“长波浪”接走的疑似金某的家伙，在等候“长波浪”期间，不可能开着摩托车一直在附近转悠，那岂不惹人注目？如果运气不好遇到警察，没准儿会被拦下盘问一番。但如果他把摩托车停在修车作坊旁边，就不容易引人怀疑了。

这个思路是准确的，五条马路兜下来，他们发现其中四条马路上都有修车摊或兼带修车业务的车行，还有一家汽修社。方森跟修车工攀谈下来，终于了解到一些有用的信息：那个疑似金某的家伙曾在两家车行前待过一阵儿，都是停留了不到十分钟，跟人家聊的内容都差不多，一是问修车师傅像他骑的这样一辆摩托车如果请车行代为出售的话，大概可以卖多少钱；二是向人家请教，如果自己购买零件拼装这么一辆摩托车，估计要花多少钱。

人家的回答是：这么一辆摩托车，如果代销的话，出价二百四十万元以下，估计有人会有兴趣，一旦成交，车行要抽头两至三成。至于拼装摩托车，那首先得在全市四处奔走购买零部件。旧货行是不用去的，因为新中国成立后政府取消了旧货行出售车辆零部件的业务，只能奔虬江路去淘，另外就是转悠全市的修车摊头、汽修行之类。待零部件收集齐全，在拼装之前，最好去交警部门打听一下，车子拼装出来后是否可以上牌照，据说人民政府即将出台一个规定，所有旧汽车、旧摩托车、旧汽艇，凡是想申领新牌照的，都必须经过相关部门的检验。最后还有一点，购买零部件时，要记得请人家开发票或者打条子，以便向交警部门申请牌照时作为来路正当的依据。

方森听着心里一动，向修车师傅请教："这人说的尽是拼装车的内容，莫非他那辆摩托车是拼装的?"

"就是！好像还是外行拼装的。通常别人拼装时都会淘一个外国商标的铭牌钉在车上，淘不到的就自己用白铜锉一块；他那辆彻底省心，什么牌子也没有。车身颜色倒喷得花里胡哨，黑白相间的条纹，少有！"

方森返回驻地向领导汇报调查情况，建议去虬江路访查每家店铺的老板，打听最近是否有人去他们那里淘过摩托车发动机。7 月 9 日下午，专案组全体出动，前往虬江路"淘宝"——这个"宝"，就是破案线索了。

虬江路东起九龙路（虹口港），西迄共和新路，因 1913 年至 1914 年填虬江筑路得名。1943 年更名清河路，同年夏改回原名。该路有一段长达二三百米的地段，上海滩经营旧机电五金零部件的商铺几乎都集中在这里，据说有的店铺竟然有飞机零件出售。上海滩当时有句话：在虬江路还买不到的零件，那也不用跑其他地方了。

上海解放前后，由于中央商场断了旧摩托车的来源，有内行的需求者就开始动自己拼装摩托车的脑筋。机动车的核心关键部件是发动机，要拼装摩托车，首先得买到发动机。新货当然是不用考虑的，别说上海了，就是跑遍全国（不论解放区、国民党统治区）也没有出售的，旧货据说也只有上海、广州、南京这三个城市偶尔有售。而在上海，即使有，也只有虬江路这边淘得到。

一干刑警赶到虬江路，分头走访店铺，了解到最近到虬江路来淘旧摩托车发动机的顾客比较多，每天都有人来打听，不过，都是失望而归——虬江路这边早就断货了，最后一台发动机是在三个星期前出手的，价格已经涨了三倍。

刑警统计下来，今年以来虬江路这边一共售出旧摩托车发动机二十九台，其中上海解放后售出十七台。使刑警感到欣慰的是，因为要开发票，这些买家全部留下了住址。发动机这种东西，只要是正规厂家生产的，出厂时都要在机身上标明制造厂商的名称以及产品的编号。虬江路商家出售旧货时，尽管没有规定，还是在发票以及存根上记录下这些编号。刑警把这二十九台发动机的购买人和所购发动机编号全部抄录，开始了新一轮的调查。

7 月 10 日，“尼雅号”失窃案发生的第九天，专案组刑警分头走访名单上的购买人。下午三点，众人陆续返回驻地汇总调查情况——

这二十九位购买人中，已拼装摩托车的有二十一人，未拼装的八人，所购发动机或拼装完成的摩托车，刑警都一一过目，核对发票、编号及商家记录无误。二十一辆已完成拼装的摩托车的车主都去交警部门进行了申请登记，正等候履行下一步程序。当然，这些车主既然能自己拼装摩托车，脑子都是蛮活络的，他们把车子装好后，不可能老老实实扔在家里不使用，不过是胆大胆小，使用次数有多有少，其中有八辆已被交警扣留。剩下的十三辆中，有一辆黑白条纹相间的摩托车不翼而飞，其特征跟长宁路上把“长波浪”接走的那辆完全相符。

这辆摩托车的车主叫许志高，是北京路上“荣欣电气行”的店员。刑警邹繁和志愿者小林分工调查的三个车主中就包括这个许志高，查看过购买发动机的发票，刑警问他：“摩托车丢了，有没有报案?”

“没有报案。”

“为什么不报案呢?”

“摩托车是停在家门口丢失的，那肯定就是附近的人撬锁开走的。我家住在提篮桥区虹镇老街，民警同志您肯定听说过，那是上海滩有名的穷街。这种地方，人际关系最难相处。丢失车子后，我只好托朋友帮忙寻访，如果找到了，能私了就私了，不能私了再报案。因为一旦报案，警察肯定会过来一家家查问。老街人的观念是，凡是被警察找过的人家都是有问题的，否则警察找上门来干什么？这就没面子了。等警察一走，我的麻烦就大了。客气的堵着我家门口破口大骂，脾气暴的打人砸东西甚至拆房子的都有——老街上都是些胡乱搭建的破房子，哪儿经得起这么折腾，我还住不住了?”

回答刑警的提问时，许志高的神情镇定如常，上述理由似乎也说得过去。不过，往下再问，刑警立马发现了破绽。刑警问他：“车子是什么时候丢的?”

“那还是新中国成立前的事了，大概4月份吧，好像南京刚刚解放。”

邹繁是留用旧刑警，太知道旧警局对寻常百姓报案的反应了，不是杀人放火的大案，或者报案者属于权贵阶层，警察哪肯出警？还不是爱理不理，能推就推，笔录都懒得做一个。再说，既然摩托车已经被窃了，新中国成立后许为什么还要去排队登记申领牌照？当下，邹繁也没耐心再听他胡说八道了，伸手从腰间掏出了手铐。“是在这里说清楚，还是跟我到局子里交代清楚?”

许志高当然不想进局子，只好实话实说：“那辆拼装车，我已经作为赌债抵押给人家了。申领车牌的手续我也确实办理过，是想手头有了钞票再把车子赎回的。”

许志高有一手修理所有与“电”相关的民用电器的手艺，是多家电气行争相聘用的对象，他的收入在行业同类员工中属于最高级别。可是，因为他嗜赌成瘾，日子过得十分拮据，有时甚至连香烟都抽不起。1949 年初，这种情况有了改观，许志高似乎时来运转，竟然输少赢多，到 3 月中旬，他不但还清了所有赌债，而且有了若干积蓄。老婆劝他见好就收，就此歇手，赢到的钱去撑件大家当（“撑”在沪语中作“购置”解）。许志高觉得有理，遂决定购买零部件，自己拼装一辆摩托车。

折腾到上海解放那天，许家的这件在当时属于“特大家当”的摩托车总算全部完工。这是虹镇老街有史以来的第一辆摩托车，自是在邻里间产生了轰动效应。不过，因为没有车牌，摩托车大部分时间都停在家里，偶尔晚上许志高才敢开出去遛一圈。

业余时间一空，许志高手又痒了。本来，戒赌几乎跟戒毒有一比，有人戒了一辈子也未能戒掉，何况许志高并非那种有超强毅力的人。再者，那些赌友听说老许“撑”了件大家当，都说这件家当等于是吾等“同道”捐赠的。这主儿不够朋友，输了铜钿就催着我们这些赢家继续去赌，赢了钱反倒好意思不来赌了。这不公平啊——咱们这些输家不是少了一个翻本的机会吗？于是，就有人登门拜访，说是讨教拼装车子的经验，其实是催促他上场。也有人不时往老许供职的电气行打电话，撺掇他“几时出来动动”。

许志高知道，这其中还带有威胁的成分。他们这种赌博不是打打小麻将，档次还要高一点儿，虽跟大赌棍没法儿比，但圈子里的小赌棍还是颇有几个的。这种人多少有些黑道关系，赌钱讲究江湖规矩，即所谓“输家不开口，赢家不能走”。一旦输家向赢家发出邀约，赢家是不好拒绝的，否则就把人得罪了，而这些人许志高是得罪不起的。

面对威逼利诱，许志高只得重上“战场”。可是，这回好运气没再光顾，不过个把星期，许志高就输掉了百来万钞票，等于是给电气行白打了两个月工。6 月中旬的一个晚上，许志高的运气好像又回来了，竟然连赢了七局。在这种刺激下，他押了把大的，结果把先前赢的全都输了回去。他咽不下这口气，头脑一热，把摩托车押上了。马上有人接盘，作价一百七十五万。老许拿了钱继续赌，结果不用问，输家还是他。如此，这辆刚刚拼装好的摩托车，还没上牌就不属于老许了。

次日，专案组对许志高交代的情况进行核实，找到了住在浦东三林塘的那个薛姓庄家，薛某证实了许的说法。刑警不是查赌博案子的，盯着追查那辆摩托车到哪里去了。薛某说摩托车是浦西董家渡的“老江北”出钱收购的。那天晚上老许离开时，就把钥匙交出来了。“老江北”不会驾驶摩托车，就把摩托车寄放到住在附近的赌友小蒋家里，后来怎样处理就不清楚了，“老江北”之后也没跟他联系过。

刑警又去找小蒋了解，蒋证实了摩托车易手之事，说那天晚上“老江北”确实是把摩托车寄放在他家。第二天下午，“老江北”就带着一个小青年来把车子开走了，“老江北”是坐在后座一起离开的。

往下，就是调查“老江北”了。可问题也来了，那伙赌徒互相之间通常不报完整姓名，有的就只有个绰号，比如“老江北”，姓甚叫甚谁也不知道，只晓得操一口苏北口音，五十来岁，身材粗壮，国字脸，络腮胡子，面目狰狞眼神凶狠，一看就不是个善茬儿。

没名没姓可怎么找呢？领衔调查的孔和声是经验丰富的老刑警，他马上调换思路，提出了另一个问题："那个帮'老江北'把车子开走的小青年，你认识吗？"

小蒋摇头："我跟那人第一次见，也就几分钟时间，互相之间话都没说过一句。"

孔和声耐心启发："那人没跟你说过话，他跟'老江北'是否说过话呢？或者'老江北'有没有跟他说过话？"

这么一提示，小蒋马上想起一个细节，他听"老江北"用苏北话对小青年说了一句："小扣子，路上开慢点儿。"

那就行了！就凭"小扣子"加上"老江北"这两个绰号，以及相貌特征和苏北口音，去董家渡访查料想是会有收获的。

到浦西董家渡派出所一打听，也没提及"小扣子"，只一说"老江北"，民警竟然个个知晓。那就烦请民警把他传唤过来吧，不料民警却是摇头。怎么呢？原来"老江北"死了！

"老江北"本名王兴发，是江苏建阳县（因与福建建阳县重名，新中国成立后易名建湖县）的恶霸地主，抗战胜利后为逃避当地民主政府清算逃亡来沪，定居董家渡，开了一家渔行，兼做贩毒买卖。因为有钱，吃喝嫖赌照旧，但在苏北乡下的恶霸行为被迫收敛。其在老家罪恶累累，欠有血债，当地民主政府一直将其作为重点通缉对象。但这主儿躲在沪上，家乡人不知道其确切住址，即便知晓也没法儿来拿人。

上海解放后，建阳县公安局派出一支三人追缉小组来沪查缉，终于查到了王犯的踪迹。6 月 29 日深夜，追缉小组连同董家渡派出所民警共七人前往其宅捉拿，没想到王犯竟然藏有手枪，发现情势不对，开枪拒捕，将一名追缉人员打伤。双方发生枪战，王犯被当场击毙。

专案组刑警对已被拘捕的王犯的妻子朱某（逃亡来沪后所娶）和渔行的三个伙计进行了讯问，他们证实，王确实于6月中旬把一辆黑白条纹的摩托车弄回家，没几天就卖掉了，下家是谁不清楚，也未来取货，是王老板自己把车子推出去的。“小扣子”也找到了，是王兴发的邻居，平时跟王老板没有什么交往，那天只是临时帮忙前往浦东把那辆摩托车开回来。

## 六、妓院老鸨蓝锦花

这条线索断了，好在还有一条线索捏在专案组手里，那就是“长波浪”在江苏路小弄堂口掉落的玫红色玻璃发夹。

尽管被称为“玻璃发夹”，其材质并非真的玻璃，而是当时的新鲜玩意儿——塑料。这条线索是和那辆拼装摩托车的线索同一天获得的，但专案组最初认为摩托车的线索更可靠一些，访查起来也比较便捷。发夹之所以被排在第二位，除了访查的难度，还有一个不确定性，毕竟小丁等三志愿者并没有亲眼看到“长波浪”的发夹掉落，只是在脱梢后发现弄堂口的地面上有这么一个发夹。

那么，现在为什么确定发夹可以作为一条线索了呢？那是因为中间发生了一个情况——

7月10日，曹家渡派出所向专案组报告，说两天前“长波浪”脱梢的现场及周边弄堂口的电线杆、行道树上不知被谁贴了三十来张巴掌大小的“悬赏寻物启事”，被寻找的物品就是那个玫红色发夹，但启事上没留失主地址，也没有电话号码，而是要求拾到者在启事下面留下住址或联系方式，失主会登门取物并当面酬谢。

之前专案组曾向附近居民调查过这一带是否居住着“长波浪”这

么一个女子，未果。想想还不放心，就委托派出所协助了解情况。次日上午，户籍警下街道例行走访，有昨晚下中班午夜回家的居民反映，曾在弄堂口看到过几张这样的告示，可第二天早上他出门买早点的时候，却发现那些“悬赏寻物启事”都被撕掉了。胡乱张贴启事这种事，新中国成立前就一直存在，并不稀奇。稀奇的是，上半夜贴出来，后半夜就撕掉，而且撕得一张不剩。

民警听说那启事是寻找一个丢失的玻璃发夹的，也觉得不可思议，就在附近转了转，果然发现弄堂口的墙壁、电线杆、行道树以及商铺的门框上都有撕掉启事后残留的糨糊痕迹。查看过程中，又有群众向他反映同样的情况。

专案组认为此举应该是“长波浪”所为。这么一个发夹，就其本身价值来说，似乎不值得“悬赏”寻找。可是，“长波浪”却这样做了。专案组估计，多半该物对于她来说具有某种重要意义，担心发夹一旦落在警方手里，没准儿可以顺藤摸瓜查出她的底细。“长波浪”意识到这一点后，出于某种原因，没有跟同伙“金某”（即骑摩托车把她接走的那个小龚）提及，自作主张想用“悬赏寻物”的方式把发夹找回。启事张贴出来后，被小龚发现，小龚认为不妥，担心弄巧成拙，反倒引起警方的怀疑，就连夜把张贴的启事一一撕掉了。

能够在下半夜把启事撕掉，那说明两人的下榻处应该在浦西而非浦东，因为午夜前浦东的轮渡就停摆了。

7 月 11 日上午，专案组刑警全体出动，分头前往百货行业公会、小百货批发市场、中央商场以及外滩一家已经开了三年多的专门出售塑料制品的私营商店，调查这个玻璃发夹的来路。

中午汇总情况，几路人马的调查结果如出一辙，受访者都说知道沪上曾销售过这种新颖发夹，但那是走私货（类似这种新颖的小百货商品，自抗战胜利美国军舰停泊黄浦江上以来常有出售，都是美国水兵带过来的），数量不多，都是小摊贩在出售，每次用不到半天就一抢而空了。

老刑警孔和声对沪上诸多与民生有关的行业都有相当了解，知道小百货行业一向是“虾有虾路，蟹有蟹路”，这种“虾蟹之路”可以精确到具体某一种商品，比如被称为“玻璃丝袜”的准透明卡普隆袜子，受到沪上时尚女性的疯狂追捧。因走私货比店家从正规渠道进的货便宜至少三成以上，就出现了一个绰号“歪头阿四”的“玻璃丝袜龙头”，沪上走私玻璃丝袜的源头就是此人。前年春上，“歪头阿四”跟黑道关系没有搞好，被海关缉私队拿下，家产抄没，判刑五年，现在还关在提篮桥监狱。因此，孔和声认为，目前专案组调查的玻璃发夹肯定也有一个“龙头”存在，有必要设法查明该“龙头”是谁，通过此人了解走私发夹在上海滩的销售情况。如果运气好，没准儿能够寻觅到“长波浪”的下落。

众刑警认为这个思路值得一试，于是立刻行动。调查进行到次日下午，终于有了收获——

玻璃发夹的走私“龙头”是一个中年女人，本名蓝锦花，绰号“一窝蜂”，现住沪上新成区吴江路天乐坊。蓝是江苏盐城人氏，早年逃荒来沪，颇有姿色，十七岁入四马路（福州路）“聚乐院”从事妓女行当。十年后离开“聚乐院”，投靠青帮“悟”字辈成员朱柳平，自己开了一家妓院，名唤“莳花坊”。1939 年，“莳花坊”失火，烧了个精光。屋漏偏逢连夜雨，蓝氏的靠山朱柳平效力侵华日军特务机关，被“军统”暗杀。

蓝氏没了靠山，东山再起之念成为一个肥皂泡。有心放下老鸨身份再做妓女吧，这把年纪已是珠黄色衰。但其积蓄有限，想想还得活下去，总要找一条出路。她脑子还算活络，本着“做生不如做熟”的原则，妓女做不成，就跟妓院做生意吧，于是开了一家专卖妓院用品的店铺，用的仍是原妓院的名称。蓝氏会做人，即使在跟青帮打得火热的时候跟同行的关系搞得还是比较融洽的，别人认为“同行是冤家”，她却坚持“同行是朋友”的理念，对偶尔遭遇挫折的同行提供帮助。此刻她改行创业，人家也愿意成全，以小百货为主要商品的生意做得还不错。

蓝氏还是“莳花坊”老鸨时，公共租界工部局一个美国籍技术职员卡梅伦经常光顾她的妓院，是蓝氏的老客户。全面抗战爆发后，卡梅伦回了美国。1941 年底，太平洋战争爆发，卡梅伦响应政府号召投身行伍，成了海军的一名技术军官。抗战胜利后，他随美国军舰来沪。军舰停泊在黄浦江上，卡梅伦上岸前往四马路，想再度光顾“莳花坊”，却已物是人非。去其他妓院打听，这才知道蓝氏的情况。这洋人倒也念旧情，即刻前往看望，还自告奋勇为蓝氏的生意提供帮助。此后，蓝氏的小店铺就成了包括玻璃丝袜在内的某几种走私小百货的批发点，其小百货“龙头”的地位就是这样来的。

不过，蓝氏也就只发了三年小财。去年 11 月，她把店铺关闭了，倒不是海关或者警察局找她麻烦，而是病魔跟她过不去——她原先就有的梅毒严重发作，已经影响到其日常生活，生意也就没法儿做了。

专案组副组长孔和声带上三名刑警直奔吴江路找蓝锦花调查。哪知，兴冲冲赶去，却吃了一个闷——吴江路天乐坊某号确实是蓝氏与丈夫岳和山的住所，但现在却是人去屋空，铁将军把门。问了邻居，方知蓝氏已在今年春节前去世，其夫岳和山在上月中旬被人民政府逮捕，关押于蓬莱分局看守所。这对夫妻没有生育子女，房子现在空着。不过，钥匙在派出所，因为老岳在里面关着，不时需要衣服和日常生活用品，看守所会打电话请派出所派员去取。刑警请户籍警带上钥匙陪同他们入室查看。蓝锦花并不涉案，刑警也没搜查其居所，只是出具条子借走了两本厚厚的照相册。

蓝氏已死，但丈夫还在，专案组认为岳和山可能会知晓其妻经营小百货之事，遂前往蓬莱分局看守所提审岳和山。

岳和山是个四十多岁的粗汉，地痞出身，原本无业，靠敲诈勒索为生。经蓝的靠山青帮朱柳平推荐，去“聚乐院”打工做杂役，就是北方谓之“大茶壶”的那类角色，由此与蓝相识。不知怎么的，蓝氏竟然渐渐与其有了感情，遂离开妓院与其成婚。蓝锦花开设“莳花坊”后，岳和山也跟去了，仍做老行当，直到妓院失火。后来蓝氏经商，他自己找了一份看守仓库的工作，算是摆脱了地痞身份，开始学做良民。到上海解放时，他自我感觉已经快修成正果了，不料分局收到群众检举信，将其以前的斑斑劣迹翻了出来，被分局拘押。稍后，他被判处有期徒刑八年。

此刻刑警在看守所见到他时，老岳倒是很乐观的，他认为自己没有血债，承办员说他交代罪行彻底，认罪态度也不错，有希望得到从宽处理。刑警不知道这主儿究竟犯了什么案子，没有发言权，只是告诉他，如果他提供的情况对警方破案有用，肯定会记录在案，对其将来的从宽处理有点儿作用。

接着言归正传，岳和山对蓝氏做玻璃发夹走私生意的确知情。他上长夜班，白天没事，有时货到上海了，还借了黄鱼车去汇山、公平路、外滩等码头、江边提货，都是美国军舰上卸下来的。蓝氏销售的这种发夹属于讨俏货，一直供不应求。为图省力，蓝氏就物色了五个下家。这五个下家属于“一级代理”，跟他们说清楚了的，货色拿到手后自己零售也好，转批出去也好，都可以，不过有区域划分：那个一条腿有点儿瘸的中年男子李扬清，只能在东片区域转批或者零售；已经四十多岁但说话还像小姑娘那样叽叽喳喳的周小玲，只能在南片区域转批或者零售；戴一副宽框近视眼镜、人称“史老师”的史慧娟，只能在西南片和西片区域转批或者零售；不过五十出头却已是满头白发的小老头儿房国良，只能在中片区域转批或者零售；浦东地区的批零代理人叫祝美萍。

不过，这五人家住哪里，岳和山并不清楚，倒是和他们一起吃过几次饭，都是这几个男女做东。蓝锦花也曾请五人吃过饭，就在吴江路住所附近的“梅龙镇酒家”，但那天老岳另有事情，没参加。回家后听蓝氏说吃得蛮开心的，老李带着照相机，还请饭店侍者帮他们拍了合影。刑警就把从吴江路寓所拿来的两大本照相册拿出来请岳和山辨认，岳和山翻到那张合影，指着上面的五个人一一介绍。看到最后一个，刑警一个激灵——那女人烫着一头波浪长发，难道就是那个“长波浪”？

返回驻地，马上叫来丁张储三个志愿者辨认，三人众口一词，确认这个叫祝美萍的女人就是“长波浪”！

调查进行到这里，终于锁定了一个目标。当然，“锁定”是比较乐观的说法，因为祝美萍住在哪里刑警并不知道。不过，这难不倒专案组，可以走访在浦东地区卖过玻璃发夹的小摊贩，向他们打听祝美萍的情况。这样做的工作量虽然比较大，但把握也比较大。

进行人员分工的时候，有刑警提议：之前他们走访吴江路蓝氏夫妇的邻居时，听说夫妻俩曾雇了一个宁波娘姨凌嫂帮佣，蓝锦花病殁后，岳和山把娘姨辞退了，还多给了凌嫂一个月的薪水，吴江路邻居都说老岳厚道。据岳和山说，这五个“一级代理”都曾去过他家，那么肯定跟凌嫂打过交道。是否可以考虑先去找这个凌嫂，问问她知不知道那五人的住址。

这个提议获得一致赞同。7月13日，刑警带上照相册前往吴江路，向蓝氏夫妇的一干邻里打听宁波娘姨凌嫂的去向。这回运气不错，最近有个邻居曾经遇到过凌嫂，得知她就在附近的茂名北路彭家做娘姨兼保姆。刑警找上门一问，凌嫂果然知道那五个“一级代理”的住址，“长波浪”祝美萍的住处距吴江路不远——重庆南路205弄。

刑警前往重庆南路派出所，一说祝美萍其人，好几个民警都知道。这倒不是因为她曾经做过玻璃发夹等时尚舶来品小百货生意——其丈夫夏某是国民党陆军装甲部队的少校，抗战即将胜利时，在行军途中，他所驾驶的装甲车发生故障，翻落山涧，当场身亡。战后，夏某被国民政府追认为“烈士”，一些军官曾特地登门慰问，在重庆路轰动一时。

要说祝美萍的运气，真的不敢恭维。获悉丈夫死讯还不到一个月，她八岁的女儿又在上学过马路时被车撞死。接连的厄运，对祝美萍的打击之大可想而知。据说她原本是个本分女子，其已故老父是前清秀才，后以教私塾为生，因此她有一定的文化素养，否则也不可能嫁给军校毕业的国民党军官夏某。原以为抗战胜利了，丈夫可以回家，她能够过上滋润的家庭生活了，哪知一月之间天翻地覆。自此，其性子就变了，不但学会了抽烟喝酒，还经常去舞厅溜冰场影剧院，和一班富家纨绔子弟厮混。她跟蓝锦花就是在这类场所相识的，然后跟着蓝做起了小生意。

那么，是否有貌似小龚的男子与其交往呢？邻居证实，确实有那么一个男子大约自去年初冬以来频频出入祝美萍家，有时还在祝家过夜。最近该男子过来的时候，经常开一辆黑白条纹的摩托车。还有邻居反映，上月下旬某天，那男子骑摩托车载着祝美萍出门，驶过邻居身旁时，听见祝美萍跟男子说话，好像唤其“小龚”。之所以说“好像”，是因为摩托车引擎声音很大，也可能没听准。

邻居还向刑警反映，7月8日夜间，他们听见祝美萍跟那男子吵架。

之前，两人一向很和睦，男的每次来总会带些东西，有时是用干荷叶包着的卤菜，有时是盒装糖果糕点，有时是一块料作或者时尚衣衫。祝美萍对小龚也不错，买酒买菜，精心烹饪，还给男方结绒线衫，两人一起出门时总是亲热地勾着小龚的肘弯，一副小鸟依人的样子。因此，8日夜间两人突然爆发的一场争吵还真是令众邻居吃惊。

那天晚上，在室外纳凉的邻居先是看见祝美萍胳膊上挂着个坤包离开住所，过了个把小时她回来了，还捧着半个西瓜。不一会儿，随着一阵摩托车轰鸣，小龚骑车抵达。两人在门口放了一张骨排凳吃西瓜，吃毕一起进屋。过了大约一刻钟，就像打开了收音机开关似的，屋里传出小龚似乎已经尽量抑制但穿透力还是很强的咆哮声，似是愤怒已极。祝美萍的声音比较低，但也不是平时的慢声细语，似是在分辩什么。争吵时间不长，也就两三分钟，就像倏然开始一样，突然间声音就没了。不一会儿，邻居看到两人合骑一辆摩托车出了门。不到半小时，两人又回来了，之后再没动静。

次日天明后人们发现，祝美萍家门上挂了铁锁，两人显然已经出门。估计摩托车是推出一段距离后再发动的，人们都没听见动静。这一离开，直到今天也没回来。

## 七、“水鬼大盗”落网

刑警认为，所谓争吵可能就是因为发夹丢失爆发的。祝美萍那天逃离现场后，发现发夹失落，回想下来，十有八九是在江苏路弄堂口丢失的，担心会被警方作为线索追查过来，就想了一个补救的主意：写了几十张“悬赏寻物启事”，晚上悄悄张贴到现场，指望能把发夹找回来。

贴了启事回家后，小龚来了。祝美萍跟他说及此事，小龚顿时有一种大祸临头的感觉，不由得大发雷霆，两人爆发争吵。估计小龚觉得争吵已经无济于事，就和祝一起回到现场，把启事全部撕毁了。但两人依旧不踏实，遂决定先离开这边再作计较。当然不敢惊动邻居，所以是把摩托车推出一段距离再发动的。

那么，会不会离开的只是小龚一个人，祝美萍已经被就地灭口了？孔和声认为这种可能性很小。7 月 8 日到现在已经五天，如果把人杀了，在这种盛夏天气尸体搁不到今天就会发臭。不过，不能排除二人将部分赃物藏在这里的可能，专案组认为还是有必要进入祝美萍的住所查看一下。派出所随即找来一个锁匠，把祝美萍家的门锁打开。

那是一套独立平房，进大门有个天井，往里有三进，前两进共有六间房，第三进是一个院子。这么大的面积都搜查下来，颇费了一番工夫，刑警加上志愿者十几号人一直折腾到黄昏，在天井角落一个看似要扔掉的破煤球炉里以及主卧室那张红木大床的夹层中发现了部分赃物。考虑到祝美萍或小龚有可能会悄悄潜回住所转移赃物，专案组请分局、派出所安排专人蹲守，同时，由派出所组织周边居民中的治安积极分子协助布控。

一干刑警返回驻地后，随即开会分析祝、龚两犯的去向。首先排除已经逃离沪上的可能，因为直到今天下午刑警去重庆南路搜查祝宅之前，没有任何迹象可以成为惊动祝、龚的触点，两人 7 月 9 日凌晨离开，不过是作为预防措施，没有带走赃物，并非真正想逃离，估计是临时去哪里躲一躲。

那么，去了哪里呢？这就需要对祝美萍在沪上的社会关系进行查摸，同时设法收集小龚的线索。上述两步说来容易，但上海解放伊始，治安形势严峻，警力短缺，在这种情况下实施起来有一定难度，最好是能找到一个切入口。不过，在当晚的会议上，大家反复讨论，这样的切入口却没有找到。曲报国看看表，说已经很晚了，大伙儿近日操劳，今天就这样吧，好好睡一觉，明天再说。

专案组长让别人好好睡一觉，他自己却怎么也睡不着，索性起来翻阅案件材料，指望能从中发现一些以往没注意到的情况。材料中有两本从吴江路蓝宅拿来的照相册，曲报国随手拿起来翻阅。

这是蓝锦花的照相册，祝美萍不过是蓝的一个生意下家，有祝氏镜头的照片肯定是少而又少。曲报国浏览一遍，共找到四张有祝美萍镜头的照片——

第一张照片即蓝的丈夫岳和山指认祝美萍的那张，专案组之前仔细研究过；第二张照片是蓝锦花和两男三女五个下家在外滩黄浦公园拍摄的，拍摄者应是在公园里向游人提供有偿照相服务的专业摄影师，照片的天头上印有两行小字：“祝愿合作愉快！民国三十四年冬至日”；第三张照片是祝美萍和蓝锦花两人的合影，蓝氏端坐桌前，祝美萍满脸笑容站立其后，从两人身后窗外的商店霓虹灯招牌判断，应是在南京路上某家饭店的包房内；第四张照片是用120相机拍摄的，看环境似是某户民居内，摄影者肯定是个业余的，技术不敢恭维，室内光线又暗，背景看不清楚。人物有三个，一个是蓝锦花，正满脸笑容双手捧杯向一个年约六旬的老太太敬酒，祝美萍则手持酒杯站在老太太身侧。

曲报国反复看下来，认为前几张照片对于此刻查觅祝美萍的下落多半没用处，第四张照片可能有戏，根据蓝氏向老太太敬酒时祝美萍站立的位置判断，那个老太太很可能是祝的长辈亲戚。

次日，专案组请派出所协助，通知蓝锦花生前那五名“一级代理”中的四位立即前往水上分局。曲报国把那张照片拿出来请他们辨认，这四位一看便想起来了，说那是在高桥镇上的俞老太太家里，那天是老太太六十寿庆，蓝锦花和五个“一级代理”都前往祝寿。

俞老太太跟蓝锦花抑或祝美萍是什么关系呢？那四位说老太太跟蓝锦花没有关系，和他们四个也没有关系，有关系的是祝美萍——俞老太太是她的寄娘（即干妈）。

问明俞老太太的住址，专案组全体出动直奔高桥镇。高桥镇是高桥区的区政府所在地，市公安局在镇上设有分局。这个兴起于清初的“凸”字形镇子面积不大，不到三平方公里，分局警员以本地人居多，刑警一出示那张照片，马上有人认出那是镇上南街的孤身富孀俞老太太。

俞老太太的几个邻居被悄然传唤到分局，刑警一个个询问下来，都知道祝美萍其人，说是俞老太太在上海市区的干女儿。刑警随即登门，老太太告诉刑警，小祝确实来过，那是9日上午，一起来的还有一个小伙子小龚，小祝介绍说是她男朋友，准备今年结婚。这几天他们准备去一趟广州，可能还要去香港小龚他舅舅那里。两人在老太太家里吃了午饭就走了。

众刑警一听，都有点儿泄气。不过，有侦查员提出质疑，认为他们不可能去广州，原因有二：其一，此时南方尚未解放，交通虽然未断，但需要绕道，而且很不安全，进入浙江境内特别是江西境内，强盗土匪嚣张得连解放军的军车、军列都敢抢劫；其二，如果他们真的铁了心要去，那么7月8日下半夜他们离开时，也应该把赃物带走。

其他刑警认为言之有理。当天晚上，专案组继续开会研究祝、龚两人的去向，七嘴八舌下来，终于理清了思路——

祝美萍作为蓝锦花旗下浦东片的“一级代理”，在浦东奔波了两年多，还在高桥认了个寄娘，由此可见，这个女人生性比较活络，很善于搞人际关系。既然她在高桥可以以认寄娘的方式结交朋友，那么在浦东三县两区（川沙县、南汇县、奉贤县和高桥区、洋泾区）的其他城镇上可能也会有这种动作。她是否会带着小龚躲在浦东地区的其他朋友处呢？

另外，那个正主儿小龚料想也不简单，根据其老练的作案手法，绝对是一个头脑远比祝美萍灵活的角色。这样的人，江湖朋友肯定不少。再者，据见过他的人反映，他说一口地道的上海话，估计是上海本地人，他在上海也应该有亲戚之类。

根据以上两点，专案组决定从明天起，兵分两路开始新一轮的访查，一路在浦东访查祝美萍做生意时的行踪和社会关系，另一路在市区访查小龚的情况。

7 月 14 日，两路刑警同时行动。其实，对于第二路调查，刑警起初并没有什么明确的思路，毕竟掌握的线索太少，仅仅知道外貌特征以及开一辆黑白条纹相间的摩托车，连其姓氏也不知真假。谁也没想到，由曲报国主持的这一路调查，竟然爆出了一个大冷门，当天就查到了小龚其人的信息！

当天上午，曲报国、邹繁、张何方三刑警没有立即出动，他们还没想好应该朝哪个方向、找谁进行调查，只好在驻地喝着大叶茶，貌似轻松地闲聊该怎样查摸这个小龚。聊着聊着，话题集中到小龚是怎么跟祝美萍相识的。

据重庆南路祝美萍的邻里反映，小龚是去年初冬前后出现在祝美萍家的，也就是说，祝、龚是在去年 11 月之前认识的。通常来说，男女相处过一段时间后，才好登女方家门。这段时间不可能是短短数天，至少得数周——毕竟祝美萍不是风尘女子。照此推算，他们相识的时间应该在入秋前后。那么，两人是怎么相识的呢？三侦查员想到了如下几种可能——

第一种，因两人所从事的职业形成了接触便利。祝美萍原是家庭妇女，丈夫、女儿丧生后，做起了小百货生意。能跟小百货搭得上界的，好像只有同行或者顾客了。原本侦查员也考虑到了社会局（上海解放前，工商执照的审发由社会局下属的工商处负责）和税务局的工作人员，但很快就把这两种人否决了——像祝美萍这样的“一级代理”，充其量就是摆个路边摊出售点儿尾货，既不用领执照，也不必交税，跟上述两种人都搭不上关系。至于同行和顾客，前者已经调查过（即另外四个代理），并未发现有效线索，而后者的范围太大，靠三个侦查员调查不太现实，暂时不予考虑。

第二种，因间接人际关系相识。打个比方，祝美萍跟蓝锦花相识，住得又不远，经常有来往，而小龚恰恰也认识蓝氏，某次两人正好同时前往吴江路蓝宅，就这样认识了。类似的情况也可以是祝美萍认识小龚的亲朋好友或龚认识祝的社会关系，等等。这样的可能理论上来说难以排除，但在调查的具体操作上却无法执行——专案组如果掌握了这二位的（特别是龚的）社会关系，还不早就知道龚的情况了？所以，只得放弃。

第三种，通过各种生活活动自然形成交往。人都有必需的生活需求，开门七件事自不待说，还有生老病死。祝美萍已经过了“生”这一关，“老”、“死”两关还早，“病”有时却是免不了的。尤其是丈夫阵亡、女儿横死，其遭受的精神打击可想而知，这种精神上的重创会影响到人体的免疫功能，那当口儿是比较容易患病的。此外，在搜查其重庆南路的住所时，刑警注意到屋子的内部装饰比较新。这自然可以理解，丈夫、女儿都走了，留下她独自一人，难免触景生情，频频体验“最是令人凄绝处，长夜孤灯雨来时”。她十有八九在丈夫、女儿过世后，请营造行对住宅进行过装修。当然，可以成为交往媒介的触点还有很多，诸如邮差、水电抄表、送煤球、上门修理或出门购物等，但这些情况基本可以忽略不计。因为从触点到真正交往需要一个过程，这个过程的成功过渡必须具备一些不可或缺的条件，比如接触频率，还有每次接触的时间，只有高频率、长时间的接触，才有可能积累起长期交往的情感厚度。

除了上述三种情况，刑警还想到了邂逅之类的可能，只是，这些就不必考虑了。尽管生活中不乏这样的实例，却无法落实到调查上。如果这二人真的属于邂逅相识、一见钟情之类，那刑警只有自认倒霉了。

三刑警一致认为，可以把上述第三种可能，即祝美萍看病和装修家宅作为调查方向。聊到这儿，曲报国问另二位刑警："搜查祝宅的时候，好像没发现过病历卡吧？"

邹繁、张何方都说没有印象。不过，并非所有患者看病时手头都有病历卡，有的医院把病历卡留在挂号处，病人再去看病时报出卡号或者姓名，护士会取出来；另外，私人诊所也不用病历卡，大夫都是记录在一个本子上。曲报国说："我们也别瞎猜了，还是再去祝宅走一趟吧，再说还得了解祝宅的装修情况呢。"

到了重庆南路，分局、派出所负责蹲守的警员还在尽职，以为专案组长是来问情况的，报告说没有异常。曲、邹、张进入祝宅，翻遍了所有适宜放病历卡的位置，没有任何发现，只得作罢。

然后就是向邻居了解祝宅的装修情况。邻居说抗战胜利后，祝小姐确实装修过房子，是附近沈阿姨介绍的营造商。刑警随即拜访沈阿姨，她说确有此事，营造商是她的侄子，最近把店搬到茂名路了。沈阿姨很热心，刑警刚要开口问地址，她倒先开腔了："我领你们过去，不远的，几步就到。"

沈阿姨的侄子是个五十来岁的小老头儿，刑警一看，马上意识到没戏了，这跟小龚一点儿都对不上嘛。不过，来也来了，当然要问问。沈老板说祝美萍确实请他主持过装修，他请了三个手艺很好的老工匠给她干活儿，祝小姐非常满意，一定要多付工钱，但她是沈阿姨的邻居，沈老板坚辞不受。

返回祝宅的路上，沈阿姨对于这趟调查没有收获让刑警白跑一趟有些歉意，不想冷场，就没话找话不时闲扯几句。没想到，她无意间说起的一件事引起了三刑警的注意。之所以说起这件事，是因为沈阿姨注意到刑警见到沈老板时惊讶的神情，想解释一下。沈阿姨说："我在家里辈分很高的，这个做营造生意的侄子比我大整整十一岁，还有一个侄子跟我同龄，是在'祥生'开出租车的。这个侄子心眼儿实，去年中秋开着车给我送月饼，正好祝小姐要去看毛病，在对面弄堂口等车子。我对侄子讲，祝小姐是邻居，你送一趟吧，车钿要打个折。侄子把祝小姐送到后，干脆一分不收。祝小姐过意不去，后来送了块料作给我。"

这么说来，祝美萍确实是看过医生的。当下，曲报国向沈阿姨问明其司机侄子的姓名，直奔"祥生"出租车行。巧得很，沈师傅开的轿车出了点儿小故障，正在车行里等着修理工处理。他还记得这件事，说祝小姐去的是一家西医诊所，在文庙路，具体门牌号没留心，印象中诊所门口一侧挂着一块白底绿字的搪瓷牌子，上面的宣传语有"海军退役军医，专治内伤隐疾"之类的字样。

三刑警喜出望外：海军！这跟专案组最初分析的案犯特征再吻合不过了！

曲报国说事不宜迟，咱们这就过去，先把人控制住再说。

就这样，还若无其事穿着白大褂在诊所坐堂问诊的案犯龚晓君当场被捕。搜查诊所，发现了部分赃款。问祝美萍的下落，龚交代说在他虹口区汉阳路63号家里躲着。稍后，同案犯祝美萍落网。龚、祝两犯对合伙作案的一应罪行供认不讳——

龚晓君时年三十岁，出身资本家家庭，自幼就喜欢运动，曾拜师学过国术和柔道。1938 年毕业于私立尚德中等医学专科学校，在英商英联船厂担任厂医务室医士。太平洋战争爆发，沪上租界被日军占领，龚晓君遂离沪投军。征兵处得知他是学医出身，又在船厂供职，破例将其推荐去海军，分派至在长江上进行军事活动的舰艇上，担任见习军医。那时候军舰上人手有限，他这个见习军医也必须参加水兵技能训练，遂拥有了几年后成为“水鬼大盗”的足够资本。

抗战胜利，龚晓君退伍返回上海。几年下来，他的阅历有所增长，医术也提高了不少，虽然见习军医始终没有转为正式军医，但原先船厂厂医那类位置他肯定已经看不上了。在资本家老爸的资助下，龚晓君自己开了一家西医诊所，打出海军军医的招牌，兼治内科外科。诊所开张不久，家里遭遇变故，其老爸因战时跟日本人做生意，于 1946 年早春被“军统”以汉奸罪逮捕，罚没家产。龚晓君的诊所由其父投资，原本也要罚没的，但办案官员念及龚晓君系参加过抗战的退役军人，网开一面。

老龚经此一折腾，还没等到上法庭接受审判就死在看守所里。龚晓君有个妹妹，1941 年赴美留学，毕业后就留在纽约，嫁了个小开。回国料理了丧事，把老妈带到美国和她一起过日子。妹妹也征求过龚晓君的意见，问他是否有意同行，他不假思索就拒绝了。

龚晓君经营西医诊所，自然需要各种西药和医疗器械。正值战后百废待兴，这些必需品几乎全是舶来品，加之他的海外关系，想不跟走私货搭界也难。自 1947 年底，他就做起了西药及医疗器械走私生意，其货物来源跟蓝锦花做舶来品小百货走私生意相同——托其在美国的妹妹代购，再通过私人关系请跑纽约至上海航线远洋轮的船员捎带。不过，龚晓君的经营方式跟蓝锦花不同。蓝氏有自己的实体店铺，一般商品放在店里卖，紧俏商品通过代理商出手。龚晓君开的是诊所，只能按处方开药，不能做药械买卖。所以，他搞的是“代理进口”，即由做走私生意的朋友事先把款子打给他，他则通知纽约的老妹办理。药械走私进来后，交给委托方，人家则给他一笔代理费。

一般说来，只要官方不找上门来，这种买卖还是比较牢靠的。龚晓君的走私生意确实牢靠了一段时间，也挣了些钱钞。今年 4 月上旬，一个跟龚晓君合作时间最长、要货数额最大的朋友忻某说他新开辟了一个北方关系，对方想进盘尼西林，要货量比较大，给的代理费也高。可是，核算下来，头寸周转不了，想请老朋友帮忙垫付。龚晓君不疑有他，一口答应。这笔货款折合黄金四十两，龚晓君做走私生意时间不长，而且开销也大，积蓄有限，拿不出这么些钱钞，只好向亲戚朋友借了三十两黄金，去外滩证券大楼兑换成美元汇给老妹。5 月上旬，盘尼西林到货，龚晓君立刻转交那位朋友。对方言之凿凿，三天之内必把垫付款连同佣金一并付清，然后……就失踪了。

龚晓君被骗四十两黄金，损失自不必说，还没法儿向债权人交代。

往下就要说到祝美萍了。祝美萍去年春天患上内科慢性病，经常胃痛肝痛，皮肤也不时瘙痒起疹子。接二连三找了几家中医西医看过都没有效果，偶然路过文庙路龚晓君的诊所，病急乱投医，一头撞了进去。要说龚晓君的医术也就是一般水平，但他用的药都是舶来品，颇有效果，尽管不能根治，但症状也大为缓解。此后，祝就经常去他的诊所。一来二去，两人熟了，渐渐产生了感情。往下，反正都是单身，这方面没顾虑，干脆住到了一起。

5 月上旬龚晓君被骗，压力甚大。祝美萍得知，说自己有点儿积蓄，大约十两黄金，愿意拿出来帮他还债。龚晓君却坚决不同意，说他自己想法子解决。他的法子，就是夜晚趁黑到黄浦江上停泊的外国轮船上摸一票，祝美萍竟然也表示赞同——丈夫和女儿死后，她的性情大变，从小家碧玉变成了倒卖走私货的“一级代理”，胆子也渐渐大了。

于是两人开始策划作案。祝美萍以前在家闲着无事，《福尔摩斯探案集》、《霍桑探案汇刊》之类的侦探小说读过不少，平时最关注报纸上新闻栏目刊登的案件报道。原是为消遣，此刻却派上了用场。她对船舶情况一无所知，在如何作案方面没有发言权，但对作案后如何逃避警方的侦查却给出了不错的建议，那就是把警方的侦查视线引向浦东洋泾。

这几年里，祝美萍作为蓝锦花的“一级代理”，其足迹踏遍了浦东二区三县，脑子里稍一搜索，就想到了洋泾镇是转移警方视线的最佳选择。除了洋泾镇地理位置的优势，还因为她曾多次搭乘过杜和尚的小舟，知道这个人有轻度智障，容易摆布。把主意跟龚晓君一说，后者深以为然。其实以龚的水性，夜间泅渡到轮船上作案根本不需要杜和尚的小船，但他还是从赃物中拿了几枚银元和两支钢笔，作为雇佣杜和尚的酬劳，为的就是诱使杜把钢笔出手，吸引警方的注意力。

祝美萍毕竟是新手，遗失发夹后惊慌失措，才有了回现场贴“悬赏寻物启事”之举。等冷静下来，二人觉得继续待在祝家不太牢靠，还是祝出的主意，虚晃一枪，先去浦东转一圈，对俞老太太谎称要去广州，让警方误以为他们二人已经逃离上海。

至于龚的作案细节，前面都已作了交代，不再赘述。1949 年 9 月 23 日，上海市军管会对外轮系列盗窃案进行宣判：龚晓君被判处死刑，立即执行；祝美萍被判处有期徒刑十八年；杜和尚被关押半年后释放。

**图书在版编目（CIP）数据**

江南往事 / 东方明，魏迟婴著. -- 北京 ：群众出版社，2025. 01. --（啄木鸟）. -- ISBN 978-7-5014-6423-4

Ⅰ. I247. 5

中国国家版本馆 CIP 数据核字第 2024EB2894 号

## 江南往事

东方明　魏迟婴　著

策划编辑：杨桂峰
责任编辑：谢昕丹
装帧设计/封面插图：王紫华
责任印制：周振东

出版发行：群众出版社
地　　址：北京市丰台区方庄芳星园三区 15 号楼
邮政编码：100078
经　　销：新华书店
印　　刷：天津盛辉印刷有限公司

版　　次：2025 年 1 月第 1 版
印　　次：2025 年 1 月第 1 次
印　　张：19. 25
开　　本：787 毫米×1092 毫米　1/16
字　　数：230 千字

书　　号：ISBN 978-7-5014-6423-4
定　　价：68. 00 元

网　　址：www. qzcbs. com
电子邮箱：qzcbs@ sohu. com

营销中心电话：010-83903991
读者服务部电话（门市）：010-83903257
警官读者俱乐部电话（网购、邮购）：010-83901775
啄木鸟杂志社电话：010-83904972